Josie Juniper

FRONT
RUNNERS

LIEBE AUF DER ÜBERHOLSPUR

JOSIE JUNIPER

FRONT RUNNERS

LIEBE AUF DER ÜBERHOLSPUR

Roman

Deutsch von
Bettina Hengesbach

blanvalet

MIX
Papier | Fördert
gute Waldnutzung
FSC® C014496

Penguin Random House Verlagsgruppe FSC® N001967

1. Auflage 2024
Copyright der Originalausgabe © 2024 by Josie Juniper
Copyright der deutschsprachigen Ausgabe
© 2024 by Blanvalet
in der Penguin Random House Verlagsgruppe GmbH,
Neumarkter Straße 28, 81673 München
Dieses Werk wurde vermittelt durch
die Literarische Agentur Thomas Schlück GmbH, 30161 Hannover.
Redaktion: Anita Hirtreiter
Umschlaggestaltung und -motiv: www.buerosued.de
Innengestaltung unter Verwendung der Bilder von:
© Adobe Stock (Bakai)
JS · Herstellung: DiMo
Satz: satz-bau Leingärtner, Nabburg
Druck und Bindung: GGP Media GmbH, Pößneck
Printed in Germany
ISBN 978-3-7341-1407-6

www.blanvalet.de

Liebe Leser*innen,
dieses Buch enthält potenziell triggernde Inhalte.
Deshalb findet ihr am Ende des Buchs eine Triggerwarnung.
Achtung: Diese enthält Spoiler für das gesamte Buch.
Wir wünschen allen das bestmögliche Leseerlebnis.
Josie Juniper und der Blanvalet Verlag

Für Sean
Regent meiner Existenz, Süßstoff meines Lebens,
Schatz meiner Seele, Inhalt meines Herzens.
»Der König lebe ewiglich!«
Deine Balkis

I

MELBOURNE
MITTE MÄRZ

Phaedra

Mein Blick ruht konzentriert auf den Monitoren, während ich die Zahlen studiere. Ich bin in meinem Element. Die angezeigten Informationen kann ich mühelos verarbeiten, es fällt mir so leicht wie Atmen. Sobald der Wagen fährt und die Daten eingehen, werden die Ziffern zu einem Teil von mir – sie fließen durch mich hindurch, und ich reagiere. Der Rausch ist unvergleichlich.

Als eine von zwei Renningenieuren für Emerald bin ich Teil des Gehirns und Nervensystem unseres Rennstalls.

Andere sind vielleicht das Herz, die Knochen, die Muskeln.

Und wiederum andere sind Ärsche. Mit einem von ihnen rede ich gerade.

»Wir sind nahe dran, Cosmin«, sage ich über den Sprechfunk. »Hör nicht auf, werde nicht langsamer, Legs!«

»Ich liebe es, wenn du so leidenschaftlich bist, dragă«, erwidert er.

Mein Gesicht wird heiß vor lauter Zorn. Es ist seine dritte unangemessene Bemerkung in dieser Runde, obwohl ich ihn bereits einmal gewarnt habe.

Als ich unserem leitenden Ingenieur Lars einen Blick zuwerfe, zuckt er nur mit den Schultern, was so viel heißen soll wie *Cosmin ist eben, wie er ist.*

»Weißt du was?«, sage ich zu Klaus, unserem Teamchef, der einen Platz weiter sitzt. »Es reicht für heute. Ich werde mal bei Mo vorbeischauen.«

Klaus nickt, während Lars salutiert.

Nachdem ich mein Headset energisch runtergerissen habe, zwinge ich mich dazu, es sanfter abzulegen, als meine Wut es von mir verlangt, ehe ich mich schnellen Schrittes von der Boxenmauer entferne.

Meinen Dad nennen die meisten Leute Mo, die Abkürzung für Morgan – Ed Morgan, Inhaber des Teams. In der Öffentlichkeit tue ich das ebenfalls, denn es ist ohnehin schon schwer genug, als Frau in diesem Beruf zu arbeiten – selbst wenn ich *nicht* ständig daran erinnert werde, dass ich die Tochter des Rennstallbesitzers bin.

Da meine Familie ein NASCAR-Team besaß, bevor wir vor acht Jahren zur Formel 1 übergegangen sind, bin ich sozusagen auf Rennstrecken aufgewachsen. Während der Saison bin ich mit meinem Vater und NC Emerald NASCAR durch die USA gereist, wobei mich stets ein Privatlehrer für MINT-Fächer begleitete.

Jeder Trottel in diesem Team (wie es mein Dad ausdrückt) weiß, dass ich den Job habe, weil ich eine wahnsinnig gute Ingenieurin bin. Mathematik ist mein Sauerstoff, seitdem ich fünf Jahre alt war, mit achtzehn bin ich aufs College gegangen, hatte mit zweiundzwanzig meinen Master in der Tasche und habe noch im selben Jahr eine Juniorstelle bei Emerald angetreten. In den zehn Jahren, die seitdem vergangen sind, habe ich mein Können immer wieder unter Beweis gestellt.

Nun bahne ich mir meinen Weg zu Mos Büro im Fahrerlager und stelle fest, dass er auf dem Sofa liegt. Der Geruch von Pfefferminz hängt in der Luft, was darauf hindeutet, dass er wieder Kopfschmerzen hat.

Sachte schließe ich die Tür hinter mir. »Hey«, begrüße ich ihn so leise, wie ich kann, aber dennoch so laut, dass er mich trotz der Motorengeräusche hören kann. »Warum gehst du nicht zurück ins Hotel? Bei diesem Lärm wird dein Kopfweh bestimmt nicht besser.«

»Mir geht es gut, Chickadee.« Er hebt den feuchten Waschlappen von seinen Augen. »Ist die Runde beendet?«

»Fast. Jakob war bei 1:23.081, Cosmin bei 1:22.784, als ich gegangen bin.«

»Gegangen? Wieso hast du dich aus dem Staub gemacht? Das sieht dir gar nicht ähnlich.«

Ich dehne meinen Rücken. »Ardelean hat mich angepisst mit seinen schlauen Bemerkungen und dem Spitznamen. Er ist total herablassend.«

»Soll ich mal mit ihm reden?«

»Auf keinen Fall. ›Daddy, bitte sag dem sexistischen Arsch, dass er nicht meine Gefühle verletzen soll.‹ Nein, danke. Der kriegt schon sein Fett weg, sobald er reinkommt.« Ich ziehe den losen Dutt in meinem rotbraunen Haar zurecht und streiche mir den Pony zur Seite.

Mein Dad bedeckt wieder seine Augen. »Es ist sein erstes Jahr im Team, er testet seine Grenzen aus. Aber der Junge ist verdammt schnell. Wir haben gute Chancen, dass er uns aus dem Mittelfeld rausbringt.«

»Hm. Wir werden sehen.«

Mein Dad lacht, was mich freut, bis ich seine nächsten Worte höre. »Mann, bist du starrsinnig! Du hast dem Jungen immer noch nicht verziehen, dass er nicht die Ersatzfahrerin von Harrier ist, für die du dich eingesetzt hast.«

Ich verschränke die Arme vor der Brust. »Ich glaube tatsächlich, dass wir uns eine Chance haben durch die Lappen gehen lassen, indem wir Sage Sikora keinen Vertrag angeboten haben, als wir die Chance dazu hatten. Emerald hätte zu einem echten Vorreiter im Rennsport werden können, indem wir einer Frau mit diesem Talent einem Platz geben und …«

»Phae.«

In seinem Tonfall klingen Erschöpfung und ein Hauch von Strenge mit, und mit einem Mal fühle ich mich schlecht, weil ich es schon wieder zur Sprache gebracht habe.

»Ich bewundere deine Leidenschaft, Chickadee.« Er seufzt und schiebt den Waschlappen auf seinen Augen zurecht, als wollte er mich daran erinnern, dass er Kopfschmerzen hat. »Allerdings geben wir nicht pro Jahr hundert Millionen Dollar aus, um das Team am Laufen zu halten, nur um ein Statement abzugeben.«

Mir kommen ein Dutzend Gegenargumente in den Sinn, aber ich weiß ganz genau, wann es sich lohnt, mit Edward Morgan zu diskutieren und wann nicht. Es ist so viel einfacher, Cosmin zur Zielscheibe meiner Wut zu machen, obwohl es um einiges befriedigender wäre, wenn der Typ es nicht so sehr genießen würde.

»Ich vertraue darauf, dass du und unser neuer Fahrer eure Startschwierigkeiten, von denen Klaus mir erzählt hat, bald hinter euch lassen könnt«, fährt mein Dad fort. Er hebt den Waschlappen und schenkt mir ein schiefes Grinsen. »Und wenn Cosmin dich weiter ärgert, roll eine Zeitung zusammen und versetz dem Burschen einen ordentlichen Schlag in den Nacken.«

Ich durchquere den Raum und gebe meinem Dad einen Kuss auf die kühle, feuchte Wange. »Du weißt, dass ich dich nicht im Stich lassen werde. Brauchst du noch irgendwas, bevor ich gehe? Wasser, etwas zu essen?«

»Alles in Ordnung, danke. Schalt nur auf dem Weg nach draußen das Licht aus.«

Ich durchquere gerade den Flur in Richtung Werkstatt, als Lars mich einholt.

»Cosmin konnte noch mal seine Rundenzeit kürzen.« Er strahlt mich an.

»Das kann nicht sein.« Ich kaue von innen auf meiner Wange herum. »Dieser Wichser kann fahren, das muss ich ihm lassen.«

Lars' Blick wird wachsam. »Versuch bitte, ihn nicht noch mal anzuschreien. Du weißt schon, deine Kommentare vorhin … Manchmal muss man einfach lächeln und drüber hinwegsehen.«

»Erzähl mir nicht, dass ich lächeln soll, verdammt! Ardelean ist unerträglich.«

»Die Leute lieben Cosmin. Er ist der Klassenclown des Teams.«

»Eher ein perverser Partyclown.«

Lars schiebt seufzend seine Hände in die Taschen. »Darf ich ehrlich sein?«

»Würde es etwas ändern, wenn ich Nein sagen würde?« Ich beschreibe eine großzügige Geste mit meinem Arm. »Nur zu.«

Er räuspert sich. »Du bist zu sehr Pro-Sage und zu sehr Anti-Cosmin. Mo und Klaus haben die Entscheidung gefällt, und damit hat sich die Sache. Aber dein Groll ist … ständig da. Alle spüren ihn. Glaub nicht, dass die Presse nicht ihr helles Vergnügen an diesem Mädchen-gegen-Jungs-Krieg hätte. Du weißt, dass der Boxenfunk am Renntag offen ist, also werden bald auch alle außerhalb des Teams wissen, was für eine Spannung zwischen euch herrscht.«

Unsere aufmerksame PR- und Medienexpertin Reece hat mir genau das Gleiche erzählt.

Um eine neutrale Miene bemüht, versuche ich es mit einer anderen Strategie. »Über die Sache mit Sage bin ich schon lange hinweg, ganz im Ernst. Es geht mir um Ardeleans Mangel an Respekt. Die zweideutigen Bemerkungen. Es ist …«

»Vertrau mir, das musst du einfach ignorieren. Ich habe in der

Werkstatt bereits Witze darüber gehört, dass deine Genervtheit angeblich da herrührt, dass, äh …«

Ich beiße die Zähne zusammen. »Verschone mich bloß damit! Ich möchte keinen Gossip über irgendwelche sexuellen Spannungen hören. Mir ist bewusst, dass die meisten Frauen den Formel-1-Fuckboy unwiderstehlich finden, aber ich gehöre nicht dazu.«

Seit James Hunt, der 1976 Weltmeister geworden ist, gab es nur wenige, die einen so hohen Frauenverschleiß hatten wie unser arroganter Neuzugang.

Im letzten Jahr ist Cosmin Ardelean für ein Team gefahren, das seinen eigenen Allerwertesten mit beiden Händen *und* Navigationssystem nicht finden konnte, und trotzdem war sein hübsches Gesicht *überall* in den Medien zu sehen.

Lars zuckt mit den Schultern und schenkt mir ein schwaches Lächeln. »Alles klar, ich gebe lediglich das wieder, was ich gehört habe.«

»Schon gut«, murre ich und entferne mich. »Verstanden«, füge ich im Gehen hinzu.

Ich betrete den Konferenzraum und hole eine Wasserflasche aus dem Minikühlschrank. Als Cosmins Wagen einfährt, warte ich darauf, bis alle damit fertig sind, ihn zu loben und ihm in den Hintern zu kriechen, ehe ich die Werkstatt ansteuere.

Unser schillernder Neuzugang unterhält sich gerade mit zwei Mechanikern und fährt sich mit den Fingern durch die blonden Haare mit den karamellfarbenen Strähnen. Für Haar wie dieses würden die meisten Frauen morden. Das hat er nicht verdient, genauso wenig wie seine bescheuert langen Wimpern und die vollen Lippen mit dem perfekten Schwung. Wenn sein Haar nicht verschwitzt und vom Helm platt gedrückt ist, ist es bezaubernd zerzaust und würde sicherlich selbst ohne Styling in Beach Waves hinabhängen, wenn es lang wäre.

Cosmin Fucking Ardelean.

Ich vergrabe die Hände in den Taschen meiner hässlichen schwarzen Stoffhose – die wir alle zu dem grünen Polohemd mit dem Teamlogo tragen und in der wir aussehen wie langweilige Männer mittleren Alters – und gehe zu den anderen.

»Hey, Legs«, sage ich zu Cosmin, als eine Pause in der Unterhaltung entsteht. »Ich muss kurz mit dir sprechen.«

Er glaubt, dass ich ihm diesen Spitznamen verpasst habe, weil er groß ist, eins achtundachtzig, und hat keinen blassen Schimmer, dass ich ihn so nenne, weil er der Körper des Teams ist und uns in Bewegung hält, jedoch weit davon entfernt ist, der Kopf oder das Herz von Emerald zu sein.

Mir ist der PR-Wert eines gut aussehenden, charmanten Fahrers bewusst. Um des Teams willen soll Cosmin Ardelean so faszinierend sein, dass die Presse nicht aufhören kann, über ihn zu berichten, dass Typen die gleiche teure Sonnenbrille kaufen wie er und das Bier trinken, das er trinkt, und dass alle Frauen ihre Partner mit Cosmin-Parfüm einsprühen. Geld von Sponsoren ist das Öl in der Gangschaltung eines Formel-1-Teams.

Wir wünschen uns alle eine Meisterschaft für Emerald.

Aber um meines eigenen Vergnügens willen hätte ich nichts dagegen, wenn Ardelean ein wenig von seiner Arroganz verlieren würde, indem er über seine eigenen Füße stolpert und in Hundescheiße fällt – am besten noch kurz nachdem er die Frau seiner Träume um ein Date gebeten und eine öffentliche Abfuhr bekommen hat.

Seine schwarz gesprenkelten blaugrauen Augen funkeln selbstzufrieden, als er mich anschaut. »Hat dir meine Zeit gefallen? 1:22.486. Immerhin habe ich nicht aufgehört und bin nicht langsamer geworden – genau so, wie du mich angewiesen hast!«

»Herzlichen Glückwunsch, dass du den Job machst, für den du bezahlt wirst«, erwidere ich gelangweilt. »Seid ihr fertig? Dann lass uns reden.«

»Wunderschön.«

Gott, ich habe die Art, wie er das sagt, jetzt schon so satt. Es klingt, als hätte er Englisch mithilfe eines Rumänisch-Blödsinn-Wörterbuch gelernt. Unter anderem muss darin gestanden haben, dass »schön« ein Synonym für »ja« ist und dass man jeder Frau einen gottverdammten Spitznamen geben sollte.

Ich marschiere in Richtung Flur und gehe fest davon aus, dass er mir folgt, und wenn es nur ist, um meinen Hintern anstarren zu können – ungeachtet des unvorteilhaften Schnitts meiner schwarzen Arbeitshose.

In dem Konferenzraum, in dem ich soeben gewesen bin, unterhalten sich zwei Luftfahrttechniker, die von Sponsoren gelieferte Müsliriegel futtern.

»Meine Herren«, verkünde ich, »ich brauche den Raum.«

Sie schauen mich verwirrt an, bis Cosmin hinter mir eintritt und ihre Mienen plötzlich verraten, dass sie zu wissen glauben, warum ich mit ihm allein sein will.

Dank Lars' Hinweis muss ich nun davon ausgehen, dass jeder glaubt, ich wäre heimlich in den Formel-1-Fuckboy verliebt.

Ganz toll.

Als ich die Tür hinter den Männern geschlossen habe und mich umdrehe, sehe ich, dass Cosmin in den offenen Kühlschrank starrt und sich ungeheuer viel Zeit dabei lässt, die perfekte Wasserflasche auszuwählen.

Ich bin fest entschlossen, mich nicht davon ärgern zu lassen, und schaue auf seinen Hinterkopf, bis er fertig ist.

Schließlich lehnt er sich gegen den Tisch – genau dort, wo auch ich stand, als ich darauf gewartet habe, dass sein Wagen einfährt. Wieso muss er genau an derselben Stelle stehen? Als würde er es wissen. Als wollte er mich verspotten, mich *berühren*.

Er öffnet die Flasche und trinkt, wobei sein Adamsapfel hüpft und sein Blick starr auf mich gerichtet ist. Auf seinen Lippen liegt ein mattes Lächeln. »Kann ich dir helfen, dragă?«, fragt er nach einem Atemzug.

»Ja, kannst du – lass uns mit dem blöden Spitznamen beginnen. Was bedeutet er überhaupt? Ist das Rumänisch für ›Bitch‹ oder so?«

Er zieht die Augenbrauen zusammen. »Was? Nein!«

Der Akzent ist nicht unattraktiv, wie ich mir widerwillig eingestehen muss. Er wäre sogar niedlich, wenn er nicht ein totaler Wichser wäre.

»Es heißt so viel wie ›Liebes‹ oder ›Schatz‹«, erklärt er. »Ein einfaches Wort.«

»Verstanden. Aber das ist total unangebracht. Damit kannst du sofort aufhören. Es sei denn, du denkst dir auch einen von diesen süßen rumänischen Spitznamen für jeden *Mann* des Teams aus.«

Er nickt und schaut in aufgesetzter Demut nach unten, doch ich erkenne, dass er nicht meiner Meinung ist.

»Kommen wir zum nächsten Punkt«, fahre ich fort. »Deine frechen Bemerkungen über das Teamradio sind nicht cool. Ich würde gern Dinge wie ›Hör nicht auf, werde nicht langsamer‹ sagen können, ohne dass du einen albernen Sexwitz reißt.«

»Ich habe nur gesagt: *Ich dachte, du würdest nie fragen.* Wenn du etwas Zweideutiges herausgehört hast«, er schmunzelt, »liegt das vielleicht an *dir*.«

Ich umklammere die Tischkante, bemerke, dass es ihm auffällt, und bin schon wieder genervt.

»Okay, pass auf, du notgeiles Klischee. Ich weiß, du glaubst, du seist der Macker schlechthin, weil du in der letzten Saison für Greitis in dieser Schrottkiste, die du gefahren hast, nicht allzu schlecht warst. Dein Debüt in der Formel 1 – jaja, megaspannend, schon kapiert.« Ich beuge mich vor und betone jedes Wort, als würde ich mit einem Kind sprechen. »Du magst besser fahren können als ich, aber ich bin schlauer als du. Bring mich nicht auf die Palme, sonst werde ich nicht ruhen, bis dein transsilvanischer Hintern wieder zurück in die Formel 2 gekickt wurde – oder besser noch, bis dir niemand mehr eine Chance gibt und du im Nachtprogramm von irgendeinem Privatsender Proteinshakes verkaufen musst.« Ich tippe mir an die Brust. »*Schlauer. Als. Du.* Ich habe mich schon mit Differenzialrechnung beschäftigt und zum Spaß Motoren gebaut, als du noch das Bett eingenässt hast.« Einen Moment glaube ich, dass ich ihn endlich mundtot gemacht habe, denn seine blaugrauen Augen wirken plötzlich hart. Punkte: an mich.

Er lächelt. »Ich habe schon einige Betten nass gemacht …« Er drückt sich vom Tisch ab und schlendert nervtötend gelassen zur Tür. »Aber nicht auf die Art, die du denkst.«

2

MELBOURNE

RENNTAG

Cosmin

Mein Blick huscht über die Rennbahn, den Verkehr, wobei ich winzige Anpassungen vornehme. Das Heulen des Motors ist das Blut, das durch meine Adern fließt. Ich bin vollkommen in die Sache vertieft, meine Kontrolle ist unerschütterlich und ergibt sich von selbst. Ich kämpfe nicht gegen das Auto, denn es ist mein Körper und mein Atem. Wir sind eins, und der Rausch ist unglaublich.

»Ortiz hatte einen verpfuschten Boxenstopp«, erzählt mir Phaedra in ihrem sachlichen Tonfall über das Teamradio. »Nach deinem Boxenstopp wirst du vor ihm sein.«

»Alles klar.« Frisches Adrenalin strömt durch meine Brust wie ein Stück glühende Kohle, das neuen Sauerstoff bekommt.

Wieder ihre Stimme, weich und natürlich, als würde sie in meinem Kopf wohnen. »P5 in Sicht. Hol dir den Sieg, Legs.«

Mateo Ortiz ist immer noch beim Boxenstopp, und als ich wieder losfahre, überkommt mich ein Schauder. Der fünfte Platz verwandelt sich von einer verschwommenen Vision in greifbare Realität.

Ich wurde nicht dafür geboren, ich bin dafür *gemacht*.

—

Bei meinem ersten Rennen für Emerald hole ich zehn Punkte.

Mein Teamkollege Jakob ist auf P9 gelandet und hat damit zwei Punkte eingeheimst. Ich mag ihn, denn er ist ein netter Kerl, wenn auch etwas verkrampft.

Mit zweiundzwanzig ist er schon verheiratet, und eine gewisse Inge ist die erste und einzige Frau, die er je hatte. Er weigert sich, die Vorteile unserer Karriere zu genießen. Absurd. Es ist, als würde man ein Anwesen besitzen, aber nur in einem Zimmer leben. Champagner würde Jakobs Lippen lediglich dann berühren, wenn er auf dem Podium damit übergossen würde. Er ist verlässlich und landet immer in den Top Ten, holt jedes Mal Punkte, hat jedoch nicht das Zeug, um Weltmeister zu werden.

Für mich ist das Siegertreppchen dank des starken Wagens, den ich dieses Jahr fahre, allerdings zum Greifen nahe.

Unsere PR-Managerin Reece versetzt mir einen belebenden Klaps auf die Schulter, während wir uns den Presseleuten nähern, die an der Absperrung warten.

Sie hat einen kritischen Blick, und ihr entgeht nichts. Wenn der coole, gemessene Teamvorgesetzte Klaus Emeralds Vaterfigur ist, dann ist Reece die fordernde Mutter, die keine Ausreden gelten lässt. Ihre Art ist genauso direkt und schnörkellos wie ihr Stil – kurze Haare, ungeschminkt, wachsame Augen. Sie spricht sieben Sprachen (unter anderem auch Rumänisch) und erinnert mich manchmal an meine zehn Jahre ältere Schwester Viorica, die genau wie sie auf die Vierzig zugeht.

Reece betrachtet die Gruppe mit ihrer unheimlichen Gabe, ein Dutzend Sätze auf einmal zu hören. »Das ist Natalia Evans«, flüstert sie mir ins Ohr und deutet auf eine brünette Frau in Lila. »Die neue Reporterin vom *Auto Racing Journal*.«

Ich betrachte die Journalistin von oben bis unten. »Mit ihr rede ich zuerst.«

»Bring mich nicht in Versuchung, dir das Maul zu stopfen, Cos«, warnt mich Reece.

»Sie lieben es, wenn ich flirte.«

»Und *du* liebst es, wenn du flirtest.«

Ich grinse sie an. »Klassische Win-win-Situation.«

Die brünette Reporterin sieht umwerfend aus. Mitte dreißig, groß, Sanduhrfigur, Augen wie ein wolkenloser Himmel, die Iriden umgeben von einem schwarzen Kreis, der zu ihren Wimpern passt. Ich werfe einen Blick auf ihre linke Hand – kein Ehering –, als sie sich kurz ans Ohr fasst und mit den Fingerspitzen über den Hals fährt. Unterbewusst stellt sie sich meine Hand dort vor, die weiter nach unten wandert und sie auszieht. Vielleicht werde ich heute Nacht zwischen diesen Beinen verbringen.

»Cosmin, ich habe Fragen!«, verkündet sie und tippt auf ihr Aufnahmegerät.

Ich lehne mich auf den Metallzaun und zwinkere ihr zu. »Und ich habe Antworten, iubi.« Mit einer Hand fahre ich mir durchs Haar und trinke einen Schluck Wasser.

Sie betrachtet den Strohhalm, als ich ihn wieder aus meinem Mund gleiten lasse und mir über die Unterlippe lecke. Ich kenne die Schritte dieses Tanzes so gut, dass ich ihn mit verbundenen Augen aufführen könnte.

»Lass uns direkt zum spannenden Teil kommen«, setzt sie an.

Ich ziehe die Augenbrauen hoch. »Das hört sich gut an.«

»Ausgezeichnet. Also, es ist dein erster Grand Prix, und schon hast du zehn Punkte geholt. Es sieht gut für dich aus. Machst du dir Sorgen, dass es Anfängerglück gewesen sein könnte? Mateo Ortiz hatte unglücklicherweise einen Boxenstopp von dreiundzwanzig Sekunden. Akio Ono und Anders Olsson hatten technische Probleme und konnten das Rennen nicht beenden. João Valle und Drew Powell sind miteinander kollidiert und ausgeschieden. War der fünfte Platz also Können oder reiner Zufall?«

Mit einem Mal macht das Interview keinen Spaß mehr. Vielleicht muss ich ihr später dafür den Hintern versohlen. Mit einem Lächeln senke ich den Blick. »So läuft das nun mal im Rennsport. Manchmal muss man sich ordentlich anstrengen, und manchmal fliegt einem alles nur so zu. Als sich die große Chance aufgetan hat, war *ich* allerdings derjenige, der sie genutzt hat.« Ich lehne mich näher zu ihr heran. »Es geht nicht darum, wie gut man ausgestattet ist, sondern wie gut man seine Ausstattung einsetzt. Und darin bin ich überaus geschickt.«

Sie schmunzelt. »Ach ja?«

»Das, iubi«, sage ich und tippe ihr auf den Handrücken, »kann ich dir garantieren.«

Reece berührt meinen Ellbogen und deutet zu einem kleinen Mann in Chinohose. »Von der *Herald Sun*«, sagt sie drängend.

Ich nicke dem Journalisten zu, lasse meinen Blick jedoch weiterhin auf Natalia ruhen. »Jetzt muss ich leider zum nächsten Reporter. Aber solltest du noch weitere Fragen haben, ich übernachte im Park Hyatt. Um neun Uhr in der Lounge?«

Eine Gestalt schiebt sich von der Seite in mein Sichtfeld.

»Nat!« Phaedra lehnt sich über den Zaun, um die Reporterin zu umarmen. »Was hältst du von unserem hochgewachsenen Draufgänger?«, fragt sie Natalia und versetzt mir mit dem Handrücken einen leichten Schlag auf den Bauch.

»Ich glaube, er wird heute Abend um neun Uhr ganz schön enttäuscht sein«, erwidert Natalia. »Und deine Beschreibung war überaus treffend.«

Vielleicht wäre ich in der Lage, meine Wut zu verbergen, wenn Phaedra mich nicht mit einem eindringlichen Blick aus ihren grünen Augen fixieren würde.

»Ach, Legs!« Ihre Lippen, die auch ungeschminkt immer pink sind, biegen sich, und sie rümpft ihre kleine Nase mit den

Sommersprossen. »Hast du etwa gedacht, du spielst mit ihr? Von wegen: *Natalia* hat mit *dir* gespielt.«

»Ihr Frauen seid schlau.« Ich sehe Natalia fest in die Augen.

»Schade. Eigentlich wollte ich dir bei einer Flasche Wein eine gute Story liefern.«

Nachdenklich kneift sie die Augen zusammen, ehe sie einen Arm um Phaedra legt. »Männer können einfach nicht verlieren. Aber wir beide treffen uns doch ohnehin heute Abend. Lasst uns alle zusammen in der Lounge etwas trinken. Wo wir schon im selben Hotel übernachten – warum nicht?«

Phaedra sieht alarmiert aus. »Nein, auf keinen Fall! Ich dachte, wir wollten *Peaky Blinders* bingen und die Minibar leeren.«

»Nur ein Drink«, erwidert Natalia in einem Tonfall, der verrät, dass es für sie beschlossene Sache ist. »Es wird lustig werden.« Mit diesen Worten schlendert sie davon, um Jakob zu interviewen, und der Reporter von der *Herald Sun* kommt auf mich zu.

»Sieht aus, als hätten wir ein Date«, sage ich zu Phaedra. Dann beuge ich mich vor, um ihr ins Ohr zu flüstern. »Zieh etwas Weißes an.«

Stirnrunzelnd lehnt sie sich von mir weg. »Halt die Klappe. Selbst wenn es mich auch nur annähernd interessieren würde, was du von meinem Outfit hältst – ich besitze nicht mal weiße Klamotten. Sie werden zu schnell schmutzig. Wer zum Teufel trägt schon Weiß?«

»Brave Mädchen, denen es nichts ausmacht, wenn es mal schmutzig wird.«

»Sagst du auch mal einen Satz, der nicht zweideutig ist?«

»Bist du beleidigt, weil ich die schlaueren Sprüche draufhabe?«

»Du glaubst, du kannst mich mit schlauen Sprüchen überlisten? Dazu musst du schon früher aufstehen.«

»Für *dich* würde ich auch die ganze Nacht wach bleiben.«

3

MELBOURNE

Phaedra

»Hier – das gehört jetzt dir«, verkündet Natalia, indem sie mir ein Kleidungsstück hinhält, als ich die Tür meiner Suite öffne. »An dir wird es toll aussehen, aber ich habe dafür zu viel Oberweite.«

Ich schließe die Tür und folge ihr in den Raum. »Du Ärmste. Hast du noch irgendwelche anderen Probleme? Zum Beispiel, dass du den ganzen Tag Süßkram isst und nicht zunimmst? Oder zu mühelos zum Orgasmus kommst?«

»Haha. Aber mal im Ernst: Probier es an. Ich habe es bei L'Habilleur gekauft, als ich in Paris war, und c'est très chic, aber ich fühle mich nicht wohl darin.«

»Man könnte fast Mitleid haben.« Ich halte das Teil hoch, um es zu inspizieren. Der Stoff fühlt sich himmlisch weich an, und der Ausschnitt besteht aus zwei überkreuzten Stoffschichten. »Das kann ich heute Abend nicht tragen, weil es weiß ist.«

Natalia setzt sich aufs Bett, um den Riemen an einem ihrer Stilettos zu richten. »Warum nicht? Hast du vor, dich zu betrinken und draufzusabbern?«

»Der Formel-1-Fuckboy hat mir gesagt, ich soll Weiß tragen, und ich will nicht, dass er denkt, ich hätte es für ihn angezogen.« Ich öffne die Schranktüren und betrachte meine Optionen. »Schließlich bin *ich* diejenige, die *ihm* Befehle erteilt.«

»Ich wette, er weiß schon nicht mehr, dass er das gesagt hat. Der Typ ist wie ein Springbrunnen, der seine flirtigen Kommentare in alle Richtungen sprüht. Nun probier es schon an! Du weißt, dass ich ein gutes Auge für so was habe.«

Ich ziehe mir mein T-Shirt mit der Aufschrift *CAMP SOH-CAH-TOA TRIGONOMETRIE* aus und werfe es Nat entgegen, die sich lachend duckt.

Jetzt geht sie zur Minibar, holt eine kleine Flasche Courvoisier hervor und nimmt eine Schale Erdbeeren mit Schokoladenüberzug aus dem Kühlschrank. »Ganz schön chic hier in den oberen Etagen«, merkt sie mit vollem Mund an. »Weißt du, was in meinem Kühlschrank ist? Mini-Babybel und Wasserflaschen.« Sie öffnet den Cognac und trinkt die Hälfte davon.

Ich betrachte die Bluse im Spiegel. Es stimmt, dass ich nichts Weißes besitze – hauptsächlich, weil ich davon ausgegangen bin, dass es mir aufgrund meiner blassen sommersprossigen Haut nicht stehen würde, doch zu meinem Erstaunen sieht Weiß toll an mir aus, und der Schnitt der Bluse ist perfekt. Meine Taille wirkt schmal, und meine Brüste – kaum Körbchengröße B – werden überraschend gut in Szene gesetzt.

Unbeholfen und mit ausgebreiteten Armen drehe ich mich zu Nat um. »Und?«

»Wahnsinnig sexy! Allerdings würdest du noch besser aussehen, wenn du nicht so steif und gequält dastehen würdest.«

»Du weißt, dass ich mich in Jeans und T-Shirt wohler fühle.« Ich umfasse den unteren Saum der Bluse, um sie mir wieder über den Kopf zu ziehen.

»Wage es bloß nicht! Du siehst umwerfend aus. Wenn du in einem weiten Nerd-Shirt und zerrissener Jeans in die Lounge schlurfst, schreie ich.«

»Ich will mich aber nicht verkleiden! Besonders nicht vor dem ›ralligen Rookie‹, wie ihn die Presse letztes Jahr tituliert hat.«

Nat zieht ihre perfekt gezupften Augenbrauen hoch und schiebt sich eine weitere Erdbeere zwischen die rot geschminkten Lippen. »Du kannst die zerrissene Jeans anziehen, aber *zu* der Bluse.«

»Das ist lächerlich.«

»Hallo? Wer ist hier die Fashion-Expertin? Moi. Die Kombi elegante Bluse aus einer Pariser Boutique und Jeans, die aussieht, als hättest du sie schon als Teenager gehabt ...«

»Ich habe sie tatsächlich schon als Teenager gehabt«, werfe ich ein.

»... sieht megastylish aus. Die Message dahinter lautet: *Ich bin kultiviert genug für diese edle Bluse und dennoch gechillt genug für eine zerrissene Jeans.*«

Ich drehe mich wieder zum Spiegel um. »Na schön, aber ich werde mich nicht schminken.«

»Nur etwas Mascara«, schlägt sie vor. »Deine grünen Augen sind mit das Beste an dir. Und einen Tupfer Lippenstift – deine vollen Lippen müssen in Szene gesetzt werden.«

»Willst du mich verkaufen, oder was?« Ich straffe die Schultern, drehe mich zur Seite und betrachte mich in dem neuen Kleidungsstück. »Und selbst wenn man mich kaufen könnte«, flüstere ich, »könnte niemand sich mich leisten.«

—

Unser Teamvorgesetzter Klaus wartet gerade auf den Fahrstuhl, als Nat und ich im Erdgeschoss aussteigen. Neben ihm steht eine blonde Frau, die halb so alt ist wie er, und starrt ehrfürchtig zu ihm hoch.

Zugegeben: Klaus sieht gut aus für seine fünfundvierzig Jahre. Seine Haare werden langsam grau, er ist groß, reich und überaus diszipliniert mit seinen Workouts. Seine typische leicht überhebliche Art finden Frauen anziehend – als würde er ihnen einen Gefallen tun, indem er mit ihnen schläft. Auf alle anderen wirkt er arrogant, aber ich kenne ihn gut genug, um zu wissen, dass er einfach niemanden an sich heranlassen will, seit seine Frau vor fünf Jahren gestorben ist. Auf jedem Grand Prix macht er eine neue Eroberung und erzählt ihr – Gerüchten zufolge –, dass er ihr aufgrund der Sicherheitsvorschriften nicht seine Nummer geben kann. Es ist zum Schreien. Vielleicht ist Klaus' Frauenverschleiß die letzte Phase seiner Midlife-Crisis, bevor er anfängt, Modelleisenbahnen zu bauen und Vögel zu beobachten. Dennoch tippe ich eher auf Trauerbewältigung.

Klaus schenkt mir das, was Models als »Smize« – ein Lächeln mit den Augen – bezeichnen.

»Guten Abend, Schatzi«, begrüßt er mich mit dem väterlichen deutschen Spitznamen, den er schon seit Jahren für mich verwendet. Sein Blick fällt auf Natalia. »Und?« Er sieht sie mit hochgezogenen Augenbrauen an, während die Blondine neben ihm ihn wütend anfunkelt.

»Natalia Evans«, stellt sie sich mit einem eisigen Lächeln vor. »Vom *Auto Racing Journal*.«

Die Blondine räuspert sich und hält die Aufzugtür offen, die kurz davor ist, sich zu schließen.

»Hab einen schönen Abend«, sagt Klaus zu mir. »Hat mich sehr gefreut, dich kennenzulernen«, fügt er an Nat gewandt hinzu, ehe er den Aufzug betritt.

Sie wendet sich ab und marschiert so schnell in Richtung Bar, dass ich kaum hinterherkomme.

»Hey, du hast es aber eilig. Was ist los?« Ich schmunzele. »Ach, ich weiß. Geht es vielleicht um den eins fünfundneunzig großen Typen, der gerade in den Fahrstuhl gestiegen ist?«

»Ich habe keine Ahnung, wovon du sprichst.«

»Klaus ist *wirklich* ziemlich heiß«, necke ich sie. »Ich habe bemerkt, wie du ihn angestarrt hast.«

»Wen?«

Ich grinse. »Mach mir nichts vor. Du hast ausgesehen, als wolltest du ihn entweder ermorden oder ihm die Klamotten vom Leib reißen – ich kann mich nicht entscheiden.« Ich sehe sie forschend an. »Kennt ihr euch etwa schon? Du wirst ganz rot.«

Vor dem Eingang zur Lounge bleibt sie stehen und stemmt eine Hand in die Hüfte. »Ja, ich kenne ihn bereits. Ich habe ihn vor ein paar Monaten beim Großen Preis von Abu Dhabi getroffen, und er war total unhöflich.«

Ich sehe sie skeptisch an. »Klaus Franke? Bist du dir sicher, dass wir über denselben Mann sprechen? Wir nennen ihn Captain Smooth – ich kann mir nicht vorstellen, dass er unhöflich zu dir gewesen sein soll. Was ist passiert?«

»Er ist einfach …« Stirnrunzelnd presst sie die Lippen zusammen. »Egoistisch.«

»Mädel, in diesem Sport gibt es so einige, die ein großes Ego haben. Und Klaus gehören vierzig Prozent von Emerald. Er ist steinreich. Klar, dass der Typ ein bisschen überheblich ist.«

»Egal.« Nat wirft sich in einer gleichgültigen Geste das Haar über die Schulter und betritt die Lounge. »Da ist ja dein ralliger Rookie«, sagt sie und zeigt auf Cosmin.

»Er ist wohl kaum *meiner*«, murmele ich.

Cosmin führt gerade seinen Trick vor, bei dem er »Wasser in Whisky verwandelt«, indem er die beiden Flüssigkeiten mit unterschiedlicher Dichte zwischen zwei Schnapsgläsern hin und her gießt. Sein Publikum ist eine junge Frau, die in der Highschool in Physik offenbar durchgefallen ist und glaubt, er könnte tatsächlich zaubern.

Ihr elfenhaftes Gesicht ist eingerahmt von einer Frisur, die ebenso der Vergangenheit angehören sollte wie Prophezeiungen zum Weltuntergang und Schnurrbart-Tattoos auf Fingern. Als wir uns nähern, schwindet ihr ehrfürchtiges Grinsen. Falls dies ein Wettbewerb ist, erkennt sie in diesem Moment, dass sie Natalia nicht besiegen kann, denn sie ist unfassbar schön.

»Herzlich willkommen, Ladies!«, begrüßt uns Cosmin. »Das ist Abby.« Er gestikuliert zu der Frau, die uns widerwillig zuwinkt. Indem er sich auf seinem Barhocker umdreht, nickt er in Nats Richtung und erklärt Abby: »Das ist Miss Evans. Und die Frau in Weiß«, er scheint die Farbe besonders zu betonen, obwohl es auch gut möglich ist, dass ich es mir nur einbilde, »ist die Tochter des Teambesitzers, Miss Morgan.«

Mein Kiefer verspannt sich angesichts dieser Beleidigung.

Ernsthaft, Arschloch? Nicht deine Renningenieurin, sondern einfach Mos Tochter? Und warum stellst du uns überhaupt vor, wenn wir keine Vornamen haben, als wären wir Gouvernanten des neunzehnten Jahrhunderts?

Kurz verweilt Cosmins Blick auf Natalia, die ein Samtkleid trägt, das so kurz ist, dass sie ihre Handtasche nach Hause kicken müsste, würde sie sie fallen lassen. Sie sieht umwerfend aus, und obwohl Nat der festen Überzeugung war, ich sehe edgy in diesem Outfit aus, bin ich mir ziemlich sicher, dass ich wirke wie ein Teenager, der alles von der Taille aufwärts in einem Laden geklaut hat.

Nun betrachtet er mit selbstzufriedener Miene meine Bluse. Verdammt, er weiß es noch!

»Nat hat mich dazu gezwungen, das anzuziehen«, platze ich in einem Tonfall heraus, der an Ally Sheedy in *The Breakfast Club* erinnert, als sie nach ihrem Make-over die Schuld auf Claire schiebt.

In dieser Lounge gibt es nicht genug Scotch, um die Blamage wegzuspülen.

Als sein Blick auf meine schwarzen Converse fällt, hinterfrage ich meine Starrsinnigkeit, mit der ich darauf bestanden habe, sie zu tragen. Aber nachdem Nat behauptet hat, ich würde aussehen wie Chewbacca aus *Star Wars*, um mich dazu zu überreden, mir die Augenbrauen zu zupfen, waren die Sneakers meine Art der Rebellion.

Ich schenke Abby ein verkniffenes Lächeln und winke dem Barkeeper, um einen doppelten Glenmorangie auf Rechnung von Emerald zu bestellen.

Cosmin lenkt seinen Fokus wieder auf Abby, platziert seine – langfingrigen und starken – Hände über den aufgestapelten Schnapsgläsern und zieht sie auseinander. Er schlachtet den Trick wirklich aus, was absurd ist, weil das nicht mal nötig wäre. Sein Engelsgesicht allein würde ihm zu allem verhelfen, was er will, doch offenbar freut er sich über Abbys Begeisterung für den Zaubertrick.

Der Barkeeper serviert mir meinen Drink, woraufhin ich sofort einen Schluck nehme und das Brennen auf meiner Zunge genieße.

Natalia, die zwischen Cosmin und mir sitzt, hat ihr Smartphone hervorgeholt und studiert eine Nachricht, wobei sie nachdenklich die Lippen zusammenpresst. Schließlich sperrt sie das Handy und dreht es um, nur um es wieder von der Theke zu nehmen und die Nachricht noch einmal zu lesen.

Ich verrenke mir den Hals in einem Versuch, die kurze Nachricht zu lesen, die von einer Nummer ohne Namen zu stammen scheint, doch sie schiebt das Smartphone knurrend in ihre Handtasche.

Abby quietscht überrascht neben Cosmin und kichert, als sie von ihrem Barhocker rutscht und ins Stolpern gerät. Er legt ihr eine Hand unter den Ellbogen, um sie zu stützen, und beugt sich dann vor, um leise mit ihr zu sprechen.

Währenddessen nehme ich einen weiteren Schluck von meinem

Scotch und betrachte Natalia, die ihr Handy wieder herauskramt, als es erneut vibriert.

»Wer schreibt dir denn?«

»Niemand«, erwidert sie. »Falsche Nummer.«

Ihr Tonfall ist zu unschuldig. Erwischt!

»Aha, wusste ich's doch!« Ich ziele mit einer imaginären Pistole auf sie. »Es ist ein Typ, habe ich recht?« Als das Display noch einmal aufleuchtet, greife ich nach dem Smartphone, ehe sie die Chance dazu hat, und wehre mich entschlossen, als sie versucht, es mir mithilfe eines Wrestling-Griffes abzunehmen.

Ich halte das Handy weit von ihr entfernt. »Oooh«, schnurre ich, »wie mysteriös!«

»Hör schon auf!« Sie nimmt mir das Smartphone aus der Hand. »Was ist los mit dir? Bist du zweiunddreißig oder dreizehn?«

Die Bemerkung verletzt mich tatsächlich ein bisschen. »Was soll die Geheimniskrämerei?«, versetze ich.

Sie bedenkt mich mit einem überheblichen Blick. »Offenbar kennst du nicht den Unterschied zwischen geheim und privat. Bist du nicht angeblich ein Genie?«

»Wow, wie nett.« Ich trinke mehr von meinem Scotch und schüttele den Kopf.

Wir verstehen uns super, ärgern uns aber auch manchmal gegenseitig. Wenn sie schlechte Laune hat, macht sie sich über meinen Intellekt lustig, und ich ziehe sie damit auf, dass sie egoistisch oder oberflächlich ist. Nach vierzehn Jahren Freundschaft sind wir wie ein altes Ehepaar, doch zum Glück liebe ich sie öfter, als dass ich sie erwürgen will. Wir schauen einander an und versuchen zu entscheiden, ob wir uns weiter streiten oder darüber lachen sollen.

In diesem Moment sehe ich, dass sich Cosmin hinter ihr erhebt und mit Abby davongeht.

»Ardelean!«, rufe ich, dankbar für die Ablenkung. »Wo willst du hin?«

So ein Mist! Warum interessiert mich das?

Er dreht sich um und hält einen Finger hoch, um anzuzeigen, dass er gleich wieder zurück ist.

Eilig zucke ich mit den Schultern, als würde es ohnehin keine Rolle spielen – ich war nur neugierig, keine große Sache.

Ich nippe an meinem Drink und schaue betont geduldig zu, während Nats Daumen über die Tastatur ihres Handys fliegen. »Phae …« Sie legt mir eine Hand aufs Knie.

»Oh, nein. Was?«

»Bitte sei nicht böse, aber ich muss dich leider sitzen lassen. Es ist etwas dazwischengekommen.«

»Wie bitte? Nein. Wage es bloß nicht, mich mit diesem Schwachkopf allein zu lassen!«

Sie schaut sich in der Bar um. »Wie es aussieht, ist besagter Schwachkopf abgehauen. Du kannst also nach oben gehen, fernsehen und was beim Zimmerservice bestellen, so wie du wolltest.«

»Das wollte ich *mit dir* tun«, protestiere ich.

Sie erhebt sich. »Falls wir uns vor Bahrain in zwei Wochen nicht mehr sehen, müssen wir definitiv dort zusammen was planen. Halt mal kurz still …« Sie kneift mir in die Wangen, um sie rosig zu machen. »Du siehst gut aus, wie Emma Stones mürrische Cousine. Mach es zu deiner Waffe! Sprich mit anderen Menschen.« Sie umarmt mich von der Seite, bevor sie sich auf ihren klackernden Absätzen entfernt.

Nachdem ich ein paar Minuten versucht habe, unbekümmert und selbstbewusst auszusehen, obwohl ich allein mit einem Drink an der Bar sitze, trinke ich mein Glas aus und erhebe mich. Ich lege Trinkgeld für den Barkeeper auf der Theke ab und steuere die Aufzüge an.

Als ich am Eingang des Hotels vorbeikomme und zufällig nach draußen schaue, sehe ich, dass Cosmin die Tür eines Wagens mit Uber-Logo aufhält.

Wo zum Teufel fährt er hin?

Nachdem Abby eingestiegen ist, schließt er die Tür und schiebt der Fahrerin durch das Fenster ein paar zusammengerollte Geldscheine zu. Dann hebt er seine Hand zu einem reglosen Winken und sieht zu, wie sich das Auto entfernt.

Hm.

Normalerweise würde ich jedem applaudieren, der eine betrunkene Frau in ein Taxi setzt und nach Hause schickt, aber es war befriedigender, Ardelean als Arschloch zu betrachten.

Als er sich umdreht, taumele ich erschrocken zurück und falle fast auf den Hintern.

Er kommt durch die automatische Tür geschlendert. »Wartest du auf mich?«

»Wohl kaum. Ich wollte gerade zurück in mein Zimmer.«

Sein Outfit sollte an niemandem gut aussehen. Er trägt allen Ernstes einen smaragdgrünen Anzug und ein pfirsichfarbenes Hemd, bei dem der oberste Knopf offen ist. Nicht einmal eine Krawatte hat er sich umgebunden. Ehe ich mich versehe, verleitet mich der Scotch in meinem Blut dazu, ihm ein Kompliment zu machen.

»Netter Anzug. Hast du den vom Flohmarkt?«

Halt, nein. Kein Kompliment. Ich darf nie wieder einen doppelten Scotch auf leeren Magen trinken.

Er lässt meine Bemerkung unkommentiert stehen, vermutlich weil in diesem Moment sein Handy klingelt. Der Klingelton ist *Fame* von David Bowie.

Ich habe Mühe, eine neutrale Miene zu behalten, denn er ist mein absoluter Lieblingsmusiker – ich habe getrauert, als er gestorben ist –, und dieser Idiot hat nicht das Recht, auch ein Fan zu sein.

Finster schaue ich auf das Telefon, jedoch nicht aus dem Grund, den Cosmin annimmt.

Er stellt es auf lautlos, ohne den Anruf anzunehmen. »Ich wollte nicht drangehen.«

»Wie auch immer – alles gut. Wie gesagt, ich wollte gerade gehen. Nat musste los.«

»Ich weiß.« Er richtet seine Ärmel. »Ich habe gesehen, dass sie mit jemandem in einen Wagen gestiegen ist.« Mit einem milden Lächeln hebt er die Augenbrauen und steuert die Lounge an.

Dieser verdammte Mistkerl weiß, dass ich ihm folgen werde. Ich beeile mich, um ihn einzuholen. »Warte, weißt du irgendwas?«

Er zieht einen Stuhl an einem Tisch für zwei zurück und bedeutet mir, Platz zu nehmen, bevor er sich gegenüber von mir hinsetzt. »Mir entgeht nichts, dragă.«

»Okay, genug mit der Geheimniskrämerei. Mit wem ist Nat abgehauen?«

Er fährt mit der Fingerspitze spielerisch eine Windung in der Maserung des glänzenden Holztisches nach und hält so lange inne, dass ich ungeduldig werde, dann schenkt er mir ein verschlagenes Lächeln.

Wo ist die aufgerollte Zeitung, zu der Dad mir geraten hat? Nun hat er definitiv einen Schlag in den Nacken verdient.

Er will eindeutig, dass ich bettele, aber diese Genugtuung gebe ich ihm nicht. Ich verschränke die Arme vor der Brust. Herausforderung angenommen.

Den Kopf auf eine Hand gestützt, schaut er mich ungerührt an, und der Anblick seiner starken Finger an diesem markanten Kiefer ist irritierend schön. Argh.

»Deine Freundin ist mit Klaus weggefahren.«

Meine Augenbrauen schießen in die Höhe. »Ach du Scheiße! Echt? Hm. Was hat …«

Eine Kellnerin unterbricht uns, indem sie eine Karaffe mit Wasser auf den Tisch stellt, woraufhin Cosmin ein paar Appetizer bestellt: Nüsse, Früchte, Hummus mit Pitabrot. Dinge, die ich oft in der Kantine des Fahrerlagers esse. Ich bin mir nicht sicher, ob ich es creepy oder beeindruckend finde, dass es ihm aufgefallen ist.

Ich kaue auf meiner Unterlippe herum und denke über Cosmins Offenbarung nach. Als die Kellnerin weg ist, frage ich: »Hat jemand von ihnen etwas gesagt – Nat oder Klaus?«

»Nicht zu mir. Aber ich habe einen Wortwechsel gehört, als er ihr in den Wagen geholfen hat. Er meinte: ›Ich muss mich bei dir entschuldigen‹, und sie hat erwidert: ›Ist das mehr oder weniger wert als tausend Euro?‹«

»Was? Das ist ja total merkwürdig.«

Cosmin schenkt uns Wasser ein und hebt sein Glas. »Auf eine erfolgreiche Saison!«

»Sollten wir nicht mit Champagner anstoßen?« Ich tippe sein Glas mit meinem an.

»Du hast schon genug getrunken.«

Meine Hand erstarrt. »Äh, wie bitte?« Beim Sprechen lausche ich, ob meine Stimme angetrunken klingt. Zum Glück nicht. Sie ist glockenhell. Glaube ich zumindest. »Und woran machst du das fest?«

Langsam breitet sich ein Grinsen auf seinen Lippen aus. »Daran, wie oft du meinen Mund anschaust.«

Ich zögere nur eine Sekunde, ehe ich zur Bar gehe und einen weiteren Scotch bestelle. Mit aufgestützten Ellbogen warte ich in dem Wissen, dass sein Blick auf mir ruht. Das ist der Grund, warum ich diese Jeans trotz der vielen Risse behalten habe: Mein Hintern sieht wahnsinnig gut darin aus.

Soll er ruhig das anstarren, was er nicht haben kann.

Mit dem Drink in der Hand stolziere ich zurück und stelle

fest, dass die Appetizer mittlerweile serviert worden sind. Ich ignoriere Cosmin und dippe Pitabrot in den Hummus, wobei ich genieße, wie gut der Geschmack zu den süßen Weintrauben und dem Scotch passt. Anschließend probiere ich eine Handvoll spanischer Mandeln.

Cosmin schiebt sich eine Olive in den Mund, die ich persönlich lieber meide, weil ich weiß, dass sie Steine haben, und der Gedanke daran, einen vor ihm ausspucken zu müssen, gefällt mir nicht.

Ich versuche, nicht darauf zu achten, wie sich seine Lippen beim Kauen bewegen. Als er den Stein aus seinem Mund holt, ist die Bewegung so kontrolliert und elegant, dass es mich ernsthaft nervt. Ich könnte niemals gut aussehen, während ich etwas tue, das so abgrundtief unsexy ist.

Ich nehme einen Schluck Wasser und versuche, mit der Zunge einen Mandelrest aus meinem Backenzahn zu entfernen, wobei ich definitiv nicht cool und verführerisch wirke, sondern vermutlich eher wie eine Sockenhandpuppe.

Ich inspiziere die Weintrauben und weiche seinem Blick aus. »Also zurück zu Natalia und Klaus. Mehr hast du nicht gehört?«

»Nein. Aber ich hatte schon so eine Vorahnung, dass Miss Evans dieses Kleid nicht für mich angezogen hat. Außerdem hat sie die ganze Zeit zur Tür geschaut, als würde sie hoffen, dass eine bestimmte Person auftaucht.« Mit seiner Gabel spießt er vorsichtig ein Stück Melone auf. »Jetzt wissen wir, wer es war, oder?«

Die betrunkene Version von mir findet es leicht heiß, wie er das Wort *Vorahnung* ausspricht.

Was zum Teufel stimmt nicht mit mir?

Cosmin nimmt mir eine Weintraube aus der Hand. »Und ich weiß auch, dass du diese Bluse für mich angezogen hast.«

Der zweite Scotch war eine echt blöde Idee. Mein Gehirn arbeitet sich durch alle cleveren, schlagfertigen Erwiderungen, die mir je in den Sinn gekommen sind.

Einen Moment hält er die Weintraube zwischen seinen Zähnen, ehe er sie in seinem Mund verschwinden lässt.

Zumindest glaube ich das. Es könnte natürlich auch an den Zeitlupenbildern liegen, die mein benebelter Kopf abspielt. Kombiniert mit meiner Wut und der Tatsache, dass ich nicht aufhören kann, seine Lippen anzustarren.

Punkte: an den Arsch.

Wenn ich mutiger wäre, würde ich die dämliche weiße Bluse ausziehen, sie in einer Mic-Drop-Bewegung auf den Tisch werfen und mit schwingenden Hüften davongehen. Aber wahrscheinlich würde irgendjemand ein Foto schießen, das anschließend in der Zeitung landet: *Stripper-Skandal um Emerald in Melbourne.*

Ich erhebe mich, nehme mir eine Handvoll Mandeln und ein Bündel Weintrauben und verlasse die Lounge, ohne mich noch einmal umzusehen.

Im Aufzug esse ich Trauben direkt vom Zweig – wie ein betrunkener römischer Kaiser –, was den Mann, der ebenfalls im Fahrstuhl steht, zum Lachen bringt.

»Brauchst du vielleicht noch jemanden, der sie für dich schält?«, fragt er.

Ich betrachte ihn aus glasigen Augen und stelle fest, dass er definitiv den Schnitt meiner Bluse bewundert. Sein Hemd betont aber auch seine Gewichtheber-Muskeln, obwohl ich nicht auf so etwas stehe.

Kurz ziehe ich in Erwägung, für ein paar Stunden eine andere Person zu sein und zuzulassen, dass er meine Weintrauben pellt und mich aus meinen Klamotten schält.

Als wir auf seiner Etage angekommen sind, öffnet sich die

Aufzugtür. Er steigt aus und hält mir seine Hand in einem Angebot hin, ihm zu folgen.

Mit dem Ellbogen betätige ich die Taste, um die Tür zu schließen, weil ich nicht diese Art von Person bin und mein Leben
nicht zulassen will, dass ich das vergesse.

4

BAHRAIN
ENDE MÄRZ

Cosmin

Meine Schwester Viorica sieht müde aus, aber ich weiß, dass es besser ist, sie nicht darauf anzusprechen. Als ich dies bei unserem letzten Videocall angemerkt habe – lediglich, weil ich mir Sorgen mache, da sie so hart für Vlasia House, das Kinderheim der Ardelean Foundation, arbeitet –, hatte ich Glück, dass uns Tausende Kilometer trennten. Rica ist recht empfindlich, was ihr Alter – sie ist siebenunddreißig – angeht.

Das ist mir über die Jahre schon öfter an ihr aufgefallen. Wenn man sie provoziert, was kleine Brüder gern tun, kann sie überaus gereizt reagieren. Sie war vierzehn, als unsere Eltern bei einem Autounfall ums Leben kamen, woraufhin wir von Andrei Ardelean aufgenommen wurden.

Er war kein guter Mensch, genau genommen war er sogar grausam, auch wenn er bereit war, einen beachtlichen Teil seines Vermögens in meine Bildung und meine Kartsport-Karriere zu investieren, die ich schon mit fünf begann.

Für Viorica war er ein Schwein, was ich damals noch nicht richtig verstanden habe, weil ich noch so jung war. Doch jetzt weiß ich alles. Und obwohl er mittlerweile tot ist, kämpfe ich nach wie vor gegen ihn, gegen seine scharfen Kanten, die auch ein Teil von mir sind. Gegen seine Arroganz und seine manipulative Art. An manchen Tagen kann ich nicht in den Spiegel schauen und muss ein verbittertes Lachen unterdrücken, wenn die Leute eine Bemerkung über meine Schönheit machen, denn ich sehe nur die Hässlichkeit meines Onkels.

Unsere Unterhaltung, die wir in unserer Muttersprache führen, beginne ich mit einem Kompliment.

»*Du hast grandiose Arbeit geleistet, Rica. Die Erweiterung des Gartens ist wunderschön.*«

Sie reibt sich den geraden Nasenrücken. »*Danke. Aber was Vlasia House am nötigsten hat, ist ein modernes Heizungssystem – in der dritten Etage ist es im Winter so kalt –, und das wird teuer werden. Wir haben schon so viel für das neue Dach ausgegeben.*«

Sie nimmt einen Schluck von ihrem Tee. Die Videoverbindung ist heute so gut, dass ich sogar Dampf aus ihrer Tasse aufsteigen sehe. Hinter ihr erkenne ich die antiken Bücherregale, die mir verraten, dass sie in ihrem Büro ist.

»Lass uns auf Englisch umsteigen, ich sollte üben«, bittet sie.

»Klar.«

»Der Zuschuss, den wir letztes Jahr bekommen haben, hat nicht für so viel ausgereicht, wie ich mir erhofft hatte.« Als sie fortfährt, klingt ihre Stimme merkwürdig gepresst. »Nächste Woche treffe ich mich mit einem potenziell großzügigen Geldgeber.«

»Möchtest du, dass ich dazukomme?«

»Ich würde mich lieber selbst darum kümmern.« Ehe ich die Chance habe, weiter nachzubohren, stellt sie mir eine Frage. »Für wann hast du deinen nächsten Besuch geplant?«

»Vor Baku. Aber warum lenkst du vom Thema ab?«

Ihr Schnauben verrät mir, dass es Absicht war.

»Es ist irgendwas, das mit dem Geldgeber zu tun hat, oder?«

Ihre Nasenflügel blähen sich. »Ich habe alles unter Kontrolle, Cosminel«, erwidert sie tonlos und verwendet absichtlich die Verniedlichung meines Namens, um mich in Schach zu halten.

Ich kann es mir nicht verkneifen, ihr ein schelmisches Grinsen zu schenken, um sie zu ärgern. »Wie du wünschst.«

Als ihr Handy klingelt, schaut sie auf das Display. »*Ich muss drangehen*«, sagt sie, nun wieder auf Rumänisch. »*Viel Glück dieses Wochenende!*«

»*Ich werde mein Bestes geben. Gute Nacht, Rica.*« Ich lasse mein Handy aufs Bett fallen, gehe zum Fenster und bewundere die Bucht und die Lichter der Stadt auf der anderen Seite, die sich am Wasserrand spiegelt wie neonfarbene Zähne. Mein eigenes Spiegelbild im Glas wirkt schwach, als wäre ich unter Wasser. Viorica ist nicht die Einzige, die müde aussieht.

Ich ziehe mir Sportkleidung an, greife nach einer Flasche Wasser, einem Handtuch, meinem Handy, den kabellosen Kopfhörern und einer Packung Energy-Gel von einem Sponsor, bevor ich nach unten ins Fitnessstudio gehe. Zwar habe ich schon ein Workout mit meinem Physiotherapeuten Guillaume hinter mir, aber wenn meine Gedanken rasen und ich mir Sorgen mache, muss ich etwas weniger Strukturiertes tun. Solange niemand auf das Laufband wartet, jogge ich gut und gern eine Stunde und höre Musik.

Ich stelle eine leichte Steigung ein, höre ein Album von Cage the Elefant – einer Band, die mir die amerikanische Freundin meines besten Freundes Owen empfohlen hat – und denke an zu Hause, an Vlasia House, und überlege, ob ich vor dem Großen Preis von China ein paar Tage nach Bukarest fliegen soll. Beim nächsten Meeting würde ich Rica gern unterstützen, um zu sehen, was sie so bedrückt und was sie glaubt, geheim halten zu müssen.

Als ich zu den Fahrstühlen zurückgehe, sehe ich, dass Phaedra den Flur aus dem Damenfitnessstudio entlangkommt. Ihr rotbraunes Haar, das mich an den Einband eines antiken Buches erinnert, ist hochgesteckt, doch aus der Frisur haben sich ein paar feuchte Strähnen gelöst. Ihre Wangen sind vor Erschöpfung gerötet. Ich frage mich unwillkürlich, ob sie wohl so nach dem Sex aussieht. Sie trägt eine lange, weite offene Kapuzenjacke, die ihr bis über die Hüften reicht wie ein Bademantel. Ob die ihrem Freund gehört? Datet sie irgendjemanden? Die Frau ist mir ein absolutes Rätsel, denn ich weiß nichts über sie, außer der kleinen Hinweise, die ich horte wie eine Elster ihre Schätze.

Nun schaut sie auf ihr Handy und reibt sich den Nacken mit einem Handtuch. Als sie bemerkt, dass ich am Aufzug auf sie warte, bleibt sie nur wenige Zentimeter erschrocken vor mir stehen. Aus dieser Nähe fällt mir auf, wie klein sie ist, vielleicht eins sechzig. Ihre Persönlichkeit lässt sie größer wirken, doch ich könnte sie mühelos hochheben. Ihr Geruch nach dem Workout erinnert mich an heißes Metall. Ich will spüren, wie perfekt mein Gesicht sich an ihre Halsbeuge schmiegen würde, male mir aus, dass ich den salzigen Schweiß auf meinen Lippen schmecke, dass sie ihre Arme um mich schlingt, ihre zierlichen Hände unter mein T-Shirt wandern lässt und mit den Fingerspitzen über die Vertiefung an meiner Wirbelsäule fährt.

»Guten Abend, dragă. Schön, dich zu sehen. Was hörst du?«

Mit unbeeindruckter Miene sperrt sie ihr Handy. »Einen Podcast.«

Dabei habe ich längst gesehen, dass sie *Diamond Dogs* von David Bowie hört. Meine Frage war lediglich eine Gesprächseröffnung, reiner Small Talk. Will sie mich mit ihrer unverhohlenen Lüge herausfordern? So oder so ist es schade, denn ich hätte sie gern gefragt, welches ihr Lieblingslied auf dem Album ist.

Die Flügel ihrer sommersprossigen Nase blähen sich. »Warum stinkst du nach Hustensaft?«

»Das ist das Energy-Gel. Keine gute Geschmacksrichtung – es soll Kirsche sein. Willst du mal probieren?« Ich neige den Kopf, als wollte ich sie küssen.

Ihr Blick ist eisig. »Nein danke. Das hättest du wohl gern. Außerdem interessiert es mich nicht, wie du den Geschmack von Sponsorenprodukten findest. Du tust so, als würde es himmlisch schmecken, selbst wenn es total stinkt. Und ich werde bestimmt nicht dafür sorgen, dass ein Bild von uns auftaucht, auf dem du an irgendetwas anderem saugst.«

Als Tür des Fahrstuhls aufgeht, bedeute ich ihr, als Erste einzusteigen, dann folge ich ihr und betätige den Knopf für die Emerald-Etage. Als sich die Tür schließt, stelle ich meine Füße hüftbreit auf und lege meine Hände hinter dem Rücken zusammen, als würde ich die Position für ein Pressefoto einnehmen. Offenbar habe ich mich so ans Posieren gewöhnt, dass ich beinahe vergessen habe, wie sich mein Körper entspannt anfühlt – und dass es Frauen vielleicht immer so geht.

Als ich Phaedra anschaue, wendet sie den Blick ab.

»Du musst froh sein, dass es unten ein abgetrenntes Fitnessstudio für Frauen gibt«, merke ich an.

»Nein, ich finde es albern und rückschrittlich.«

»Ach ja?«

»Nach dem Motto *Keine Sorge, junge Dame!* sagt sie in einem lang gezogenen amerikanischen Cowboy-Akzent: ›*Ich rette dich vor den gefürchteten männlichen Blicken.*‹ Es ist total absurd.«

Perplex schüttele ich den Kopf. »Wollen Frauen denn nun, dass Männer sie anschauen, oder nicht? Mir kommt es vor, als würdet ihr euch dauernd über das Problem beschweren.«

»Danke, dass du es mir zutraust, im Namen aller Frauen zu sprechen«, entgegnet sie sarkastisch. »Nein, ich möchte nicht von Männern angestarrt werden. Was mir widerstrebt, ist, dass *Männer* beschließen, ich müsste mich zu meinem eigenen Schutz in einem separaten Fitnessstudio verstecken. Ich kann mich selbst verteidigen. Wenn mich irgendein Vollpfosten anglotzt, sage ich ihm einfach: ›Hör auf, sonst ramme ich dir eine Gabel ins Auge.‹«

»Ich muss dringend mit Javier vom Catering sprechen, damit er alle Gabeln versteckt. Und ich kenne das Schimpfwort Voll- *idiot* …«

»Bekommst du sicher oft zu hören«, murmelt sie.

»… aber warum ›Pfosten‹? Ich kenne nur einen Türpfosten.«

»Es bedeutet dasselbe wie Vollidiot.«

»Und was den Schutz vor Männern betrifft: Ich verstehe, warum du es als herabwürdigend empfindest …«

Sie schnaubt. »Wirklich?«

»… dennoch muss ich dir widersprechen. Es sollte nicht die Verantwortung einer Frau sein, sich vor Männern zu verteidigen. Die *Männer* müssen ein besseres Verhalten an den Tag legen.«

»Versuchst du absichtlich, mein Argument falsch zu verstehen? Oder liegt es an der Sprachbarriere?«

»Ich bin in Großbritannien zur Schule gegangen, und mein Englisch ist ausgezeichnet. Wie ist dein Rumänisch?«

»Außerdem ist es verdammt merkwürdig, wenn ein narzisstischer Playboy versucht, mir zu erklären, was Feminismus ist. Du bist ein totaler Sexist, und das weißt du auch.«

»In mancher Hinsicht bin ich altmodisch, in anderen Bereichen dagegen fortschrittlich.«

»Vor anderthalb Wochen hast du mich dieser dummen Blondine in der Bar als die Tochter deines Chefs, *Miss* Morgan, vorgestellt, statt als Renningenieurin.«

»Hast du gerade ›dumme Blondine‹ gesagt?« Ich schnaube. »Wer ist hier sexistisch?«

Wenigstens hat sie den Anstand, ein wenig beschämt dreinzublicken.

»Und diese *Frau*«, fahre ich fort, berauscht von ihrem Fehler, genau wie auf der Rennbahn, »hatte mir gerade erzählt, wie einschüchternd sie es findet, dass viele ihrer Freundinnen einen Uniabschluss haben, sie aber nicht. Ich habe dich auf diese Weise vorgestellt, damit sie sich nicht noch schlechter fühlt, nicht etwa, um deine Errungenschaften kleinzureden.«

Die Fahrstuhltür öffnet sich auf unserer Etage, und ich halte sie auf, während wir einander herausfordernd in die Augen sehen.

Mit einem Laut, der sich nicht deuten lässt, steigt sie schließlich aus. »Megacool von dir«, sagt sie trocken. »Aber du hast mein Argument offenbar immer noch nicht verstanden. Ich muss nicht gerettet werden, sondern konfrontiere die Männer lieber geradeheraus mit ihrem Fehlverhalten.«

»Du scheinst Konfrontation generell zu mögen. Manchmal frage ich mich, ob du nach Dingen *suchst*, die dich wütend machen.«

Sie legt die Hände an ihr Gesicht und wirft mir einen wütenden Blick durch ihre Finger zu. »Hör auf mit dem Mist! Frauen müssen nicht nach Gründen *suchen*, um wütend zu sein. Die gibt es überall, rund um die Uhr. Warum zum Teufel sollte ich wütend sein *wollen*?«

»Weil es dein Blut in Wallung bringt. Aber lass mich dir eins sagen: Wenn ich wütend fahre, fahre ich nicht so gut. Ich frage mich, ob Wut die einzige Art von Leidenschaft ist, die du dir gestattest.«

Die Pupillen in ihren grünen Augen sind so klein wie Stecknadelköpfe. »Weißt du was, Ardelean? Fick dich!«

Ihre Bewegungen sind steif, als sie die Tür zu ihrer Suite ansteuert und auf ihr Handy tippt, um sie aufzuschließen. Das Druckluftscharnier macht es ihr unmöglich, die Tür zuzuschlagen, obwohl sie es versucht.

Als ich wieder in meinem Zimmer bin, bereue ich, dass ich

sie so geärgert habe. In gewisser Hinsicht habe ich ihr genau das gegeben, was sie wollte, denn sie ist fest entschlossen, ein ganz bestimmtes Bild von mir zu haben. Als ich an ihre Miene zurückdenke, mache ich mir jedoch Sorgen, dass darin nicht nur wütende Genugtuung zu erkennen war, sondern auch Schmerz.

Nachdem ich geduscht habe, öffne ich meinen Laptop und schreibe eine E-Mail.

An: p.morgan@emeraldF1.net
Von: c.ardelean@emeraldF1.net
Betreff: Ich bin ein Arsch

Der Betreff sagt alles. Ich möchte mich bei dir entschuldigen. Meine Bemerkung war unangebracht.

Meine Hände schweben über der Tastatur, während ich darüber nachdenke, ob ich noch mehr schreiben soll. Ich tippe die Worte ein, um zu schauen, wie sie wirken, denn sie müssen raus.

Dennoch glaube ich, dass ich recht haben könnte. Falls ja, ist das schade. Du bist mutig, intelligent und bezaubernd, und du verdienst jede Art von Leidenschaft.

Sofort lösche ich alles wieder und versuche es mit mehr Ehrlichkeit.

Ich bin schlecht darin, mich zu entschuldigen. Als Kind war ich sensibel und reflektiert, und mein Onkel war ziemlich streng. Es war ein Impuls, mich für alles zu entschuldigen, denn ich habe geglaubt, dass es mir seinen Zorn ersparen würde, doch bald habe ich gelernt, dass die Misshandlungen schlimmer waren, wenn ich Schwäche gezeigt habe.

Ich höre auf zu tippen und lösche alles wieder, um meinen Namen unter die ersten drei Sätze zu schreiben. Dann klicke ich auf Senden.

Am nächsten Morgen sehe ich ihre Antwort. Sie wurde wenige Minuten abgeschickt, nachdem ich eingeschlafen war, während ich *Naokos Lächeln* von Haruki Murakami gelesen habe.

An: c.ardelean@emeraldF1.net
Von: p.morgan@emeraldF1.net
Betreff: Du bist ECHT ein Arsch

Alles vergeben und vergessen, wenn du am Sonntag wieder Punkte im zweistelligen Bereich holst.

Ich frage mich, ob sie auch weitere Sätze geschrieben und wieder gelöscht hat.

5

BAHRAIN

Phaedra

Es ist kein guter Morgen für Ardeleans Scherze. Ich war schon fertig genug, als ich am heutigen Samstag zum Qualifying an der Rennstrecke angekommen bin, denn mein Dad unterzieht sich gerade einem CT, da seine Kopfschmerzen schlimmer werden. Als er zugegeben hat, dass er auch mit Übelkeit und Gleichgewichtsstörungen zu kämpfen hat, bin ich ausgeflippt und habe ihn gezwungen, sich untersuchen zu lassen.

Er ist auf dem Land in North Carolina groß geworden und glaubt, die richtige Art, mit Krankheiten umzugehen, sei, die Symptome zu ignorieren. Außerdem macht er sich Sorgen, dass Gerüchte zu den Teamsponsoren durchdringen könnten. Es war also verdammt schwer, ihn gestern in den Flieger in die Schweiz zu befördern.

Nur Klaus und ich wissen, warum Mo nicht hier ist, und meine Sorge um ihn frisst mich auf.

Ich klappe das Mikro an meinem Headset nach unten. »Was zum Teufel macht Cos?« Ich lege mir eine Hand an den Mund und schaue mit zusammengezogenen Augenbrauen auf die Bildschirme.

Ja, Cosmin scheint Owen Byrne von Easton in seinem Windschatten mitfahren zu lassen.

Ich schiebe das Mikro wieder an meinen Mund. »Cosmin.«
Mein strenger Tonfall sollte genügen, aber er reagiert nicht.

Ich schaue zu Lars, dessen Miene angespannt wirkt, als sei
er besorgter über die Interaktion zwischen Cosmin und mir als
über das Verhalten unseres Fahrers.

»Cosmin«, wiederhole ich, diesmal schärfer, »verschaff Byrne
keinen Vorteil!«

»Verstanden.«

Ich warte, während sie durch eine Schikane fahren und dann
wieder auf die gerade Strecke gelangen, doch Cosmin hängt
Byrne nicht ab. Will er seinem Kumpel helfen oder tut er das
bloß, um mich zu ärgern?

Mit zusammengebissenen Zähnen und weit aufgerissenen
Augen schaue ich zu Klaus rüber, wobei ich einerseits will und
andererseits *nicht* will, dass er einschreitet und selbst mit Cosmin
spricht.

Normalerweise hält er sich raus, es sei denn, es gibt einen trif-
tigen Grund. Seine Miene wirkt gleichgültig, doch ich vermute,
dass dies ein Test ist – den ich nicht bestehe.

»Siehst du das auch?«, frage ich rechtfertigend. Mittlerweile
bin ich nicht mehr nur wütend auf Cosmin, sondern auch auf
mich selbst, weil ich ihn nicht in Schach halten kann.

»Er muss zuhören.« Wütend klatsche ich in die Hände.

Klaus tritt an meine Seite, legt einen Arm um mich und nimmt
mir vorsichtig das Headset ab. »Alle Augen sind auf dich gerichtet, Schatzi«, sagt er nahe an meinem Ohr, drückt leicht meine
Schultern und führt mich von der Boxenmauer weg.

Neben der Rennstrecke ist es so laut, dass wir uns nicht richtig unterhalten können, aber wir kennen uns so gut, dass wir uns
auch ohne Worte verständigen können.

Sorry, forme ich mit den Lippen.

Er tippt sein Handgelenk an, deutet mit dem Daumen über

seine Schulter und zeigt zwischen uns beiden hin und her: *Wir reden später darüber.*

Ich nicke und hebe meine Handflächen, um mich noch einmal zu entschuldigen.

Klaus antwortet mit einer vertrauten Geste: Er tippt sich an die Brust, öffnet seine Hand waagerecht und lässt sie nach oben gleiten wie einen Fahrstuhl, ehe er sich an die Stirn tippt. *Dein Kopf ist über deinem Herzen, Schatzi.* Er weiß um mein Temperament und erinnert mich auf diese Weise schon seit Jahren daran, dass ich auf der Rennstrecke meine Emotionen unter Kontrolle halten muss.

Und so befehle ich meinem Gehirn, mein Herz kurzzeitig zu ignorieren, ebenso wie die Stelle weiter unten, an der es gestern Nacht gefährlich geprickelt hat, als ich aufgewacht bin, nachdem ich von Cosmin geträumt habe.

—

»Abgesehen von seiner Gehorsamsverweigerung«, beschwere ich mich während des Abendessens bei Klaus, »ist er auch, was seine Persönlichkeit betrifft, nicht konsistent. Wenigstens sollte er den Anstand haben, dauerhaft ein Arschloch zu sein. Wenn ich ihn uneingeschränkt hassen könnte, würde das unser Kommunikationsproblem vielleicht lösen, denn dann wüsste ich wenigstens, was ich erwarten darf.«

Meine Pasta Primavera steht unangerührt vor mir, weil ich so viel rede.

In den acht Jahren, die wir schon zusammenarbeiten, hat sich Klaus häufig meine Beschwerden über Familie, Männer und Sexismus angehört.

Er isst heute Abend wie immer Fisch mit gedämpftem Gemüse und bringt Messer und Gabel mit chirurgischer Präzision zum

Einsatz, während ich meine Sorgen über meinen Vater und nun Cosmin bei ihm ablade.

»Im einen Moment«, fahre ich fort, »führt er sich auf wie ein schwanzgesteuerter Vollidiot oder wie ein Sturkopf, der seiner *Renningenieurin* nicht zuhören will, und im nächsten ist er ein Heiliger, wie mit dem betrunkenen Mädel oder dem Kind, das sich in Melbourne verlaufen hat.«

»Cosmin hatte kein einfaches Leben. Wahrscheinlich weiß er selbst nicht recht, wer er ist.«

Ich schnaube. »Klar, schwere Kindheit, wenn man von seinem reichen Onkel verwöhnt wird. Ich bin mir sicher, der kleine Cos musste mit nur einem Schuh durch Bukarest humpeln.«

Klaus, der sich gerade die Gabel zum Mund führt, hält mitten in der Bewegung inne. »War Geld etwa der Grund dafür, dass du eine glückliche Kindheit hattest? Nein. Mo ist ein überaus liebevoller Vater. Cosmins Eltern dagegen sind tot, und ich verfolge seine Fortschritte bereits seit zwölf Jahren. Damals war ich noch bei Lotus und Cosmin in der KF1. Andrei Ardelean ist bekannt für seine Grausamkeit – es gibt fürchterliche Gerüchte.«

Ich nehme einen Bissen von meiner mittlerweile nur noch lauwarmen Pasta. »Was für Gerüchte?«

»Dinge, die eine Frau nicht hören sollte.«

Scheppernd lasse ich meine Gabel auf den Teller fallen. »Jetzt fängst du auch noch an mit diesem herablassenden Mist?«

Vorsichtig schiebt er sich einen Bissen Fisch in den Mund und sieht mich abschätzend an. »Es heißt, dass er die Jungfräulichkeit von Cosmins Schwester an einen … *Geschäftspartner* verkauft hat, als sie fünfzehn war.« Er betupft sich die Lippen mit der weißen Stoffserviette und räuspert sich. »Und dass er sie persönlich dafür ›trainiert‹ hat.«

Mein Magen zieht sich zusammen. »Ach du Scheiße!«

»Es könnte nur ein abscheuliches Gerücht sein.«

»Aber solche Gerüchte kommen nicht von ungefähr.«

»Angeblich schlägt er auch gern zu. Ein junger Mann, der auf einem Bankett gekellnert hat, auf dem Andrei Ardelean zu Gast war, hat ein Auge verloren, weil Ardelean ihn mit seinem Ring geboxt hat. Ein Freund von mir war dabei.«

»Verdammt.« Ich schiebe die Pasta auf meinem Teller herum.

»Schatzi«, Klaus' Stimme klingt sanft, »dir wird nicht alles gefallen, was ich dir jetzt sage, aber ich möchte, dass du mir zuhörst und mir vertraust.«

Mein Griff um die Gabel festigt sich.

»Du bist eine der besten Renningenieurinnen in der Branche, und Emerald kann sich glücklich schätzen, dich zu haben.«

»Bisher gefällt mir noch alles«, scherze ich, spieße ein Stück Brokkoli auf und schiebe es mir in den Mund.

»Aber die Tatsache, dass du mit Cosmin nicht auskommst, wird Emerald dieses Jahr Punkte kosten, wenn du nicht einen Weg findest, besser mit ihm zu kommunizieren. Ich bin enttäuscht, dass du dich nicht so professionell verhältst, wie du es eigentlich bist.«

Obwohl ich schon damit gerechnet habe, treffen mich seine Worte wie ein Fausthieb in Zeitlupe. Ich starre auf meinen Teller und schiebe mit der Gabel eine Nudel hin und her, während ich zu entscheiden versuche, ob ich mich entschuldigen oder zurückschlagen soll. Das Schlimmste daran ist, dass Klaus recht hat.

Ehe ich mir eine Erwiderung überlegen kann, fährt er jedoch fort. »Von den hundertzwei Punkten, die bei jedem Rennen vergeben werden«, erklärt er mit seiner ruhigen Intensität, »sollten jedes Mal mindestens zwanzig an Emerald gehen. Das siehst du doch auch so, oder?«

»Ja«, presse ich flüsternd hervor, zu nervös, um ihn anzusehen.

Er greift über den Tisch und nimmt meine Hand. »Gut. Und du hast bestimmt schon mal davon gehört, dass einige Firmen

Teambuildings organisieren, oder? Mit Aktivitäten, um eine bessere Bindung zwischen den Mitarbeitenden herzustellen?«

Eine Welle der Angst durchströmt mich, und ich begegne seinem Blick. »Ah ja, dieser emotionale Bullshit. Bitte zwing mich nicht, spirituell zu werden, und schick das ganze Team zu einer Gehirnwäsche weg.«

»Ich habe nicht vor, das ganze Team wegzuschicken. Nur dich und Cosmin.«

Ich entziehe ihm meine Hand und zwinge einen Schluck Wasser meine Kehle hinab, während ich versuche, mit Blicken Gift in Klaus' Richtung zu schießen wie diese gruseligen Kröten. »Sehr witzig. Garantiert nicht.«

»Doch. Ein kleiner Trip nach dem Grand Prix – zwei Nächte nächste Woche auf Santorin. Ihr könnt in meinem Haus übernachten.«

Gerade will ich den Mund aufmachen, um erneut Einwände zu erheben, als ich seine ernste Miene sehe. In seinem Haus auf Santorin haben er und seine Frau immer Urlaub gemacht, doch er fliegt jetzt nur noch selten dorthin. Es ist eine Ehre, dass er mich dort unterbringen will. Ich vergöttere Klaus und kann ihn auf keinen Fall verletzen, indem ich ausdrücklich Nein sage. »Danke.« Ich zwinge mich zu einem verkrampften Lächeln. »Das ist … sehr großzügig. Das Haus hat mehr als ein Schlafzimmer, oder?«

»Das Haus ist im Cottage-Stil gehalten, aber groß. Vier Zimmer und ein zusätzliches für Elena. Sie ist meine Haushälterin und zudem eine begnadete Köchin.«

Klaus nimmt einen Schluck von seinem Wein und studiert mich.

Ich schiebe meinen Teller weg, denn mir ist der Appetit vergangen.

»Diese Feindseligkeit zwischen Cosmin und dir«, sagt er sanft,

»ruiniert die alles entscheidende Bindung zwischen Fahrer und Renningenieurin. Ein Rennstall ist wie eine Familie, Schatzi, das weißt du.«

»Wir *waren* eine Familie, als Augusto und Arvo noch gefahren sind«, murre ich.

»Die Dinge ändern sich. Wenn es um neue Daten geht, bist du geistig unglaublich wendig und schnell, aber von deiner festgefahrenen Meinung in Bezug auf Cosmin kannst du nicht abweichen. Du verwirrst ihn übrigens genauso sehr.«

»Hat er das gesagt?« In meiner Brust zuckt etwas, als ich mir vorstelle, dass Cosmin über mich spricht.

»Das musste er nicht. Ich habe ihn beobachtet.« Klaus schwenkt den Wein in seinem Glas herum. »Es wird für euch beide gut sein. Ich möchte, dass ihr Dinge zusammen tut. Spazieren gehen, reden, essen, shoppen, Sightseeing. Um einander als *Menschen* kennenzulernen. Baut das Vertrauen auf, das derzeit fehlt.«

»Er wird irgendetwas Abartiges tun, zum Beispiel vorschlagen, dass wir uns bei einer Runde Strippoker besser kennenlernen.«

»Ich habe ihm bereits eingetrichtert, dass er sich solche Dinge bei dir sparen kann. Und ich bin mir sicher, dass er ohnehin keine Versuchung für dich darstellt – ich habe noch nie erlebt, dass du auf einen blonden Typen standst.«

»Du hast mit *ihm* zuerst geredet? Wieso das denn?«

Klaus hebt beschwichtigend eine Hand. »Nur weil sich zufällig eine günstige Gelegenheit geboten hat.«

»Und was hat er gesagt?«

»Er war zögerlich, aber ich konnte ihn überzeugen.« Wieder hebt Klaus eine Hand, und ich lasse zu, dass er meine nimmt und sie drückt. »Du hast eine Menge Opfer für deinen Job gebracht. Außer dir arbeitet kaum einer so geflissentlich, um für Emeralds Erfolg zu sorgen. Jetzt bitte ich dich nur noch darum.«

Ich erwidere den Druck seiner Hand. »Na schön, aber wenn Ardelean versucht, irgendwas bei mir zu reißen, stoße ich ihn in einen Vulkan. Dann ist er das Opfer.«

—

Ich habe damit gerechnet, dass Cosmin auf dem Flug nach Santorin ein furchtbar nerviger Sitznachbar sein würde, dass er die Armlehne blockieren oder blöde Witze über den Mile High Club reißen würde, aber er ist ungewöhnlich still.

Vermutlich liegt es an seiner Enttäuschung über die letzte Runde am Sonntag, die in einem Desaster endete.

Er hatte sich von Platz acht auf Platz drei gekämpft und gerade die letzte Kurve hinter sich gelassen. Alle im Team waren ganz aus dem Häuschen, weil wir uns bereits auf das Podium freuten. Doch dann ging etwas mit dem Energy Recovery System schief, das Cosmin genau den Antrieb hätte geben können, den er brauchte.

Während wir in der ersten Klasse sitzen und Mimosas trinken, wird es auseinandergenommen, um zu sehen, wo das Problem liegt. Das Finden und Beheben technischer Probleme spielt bei der Formel 1 eine große Rolle. Die Boliden haben ein ganz besonderes Design, sind von Team zu Team unterschiedlich und werden mit akribischer Präzision gebaut. Die Einzigartigkeit der Wagen und die Upgrades, die während einer Saison daran vorgenommen werden, führen zu einem höheren Risiko, dass etwas schiefgehen kann – was es auch immer wieder tut. Es ist, als würde sich die Tanzfläche unter uns ständig bewegen.

Seit wir vor einer Stunde abgehoben haben, liest sich Cosmin Wissen über das Computersystem des Wagens auf seinem iPad an, wobei er sich immer wieder Notizen macht. Das ist wohl eine Sache, in der wir uns ähneln – er will Lösungen statt Trost, wenn die Dinge den Bach runtergehen.

Von seinem kostenlosen Cocktail hat er bisher nur einen Schluck getrunken, weil er so konzentriert ist.

Als ich mein Glas geleert habe, greife ich nach seinem. »Prost«, necke ich ihn und hebe den Cocktail.

Er reagiert mit einem gleichgültigen Grunzen und wischt über den Bildschirm, um zur nächsten Seite zu gelangen.

»Überlass das ruhig den IT-Genies. Du wirst bestimmt nichts finden, was ihnen entgeht.«

Er schaut nicht zu mir auf. »Mag sein.«

»Vielleicht hatte das Problem ja gar nichts mit der Software zu tun.«

»Doch.«

Ich nippe am Cocktail und studiere sein Profil. Seine gewellten karamellblonden Haare fallen ihm in die Stirn, eine Hand hält er sich an den Mund, während er mit leicht schief gelegtem und nach vorn gebeugtem Kopf voller Konzentration auf den Bildschirm blickt.

Seine Haut ist natürlich sonnengeküsst, ausreichend gegerbt, um reif zu wirken, sieht aber aus, als hätte er noch nie in seinem Leben einen Pickel gehabt. Unfair! Seine Nase ist lang und gerade, seine Nasenflügel haben die perfekte Wölbung, sodass er dauerhaft wachsam wirkt. Selbst seine blöden Ohren sind schön.

»Woher willst du wissen, dass es an der Software liegt?«, frage ich.

»Wenn es ein rein mechanisches Problem gewesen wäre, hätte ich es gefühlt. Aber Einsen und Nullen kann ich nicht fühlen.«

Ich stelle meinen Sitz ein paar Zentimeter weiter nach hinten. »Hm. Wir werden es bald erfahren.«

Nach dem zweiten Mimosa bin ich gelöst und gut drauf. Ich habe gedacht, dass ich keinen Urlaub will – ganz egal wie kurz –, wo es doch zu Beginn der neunmonatigen Grand-Prix-Saison so viel zu tun gibt. Und *noch* weniger wollte ich mit diesem Idioten in einem Cottage in der Bucht von Ammoudi festsitzen. Doch der Champagner sagt mir, dass es unterhaltsam werden könnte. Am Ende habe ich für Nat wenigstens Geschichten darüber auf Lager, was Cosmin alles Dummes gesagt oder getan hat.

Ich verbinde mein Handy mit dem WLAN, um ihr zu schreiben.

Bisher habe ich ihr immer noch nicht verraten, dass ich weiß, mit wem sie in Melbourne gechattet hat. Zwar habe ich ihr viele Gelegenheiten gegeben, sich mir anzuvertrauen, aber bisher hat sie mir nichts erzählt. Ich würde lügen, wenn ich behaupten würde, dass ihr geringes Vertrauen in mich meine Gefühle nicht verletzt.

Das, was Cosmin mir an jenem Abend in der Lounge erzählt hat, bringt mich sowohl mit Nat als auch mit Klaus in eine unangenehme Lage.

Natalia wird keine Chance bei Klaus haben, so viel steht fest. Er meidet nicht nur feste Beziehungen, sondern verabscheut auch generell Leute von der Presse. Doch wenigstens ist er kein verheirateter Typ, der sie immer wieder damit vertröstet, dass er sich bald scheiden lassen wird – von diesen Männern hatte Nat definitiv genug.

Ihre Absichten sind immer aufrichtig – sie ist nicht »die böse andere Frau«, nur eine Optimistin, die zu leicht auf die gleichen alten Lügen reinfällt.

Ich tippe eine Nachricht an sie ein:

Hey, Freundin! Du errätst nie, was ich gerade mache.
Ich sitze mit dem Formel-1-Fuckboy im Flieger nach
Griechenland.

Sofort erscheinen drei Punkte.

Nat: O Gott, ich wusste, dass du auf ihn stehst!

Ich: Was? Nein. War bloß ein Witz. In gewisser Hinsicht zumindest. Ich fliege tatsächlich mit ihm nach Santorin, aber es ist kein Liebesurlaub, sondern ein Businesstrip.

Nat: Ich bin trotzdem neidisch. Wie viele Leute sind dabei?

Ich: Nur wir zwei. Klaus will, dass wir ein Vertrauensverhältnis aufbauen, weil meine offenkundige Wut unsere Kommunikation stört. Wir werden uns mit verbundenen Augen rückwärts in die Arme des anderen fallen lassen und über unsere Gefühle sprechen, haha.

Nat: Und ihr könnt euch einen Unterschlupf aus Stöcken bauen so wie bei *Naked Survival.*

Ich: O Gott, bloß nicht!

Nat: Der Typ ist so was von heiß. Klar wirst du das tun!

Ich: Erinnerst du dich noch an die Rubinohrringe, die ich von meiner Grandma Dorothy geerbt habe? Von denen du immer behauptest, dass ich sie dir schenken soll, weil sie gut zu deinen Haaren passen würden? Wenn Ardelean mich rumkriegt, gehören sie dir.

Nat: Es würde mir schrecklich leidtun, wenn du ein Familienerbstück verlierst, also mache ich dir einen Vorschlag: Wenn du bis Silverstone nicht mit ihm schläfst, kannst du die Ohrringe behalten. Du hast drei Monate. Aber du wirst es nicht schaffen.

Ich: Die Wette gilt, Bitch. Ich mache vor Santorin noch ein kleines Nickerchen. Hab dich lieb!

Als ich mein Handy sperre und es in das Fach im Sitz schiebe, höre ich ein leises Lachen.

Verdammt.

Er hat über meine Schulter mitgelesen. Mein Gesicht wird so rot wie ein Feuermelder.

Nun schenkt er mir das vertraute Schmunzeln.

»Schon okay, dragă.« Seine Stimme klingt sanft und düster. »Wenn du die Ohrringe verlierst, kaufe ich dir neue.« Er lehnt sich zurück und schließt die Augen. »Und eine passende Kette. Perlen würden dir gut stehen.«

6

SANTORIN

Cosmin

Als Klaus mir von der geplanten Reise nach Santorin erzählt hat, habe ich mich nach außen hin widerwillig gezeigt, aber insgeheim einen Luftsprung gemacht.

Ich bin unglaublich gut darin, meine Gefühle zu verbergen, auch wenn Phaedra mich als extrovertierten Menschen betrachtet, der sein Herz auf der Zunge trägt. So sehen mich alle, abgesehen von Viorica, die ganz genau weiß, dass wir uns diese Fassade aufbauen mussten, während wir bei Onkel Andrei aufwuchsen. Manchmal wünsche ich mir, ich könnte anders sein, doch meine Lebensumstände haben mich zu dem gemacht, der ich bin.

Als wir aussteigen, gebe ich mich eilig wieder ganz unbeschwert. Als ich darauf bestehe, ihren Koffer zu tragen, reagiert Phaedra genervt und versucht, ihn mir wieder zu entreißen. Schwungvoll hänge ich mir meine Reisetasche über die Schulter und ziehe ihren Koffer mit der anderen Hand. Dann tippe ich ihr mit dem Zeigefinger auf die Nase, als wäre sie ein schmollendes Kind, das aufgeheitert werden muss.

»Lass mich den Gentleman spielen.« Ich gehe in Richtung Gebäude, woraufhin Phaedra mir eilig folgt, um mich einzuholen.

Sie trägt eine blaue Tunika, die die roten Strähnen in ihrem Haar zur Geltung bringen. Die Bänder, die eigentlich am Nacken gebunden werden, sind offen und fliegen durch die Luft. Aus diesem Winkel sehe ich die Sommersprossen auf ihrer Brust und ihr glattes Schlüsselbein. Als sie meinen Blick bemerkt, bindet sie eilig die Schleife in ihrem Nacken.

Mit einer großen, schwungvollen Bewegung öffne ich die Tür für sie. Sie bleibt mit finsterer Miene stehen, ehe sie hindurchgeht.

»Bitte lass uns ein unauffälliges Verhalten an den Tag legen, um Pressebilder zu vermeiden, so wie Klaus uns geraten hat«, sagt sie nun. »Ich weiß, dass dir das nicht leichtfällt, aber ganz im Ernst. Stolzier nicht wieder wie ein Sexgott durch die Gegend, um Himmels willen! Versuch, zur Abwechslung mal jemand anderes zu sein.«

»Der Grund für diese Reise ist, dass wir uns besser kennenlernen.«

Sie verdreht die Augen. »Ich habe schon alles gesehen, was ich über dich wissen muss.«

Ein kurzer Schmerz vibriert in meiner Brust, wie wenn ich bei einem Rennen für einen Augenblick auf die Rüttelstreifen gerate. Gleich darauf folgt Wut. Na schön, ich werde eine Karikatur bleiben. Es war albern von mir zu glauben, dass jemals mehr daraus werden könnte.

Dennoch will ich sie.

Ich will Phaedra Morgan bereits seit Monaten. Ihre impulsive Art entflammt mich, ihr Intellekt fesselt mich, und ihre scheinbare Unempfänglichkeit für meinen Charme stellt eine unwiderstehliche Herausforderung dar. Ich kann nicht anders, als sie immer wieder zu ärgern, um die Risse in *ihrer* Fassade aufzudecken. Aus ihren ganz eigenen Gründen trägt sie genauso wie ich eine Maske, und ich habe den Verdacht, dass wir einander ähnlicher sind, als sie glaubt – verbunden und trotzdem nicht sichtbar füreinander.

Wenn sie mir so nahe ist, dass ich ihren Duft wahrnehme, kann ich meine Begierde kaum kontrollieren. Und zwar nicht auf meine übliche saloppe, einnehmende Art, sondern es handelt sich um eine quälende, lähmende Lust, wie ich sie nicht mehr empfunden habe, seit ich vierzehn war, als ich jede Frau wollte und keine einzige bekommen konnte.

Jetzt kann ich jede Frau haben, will aber nur eine.

Ich wünsche mir, ihre vollen Lippen auf meinen zu spüren, ich sehne mich danach, sie hochzuheben, tief in sie einzudringen und ihren runden Po zu umfassen, um sie näher an mich zu ziehen. Ich will die Laute hören, die sie von sich geben würde. Mit ihrer Stimme erregt sie jedes Mal sofort meine Aufmerksamkeit.

Manchmal entfährt ihr ein kleines Stöhnen – aus Frustration oder am Ende eines seltenen Lachanfalls –, doch ich stelle mir vor, dass ihr dieser Laut aufgrund von etwas entfährt, das ich tue. Dass sie ihre sonst so eiserne Selbstbeherrschung verliert, weil ich sie mit meiner Zunge liebkose. Eilig verdränge ich den Gedanken und hebe den Koffer vor meinen Schritt, wobei ich hoffe, dass die Bewegung natürlich aussieht und Phaedra nicht auffällt, dass ich meine sichtbare Erregung verbergen muss.

Nun kommt eine hochgewachsene Frau mit ernster Miene und von grauen Strähnen durchzogenem Haar auf uns zu. »Ich bin Elena. Ich habe Ihr Auto.« Mit diesen Worten dreht sie sich um und steuert den Parkplatz an.

Phaedra und ich wechseln einen Blick.

»Angeblich ist sie eine grandiose Köchin«, flüstert sie mir zu.

»Solange ihr Essen besser ist als ihr Small Talk.«

Als wir einander ein verschwörerisches Lächeln schenken, verliert sich ein wenig von der Anspannung zwischen uns, und mein Herz wird leicht.

Elena überreicht mir den Wagenschlüssel und marschiert auf den blauen Alfa Romeo Spider zu. »Es ist der Wagen von Herrn

Franke – er hat nur zwei Sitze. Meine Schwester wird mich hier abholen, und ich fahre noch mit zu ihr. In drei Stunden komme ich dann zum Haus, um das Essen zuzubereiten.« Sie holt ein Blatt Papier aus ihrer Basthandtasche und reicht es Phaedra. »Die Wegbeschreibung.«

»Oh! Ha.« Phaedra faltet die Seite auf. »Eine ausgedruckte Wegbeschreibung.« Sie wirft mir einen Blick zu und hebt einen Mundwinkel. »Ich wusste nicht, dass es so etwas noch gibt.«

Elena bedenkt uns mit einem knappen Nicken und geht in Richtung Flughafengebäude.

Ich verfrachte unser Gepäck in den Kofferraum und reiche Phaedra den Schlüssel. »Willst du fahren?«

Ihre kupferbraunen Augenbrauen heben sich. »Wirklich?«

»Du bist eine ausgezeichnete Renningenieurin, da würde ich annehmen, du fährst auch gut.«

Ein Lächeln zupft an ihren Lippen. »Ach, hör auf, dich einzuschleimen.« Sie nimmt mir den Schlüssel aus der Hand, krempelt die Ärmel hoch und geht auf die Fahrerseite. »Schnall dich an, mein Hübscher.«

Es ist ironisch gemeint, und dennoch genieße ich das Kompliment.

—

Das Haus ist muschelweiß mit rustikalen gewölbten Decken, Buntglasfenstern und Mosaikkacheln auf dem Fußboden.

Als wir unsere Zimmer ausgewählt haben, hat sich Phaedra für das kleinste entschieden, da es am weitesten von meinem entfernt ist. Dann hat sie ein paar Stunden geschlafen, während ich auf meine eigene Art neue Energie getankt habe. Ich habe meine Sportkleidung angezogen und bin die knapp dreihundert Stufen von Ammoudi nach Oia gejoggt.

Anschließend habe ich lange geduscht und zugegebenermaßen

eine Weile über Phaedra *reflektiert*, wobei ich mir vorgestellt habe, meine Hand sei ihre.

Elena hat sich als ausgezeichnete Köchin erwiesen, sodass Phaedra und ich den Abend bei einer Flasche Pinot Noir, Spanakopita, gefüllten Weinblättern, Htipiti mit Brot, Oliven und Datteln auf der Terrasse hinter dem Haus verbringen.

Nach dem Essen habe ich es mir auf einer Liege bequem gemacht, genieße den Ausblick auf die Ägäis und den Sonnenuntergang und sehe zu, wie die bonbonfarbigen Töne im Meer versinken. Fast wäre ich hier eingeschlafen, während Phaedra in ihr Zimmer zurückgekehrt ist, um sich umzuziehen.

Als sie wiederkommt und ich ihr Outfit sehe, richte ich mich auf. Zwar trägt sie noch immer dasselbe Oberteil, aber dazu einen knöchellangen orangefarbenen Rock. Über ihre Schultern hat sie eine Häkeldecke gelegt, um sich vor der kühlen Abendluft zu schützen. Sie hat keine Schuhe an, und ich kann nicht anders, als ihre Füße anzustarren.

»Was?« Sie rückt die Liege, die neben mir steht, ein Stück weiter von mir weg, ehe sie darauf Platz nimmt. »Glotz mich nicht so merkwürdig an.«

Ich stoße ein leises, hilfloses Lachen aus. »Ich habe dich einfach nur noch nie in einem Rock gesehen.«

Sie zieht den Stoff runter, um ihre Beine zu bedecken. »Daran ist Elena schuld – es ist das einzige Kleidungsstück mit elastischem Bund.«

»Wie wäre es mit einem Pyjama?«

»Ich trage nie einen Pyjama.« Sie hat die Augen geschlossen, doch als ihr klar wird, was sie gerade gesagt hat, reißt sie sie erschrocken auf.

»Ich auch nicht.« Meine Stimme klingt heiserer als beabsichtigt.

Sie wirft mir einen vorsichtigen Blick zu, bevor sie sich wieder an ihrem Rock zu schaffen macht und ihn über ihren Beinen zurechtzupft. »Ich habe mit Mo gesprochen.« Sie will eindeutig das Thema wechseln und nicht weiter darüber reden, dass wir beide nackt schlafen. »Er fliegt für ein paar Tage in die Schweiz. Dort wird er …« Sie kaut auf ihrer Unterlippe herum. »Er wird sich mit jemandem treffen.«

Ich bin mir nicht sicher, warum sie mir das erzählt, denn ich wusste davon, dass Ed Morgan geschäftlich unterwegs ist, aber ihr Tonfall klingt angespannt. Sie möchte, dass ich nachfrage. Das spüre ich.

»Ja? Mit einem neuen Sponsor?«

»Nein, nein.« Sie vollführt eine abwehrende Geste mit der Hand, als würde ich keine Ruhe geben. »Es ist nichts.«

In der zunehmenden Dunkelheit studiere ich verstohlen ihre Miene. Sie wirkt angespannt, und ich glaube zu erkennen, dass ihre Augen feucht glänzen. Mit einem Mal trifft mich die Erkenntnis, dass sie nach dem Essen auch einfach in ihrem Zimmer hätte bleiben können, doch sie ist wieder nach draußen gekommen, um sich neben mich zu setzen – neben den Mann, den sie hasst. Und jetzt will sie sich mir auch noch anvertrauen.

Diese Verantwortung fühlt sich überwältigend an. Ich steige jede Woche in einen zwölf Millionen Dollar teuren Wagen, aber dabei verspüre ich weniger Druck, obwohl ich weiß, dass ich ihn jederzeit gegen eine Wand fahren könnte. Phaedras Vertrauen scheint mir zerbrechlicher und wertvoller.

»Dann ist das Meeting also nicht geschäftlich?«

Den Blick aufs Meer gerichtet, schüttelt sie den Kopf. Sie wickelt sich ein Band ihres Oberteils fest um den Finger, löst es wieder und lässt die Hand schließlich fallen, um sie neben der Liege hängen zu lassen.

»Es ist … Es ist ein Arzttermin«, flüstert sie.

Kurz halte ich inne, um darüber nachzudenken, was das bedeuten könnte, dann nehme ich ihre Hand und beuge mich

zur Seite, um ihr einen Kuss auf die Fingerknöchel zu drücken.
»Alles wird gut werden, dragă. Dein Vater ist in guten Händen.«

Sie entzieht mir, wenn auch nur langsam, ihre Hand und schaut mir in die Augen. »Das hoffe ich. Mo behauptet, Dr. Brunner sei einer der Besten.«

»Da bin ich mir ganz sicher.« Ich schenke ihr ein beruhigendes Lächeln. »Aber ich meinte, dass er bei *dir* in guten Händen ist.«

—

Als ich am nächsten Morgen die Treppe herunterkomme, finde ich Phaedra in der Küche vor, wo sie gerade den letzten Rest Kaffee in eine Tasse einschenkt. Sie ist barfuß, trägt Khaki-Shorts und ein Trägertop, das die Wölbung ihrer Schulterblätter zur Geltung bringt. Die Haare hat sie mit einer goldenen Klammer in Form eines Blattes festgesteckt.

»Ist noch mehr Kaffee da?«, frage ich, als ich neben sie trete.

Sie riecht nach Duschgel, doch ihre Haare sind trocken und scheinen nicht frisch gewaschen zu sein. Am liebsten würde ich meine Arme um sie schlingen und ihre schmale Taille streicheln.

»Wenn du noch welchen machst, ja«, erwidert sie mit einem Schmunzeln, das so neckisch wirkt, dass ich mich ermutigt fühle, ihre Hand zu ergreifen und sie zurückzuziehen, als sie Anstalten macht, sich zu entfernen.

»Wie grausam von dir, dass du mir den letzten Rest wegtrinkst.«

Sie versucht, die Tasse von mir wegzuhalten, doch ich lasse meine Hand an ihrem nackten Arm hinaufgleiten.

»Hör auf«, befiehlt sie mir lachend. Als sie zur Seite tritt, prallt sie gegen die Arbeitsplatte. »O mein Gott, Ardelean, lass das!«

Ich frage mich, ob es ihr nichts ausmacht, dass wir so nahe beieinanderstehen, denn ihre Wangen sind gerötet, und die Pupillen in ihren grünen Augen sind geweitet.

»Überlass mir diese Tasse«, bettele ich, »dann koche ich dir neuen Kaffee.«

»Vielleicht solltest du dich nicht erst um neun aus dem Bett bequemen, wenn du so dringend Koffein brauchst. Ich bin schon seit sechs Uhr auf den Beinen, du Faulpelz! Außerdem habe ich aus dieser Tasse bereits getrunken, also gehört sie mir. Offiziell.«

Auf einmal halten wir beide inne. Ich überrage sie um knappe Zentimeter, und unsere Körper sind beinahe aneinandergepresst. Während ich zu ihr hinabschaue und meinen Blick danach zu ihrem Dekolleté wandern lasse, atmet sie schnell und befeuchtet ihre rosigen Lippen. Schließlich zieht sie kaum merklich die Augenbrauen zusammen. »Was soll das?«, fragt sie.

Vorsichtig schiebe ich die Hüften ein wenig vor. »Ich bewundere dich.« Indem ich sanft ihr Handgelenk umfasse, ziehe ich ihren Arm näher zu mir heran, lege die Finger auf ihre Finger, mit denen sie die Tasse umfasst, hebe sie hoch und trinke einen Schluck daraus. »Jetzt gehört sie mir. Offiziell«, wiederhole ich ihre Worte.

Kurz scheint die Luft zwischen uns zu knistern, doch schließlich gewinnt sie die Kontrolle zurück und schüttelt den Kopf. »Das hier ist kein romantisches Wochenende, Ardelean. Es ist eher wie ein Meeting im Konferenzraum, nur ohne Headset.«

»Ich weiß.« Mein Tonfall klingt neckisch.

»Wir sollten einfach nur ein bisschen Small Talk machen. Damit wir uns miteinander wohlfühlen.«

»Ich fühle mich ausgesprochen wohl mit dir.« Mit einem Mal scheint mein ganzes Blut in meine Lenden zu schießen, und ich vermute, dass sie es spüren kann.

»Cosmin«, flüstert sie, »das hier …«, zu meiner Überraschung schiebt sie mir ihre Hüften entgegen, um ihren Punkt zu untermauern, »ist wenig zielführend. Klaus hatte etwas anderes im Sinn.«

Ich streiche sanft mit meinem Fingerknöchel an ihrem Arm hinab. »Wir sollten Vertrauen zueinander aufbauen. Und tun wir das nicht gerade?«

»Die Regel, dass wir weder Teammitglieder, Journalisten, Investoren noch Sponsoren daten dürfen, hat ihren Grund und ist klar formuliert.« Als sie innehält und mir suchend in die Augen schaut, rechne ich damit, dass sie von mir wegtritt, doch sie bleibt fest an mich gedrückt stehen. »Du warst noch nicht dabei, als es passiert ist«, fährt sie schließlich fort, »aber vor drei Jahren, als Reece begonnen hat, ihre heutige Frau zu daten, die als Systemelektronikerin für Emerald gearbeitet hat, musste Colette ihren Job aufgeben, verdammt.«

Ich seufze. »Ja, aber …«

»Wir befolgen die Regeln, kapiert?« Phaedra hebt die Tasse und hält sie für einen Moment an ihre Unterlippe gedrückt, jedoch ohne daraus zu trinken.

Ich frage mich, ob sie damit den Kuss verhindern will, nach dem wir uns beide eindeutig sehnen.

»Wir dürfen nicht miteinander flirten, denn das ist zu riskant«, beharrt sie. »Stattdessen sollten wir uns einfach über Filme unterhalten, Fußball gucken und Bier trinken und uns gegenseitig nach unserer Lieblingsfarbe fragen. Auf rein freundschaftlicher Ebene.«

Als sie sich ein Stück von mir entfernt, sehne ich mich sofort wieder nach ihrer Berührung.

Sanft streichele ich über ihre Schulter, was sie erstarren lässt. »Dragă, ich habe dir doch schon erzählt, dass meine Lieblingsfarbe weiß ist.« Da ich befürchte, dass sich so eine Chance so bald nicht wieder bieten wird, und ich will, dass sie sich an diesen Moment erinnert, streife ich ganz leicht mit den Lippen ihre Schulter. »Und eines Tages, wenn du endlich zugibst, dass du das weiße Oberteil für mich getragen hast, werde ich dir auf ganz besondere Art dafür danken.«

7

SANTORIN

Zuerst glaube ich, dass unsere Tarnung aufgeflogen ist, denn alle Blicke sind auf Cosmin gerichtet, als wir durch die kopfsteingepflasterten Gassen von Oia gehen. Kann es sein, dass es in diesem kleinen griechischen Ort *so* viele Formel-1-Fans gibt?

Dein Kopf ist über deinem Herzen, Schatzi.

Klaus' Stimme sitzt in meinem Kopf fest wie eine österreichische Version der sprechenden Grille aus *Pinocchio* und ruft mich zur Raison.

Also tadelt mein Gehirn mein Herz, das sich gerade zusammenkauert wie ein zum Angriff bereiter Tiger und allen Frauen die Augen auskratzen möchte, die den Mann anstarren, der es vor ein paar Stunden geschafft hat, meine Knie weich und mich feucht zu machen.

Es stimmt, dass ich normalerweise nicht auf blonde Männer stehe, aber trotzdem kann ich nicht leugnen, dass ich mich heute zu Ardelean hingezogen fühle. Während wir die kleinen Läden von Oia erkunden, beobachte ich ihn und die Frauen, die ihn ebenfalls beobachten.

Er trägt ein weißes Hemd, das er bis zu den Ellbogen hochgekrempelt hat, dazu Jeans, deren Hosenbeine er ebenfalls ein Stück hochgerollt hat, und – Gott stehe mir bei – graue Converse.

Ich selbst habe so gut wie immer Converse an und fahre auch bei Männern total darauf ab. Fast könnte man meinen, er hätte sie gekauft, um mich zu beeindrucken, aber ich sehe, dass sie gut eingetragen und nicht mehr ganz sauber sind. Sein Outfit wirkt zusammengewürfelt und durchdacht zugleich. Von den Hüften aufwärts sieht er aus wie ein sexy Trauzeuge, der sich nach ein paar Drinks auf der Hochzeit das Hemd aus dem Hosenbund gezogen hat, von den Hüften abwärts wie der Sänger einer Indie-Band.

Vor dem nächsten Laden bleibt er an einem Tisch mit Keramikgefäßen stehen, die im Blauton des Meeres lackiert sind. Sein Haar, das oben am Kopf ein wenig länger ist, weht in der sanften Brise an seiner Stirn, und als er es sich mit den Fingern aus dem Gesicht streicht, male ich mir aus, wie er das Gleiche bei mir tut. Wie er mit seiner Hand in meine Haare greift und sanft daran zieht, gerade fest genug, um …

Shit. Dieser kleine Tagtraum ist ziemlich schnell aus dem Ruder geraten.

Ich bin geliefert.

Mein Verstand sagt mir, dass Cosmin und ich beide so eigensinnig sind, dass es für ungefähr eine Woche grandios laufen würde, ehe wir einander am liebsten ermorden würden – woraufhin unser Team implodieren würde. Mir in Erinnerung zu rufen, dass er ein selbstzufriedenes Arschloch ist, scheint aber nicht zu helfen.

Er kauft eine Keramikdose und sieht sich anschließend am nächsten Tisch Kämme an. »Ich brauche deine Hilfe«, verkündet er, wobei er auf zwei unterschiedliche Kämme deutet. »Welcher von beiden passt besser zu dieser Haarfarbe?« Er deutet auf seinen eigenen Schopf.

»Oh, ein neuer Kamm für die Prinzessin«, necke ich ihn.

»Sehr witzig. Er soll für meine Schwester Viorica sein. Sie

hat die gleiche Haarfarbe wie ich, nur mit ein bisschen Grau darin.«

Ich halte beide Kämme neben Cosmins Kopf. »Der hier sieht gut aus«, verkünde ich schließlich. Meine Finger sind seinem Haar so nahe, dass ich am liebsten hineingreifen und es befühlen würde. Fast befürchte ich, dass mein Herzschlag durch das dünne Oberteil zu sehen sein könnte.

Er kauft den Kamm und einen altmodischen Handspiegel.

Als wir das Shoppingviertel zur Hälfte durchquert haben, kommen wir an einer Konditorei vorbei, aus der ein köstlicher Duft herausweht.

Am Eingang steht eine füllige Frau mit rosigen Wangen und verteilt Kostproben an Vorbeikommende. Zwar spricht sie kein Englisch, aber Cosmin versucht es mit Französisch, was sie zu verstehen scheint. Er sagt etwas zu ihr, wobei er mit einer Hand auf mich deutet.

Die Frau zieht die Augenbrauen hoch und nickt lächelnd.

»Hey, das ist unfair!«, beschwere ich mich lachend. »Was habt ihr für Geheimnisse?«

»Keine Geheimnisse«, erwidert er beinahe schüchtern. Er greift nach einer Süßigkeit, die aussieht wie eine Mischung aus Karamell und Teig mit Cookie-Stückchen, und hält sie mir vor den Mund. »Ich habe dich nur als meine wunderschöne gute Freundin vorgestellt.«

Klaus hatte recht, als er so viele Male davon gesprochen hat, dass Santorin etwas Magisches an sich hat, denn innerhalb von vierundzwanzig Stunden ist Cosmin für mich tatsächlich so etwas wie ein Freund geworden.

Plötzlich überkommt mich ein merkwürdiges widersprüchliches Gefühl, denn einerseits mache ich mir Sorgen, dass es nicht so bleiben wird, wenn wir in China zum Team dazustoßen, und andererseits habe ich Angst, dass es doch so bleiben wird.

Als ich den Mund aufmache und er mir die Süßigkeit zwischen die Lippen schiebt, berührt er meine Unterlippe. Dann nimmt er sich selbst etwas vom Tablett, wobei sich seine Lider schließen und seine langen goldenen Wimpern auf eine Art flattern, die besorgniserregend anzüglich wirkt. Als er die Augen wieder öffnet, wirkt sein Blick genüsslich umwölkt.

»Was meinst du?«, fragt er und sieht mich forschend an. »Himmlisch, oder?«

Diskret entferne ich mit der Zunge ein wenig Schokolade von meinen Zähnen, bevor ich antworte. »Aber hallo. Viel zu gut.«

Als Cosmin der Frau eine Frage stellt, lacht sie und zieht schockiert die Augenbrauen hoch. Schließlich grinst und nickt sie, ehe sie mit dem Tablett im Laden verschwindet.

»Was hast du sie gefragt?«

»Ich lasse zehn Kilo zu …« Er hält inne. »Zu meiner Familie in Rumänien liefern.« Er legt mir einen Arm um die Schulter und führt mich ins Geschäft.

Beinahe rutscht mir heraus, dass er gar nicht so viele Verwandte hat, kann mich aber gerade noch zurückhalten, als mir einfällt, dass er die Süßigkeiten vermutlich an die gemeinnützige Organisation für Kinder sendet, die er zusammen mit seiner Schwester führt.

Seine Freude darüber, die Süßigkeiten nach Rumänien zu schicken, rührt mich zugegebenermaßen, und er versucht nicht einmal, sich damit zu rühmen.

Okay, okay. Punkte für Ardelean.

Drinnen deute ich auf die Vitrine, hinter der sich ein ganzer Block von dem Gebäck befindet. »Hier steht, dass es Mosaico heißt. Wir können das Rezept bestimmt googeln und es selbst nachmachen. Zehn Kilo müssen ein Vermögen kosten.«

Er zuckt mit den Schultern. »Aber alle werden sich freuen.«

Ich sehe zu, wie er der Frau eine Lieferadresse gibt und dann mit seiner Kreditkarte zweihundertfünfundachtzig Euro plus siebzig Euro Lieferkosten bezahlt, was er jedoch auf vierhundert Euro »als Trinkgeld« aufrundet.

Die Frau ist kurz davor, ihm vor Dankbarkeit um den Hals zu fallen, und überreicht uns zum Abschied noch eine kleine Papiertüte mit Süßigkeiten.

»Du hast der Frau eine große Freude gemacht«, merke ich an, als wir weiter die Straße entlanggehen.

Cosmin hält mir die geöffnete Tüte hin, doch ich schüttele den Kopf. Er selbst zieht ein Gebäckstück hervor, das mit Nüssen bedeckt ist, und schiebt es sich in den Mund.

»Gut«, erwidert er. »Dann sind wir jetzt offenbar alle glücklich.«

Als mein Magen einen Hüpfer vollführt, schaue ich schnell weg. »Ich glaube nicht, dass sie Trinkgeld erwartet hat, besonders nicht so viel. Du hast ein großes Herz.«

»An mir ist *alles* groß«, erwidert er mit einem Zwinkern.

Genervt verdrehe ich die Augen. »Ich wusste, dass du es nicht schaffen würdest, dich einen ganzen Tag lang nicht wie ein Neandertaler aufzuführen.«

»Hmmm.« Er schiebt sich die Seite seines Daumens in den Mund und saugt daran, um ein wenig Schokolade zu entfernen. »Vielleicht werfe ich dich gleich über meine Schulter und trage dich in meine Höhle.«

—

Das Kinn in meine Hand gestützt, sitze ich am Terrassentisch und betrachte die Spielfiguren, ehe ich wieder zu Cosmin aufblicke.

Ich setze meinen König ein weiteres Mal. »Eindeutig Remis.«

»Vielleicht nicht.« Er macht einen weiteren Zug, woraufhin ich meinen König nach links schiebe.

»Ich glaube schon. Wir sollten aufhören.«

»Du könntest immer noch einen Fehler machen.«

»Das wird nicht passieren.«

Er seufzt. »Ich verliere nicht gern.«

»Ein Remis bedeutet nicht, dass du verloren hast.«

»Aber auch nicht, dass ich gewonnen habe«, murmelt er und betrachtet konzentriert das Schachbrett.

»Was auch okay ist. Versuch einfach, ein bisschen Spaß zu haben.«

»Gewinnen macht Spaß. Und ich hoffe, dass ich dich so sehr ablenken kann, dass dir ein Fehler unterläuft.« Er kneift die Augen übertrieben verführerisch zusammen. »Man hat mir schon oft gesagt, meine Augen seien hypnotisierend.«

Ich schnaube. »So was hat man dir offenbar schon *zu* oft gesagt, Ardelean. Deshalb bist du so ein unerträglicher Wichser.«

Er lehnt sich zurück und studiert mich. »Das findest du immer noch, nachdem du zwei Tage mit mir verbracht hast?«

»Eigentlich nicht, aber es ist dein Image. So sehen dich alle.«

»Die Leute lieben eben Frauenhelden wie mich.« Er greift nach seinem Weinglas und trinkt den letzten Schluck aus.

Obwohl ich es gar nicht sagen will, rutscht es mir nach drei Gläsern Wein dann einfach heraus. »Und liebst *du* dich auch selbst?«

Er ist gerade dabei, das Glas wieder auf dem Tisch abzustellen, hält jedoch mitten in der Bewegung inne. »Warum fragst du mich das?«

»Warum stellst du eine Gegenfrage?«

Er macht sich am Ärmel seines Hoodies zu schaffen, als wollte er ein paar unsichtbare Fusseln entfernen.

»Nicht diese Frage.«

»Du meinst, du willst diese Frage nicht beantworten«, stelle ich fest.

»Ganz genau.« Er schenkt mir ein verkrampftes Lächeln. »Stell mir eine andere, aber *du* musst sie *auch* beantworten.«

Ich nehme einen tiefen Atemzug durch die Nase, schürze die Lippen und stoße die Luft wieder aus. »Okay, so ist es wenigstens gerecht, auch wenn es mir die Sache erschwert.«

Das aus Austern hergestellte Windspiel klimpert melodisch in der Brise, während die Wellen unter uns rauschen.

Ich schaue ihn an. »Wovor fürchtest du dich?«

»Hm. Die Frage ist nicht besser.«

»Komm schon. Welche Frage hast du denn erwartet? *Wie groß ist dein Schwanz?* Nimm die Sache ernst, sonst bringt es nichts.«

»Willst du mal sehen?«, scherzt er, wobei er sich die Hände an den Hosenbund legt, als wollte er seine Jeans öffnen, und so tut, als wollte er aufstehen.

»Cosmin!« Ich lache.

Er nimmt wieder auf dem Stuhl Platz, und wir schauen einander in die Augen.

»In Ordnung«, sagt er schließlich. »Ich fürchte mich vor … Kennst du das Buch mit den kleinen Leuten und dem Drachen? Das vom Hobbit. Der Drache …«

»Smaug«, helfe ich ihm auf die Sprünge.

»Schön. Ja. Der Drache hat eine verwundbare Stelle und fürchtet sich davor, dass ihn jemand dort mit einem Pfeil treffen könnte – an seinem einzigen Schwachpunkt.« Er fährt sich mit einer Hand durch sein Haar. »So ist es auch bei mir. Das ist meine Angst.«

Ich ziehe die Augenbrauen zusammen. »Ich glaube, die Story war ein bisschen anders. Der Drache hat keine Angst, dass jemand ihn dort treffen könnte, denn er selbst weiß nichts von seiner verwundbaren Stelle.«

»So habe ich es aber in Erinnerung.«

»Das ist äußerst bezeichnend. Außerdem gibst du mir absichtlich eine vage Antwort und verrätst mir nicht mal, was deine ›verwundbare Stelle‹ ist. Deine wahre Angst.«

Er hebt die Schultern mit einem übertrieben unbekümmerten Stirnrunzeln. Ganz in Gedanken umfasst er den Stiel seines leeren Weinglases und dreht es. Dann sieht er mich an. »Du bist dran.«

Ich schnaube lachend. »Wie du mir, so ich dir, Alter. Jetzt werde ich bestimmt keinen Seelenstriptease hinlegen. Ich habe Angst vor Spinnen.«

»Alle haben Angst vor Spinnen.«

»Hey, du hast den Ton vorgegeben. Willst du es noch mal versuchen?«

In der Stille, die auf meine Frage folgt, kann ich nicht recht deuten, ob er sich vor mir verschließt oder nachdenkt.

Ein Teil von mir ist wütend, obwohl ich nicht genau weiß, warum. Verdammt, wir haben genau das getan, was Klaus von uns erwartet! Wir haben zusammen gegessen, geshoppt, Popcorn gemacht und dann ferngesehen, wir haben zusammen getrunken, über Belanglosigkeiten geplaudert und es tatsächlich geschafft, uns in der Gegenwart des anderen ein bisschen wohler zu fühlen.

Cosmins Lieblingsessen ist Käse, sein Lieblingsbuch ist *Fahles Feuer* von Nabokov, und wir beide lieben David Bowie.

Seine Lieblingsfarbe ist Weiß.

Ich erhebe mich und stoße mit einem Finger meinen König um. »Du hast gewonnen. Kein Remis.«

Dann gehe ich wieder ins Haus und nach oben, um mich bettfertig zu machen. Morgen früh werden wir zum Flughafen fahren und in den Alltag zurückkehren.

Na schön. Mir doch egal.

Beim Zähneputzen koche ich förmlich vor Wut und schaue mit finsterer Miene in den Spiegel. Warum bin ich so verärgert?

Was habe ich erwartet? Ich hatte ohnehin keine Lust auf dieses blöde Teambuilding für zwei.

Als ich aus dem an mein Zimmer angrenzenden Badezimmer komme, wobei ich mir einen Zopf zum Schlafen flechte, sehe ich, dass Cosmin neben der Kommode steht. »Was zum Teufel tust du in meinem Zimmer?«

Er deutet auf eine Keramikdose. »Ich wollte dir das hier dalassen. Ich habe sie für dich ausgesucht.« Er presst die Lippen zusammen, als wollte er sich davon abhalten, noch mehr zu sagen.

Am liebsten würde ich zu ihm gehen, aber ich widerstehe dem Drang und verschränke stattdessen die Arme vor der Brust.

Nachdem wir uns für einen langen Moment angeschaut haben, lässt er die Schultern mit einem unterdrückten Seufzen sinken. »Vielleicht bin ich nicht in der Lage, jede Angst auszusprechen«, erklärt er, »aber heute hatte ich Angst, dass du mir sagen würdest, ich soll die Dose nicht kaufen, wenn ich zugegeben hätte, dass sie ein Geschenk für dich ist. Und heute Abend beim Schach hatte ich Angst davor, dass der Abend endet. Das ist der Grund, warum ich mit einem Remis nicht einverstanden war, denn dann wäre das Spiel zu Ende gewesen.«

Die Art, wie er das sagt, bringt mein Herz zum Stolpern. Ich gehe zur Kommode, woraufhin er einen Schritt zurücktritt, um mir Platz zu machen.

Ich fahre mit der Hand über den kühlen Deckel der Dose. Der blaugraue Lack hat die gleiche Farbe wie Cosmins Augen.

Meine Kehle schnürt sich zu, doch ich lächele. »Danke. Sie ist wunderschön.«

»Genau wie die Frau, der sie jetzt gehört.«

Mir ist nicht bewusst, dass ich ihm mit meiner Körpersprache signalisiere, was ich will, aber er erkennt es trotzdem. In dem Moment, in dem er sich in meine Richtung bewegt, rechne ich mit einem stürmischen Kuss im Oldschool-Hollywood-Stil, bei dem mein Kopf nach hinten geneigt ist und unsere Lippen sich fest aufeinanderpressen.

Doch stattdessen schlingt er die Arme um meine Taille, als wären sie schon immer da gewesen, als wären sie ein Teil von mir. Dann legt er seine Stirn an meine, und ich sehe zu, wie sich seine langen goldenen Wimpern langsam senken, genauso wie heute Nachmittag, als er das Gebäck probiert hat. Schließlich bin ich diejenige, die den Kopf nach vorn schiebt, um ihn zu küssen. Und du liebe Güte, seine weiche, volle Unterlippe ist genau so, wie ich sie mir ausgemalt habe.

Unsere Münder sind geschlossen, aber weich. Sie suchen nach neuen Winkeln, berühren einander, als wären unsere Lippen in Wahrheit Augen, die jedes noch so winzige Detail studieren und sich einprägen, denn ich glaube, wir wissen beide, dass wir nur diese eine Erinnerung haben dürfen.

Als Nächstes legt er die Hände an meinen Rücken und zieht mich an sein Becken. Als ich spüre, wie hart er ist, macht sich Hitze in mir breit. Meine Begierde ist überwältigend.

Er bewegt sich nicht, aber irgendwie kann ich trotzdem spüren, wie er sich bewegen *würde*, wenn ich ihn ließe. Das Kreisen seiner Hüften, der Punkt, an dem unsere Körper miteinander verbunden wären, während er mich ausfüllt, unsere verschwitzte Haut, das Aneinanderstoßen von Knochen, und ein Rhythmus, der uns zur Ekstase treibt.

In meinem Inneren zuckt es, und ich muss all meine Vernunft heraufbeschwören, um mich von ihm zu lösen, denn ich war noch nie so erregt, obwohl wir uns nur ganz leicht und vorsichtig berühren.

Seine Atmung ist zittrig, was mich überrascht. Er lächelt mich an. »Nein? Hast du Angst, dass du die Ohrringe an Natalia verlierst?«

»Ich habe Angst, dass ich mehr verlieren könnte als das«, gebe ich flüsternd zu.

Mit den Händen fährt er an meinem Rücken herauf und an meinen Armen hinunter, dann umfasst er wieder meine Taille und gleitet erneut suchend hinauf. Als er mit den Daumen über meine BH-losen Brüste streicht, werden meine Nippel so hart, dass sie schmerzen.

Einerseits will ich nicht, dass er geht, und andererseits hoffe ich, dass er so schnell wie möglich verschwindet, damit ich mich unter dem Bettlaken verkriechen und das beenden kann, was er begonnen hat.

Nun legt er sanft die Hände an meinen Hals und streichelt über meine Kieferkontur, ehe er mir einen letzten Kuss auf die hungrigen Lippen drückt. Anschließend tritt er zurück.

Ich halte mich davon ab, nach unten zu blicken, denn ich will nicht sehen, was ich verpasse.

Eine Hand auf die Kommode gestützt, schließe ich die Augen, um das Pochen ober- und unterhalb meiner Gürtellinie unter Kontrolle zu bringen. Ich höre, wie sich seine Schritte über den Flur entfernen, halte jedoch die Augen fest geschlossen – wenn ich noch einen Blick auf ihn erhasche, weiß ich, dass ich ihn aufhalten werde.

Seine Stimme verschwindet zusammen mit ihm um die Ecke.

»Gute Nacht.«

8

CHINA
MITTE APRIL

Cosmin

Santorin war eine fürchterliche Idee, und ich verspüre eine irrationale Wut auf Klaus. Der *Kuss* war eine fürchterliche Idee, und ich verspüre eine (rationale) Wut auf mich selbst. Ich muss pausenlos an Phaedra denken und träume sogar von ihr.

Da mir schon als Kind auf schmerzhafte Weise eingebläut wurde, dass ich stets wachsam bleiben muss, habe ich einen leichten Schlaf. Onkel Andrei war in seinen Trainingsmethoden äußerst kreativ und liebte den Spruch: *Ein Mann muss stets bereit sein, mit Einfallsreichtum und körperlicher Kraft zu reagieren.*

Seit Santorin geht mir Phaedra nicht mehr aus dem Kopf, und ich habe ständig irgendwelche verblassenden Traumbilder – mal alltäglich, mal hocherotisch – vor mir.

Und das ist der Grund, warum ich nach Griechenland noch tagelang alles vermassele.

Bei unserer Rückkehr habe ich mich Klaus gegenüber dankbar gezeigt und die Schönheit von Santorin, den Stil des Hauses und die Kochkünste von Elena gelobt. Vor dem Team verhalte ich mich betont professionell, wenn ich mit Phaedra zu tun habe, daher habe ich aufgehört, sie zu ärgern und zweideutige Witze zu machen. In mir tobt jedoch ein Sturm der Verwirrung.

Nach unserem Kuss in ihrer Nähe zu sein ist die reinste Qual, denn meine strategischen Gedanken, die ich normalerweise für Rennen einsetze, werden ständig von meinen Grübeleien verdrängt, wie ich Phaedra Morgan für mich gewinnen kann – jetzt wo klar ist, dass sie mich genauso begehrt wie ich sie. Es muss einen Weg geben, mit ihr zusammen zu sein, ohne dass es Auswirkungen auf unser Arbeitsverhältnis hat.

Erst an dem Abend, an dem wir in Shanghai eintreffen, gestehe ich mir ein, wie unverantwortlich es war, die Regeln zu missachten.

Kann ich guten Gewissens einen Job aufs Spiel setzen, der es mir ermöglicht, Vlasia House zu unterstützen? Diese Frage beschäftigt mich, als ich vor der Tür ihres Hotelzimmers stehe, das sich schräg gegenüber von meinem befindet.

Genauso vorausschauend, wie ich Auto fahre, spüre ich jetzt schon, wie es sich an meinen Fingerknöcheln anfühlen würde, wenn ich nun anklopfe.

Durch die Tür dringt Musik zu mir heraus, und ich versuche, mir auszumalen, wo sie gerade sitzt, was sie anhat, wie ihr Gesichtsausdruck ist. Ich denke an ihre wunderschönen grünen Augen, die ihre jeweilige Stimmung widerspiegeln. An ihre vollen Lippen, die sie oft schürzt, daran, wie sie ihre Nase rümpft, wenn sie genervt ist, und die Zungenspitze an ihre Oberlippe drückt, wenn sie sich konzentriert. An den Klang ihrer Stimme – klar und sanft.

Ich habe alle Symptome eines liebeskranken Teenagers.

Der Aufzug am Ende des Flures gibt ein *Ping* von sich.

Auf einmal kommt mir der Gedanke, dass mich jemand aus dem Team hier stehen sehen könnte.

Schnell drehe ich mich um, gehe in mein Zimmer, lege mich

aufs Bett und analysiere die Panik, die in mir aufsteigt. Es kommt nur selten vor, aber dennoch ist es tatsächlich genau diese Empfindung, die sich durch meinen Magen schlängelt. Ich fühle mich wie ein Tier, das Angst vor Feuer hat – vor seiner Macht und Unvorhersehbarkeit. Phaedra stellt das Feuer dar: Wenn ich sie habe, wird es alles andere in meinem Leben niederbrennen.

All die Monate, in denen ich sie mit meinen kindischen Witzen provoziert habe in dem Wissen, dass sie mich dafür verabscheuen würde … Wieso habe ich nicht erkannt, dass ich dieses Verhalten instinktiv an den Tag gelegt habe, um mich selbst zu schützen?

Es ist sicherer, wenn sie mich hasst.

Daran erinnere ich mich auch noch am nächsten Morgen, als ich Phaedras Feuer in Eis verwandele – langsamer, aber genauso zerstörerisch.

—

Ich habe den Fernseher angelassen, daher gehe ich davon aus, dass es sich bei dem Geräusch, das ich höre, als ich aus der Dusche trete, um die Morgennachrichten handelt. Nachdem ich mir ein Handtuch um die Hüften geschlungen habe und im Bad fertig bin, finde ich jedoch eine zierliche Haushälterin vor, die, den Rücken mir zugekehrt, neben meinem Bett steht.

Erschrocken wirbelt sie herum, wobei sie die offene Wasserflasche umklammert, die auf meinem Nachttisch stand und die sie nun fallen lässt, sodass sich Wasser über den Fußboden ergießt.

Die Frau ist jung und hübsch – schwarzer Bob, goldene Haut und Augen so dunkel wie glänzendes Ebenholz. Sie errötet und geht schließlich in die Knie, um die Wasserflasche aufzuheben, verliert jedoch vor lauter Nervosität das Gleichgewicht. Panisch greift sie nach der Bettdecke, zieht aber ihre Hand erschrocken zurück und starrt sie an, als gehöre sie nicht zu ihr. Offenbar ist es ihr unangenehm, etwas so Persönliches berührt zu haben.

»Guten M-Morgen«, flüstert sie unsicher, erhebt sich und stellt die Flasche ab. Dann lässt sie den Blick über meine nackte Brust wandern. »Brauchen Sie mehr Handtücher?«

»Ist es nicht ein bisschen zu früh, um sauber zu machen? Es ist sieben Uhr.«

Sie spielt mit dem Saum ihrer Schürze herum und runzelt die Stirn. Als sie meinem Blick begegnet, sind ihre Augen feucht. Dann sprudeln die Worte nur so aus ihr heraus. »Ich wusste, dass Sie später nicht mehr hier sein würden. Sie sind mein Lieblingsrennfahrer, und ich wollte … Sie kennenlernen.« Schließlich lässt sie sich auf die Bettkante sinken und bedeckt ihr Gesicht mit den Händen. »Werden Sie mich feuern lassen?«

»Natürlich nicht. Und lassen wir das mit dem ›Sie‹. Ich bin Cosmin.« Ich schalte den Fernseher aus und setze mich neben sie. »Es bleibt unser Geheimnis.«

Nun schnieft sie, und eine Träne läuft ihr über die Wange. »Du wirst mich nicht melden?«

Ich lehne mich über das Bett hinweg, um nach einem Taschentuch zu greifen und es ihr zu reichen. »Nein, aber eines musst du mir versprechen: Versuch so etwas bei keinem anderen, wenn du einen Hotelgast kennenlernen möchtest. Dir könnte etwas zustoßen, wenn du dich auf die Nettigkeit eines Fremden hinter verschlossenen Türen verlässt.«

Sie schaut auf mein nacktes Bein, wo das Handtuch ein wenig verrutscht ist. Ich erhebe mich, gehe zum Schrank, um ein Outfit auszuwählen, und verschwinde dann um die Ecke ins Bad, um meine Hose anzuziehen, wobei ich die Tür jedoch offen lasse. »Wie heißt du?«, rufe ich ihr zu.

»Mei.«

»Hast du Karten für das Rennen, Mei?«

Eine lange Pause entsteht. »So etwas … kann ich mir nicht leisten.«

Ich lehne mich zur Tür hinaus, während ich mein Hemd zuknöpfe. »Kein Problem, ich kann dir einen Pass besorgen. Warte kurz.«

Sie steht nervös an der Tür, während ich meine Sachen zusammensuche und in meine Tasche räume. Ich öffne die Notizen auf meinem Handy und dann die Zimmertür, damit sie vor mir in den Flur treten kann.

»Nenn mir bitte deinen vollen Namen.«

»Zhang Mei«, antwortet sie, während sie in den Gang hinaustritt.

Draußen steht kein Wagen mit Putzutensilien. »Du hättest mir trotzdem ein neues Handtuch bringen können, oder?«, scherze ich.

Sie schüttelt den Kopf mit einem beschämten Grinsen.

Ich trete hinaus und schließe die Tür hinter mir, wobei ich auf mein Display schaue, um zu tippen. »Das war's schon – du kannst deinen Pass am Eingang abholen.«

Plötzlich stellt sie sich auf die Zehenspitzen und drückt mir einen flüchtigen Kuss auf die Wange. »Vielen Dank! Es hat mich gefreut, dich kennenzulernen.« Die Worte kommen ihr eilig über die Lippen. Danach zieht sie leicht den Kopf ein und rauscht durch den Flur in Richtung Aufzug davon.

In diesem Moment höre ich, wie sich hinter mir eine Tür schließt und ein verbittertes Lachen erklingt.

Als ich mich umdrehe, sehe ich Phaedra in Sportkleidung, die sich gerade ihre Kopfhörer um den Hals hängt. Das Haar hat sie sich oben auf dem Kopf zu einem Dutt zusammengebunden, obwohl ihr einige dünne Strähnen ins Gesicht fallen.

Am liebsten würde ich ihr Gesicht in die Hände nehmen und all die Verbitterung von ihren Lippen küssen. Auf der anderen

Seite ist es vielleicht nicht schlecht, wenn sie mich wieder hasst, denn dann besteht keine Gefahr, dass unsere Gefühle füreinander tiefer werden.

Ich rücke den Gurt der Tasche auf meiner Schulter zurecht.

»Warum schaust du so missmutig drein, dragä?«

»Du kannst stolz auf dich sein, Fuckboy«, sagt sie trocken und betrachtet den Lippenstift auf meiner Wange. »Du musstest *hinterher* nach ihrem Namen fragen? Sehr höflich von dir, dass du den Hotelangestellten auf eine ganz besondere Weise dankst. Ich persönlich lasse einfach zwanzig Dollar auf der Kommode liegen.«

»Du musst nicht gleich eifersüchtig werden.«

Sie hält mir ihre Handfläche entgegen. »Wie auch immer – du bist nicht mein Problem, bevor du im Cockpit sitzt. Ich wünsche dir einen schönen Tag.« Sie setzt sich in Richtung Fahrstuhl in Bewegung, hält aber noch einmal inne. »Übrigens bin ich nicht eifersüchtig. Das ist es gar nicht, was mich ärgert.«

»Nein?«

»Nope. Es ist mehr die Tatsache, dass ich den beschämten Blick der Frau gesehen habe. Das spricht nicht gerade für dich, sondern lässt eher vermuten, dass du dein Playboy-Gehabe eingesetzt hast, um sie zu ›verführen‹. Du hast doch bestimmt schon mal was von Einwilligung gehört, oder?«

Ich hebe resigniert die Hände. »Glaub, was du willst, aber vielleicht bist du doch ein bisschen eifersüchtig. Wegen Santorin.«

Ich glaube, einen Anflug von Schmerz in ihren Augen aufblitzen zu sehen, ehe sie antwortet. »Der Kuss hat nichts bedeutet. Mir jedenfalls nicht, denn du bist nicht mein Typ. Und dir hat er auch nichts bedeutet, weil du einfach nicht anders kannst – genauso gut könnte man einen Hund bitten, nicht an einen Laternenpfahl zu pinkeln.« Mit diesen Worten marschiert sie davon.

»Eine Sache hast du aber vergessen, dragă«, rufe ich ihr hinterher, bevor sie den Fahrstuhl erreicht.

Sie dreht sich um, geht jedoch rückwärts und mit vor der Brust verschränkten Armen weiter.

Ich schenke ihr ein breites Grinsen. »Du hast mich zuerst geküsst.«

9

CHINA

Phaedra

Mittlerweile bin ich mit dem Formel-1-Fuckboy wieder auf Kriegsfuß.

So viel Hass hat jedoch auch Vorteile, denn ich hatte schon seit Wochen nicht mehr so viel Energie bei meinem Workout. Auf dem Laufband renne ich so schnell wie Forrest Gump, und Gewichte hebe ich mit dem gleichen Elan wie Arnold Schwarzenegger.

Jedes Mal, wenn ich mich an Cosmins nervtötend sexy Gesicht erinnere, als er mich geküsst hat …

Es war zärtlich und vorsichtig, aber auch leidenschaftlich, o mein Gott …

… beschwöre ich wieder das Bild von ihm und der Hotelangestellten herauf, die er morgens um sieben zur Tür hinausgescheucht und erst *hinterher* nach ihrem gottverdammten Namen gefragt hat. Dann bin ich sofort wieder im Fitness-Modus und lasse meine Muskeln spielen, als wäre ich auf Anabolika. Ich muss einen klaren Kopf bekommen, weil ich mit Natalia zum Frühstück verabredet bin und mir vorgenommen habe, das Versteckspiel zu beenden und sie einfach geradeheraus nach der Sache mit Klaus zu fragen. In Bahrain habe ich das Thema nicht angesprochen, weil ich ihr Zeit geben wollte, aber ich habe beschlossen, dass kein weiteres Grand-Prix-Wochenende vergehen wird, ohne dass wir darüber sprechen.

Als ich schließlich nicht mehr kann, gehe ich zum Mülleimer, um die Packung mit dem Protein-Gel zu entsorgen, werfe jedoch aus Versehen mein Handtuch weg. Kurz ziehe ich in Erwägung, es wieder herauszuholen, aber die Tonne ist tief und sieht eklig aus.

Deshalb habe ich mir den Saum meines T-Shirts über das Gesicht gezogen, um mir den Schweiß abzuwischen, als ich den Fahrstuhl betrete und mich gegen die Wand lehne. Kurz bevor sich die Tür schließt, stellt sich jemand neben mich. Schnell reiße ich das T-Shirt runter und sehe, dass mich Natalia erschrocken anschaut. Ich bin mir fast sicher, dass sie »Ach du Scheiße!« sagt, aber ich trage meine Kopfhörer noch.

Ich ziehe mir ein Earbud raus. »Du bist verdammt früh dran. Und zwar ungefähr anderthalb Stunden.«

Mit einem nervösen Lächeln zieht sie die Prada-Tasche über ihrer Schulter zurecht.

In diesem Moment fällt mir auf, dass sie für halb neun morgens viel zu elegant gekleidet ist. Sie trägt ein halb durchsichtiges hochgeschlossenes Kleid und High Heels mit Gladiatoren-Riemen.

»Überraschung!«, flötet sie und wedelt mit den Händen in der Luft herum.

»Warum hast du ›Ach du Scheiße!‹ gesagt, als du mich gesehen hast?«

»Habe ich nicht.«

»Und warum bist du so aufgestylt?«

Sie verdreht die Augen. »Ich bin ganz normal gekleidet. Es steht eben nicht jeder auf den Gammel-Look.«

Ich kneife die Augen zusammen, denn ich erkenne, dass sie mich nur beleidigt, um vom Thema abzulenken.

Wieder kommt mir in den Sinn, was Cosmin in Melbourne gesagt hat. *Ich hatte schon so eine Vorahnung, dass Miss Evans dieses Kleid nicht für mich angezogen hat.*

Mich anzulügen, wird langsam zur Gewohnheit für sie, und das allein bereitet mir viel mehr Unbehagen als das, was zwischen ihr und Klaus läuft. Da ich als Kind nie lange an einem Ort war und in der Welt des Sports aufgewachsen bin, wo es so viele Unsicherheiten gibt, war es schon immer schwer für mich, Menschen zu vertrauen. Nat war meine erste und ist immer noch meine einzige wirklich enge Freundin. Die aktuelle Dynamik zwischen uns macht mir so große Sorgen, dass ich mittlerweile einerseits Angst davor habe, sie zur Rede zu stellen, und mir andererseits nichts sehnlicher wünsche.

»Na schön.« Ich hebe mein T-Shirt am Halsausschnitt an und wische mir erneut den Schweiß weg, nur um mich kurz verstecken zu können. »Ich hoffe, du bist nicht am Verhungern, denn ich werde auf jeden Fall erst duschen.«

»Kein Problem.« Sie hält ihr Handy hoch. »Ich werde einfach ein paar Mails beantworten.«

Die Tür öffnet sich auf meiner Etage, und wir treten hinaus. »Du siehst aus wie eine Edelhure aus dem alten Rom«, merke ich an.

»Danke für das Kompliment, aber das stimmt nicht.«

Ich führe sie zu meinem Zimmer, und als ich die Tür aufschließe, ist sie bereits mit ihrem Handy beschäftigt. Während sie an mir vorbeigeht, versuche ich, einen Blick auf ihr Display zu werfen, aber sie dreht ihr Telefon weg.

»Nat …«

»Was?«

»Irgendetwas verheimlichst du mir. Bring mich nicht dazu, dich niederzuringen und dir das Handy abzunehmen.«

Sie schaltet die Tastensperre ein und lässt das Smartphone in ihre Handtasche fallen. »Das war nur eine Nachricht von meinem Redakteur.« Sie stemmt ihre manikürte Hand in die Hüfte. »Und jetzt geh dich endlich waschen.«

Während ich dusche, lasse ich die Badezimmertür einen Spalt offen stehen. Als ich fertig bin, lasse ich das Wasser trotzdem weiterlaufen, wickele mir ein Handtuch um den Körper und öffne leise die Tür, um mich an sie heranzuschleichen.

Natalia sitzt am Fußende des ungemachten Bettes und tippt mit fliegenden Daumen. Ehe sie mich aus dem Augenwinkel sehen kann, entdecke ich den abgespeicherten Kontakt oben auf dem Display: *Dunkler Anzug.*

»Aha«, krähe ich.

Sie schreckt quietschend zusammen und lässt versehentlich das Handy fallen, das daraufhin auf dem Teppich landet. »Was zum Teufel ist los mit dir?«

»Du hast dich nicht für mich so aufgestylt, du Lügnerin!«

Sie bückt sich, um ihr Handy aufzuheben, und schenkt mir ein gespielt mitleidiges Lächeln. »Awww, hast du gedacht, ich hätte für dich etwas Besonderes angezogen? Bist du in mich verliebt?«

Ich verkneife mir eine ebenso bissige Bemerkung darüber, dass ich mich niemals in eine Person mit der Hälfte meines IQs verlieben könnte, aber zum einen halte ich nichts von der IQ-Skala – sie hat fundamentale Schwächen –, und zum anderen wäre es richtig gemein.

Ich gehe ins Badezimmer, stelle das Wasser ab und setze mich neben sie aufs Bett. »Nat, du hast das Park Hyatt in Melbourne mit Klaus verlassen. Das weiß ich, weil Cosmin euch gesehen hat.«

Kurz blitzt Überraschung in ihren Augen auf, doch sie gewinnt schnell die Selbstbeherrschung zurück. »Na und? Wir haben geredet, das ist alles.« Sie winkt gelassen ab. »Wir waren ein bisschen spazieren und haben uns unterhalten. Er hat sich für das eine Mal entschuldigt, als er unhöflich zu mir gewesen ist.«

Ich schnaube. »Und das war's?«

»Mein Gott, Phae. *Hör auf.*«

»Na schön, wie du meinst. Aber warum hast du mich dann angelogen? Sind wir Freundinnen oder nicht?«

»Das ist eine dumme Frage für ein angebliches Genie.«

Ich mache mir nicht die Mühe anzumerken, dass sie meine »dumme Frage« nicht beantwortet, sondern zwinge mich stattdessen dazu, meine größte Sorge zu artikulieren. »Okay, pass auf. Du hast den Job beim *Auto Racing Journal* erst vor ein paar Monaten bekommen, und als du ihn angenommen hast, dachten wir beide, das wäre einfach genial, weil wir ständig in dieselben Städte reisen würden. Aber ich habe den Eindruck, du mochtest mich lieber, als du in New York gewohnt hast, wo du für dieses Literaturmagazin gearbeitet und mich kaum zu Gesicht bekommen hast.«

»Das ist lächerlich.«

»Wirklich?«

Ihr Schweigen spricht Bände.

»Hast du … die Nase voll von mir?«, dränge ich weiter.

»Nein! Du kannst zwar ab und zu eine echte Bitch sein, aber …«

»Hallo? Du verwandelst dich selbst manchmal in eine. Und jetzt lügst du mich auch noch an.«

Sie erhebt sich und geht zum Schrank, als wollte sie mir ein Outfit raussuchen, wobei sie die Bügel nacheinander und scheinbar ziellos zur Seite schiebt. »Etwas zu verschweigen ist nicht was anderes als lügen. Und ich habe guten Grund dazu, denn du kannst ganz schön hart über Menschen urteilen. Ich bin erwachsen und nicht dumm, schließlich habe ich einen Master of Fine Arts von der Queens University Charlotte.«

»Ja, du bist schlau, deshalb finde ich es ja so schade, dass du immer wieder die gleichen Fehler begehst. Es ist gefährlich, all den verheirateten Arschlöchern ihre lahmen Sprüche abzukaufen.«

Sie wirbelt herum. »Klaus ist nicht verheiratet.«

»Aber er kann sich auf nichts Neues einlassen!«, schreie ich, wobei ich beide Arme verzweifelt in die Luft werfe. »Und du stehst ganz offensichtlich auf ihn.«

Nat sieht mich finster an. »Ich frage mich, warum dich das so brennend interessiert. Stehst *du* vielleicht auf ihn?«

»Ach, komm schon! *Nein.* Er ist wie ein cooler Onkel für mich, und das weißt du ganz genau. Außerdem verschließt du dich gerade komplett vor mir. Was hast du zu verbergen?«

Sie wirft sich mit einem mürrischen Seufzen aufs Bett. »Okay, ich habe letzten September in Abu Dhabi einmal mit ihm geschlafen.«

Mir bleibt der Mund offen stehen. »Er ist der Typ, den du erwähnt hast – der One-Night-Stand?«

»Das werde ich weder bestätigen noch verneinen.«

»Nat, du kannst nichts mit Klaus anfangen. Ich habe dir doch erzählt, was mit der Frau vom *Monocle* passiert ist. Es hat tatsächlich eine Anzeige gegeben, verdammt. Er hasst Leute von der Presse.«

Sie wirft mir einen selbstgefälligen Blick zu. »Ich glaube nicht, dass er *mich* hasst.«

»Nat ...«

»Lass mich verdammt noch mal einen einfachen Flirt genießen«, schreit sie beinahe. »Es geht dich nichts an! Verstehst du nun, warum ich dir nie irgendwas erzähle? Immer weißt du alles besser.«

Ich zucke zurück, als hätte sie mich ins Gesicht geschlagen. »Du erzählst mir *nie* irgendetwas? Ernsthaft? Wow.« Ich springe auf, gehe zu meinem Schrank und reiße ein Shirt von Bügel. »Willst du wissen, was dein Problem ist?«

»Oh, jetzt bin ich aber mal gespannt.«

»Du legst all deine Hoffnung in Nichtigkeiten. Zum Beispiel kaufst du überteuerte Wundercremes, in denen angeblich Seepferdchen-Sperma oder sonst was enthalten ist. In Wahrheit sind es wahrscheinlich die gleichen Inhaltsstoffe wie in meiner Handcreme aus dem Ein-Dollar-Shop.« Ich ziehe mir das Shirt über.

»Oh Mann«, knurre ich, »wie kann man nur so oberflächlich sein?« Keine Ahnung, warum ich verbal nun derart zuschlage, aber ich bin zu wütend, um mich zurückzuhalten.

Ich weiß, dass ich gerade auf dem besten Weg bin, unsere Freundschaft zu ruinieren, aber nun, da ich einmal angefangen habe, kann ich nicht mehr aufhören.

»Gut zu wissen, was du wirklich über mich denkst«, presst Nat hervor, steht auf und greift nach ihrer Handtasche. »Du glaubst, dass du schlau klingst, wenn du immer zynisch bist.«

Das ist der Punkt, an dem ich mich entschuldigen sollte, oder? Und sie davon abhalten zu gehen?

»Ich bin lieber zynisch, als mir selbst etwas vorzumachen.«

Wow. Nein!

Warum kann ich nicht einfach die Klappe halten?

»Das war echt grandios«, versetzt Nat. »Kein Wunder, dass alle behaupten, du seist so brillant.« Sie hängt sich die Handtasche über ihre Schulter. »Weißt du was? Ich nehme es zurück: Ich habe die Nase so was von voll von dir.« Mit diesen Worten marschiert sie zur Tür und verlässt mein Zimmer.

Und weil ich eine Idiotin bin, die ein perverses Vergnügen daran hat, alles noch schlimmer zu machen, renne ich ihr hinterher und stecke den Kopf zur Tür hinaus. »Ich hoffe, das meinst du ernst«, brülle ich durch den Gang, »denn ich habe endgültig genug von deinem Scheiß!«

Nat hebt eine Hand und zeigt mir den Mittelfinger, was sie bisher nur im Scherz getan hat – deshalb tut es richtig weh.

Ich schließe die Tür, lasse mich auf den Boden sinken und lehne mich dagegen.

Mein Dad ist krank, ich bin grottenschlecht in meinem Job, ich vergucke mich in einen Mann, den ich nicht haben kann, und meine beste Freundin hat mich gerade abserviert …

Das sage ich mir immer wieder, bis die Tränen zu fließen beginnen, und dann weine ich um alles, was ich nicht ändern kann.

10

ASERBAIDSCHAN

ENDE APRIL

Cosmin

Die Woche in China war schon fürchterlich, bevor der Grand Prix überhaupt begonnen hatte. Phaedra war unterkühlt, und selbst der sonst so unerschütterliche Klaus wirkte ein bisschen neben der Spur.

Mo ist wegen eines »Familiennotfalls« in die Staaten gereist, worüber in der Presse wild spekuliert wurde.

Beim Rennen ist nach neun Runden meine rechte hintere Antriebswelle zerbrochen, und ich musste aufgeben. Jakob wurde Elfter, womit er einen Platz, der ihm Punkte eingebracht hätte, knapp verfehlt hat. Niemand war glücklich.

Aber dieses Wochenende wird alles anders werden. Der Baku City Circuit in Aserbaidschan ist mit mehr als sechs Kilometern recht lang, aufregend schnell und hat die perfekten technischen Stellen, um meine Stärken unter Beweis stellen zu können. Im Qualifying bin ich Vierter, und Jakob ist Siebter geworden. Fast hätte ich es aufs Podium geschafft.

Während des Morgenmeetings am Renntag schlägt der Strategiechef von Emerald einen waghalsigen Plan vor, den andere Teams vermutlich niemals in Erwägung ziehen würden.

Basierend auf der heutigen Wettervorhersage – wobei Temperatur, Wind und sogar der Winkel, in dem die Schatten fallen, eine Rolle spielen – schlägt er vor, das Rennen mit harten Reifen zu starten.

Die meisten anderen Teams dagegen werden mit weichen Reifen einsteigen und erst später zu härteren wechseln. Ein paar andere Teams fahren vielleicht zu Beginn mit mittelharten Reifen und gehen dann zu harten über.

Laut der Computersimulation könnte dieser Ansatz Emerald einen großen Vorteil verschaffen.

Während die Strategie besprochen wird, werfen sich ein paar Teammitglieder nervöse Blicke zu.

Schließlich meldet sich Phaedra zu Wort. »Ich erkenne den potenziellen Vorteil«, setzt sie vorsichtig an. »Es wäre gut, wenn wir später auf weiche Reifen umsteigen, wenn die Schatten die Rennbahn etwas abkühlen und wir uns keine Gedanken mehr darum machen müssen, dass das Gummi abgenutzt wird. Derweil können wir anhand der Auswertung sehen, wie sich die Teams mit anderen Reifen schlagen. Aber«, sie reibt sich den Nasenrücken, »auf dieser Rennstrecke ist es äußerst wahrscheinlich, dass wir das Safety-Car sehen. Wir sind in Baku, also besteht ein sehr hohes Unfallrisiko. Ich meine, nur in Monaco ist es noch schlimmer – das ist uns allen klar, oder?« Sie hebt die Hände und lässt ihren Blick durch den Raum wandern, um auf Zustimmung zu warten.

Während die Hälfte der Anwesenden ihr mit einem Nicken beipflichtet, schauen andere Klaus an, als müssten sie erst noch überlegen, wessen Meinung sie sich anschließen sollen.

Klaus selbst hat seine allerdings noch nicht kundgetan, und ich bin nicht der Einzige, dem aufgefallen ist, wie angespannt sein Verhältnis zu Phaedra seit der vergangenen Woche ist. Ich habe sogar einen Mechaniker scherzen gehört, dass die Gemeinschaft des Ringes zerbrochen sei und es die Gefährten nun niemals auf den Schicksalsberg schaffen würden.

»Falls tatsächlich ein Unfall passiert«, fährt sie fort, »haben wir echt die Arschkarte. Damit würden wir den anderen Teams nur ein paar entspannte, weniger kostspielige Boxenstopps verschaffen, während das Safety-Car unterwegs ist.«

»Ich versichere Ihnen, Miss Morgan«, wirft der Strategiechef ein, »es ist das Risiko wert.«

»Vielleicht möchtest du dir die Daten einmal ansehen, meine Liebe?«, bietet Klaus an, wobei er sie nicht ansieht, sondern auf sein Tablet blickt. Sein Tonfall klingt, als sei es eher eine rhetorische Frage, und lässt vermuten, ihre Zweifel wären nicht willkommen. Außerdem ist es das erste Mal, dass er sie in meiner Gegenwart mit etwas anderem als »Schatzi« anspricht.

Sie fixiert ihn mit einem ungläubigen Blick. »Und vielleicht möchtest *du* aufhören, so herablassend mit mir zu sprechen.«

Klaus hebt seinen Blick so langsam, dass er gleichgültig wirkt. Schließlich funkeln sie einander herausfordernd an.

»Es ist verdammt windig heute«, fährt Phaedra fort. »Bei dem verminderten Grip mit den harten Reifen werden Cos und Jakob ohnehin schon mit den Bremspunkten zu kämpfen haben. Wurde bei den Simulationen auch berücksichtigt, wo *genau* der Wind zwischen den Gebäuden hindurchweht? Werden die Windstöße sie treffen, wenn …«

»Bei allem Respekt«, unterbricht Klaus sie, »exakt dafür bezahlt *dein Vater* Wilhelm.« Er nickt dem Strategiechef zu.

Zu betonen, dass Ed Morgan das Team gehört, ist ein fieser Seitenhieb und vollkommen untypisch für Klaus. Ich habe keine Ahnung, woher diese Feindseligkeit auf einmal kommt. Ob Phaedra wohl etwas Negatives über Santorin geäußert und Klaus damit beleidigt hat?

»Oh, ich bitte *vielmals* um Verzeihung«, erwidert sie sarkastisch.

»Wenn ich gewusst hätte, dass ich heute nur gesehen und nicht gehört werden würde, hätte ich mich schicker gemacht.«

Mehrere Leute im Raum entwickeln mit einem Mal ein ungeheures Interesse an ihren Kaffeetassen.

Jakob packt einen Proteinriegel so leise aus wie jemand, der versucht, im Kino während einer Sterbebettszene lautlos Popcorn zu essen. Kurz gesagt tut man alles, um Phaedras ruhigem, aber tödlichem Blick nicht begegnen zu müssen.

Nach einem langen Moment des unbehaglichen Schweigens sieht sie mich an. »Na gut. Also. Was meinst du, Legs? Jakob?«

Jakob hält mitten in der Kaubewegung inne und zuckt dann mit schreckgeweiteten Augen mit den Schultern.

»Kapiert. Und wie sieht's mit dir aus?« Sie sieht mich erwartungsvoll an.

Ich atme langsam ein. »Es ist ein mutiger Plan, der zum Teil von Glück abhängt, aber ist so nicht das Leben? Mir persönlich würde es gefallen, wenn die Kommentatoren nach Luft schnappen und wild durcheinanderreden, wenn sie sehen, dass Emerald auf Reifen mit weißer Seitenwand ins Rennen einsteigt.« Ich grinse. »Und wenn wir Erfolg damit haben, wird man uns feiern.«

Ein kaum merkliches Lächeln lässt ihre wunderschönen Lippen kurz zucken. Es ist das erste, das sie mir seit dem Vorfall mit dem Zimmermädchen in Shanghai vor mehr als zwei Wochen schenkt.

Schließlich klatscht sie in die Hände. »Du hast mich überzeugt.«

Ich bin gespannt, ob sich unsere mutige Taktik auszahlen wird, aber in erster Linie freue ich mich darüber, dass Phaedra mich wieder anlächelt.

—

Nachdem ich Anders Olsson überholt habe, ertönt Phaedras ruhige Stimme in meinem Ohr. »Super, Cos. Gut gemacht. P2. In Sektor eins hast du eine neue Bestzeit aufgestellt.«

»Verstanden.«

Ich kann nicht glauben, wie viel Glück wir haben, denn bisher musste das Safety-Car noch nicht ausrücken. Das kommt hier so gut wie nie vor, denn die langen, geraden Strecken machen ein Low-Downforce-Setup erforderlich, und wegen der vielen Neunzig-Grad-Kurven auf der Rennstrecke wird oft scharf gebremst. Ein Stadtkurs bedeutet außerdem eine kleine Auslaufzone, sodass ein Fehler in den meisten Fällen bedeutet, dass man Bekanntschaft mit der nächsten Wand macht. Es ist eine anspruchsvolle Kombination.

Ich fühle mich, als würde ich fliegen – wortwörtlich und im übertragenen Sinne. Seitdem Ortiz wegen eines Problems mit dem Getriebekasten ausgefallen ist, habe ich noch höhere Erwartungen an mich. Akio Ono hatte laut Phaedra einen »beschissenen Boxenstopp«, der ganze vierzig Sekunden gedauert hat, weil man versehentlich unterschiedliche Reifen bereitgelegt hatte.

Überhaupt aufs Podium zu gelangen ist mir nicht mehr genug – mittlerweile ist mein Ziel der Sieg.

»Boxenstopp nach dieser Runde«, sagt Phaedra. »Lass uns zu den weichen Reifen wechseln.«

Leider kommt es oft anders, als man denkt, denn mein eigener Boxenstopp ist ebenfalls »beschissen«, da der Schlagschrauber für den linken Vorderreifen nicht richtig funktioniert. Schließlich überkreuzt der Mechaniker seine Arme in der Luft, um anzuzeigen, dass es ein Problem gibt.

Zum Glück liegen für jeden Reifen zwei Schlagschrauber bereit. Nun haben wir bereits zwanzig Sekunden überschritten, und mir wird ganz anders, denn inzwischen scheint es unwahrscheinlich, dass ich überhaupt aufs Siegertreppchen gelange.

Also muss ich wenigstens Punkte holen – egal wie viele.

Ich erhalte das Go und gebe Gas.

Doch irgendetwas stimmt da nicht. Hat mir der Mechaniker

beim Wegfahren mit einer Armbewegung ein Signal gegeben hat, dass es ein Problem gibt, oder habe ich mir das nur eingebildet?

Sobald ich die Boxengasse verlassen und wieder auf der Rennstrecke bin, spüre ich es. Irgendetwas liegt im Argen.

»Was ist los?«, frage ich Phaedra.

»Einen Moment, Cos. Lars spricht gerade mit dem Teamchef.« Es dauert nur ein paar Sekunden, bis sie sich wieder meldet. »Der Reifen ist nicht richtig angebracht. Du musst ...«

»Fuck! Wie kann das sein? Alles klar. Ich kann zurückkommen.« Nun sehe ich selbst, dass ein Rad ins Schlingern geraten ist.

Die anderen Boliden rasen an mir vorbei, und man zeigt mir die orange-schwarze Flagge, um zu signalisieren, dass es ein technisches Problem gibt. Als ich sehe, wie der Reifen sich langsam löst, erkenne ich, dass ich es nicht in die Auslaufzone schaffe, ohne alle in Gefahr zu bringen, also fahre ich rechts ran.

Trotz einer möglicherweise brillanten Strategie hat uns ein simples mechanisches Problem einen Strich durch die Rechnung gemacht. Es ist unfassbar ärgerlich.

»Gelbe Flagge«, informiert mich Phaedra. »Es ist nicht deine Schuld, Legs.«

Die anderen Autos fahren vorbei, aufgrund des virtuellen Safety-Cars jedoch gemessenen Tempos.

Als die Streckenposten rauskommen, schnalle ich mich ab.

—

Nach einem Rennen will ich normalerweise nur ein Eisbad nehmen, viel Wasser trinken und mindestens zehn Stunden schlafen. (Manchmal in Gesellschaft, aber in Baku habe ich kein Glück.) Viorica schickt mir am Sonntagabend eine Nachricht, als ich im Bett liege, Musik höre und meine Meditationsatemtechnik anwende.

Du musst nicht gleich antworten, schreibt sie auf Rumänisch. *Ich weiß, dass du erschöpft sein musst. Tut mir leid wegen des Rennens. Wie immer bin ich froh, dass dir nichts passiert ist. Ich muss dir unbedingt etwas über den Spender erzählen. Bitte melde dich doch morgen.*

Ich schalte die Nachttischlampe ein und rufe sie sofort an.

»Ich wollte dich nicht wecken«, entschuldigt sie sich.

»Ich konnte ohnehin nicht schlafen. Und nun will ich unbedingt wissen, was du mir zu erzählen hast.«

Viorica stößt ein zögerliches Brummen aus. »Wir sollten uns besser morgen früh unterhalten. Wenn wir jetzt darüber reden, befürchte ich, kannst du gar nicht mehr schlafen.«

»Es ist aber besser, wenn du es mir gleich sagst, damit wir uns damit auseinandersetzen können. Nun mache ich mir erst recht Sorgen.« Ich schiebe ein paar Kissen hinter meinen Rücken.

»Als Erstes sollte ich Folgendes erwähnen: Er bietet eine Viertelmilliarde Leu.«

Ich ziehe scharf die Luft ein. »Eine Viertel*milliarde*? Das sind fünfzig Millionen Euro.«

»Genau. Und mit dieser Summe könnten wir die Kindervilla fertigstellen. Alle zwölf Häuser, die angrenzende Schule und die Klinik auf dem Gelände.«

Ich greife nach dem Glas Wasser auf meinem Nachttisch und nehme einen Schluck. »Aber du klingst nicht überzeugt. Es gibt also einen Haken, nehme ich an?«

»Ja. Bei dem Mann handelt es sich um … Grigore Lupu.«

Mit einem Mal umklammere ich das Glas so fest, dass ich es eilig wieder abstellen muss, damit ich es nicht versehentlich zerbreche. Die Wasseroberfläche bebt, als wäre ein Sturm aufgezogen.

Seit zehn Jahren hat keiner von uns beiden den Namen dieses Mannes ausgesprochen. Er ist derjenige, der meine Schwester gefangen gehalten und missbraucht hat, als sie sechzehn war, nachdem unser Onkel sie an ihn verkauft hatte.

In meinem Bauch flammt Wut auf. »*Dieser Wichser kann sich ins Knie ficken!*«, spucke ich auf Rumänisch aus.

»Cosmin!« Viorica klingt empört.

»Nein, das kommt auf keinen Fall infrage. Von diesem Schwein nehmen wir nicht mal fünf Bani.«

»Bitte hör mir zu.«

»Es ist ausgeschlossen. Inakzeptabel. Ich verdiene jetzt schon gutes Geld, und wenn alles nach Plan läuft, bekomme ich nach Ende meines Vertrags in zwei Jahren vielleicht ein noch besseres Angebot.«

»Du bekommst zwei Millionen. Obwohl du bescheiden lebst und einen Großteil deiner Einkünfte Vlasia House zukommen lässt, würde es ungefähr zehn Jahre dauern, um die Summe zusammenzubekommen, die uns Grigore jetzt anbietet.«

»Rica, nein! Wir …«

»Denk doch mal an unseren Traum«, unterbricht sie mich. »Zwölf aneinandergrenzende Häuser, für jedes eine Leiterin und sechs Kinder, die dort dauerhaft wohnen und aufwachsen wie in einer Familie, nicht wie vergessene, verlorene Kinder.«

»Warum möchte uns dieser Mistkerl so viel Geld geben? Was will er von uns?«

Sie seufzt schwer. »Er will es wiedergutmachen.«

»Es gibt Dinge, Rica, die man nicht wiedergutmachen kann. Das solltest du besser wissen als jeder andere.«

Sie stößt ein bellendes Lachen aus. »Eine Viertelmilliarde Leu als Wiedergutmachung. Du würdest den Kindern dieses Geld verwehren, weil du jemandem, der *mir* etwas angetan hat, nicht verzeihen kannst?« Sie macht eine Pause, doch als sie fortfährt, klingt ihre Stimme eiskalt. »Das steht dir nicht zu.«

»Es tut mir leid«, murmele ich.

»Mittlerweile ist er über siebzig und bereut es.«

»Bullshit.« Ich reibe mir mit einer Hand das Gesicht.

»Cosmin«, ihr Tonfall ist unerbittlich, »du musst mir vertrauen.«

»Viele von Onkel Andreis Bekannten waren keine ehrlichen Geschäftsmänner. Wenn wir mit diesem Mann Geschäfte machen, könnte das am Ende den Grund aushebeln, aus dem wir mithilfe unseres Erbes die Organisation gegründet haben.«

»Halt mir keine Vorträge …«

»Wir beschützen Kinder, die ihre Eltern verloren haben, genauso wie wir unsere verloren haben. Wir ersparen jungen Mädchen das Leid, das du erfahren musstest. Du willst ernsthaft eine Spende von dem Schwein annehmen, das dich gequält hat?«

Sie stößt genervt die Luft aus. »Ich möchte nicht mehr weiter darüber diskutieren. Kommst du vor dem Großen Preis von Spanien nach Hause?«

Wenn meine Schwester weiß, dass sie im Unrecht ist, wechselt sie immer das Thema, also bedränge ich sie nicht weiter. Das Geld hätten wir gut nutzen können, aber ich bin erleichtert, dass ich sie offenbar von dieser Idee abgebracht habe. Ich lasse mich aufs Bett zurücksinken und bedecke meine Augen mit einer Hand.

»Am Mittwoch«, antworte ich schließlich.

Am anderen Ende der Leitung herrscht für einen Moment Stille.

»Es tut mir leid, dass ich so unnachgiebig in Bezug auf den Spender war«, füge ich hinzu. »Du weißt ja, wie ich bin.«

»Ja, ich kenne dich. Ist schon in Ordnung.«

Als wir aufgelegt haben, schalte ich die Lampe aus und starre zu den sich bewegenden parallelen Linien aus Stadtlichtern hinauf, die durch die Rollos, die sich in der Luft der Klimaanlage bewegen, an die Decke geworfen werden.

Meine Kopfhörer aufzusetzen und Musik zu hören, hilft mir nicht dabei, mich zu beruhigen. Schließlich greife ich nach meinem Laptop und tippe eine der E-Mails weiter, die ich an Phaedra verfasst und in meinem Entwurfsordner gespeichert habe.

Ich rede mir ein, dass es nicht möglich ist, etwas zu vermissen, das ich niemals hatte, aber das tue ich. Ich vermisse den Sieg, der mir heute durch die Lappen gegangen ist. Ich vermisse die Kindheit, die mir verwehrt blieb.

Ich vermisse dich.

Deinetwegen werde ich poetisch, weshalb ich diese Mails auch nie absenden werde.

»Deine Augen sind wie die grünen Ranken, die in den Schatten der Terrasse auf Santorin auf und ab wippten. Erinnerst du dich noch an den Baum mit dem zweigeteilten Stamm und dass ich angemerkt habe, dein Haar habe die gleiche Farbe wie das Kernholz, als wir in den Regen gerieten?«

Nur ein Narr redet so daher.

Doch für dich bin ich gern ein Narr.

Gute Nacht, dragă.

II

BARCELONA
MITTAG

Cosmin

Beim Großen Preis von Spanien wäre ich beinahe auf dem dritten Platz gelandet, den ich jedoch knapp verfehlt habe. Es hätte
sich trotzdem angefühlt wie ein Podiumsplatz, wenn die zwölf
Punkte, die ich geholt habe, mir ein Lächeln von Phaedra eingebracht hätten, aber seitdem sie in Baku wieder kurz freundli-
cher zu mir war, sind zwei Wochen vergangen, und außerhalb
der Arbeit meidet sie mich.

Ich rede mir ein, dass es besser so ist. Als Jakob und Inge eine
kleine Gruppe einladen, um einen Nachmittag auf der Fünfzehn-
Meter-Yacht zu verbringen, die er ihr zum ersten Jahrestag geschenkt hat (der verliebte Narr hat die Hälfte seines Jahresgehalts
dafür ausgegeben), sage ich nur zu, weil ich weiß, dass Phaedra
nicht kommen wird.

Doch als ich in den Shuttlebus steige, der uns zum Yachthafen
bringen soll, sitzt sie zu meiner Überraschung in der letzten Reihe.
Ihre sommersprossige Nase hat sie in die gebundene Ausgabe des
neuesten Romans von Julian Barnes vergraben. Sie trägt ein blaues
Männerhemd, das sie aufgeknöpft und dessen Ärmel sie bis zu
den Ellbogen hochgekrempelt hat, darunter ein weißes Bikinitop.

Ich frage mich, ob es mit einer einfachen Schleife zusammengebunden ist und wie es sich anfühlen würde, diese zu lösen, ihre Brüste zu befreien und ihre Wärme in meinen Händen zu spüren.

Als wir auf Santorin einmal in den Regen geraten sind, klebte ihr das dünne Oberteil an der Haut und brachte ein großes Tattoo auf ihrem Schulterblatt zum Vorschein. Ich hoffe, dass ich es heute genauer betrachten kann, wenn sie ihr Hemd auszieht, um sich zu sonnen.

Für einen Moment begegnet mir ihr Blick aus den ungeschminkten grünen Augen, doch dann fokussiert sie sich wieder auf die Seite im Buch. Als ich mir meinen Weg zwischen den Sitzen entlangbahne, begrüße ich Reece und ihre Frau, dann Jakobs Renningenieur Alfie und seine Frau, die ich noch nie getroffen habe und die mir jetzt als Georgie vorgestellt wird.

Sie spricht so laut und drückt meine Hand derart fest, dass ich vermute, sie hatte Cocktails zum Frühstück.

Ich nehme seitlich auf dem Sitz vor Phaedra Platz und lasse meinen Arm auf der Rückenlehne ruhen. »Schön, dass du da bist, dragǎ. Mit dir hätte ich nicht gerechnet. Normalerweise kommst du nie zu solchen Treffen.«

Sie berührt ihre Zunge mit der Fingerspitze und blättert um. »Solange es niemanden stört, dass ich den ganzen Tag lese, kann ich genauso gut ein bisschen raus an die frische Luft. Außerdem möchte Klaus mit mir reden.«

Ich tippe die Ecke des Buches an. »Welcher Roman von Barnes ist dein Favorit?«

Sie schaut mich misstrauisch an, legt dann den Einband zwischen die Seiten und klappt das Buch zu. »Du liest Barnes?«

»Ich mag postmoderne Schriftsteller. Dieses Buch habe ich noch nicht gelesen, aber vielleicht leihst du es mir ja, wenn du fertig bist.«

»Du musst damit aufhören.« Sie lehnt sich zurück und sieht mich mit zusammengekniffenen Augen an.

»Womit?«

»Das zu mögen, was ich mag. Es ist creepy.«

Ich lache. »Nur ein Zufall. Wir haben einfach in vielen Bereichen den gleichen Geschmack.«

»Das kaufe ich dir nicht ab.«

In diesem Moment wird der Motor des Shuttlebusses angelassen, und Jakob und Inge steigen fröhlich schwatzend ein, wobei sie sehr jung verliebt wirken.

Als sich die Tür schließt, schaut Phaedra erschrocken aus dem Fenster. »Nein«, haucht sie und legt beide Hände an die Scheibe.

Ich folge ihrem Blick und sehe, dass Klaus immer noch draußen steht und auf sein Handy schaut, obwohl sich der Shuttlebus bereits in Bewegung gesetzt hat.

Die Melodie von *Big Boss Man* von Elvis klingt aus ihrem Handy, das sie nun aus ihrer Baststrandtasche zieht. »Klaus, sitzt du nicht im Bus? Soll ich den …«

Ich kann seine Stimme am anderen Ende der Leitung hören. Phaedra wirkt angespannt, während sie zuhört, lässt jedoch die Schultern schließlich sinken. »Okay, na schön. Klar. Ciao.«

Fragend hebe ich die Augenbrauen, als sie das Handy wieder in ihre Tasche fallen lässt.

»Er behauptet«, presst sie hervor, »dass er sich um eine dringende Angelegenheit kümmern muss.«

»Klaus hat viele Verpflichtungen.«

Phaedra stößt ein undamenhaftes Grunzen aus. »Er hat mich reingelegt, indem er behauptet hat, er müsse mit mir reden. In Wahrheit wollte er mich loswerden. Ich gehe stark davon aus, dass es sich bei dieser ›dringenden Angelegenheit‹ um eine gewisse Journalistin mit braunen Haaren, blauen Augen und einem überaus beeindruckenden Vorbau handelt.«

Die Verbitterung in ihrer Stimme überrascht mich. »Hast du dich mit Miss Evans gestritten?«

Ohne auf meine Frage einzugehen, fährt sie fort. »Aber ich könnte mir vorstellen – basierend auf deiner Vorliebe für nächtliche Tête-à-Têtes mit irgendwelchen Zimmermädchen –, dass du der Ansicht bist, ein One-Night-Stand sei die perfekte Ausrede, um in letzter Minute Pläne zu canceln, habe ich recht?«

Ruckartig schlägt sie das Buch wieder auf, wobei sie sich versehentlich am Papier schneidet.

Als sie zusammenzuckt, fällt das Buch auf den Boden.

Schnell greife ich in meine Tasche und packe gleichzeitig ihr Handgelenk, um sie davon abzuhalten, sich ihren verletzten Finger in den Mund zu schieben.

»Nicht«, sage ich sanft. Dann hole ich ein sauberes Taschentuch hervor und befeuchte es mit Wasser aus der Thermosflasche, ehe ich es ihr reiche.

»Danke«, murmelt sie und betupft sich die Fingerspitze.

Ich bücke mich, um das Buch aufzuheben, und rutsche neben sie. Als ich es auf ihre Beine lege, stelle ich überrascht fest, dass sie einen kurzen Rock trägt. Versehentlich berühre ich mit einem Finger den Rüschensaum, was sie dazu bringt, leise zu knurren und meine Hand wegzuschlagen.

»Hände weg!«

»Du trägst Weiß.«

»Das war die einzige Farbe, die sie in meiner Größe im Hotelshop hatten.« Sie schaut nach, ob die Wunde noch blutet, und schiebt dann das Tuch in ihre Strandtasche. »Ich werde es waschen und dir später zurückgeben.«

»Das ist nicht nötig.« Ich strecke meine Hand aus.

»Oh doch. Ich gebe dir bestimmt kein Taschentuch zurück, an dem noch mein Blut klebt.«

»Hast du Angst, dass ich dich sonst mit einem Voodoo-Zauber belege?«, necke ich sie. »Wenn ich das nicht längst getan habe …«

»Dein Selbstvertrauen könnte glatt beeindruckend sein, wenn es nicht so nervig wäre.« Sie lässt das Buch in ihrer Tasche verschwinden und verschränkt die Arme vor der Brust. »Was bist du überhaupt für ein Old-School-Freak, dass du Stofftaschentücher mit dir rumträgst?«

»Du hältst mich für altmodisch?«

»Ich bin mir ziemlich sicher, dass Stofftaschentücher schon vor hundert Jahren aus der Mode gekommen sind.«

»Und dennoch sind sie in manchen Situationen nützlich, wie du gesehen hast.« Ich zwinkere ihr zu.

»Okay, das Zwinkern hat dem Ganzen irgendwie eine eklige Note gegeben. Nun gehe ich automatisch davon aus, dass es eine sexuelle Anspielung gewesen ist. Und *nein*, bitte erkläre dich nicht, falls das tatsächlich der Fall gewesen sein sollte.« Sie wühlt in ihrer Tasche herum, holt eine große Sonnenbrille hervor und setzt sie sich auf die Nase, ehe sie sich zurücklehnt. »Und jetzt lass mich bitte in Ruhe.«

Ich tue so, als würde ich die Aussicht genießen, studiere aber in Wahrheit heimlich ihr Gesicht. Mir fällt auf, dass ihre Unterlippe leicht bebt.

»Dann habe ich also recht, was dich und Miss Evans betrifft?«, hake ich noch einmal nach. »Ich habe euch schon länger nicht mehr zusammen gesehen.«

»Du hältst dich wohl für besonders schlau, was?«, versetzt sie und zieht die Augenbrauen über der Sonnenbrille zusammen. »Null Punkte für Feingefühl, Alter.«

»Ich bitte um Verzeihung.«

»Es geht dich verdammt noch mal nichts an.« Sie schluckt schwer und wendet sich mit zusammengebissenen Zähnen dem

Fenster zu. »Nur weil ich Nat verloren habe und vielleicht auch meinen Dad verlieren werde, heißt das noch lange nicht, dass ich einen neuen Freund brauche. Du kannst dich also verpissen.«

In diesem Moment wird mir bewusst, dass Ed Morgan unheilbar krank sein muss.

—

Ich hatte gehofft, dass es auf dem Boot nicht zu viel Alkohol geben würde, denn immerhin trinkt Jakob selbst nicht, doch er und Inge sind grandiose Gastgeber, die dafür sorgen, dass es den Gästen an Cocktails nicht mangelt.

Noch vor dem Mittagessen hat Georgie ihren zweiten Espresso Martini ausgetrunken und besteht darauf, neben mir zu sitzen, obwohl ich immer wieder von ihr wegrücke.

Phaedra hat es sich auf einer Liege in der Nähe bequem gemacht und liest.

»Wie viele Sprachen sprichst du noch mal?«, gurrt Georgie und stützt ihr Gesicht, das sie mit zu viel Selbstbräuner eingerieben hat, auf einer Hand ab.

Schon mehr als einmal musste ich ihre Hand von meinem Oberschenkel schieben. Ihre künstlichen Wimpern hat sie sich unordentlich angeklebt, und es fällt mir schwer, mich nicht auf die asymmetrische linke Seite zu konzentrieren.

»Fünf, aber nur drei davon fließend. Rumänisch, Französisch und Englisch.«

»Bei Englisch bin ich mir nicht so sicher«, meldet sich Phaedra zu Wort, und obwohl sie mich beleidigt hat, empfinde ich es als Genugtuung, dass sie zuhört.

»Weißt du«, flüstert Georgie nun, »ich habe *einen* Satz auf Rumänisch nachgeschlagen.« Sie fährt mit einem Finger an meinem Arm hinab und wiederholt den auswendig gelernten Satz stockend. *»Ich will mit dir ins Bett.«*

Ausgerechnet in diesem Moment kehrt ihr Mann zurück und reicht ihr ihren dritten Drink. »Was hast du gesagt, Schatz?«, fragt er.

»Sie hat gesagt, dass sie müde ist«, erwidere ich, ohne zu zögern.

»Ah! Mein schlaues Mädchen.« Er beugt sich vor, um sie auf die Wange zu küssen.

Nun erscheint Inge im Türrahmen zum Deck. »Das Picknick ist fertig!«, verkündet sie mit ihrer melodischen Stimme. »Könnten ein paar von euch mithelfen, die Sachen zum Tender zu tragen, damit wir zum Strand können?«

»Natürlich, Liebling«, erwidert Jakob und erhebt sich von seiner Liege.

Alfie und ich folgen ihm. Während ich einen Korb die schmale Treppe hinauftrage, begegne ich Reece. »Ich brauche eine Ausrede, um auf dem Boot zu bleiben«, sage ich. »Kopfschmerzen vielleicht?«

»Haben meine jahrelangen Predigten endlich gewirkt?«, neckt sie mich. »Gute Entscheidung. Schließlich wollen wir nicht, dass die anderen glauben, du würdest das Verhalten dieser Frau befürworten.« Sie nimmt mir den Korb aus der Hand. »Ab nach unten mit dir, bis wir weg sind!«

Jetzt warte ich in der Küche, bis die Gruppe das Boot verlassen hat und der Tender auf dem Weg zum Strand ist.

Ein paar Minuten später höre ich ein Schluchzen.

12

BARCELONA

Phaedra

Nachdem ich Unterleibskrämpfe vorgetäuscht habe, um nicht mit den anderen zum Strand zu müssen, und Inge gebeten habe, mich in einem der Schlafzimmer ausruhen zu dürfen, führt sie mich in eine der Kabinen.

Ein paar Minuten später bringt sie mir eine Tasse Kräutertee und einen Teller mit einem Sandwich und einer Banane. »Kalium ist gut gegen Krämpfe«, versichert sie mir und zeigt auf die Frucht.

Nachdem sie die Tür leise hinter sich geschlossen hat, drehe ich mich auf die Seite, starre auf den Teller und lausche den Schritten der sich entfernenden Gruppe. Ich bin froh, dass ich nicht mit zum Picknick muss, denn dort würde man von mir erwarten, dass ich lächele und meine Sorge verberge. Außerdem kann ich es nicht mehr ertragen, Alfies Frau dabei zuzusehen, wie sie den viel jüngeren Cosmin anschmachtet.

Als der Tender sich entfernt hat, umhüllt mich nichts als Stille. Den Blick immer noch starr auf den Teller auf dem Nachttisch gerichtet, denke ich an meinen Dad.

Ein Chondrosarkom im Schädel. Was nur äußerst selten vorkommt.

Vor ein paar Tagen hat er mich über FaceTime angerufen, um

mir die Neuigkeiten mitzuteilen, und schon als ich dranging, wusste ich, dass es schlimm sein muss, denn meine Mutter war neben ihm – und zwar nicht wie sonst, wenn sie sich bloß kurz in die Kamera lehnt, um Hallo zu sagen.

Autorennen interessieren sie nicht – lediglich der Luxus, den Emerald ihr ermöglicht hat. Deshalb weiß ich nie, worüber ich mit ihr reden soll, was unsere Telefonate ein wenig unbeholfen macht. Ich stehe Mo nahe, und Aislinn steht Mama nahe, denn die beiden sind sich viel ähnlicher. Beide benutzen Haarspray, zählen Kalorien und bügeln ihre Kleidung.

Wie Natalia. Im Moment tut es auch weh, an *sie* zu denken.

Als Mo über Geschäftliches sprechen wollte und gefragt hat, ob er Klaus die Möglichkeit geben soll, die sechzig Prozent der Familie Morgan zu kaufen, oder ob ich »den Laden übernehmen« will, wenn Dad »den Löffel abgibt«, habe ich mir die Hände über die Ohren gelegt wie ein kleines Kind und »Stopp!« gerufen.

Dass ich nicht mit Nat darüber sprechen kann, macht alles nur noch schwieriger. Aber auch ich habe einen Fehler gemacht, indem ich ihr nichts von dem Kuss mit Cosmin auf Santorin erzählt habe, das ist mir mittlerweile klar. Also habe ich ihr eine Woche nach dem Großen Preis von China geschrieben, und seitdem noch zwei weitere Male.

Keine Antwort. Sieht aus, als sei sie mich tatsächlich leid.

Im Team wissen bloß Klaus und Reece von Dads Krebserkrankung. In letzter Zeit ist Klaus merkwürdig höflich und steif, so wie ich es bei ihm noch nie erlebt habe.

Ich habe stets betont, dass ich keine Sonderbehandlung haben möchte, nur weil ich die Tochter des Teambesitzers bin, doch genau die bekomme ich gerade scheinbar. Yippie.

Natürlich ist es gut möglich, dass er sich mir gegenüber anders verhält, weil Natalia und er inzwischen intim miteinander sind und sie ihm erzählt hat, was für ein schrecklicher Mensch ich sei.

Es könnte aber auch sein, dass die Krankheit meines Vaters bei Klaus alte Wunden aufreißt, nachdem seine Frau Sofia ebenfalls an Krebs gestorben ist.

Eigentlich hatte ich darauf gehofft, mich heute auf dem Boot mit ihm aussprechen zu können, doch das blieb mir verwehrt. Noch nie habe ich mich einsamer gefühlt.

Aber zurück zu meinem Zusammenbruch, den ich bestimmt wegen dieser blöden Banane habe. Als ich noch klein war, bin ich mit Dad und unserem NASCAR-Team durch die Weltgeschichte gereist. Damals hatte ich, obwohl ich an Lärm gewöhnt war, Angst vor Gewitter. Immer wenn es nachts stürmte, hat mir Dad zum Einschlafen *Yes! We Have No Bananas* vorgesungen. Das hat mich zum Lachen gebracht und dabei geholfen, mich zu entspannen.

Ich will wieder klein sein. Ich will glücklich sein. Ich will diese Benommenheit und Angst loswerden.

Deshalb gestatte ich es mir, schamlos zu heulen, wobei ich zwischen Schluchzen und Wimmern abwechsele.

»*We have an old-fashioned toh-mah-toe …*«, krächze ich durch die Tränen. »*A Looooong Island poh-tah-toe …*«

Als die Kabinentür aufgeht, kreische ich, greife nach dem erstbesten Gegenstand, den ich zu fassen bekomme, und werfe ihn dem Eindringling entgegen, ehe ich mich nach hinten an die Kissen presse, die Arme vor meinem Körper erhoben wie in einem Kung-Fu-Kampf.

Die Banane prallt an Cosmin ab und fällt zu Boden.

»Warum zum Teufel bist du hier?«, rufe ich.

»Das Gleiche könnte ich dich auch fragen.« Er hebt die Banane auf und reicht sie mir, bevor er sich aufs Bett setzt. »Ich bin davon ausgegangen, du wärst beim Picknick.«

»Dafür war ich nicht in Stimmung«, murmele ich, wobei ich mir Tränen und zerzauste Haare aus dem Gesicht wische. Mit bebenden Lippen halte ich die Banane auf meiner Handfläche, als wäre sie ein totes Haustier. »Du hast sie zerquetscht.«

»Du hast diese gefährliche Waffe geworfen«, erwidert er lächelnd. »Soll ich in der Küche nachsehen, ob es noch eine gibt?«

Ich werfe ihm die Banane noch einmal entgegen. »Das ist doch ganz egal!«, heule ich, drehe mich auf die Seite und bedecke meine Augen. »Alles ist ruiniert.«

Während ich jämmerliche kleine Laute ausstoße, rutscht Cosmin auf der Matratze näher zu mir heran.

Ich fühle seine warme Hand auf meiner Hüfte. Dort lässt er sie ruhen, was mich erdet. Schließlich senkt sich die Matratze, als er sich neben mich legt und seinen Körper an mich schmiegt.

Ich versteife mich. »Was tust du da?«

»Ich tröste dich.«

»Ich brauche deinen blöden Trost nicht. Dafür bist du nicht der Richtige.«

»Da hast du recht.« Er schiebt einen Arm unter meinen Hals und den anderen um meinen Körper. »Aber im Moment ist sonst niemand da, also musst du dich mit mir begnügen.«

Verdammt, er riecht wirklich gut! Seine Hände sind groß. Ich habe sie schon oft angesehen, aber dennoch drehe ich nun eine um, drücke meinen Daumen in seine Handfläche und befühle den festen Muskel, der bis zum Handgelenk verläuft. Seine Arme sind nackt, denn er hat sich die Hemdsärmel genau wie ich bis zu den Ellbogen hochgekrempelt.

Er trägt maßgeschneiderte Leinenshorts, sodass ich seine nackten Knie auf meiner Haut spüre. Seine harte Brust presst sich an meinen Rücken, während er atmet. Ein elektrisierendes Kribbeln durchfährt mich.

»Cosmin …«

»Hm?«

Ich schiebe ihm ganz leicht meinen Po entgegen. »Wie lange werden alle weg sein?«

»So lange, dass du in Ruhe weinen und schlafen kannst.« Er drückt mich enger an sich.

Nun drehe ich mich um und schiebe das Kissen unter meinem Kopf zurecht, um ihn anzusehen.

Er tut es mir gleich. In seinem Gesicht zeichnet sich nicht der Ausdruck ab, mit dem ich gerechnet habe. Ich warte auf ein verschlagenes Grinsen, hochgezogene Augenbrauen, doch er streicht mir nur eine Haarsträhne aus dem Gesicht.

»Ich sehe total scheiße aus«, jammere ich.

»Unsinn, du bist bezaubernd.«

Die schwarzen Fäden in seinen blaugrauen Iriden erinnern mich an Straßenkarten. Auf seiner vollen Unterlippe läuft eine leichte vertikale Linie entlang.

Unwillkürlich denke ich an unseren Kuss zurück. Das war vermutlich das letzte Mal, dass mein Herz aus einem anderen Grund als Angst so schnell geschlagen hat. Im Moment schlägt es im gleichen Rhythmus wie die Schritte einer Person, die sich vorsichtig auf die Tanzfläche gewagt hat, sich jedoch fürchtet, alles rauszulassen.

Als ich ihm meine Füße entgegenschiebe, klemmt er meinen Fuß zwischen seinen Knöcheln ein. Es fühlt sich natürlich an, als würden wir das schon seit Jahren tun.

Danach spiele ich mit einem Knopf an seinem Hemd herum und öffne ihn.

Seine Augen verengen sich, als ich einen Finger unter den Stoff gleiten lasse, und schließlich greift er nach meiner Hand und drückt mir einen Kuss auf die Fingerknöchel, bevor er sie mir auf die Hüfte legt und sie tätschelt.

»Du bist in zwei Dingen gut«, sage ich zu ihm, »und bisher habe ich dich erst bei einer Sache erlebt.« Wieder greife ich nach seinem Hemd und öffne einen weiteren Knopf. »Und jetzt hätte ich gern, dass du mir die andere Sache zeigst.«

»Das würdest du morgen bereuen.« Er fährt mit einem Finger an meinem Nasenrücken hinab. »Außerdem bin ich in mehr als zwei Dingen gut.«

Ich lehne mich vor und küsse ihn.

Einen beschämenden Moment lang bewegen sich seine Lippen nicht, aber gerade als ich mich mit vor Scham geröteten Wangen zurückziehen will, öffnet er den Mund und berührt meine Oberlippe mit der Zunge. Dann greift er mir in die Haare, zieht mich näher heran und vertieft den Kuss.

Ich knabbere und sauge an seiner Unterlippe, woraufhin er ein leises Stöhnen ausstößt und die Hand an meinem Rücken bis zu meinem Hintern hinabgleiten lässt, um mich an sich zu drücken.

Ich will mich schamlos an ihm reiben und gleichzeitig meinen Hintern gegen seine Hand pressen. Als ich schließlich beides tue, zieht Cosmin scharf die Luft ein.

»Ich glaube nicht, dass du das wirklich tun willst«, beharrt er trotzdem.

»Bullshit.« Ich öffne die restlichen Knöpfe an seinem Hemd. »Und du willst es auch.«

»Natürlich will ich.« Als ich ihn wieder küsse, seufzt er, doch dann zieht er sich zurück und sieht mich ernst an. »Aber wir beide wissen, warum das eine schlechte Idee ist, oder?«

»Es ist eine *grandiose* Idee.« Ich knabbere sanft an seiner Unterlippe. »Du kannst dafür sorgen, dass ich mich zwanzig Minuten lang gut fühle – mehr verlange ich nicht.«

»Du bist mehr wert als das.«

»Umso besser.« Ich öffne sein Hemd und streiche über seine glatte, harte Brust. »Dreißig Minuten sind mir auch recht.«

»Das meinte ich nicht.« Er streichelt mir mit dem Fingerknöchel über die Wange.

Ich schlage seine Hand weg wie eine Mücke. »Du führst dich 24/7 wie ein Fuckboy auf, aber jetzt, wo ich dich einmal anbettele, machst du einen auf sensibel?«

»Wow, du bist heute aber draufgängerisch«, murmelt er mit einem vorsichtigen Lächeln.

»Ich zeig dir, was draufgängerisch ist: Ich will, dass du meine miese Stimmung wegvögelst«, fordere ich durch zusammengebissene Zähne. »Und dann können wir vergessen, dass es jemals passiert ist. Bist du am Start oder nicht?«

Etwas Verschlagenes blitzt in seinen Augen auf, als er sich auf einen Ellbogen stützt. Seine Hand, die immer noch auf meinem Hintern ruht, gräbt sich so tief in mein Fleisch, dass es wehtut, aber es fühlt sich gut an, etwas zu spüren.

»Am Start? Es ist kein Autorennen«, knurrt er an meinen Lippen.

Entschlossen greife ich zwischen uns und öffne den Reißverschluss seiner Hose. Der Stoff seiner engen Boxershorts spannt über seinem großen, harten Schwanz. Ich greife in den Hosenbund und umfasse ihn, ohne zu zögern.

Seine Augen funkeln. »Nein.«

»Soll das heißen, du wirst mich nicht vögeln?« Mein Flüstern klingt wütend und neckisch zugleich.

Ich rechne schon damit, dass er meine Hand wegschiebt, doch stattdessen küsst er mich so leidenschaftlich, dass ich mir versehentlich selbst in die Lippe beiße und Blut schmecke.

»Es soll heißen, draga mea«, erwidert er, während er meinen Rock hochschiebt, »dass wir nicht vergessen werden, was zwischen uns passiert ist.«

Die nächste Minute lässt sich am besten als Kampf beschreiben und wirkt wie etwas, das ich bisher nur in künstlerisch wertvollen Filmen aus den Neunzigern gesehen habe, in denen es keinen Soundtrack außer wütendes Ächzen und das Rascheln von Kleidung gibt, die aus dem Weg geschoben wird.

Ardelean weiß genau, was er will, und das gefällt mir.

Die Welt um mich herum verschwimmt wie auf einer rasend schnellen Autofahrt, auf der man das Lenkrad so fest umklammert, dass die Fingerknöchel weiß hervortreten. Wir reißen uns die Kleidung auf eine Art vom Leib, die uns Zugang zu den wichtigsten Stellen ermöglicht. Mein Hemd hängt mir noch an einem Arm, während mein Bikinitop bereits auf dem Boden liegt. Der Rock ist bis zu meiner Taille hochgezogen, und meinen Slip hat Cosmin zur Seite geschoben – so energisch, dass ein roter Striemen an meiner Hüfte zurückgeblieben ist. Als ich einen gequälten Laut ausgestoßen habe, hat sich Cosmin entschuldigt, doch ich habe geantwortet: »Scheiß drauf. Beeil dich einfach, ich will dich in mir spüren.«

Während er sich auf dem Bett hinkniet, ziehe ich ihm Shorts und Boxershorts runter, ehe wir uns wild weiterküssen. Schließlich lässt er sich auf den Rücken fallen, um sich seiner Hose zur entledigen, dann stürzt er sich auf mich wie ein wildes Tier.

Als ich rücklings gegen die Wand pralle, umfasst Cosmin meinen Kopf mit zu viel Mitgefühl – jede Art von Zärtlichkeit könnte dazu führen, dass meine Sorgen zurückkehren.

»Sei nicht nett«, versetze ich und presse meine Lippen wieder auf seine.

Er stößt einen Laut aus, der mir zeigt, dass er verstanden hat, was mich erleichtert. Nun greift er in meine Kniekehlen und zieht mich zu sich heran, um mit zwei langen, harten Fingern in mich einzudringen. Er hält kurz inne, um meine Miene zu studieren. Ich glaube, er testet, wie tief ich bin, woraufhin sich ein zufriedenes Lächeln auf seine Lippen legt.

»Schön«, murmelt er.

Wie konnte es mich jemals nerven, wenn er das gesagt hat? Es ist das Heißeste, was ich je gehört habe.

Ich spreize meine Beine und dränge mich seiner Hand entgegen.

Er bewegt seine Finger in mir und reibt präzise meinen G-Punkt, während er mit dem Daumen leicht über meine Klitoris streicht. Ich werde so feucht, dass das Bettlaken ruiniert sein wird.

»Kannst du schwanger werden?«, fragt er. »Falls ja, kann ich andere Wege finden, um dich zu befriedigen.«

»Nein. Ich habe eine Spirale.« Ich will ihn so dringend in mir spüren, dass ich mich ihm immer ungeduldiger entgegenpresse. »Hör nicht auf, werde nicht langsamer, Legs.«

Mit seiner freien Hand greift er nach meinem Fuß und drückt mir einen Kuss auf den Spann. »Du bist so gierig. Offenbar hast dich viel zu sehr daran gewöhnt, mir Anweisungen zu erteilen. Soll ich dir dein Headset bringen, damit du mir über Funk mitteilen kannst, was ich tun soll, während ich dich vögele?« Er zieht seine Finger zurück, sein Hemd aus und greift nach einem Kissen. Dann tippt er mich an der Hüfte an, damit ich mein Becken anhebe und er das Kissen unter mir platzieren kann.

Jetzt kniet er sich zwischen meine Schenkel und zieht mich mit gespreizten Beinen auf seinen Schoß. »Ich kann es nicht erwarten, in dir zu sein.« Sein Blick ist von Lust durchzogen.

Schließlich umfasst er seinen Schwanz und lässt ihn an meiner Spalte auf und ab gleiten.

Ich hebe meine Knie an und schiebe mich näher zu ihm heran.

Ein paar Zentimeter dringt er in mich ein, zieht sich dann aber wieder zurück, um seine Spitze, die nun feucht ist, um meine Klitoris kreisen zu lassen. Als er wieder mit zwei Fingern in mich eindringt, zucke ich.

»Du bist so tief, aber so eng«, murmelt er. »Du kannst mich ganz aufnehmen.«

»Worauf wartest du dann noch?«

»Ich will dir erst dabei zusehen, wie du kommst.« Mit den Fingern scheint er in mir eine Acht zu beschreiben – langsam und hypnotisierend. »Du hast deutlich zum Ausdruck gebracht, dass du mich benutzen willst.«

Erschrocken sehe ich ihn an, aber in seiner Miene liegt keine Verbitterung. Jetzt nimmt er meine Hand und schließt sie um seinen Schwanz. »Also benutz mich. Ich bin dein Spielzeug.«

Es erstaunt mich selbst, wie schamlos ich bin. Im Grunde sind wir Fremde, was ich in gewisser Hinsicht aufregend finde. Gleichzeitig fühle ich mich merkwürdig wohl bei ihm. Obwohl die Fenster klein sind, ist der Raum in Tageslicht getaucht, und wir können jede Sommersprosse und jede Narbe an unseren Körpern sehen. Meine Beine sind rasiert, doch meine Bikinizone müsste dringend getrimmt werden.

»Deine Muschi ist perfekt«, murmelt er mit Blick auf meine rotblonden Schamhaare, die heller sind als mein Kopfhaar, als hätte er gespürt, dass ich mich dafür schäme, nicht rasiert zu sein. Trotz seiner Wortwahl klingt er nicht lüstern, sondern halb sachlich und halb zärtlich.

Ich halte ihn fest und presse ihm meine Hüften entgegen, um die Reibung zu verstärken. Mittlerweile pulsiert meine Klitoris. Es fühlt sich so an, als wäre das gesamte Blut meines Körpers zwischen meine Beine geschossen.

Cosmins schöne Augen sind umwölkt und seine vollen Lippen geteilt, während er mich studiert, als sei er vollkommen gefesselt von dem Anblick, der sich ihm bietet, was mir ein berauschendes Machtgefühl gibt.

»Wie kannst du dir so sicher sein, dass ich kommen werde?«, necke ich ihn. Dabei bemühe ich mich um ein Pokerface, doch in Wahrheit bin ich fast schon so weit. Ich frage mich, ob ich heimlich zum Orgasmus kommen und so tun kann, als sei es nicht geschehen, nur um ihm die Genugtuung zu verwehren, dass er eine weitere Frau befriedigt hat.

Nun dringt er mit einem zweiten Finger in mich ein und reibt an meinen engen, feuchten Wänden entlang, wobei er meine Reaktionen eingehend beobachtet. »Weil ich spüre, wie empfänglich du für meine Berührungen bist, draga mea.«

Zwischen meinen Beinen pulsiert es, als würde ich versuchen, seine Finger einzusaugen. Inzwischen wimmere ich, da ich kurz vor dem Höhepunkt bin. Meine Knie beginnen zu zittern, doch ich zwinge mich dazu, sie stillzuhalten.

»Ah, meine Süße«, sagt er mit einem wissenden Lächeln. »Du willst es vor mir verbergen. Das ist dein Plan, ja?« Er spreizt seine Finger in mir.

Mein Atem ist bloß noch ein angestrengtes Hecheln. »Du kannst nicht immer gewinnen …« Ich empfinde es als Erleichterung, dass ich mir endlich erlauben kann zu genießen, wie heiß er ist, und ihn mit Blicken zu verzehren.

Seine golden gebräunten Schultern sind muskulös, sein Kopf auf dem starken, aber eleganten Hals ist auf eine arrogante Art geneigt, die mein Blut in Wallung bringt.

Er leckt sich die Lippen und kneift die Augen zusammen. »Nein, aber irgendetwas sagt mir, dass ich das heute schon tun werde.« Mit diesen Worten entzieht er mir seine Finger und spreizt sie von außen an meinem Schambein, links und rechts von meinen Schamlippen, wobei er sanften Druck ausübt. Ich schnappe nach Luft, als sich ein berauschendes Gefühl in mir ausbreitet – nicht nur der Beginn eines Orgasmus, sondern noch etwas anderes.

Was zum Teufel ist das? Es fühlt sich an, als würde auf einmal alles an der richtigen Stelle einrasten. Ich sehe Cosmin fragend an.

Wenn es jemals einen richtigen Zeitpunkt für sein arrogantes Schmunzeln gab, dann ist er jetzt gekommen – und das leichte selbstzufriedene Heben seiner Mundwinkel lässt mich über die Klippe stürzen.

Ein Rausch aus etwas Schwerem und Schönem, so heftig wie der Abhang einer Achterbahn, begleitet den normalen Orgasmus, den ich eigentlich erwartet hatte. Es ist wie ein Turbo-Boost, der mich aufschreien lässt. Ich winde mich an seiner Hand, werfe den Kopf zurück und versuche, mich in den Bettlaken festzuklammern.

Noch ehe mein Höhepunkt vorüber ist, positioniert er sich über mir und dringt in mich ein.

Ich stoße einen überraschten, erfreuten Laut aus. »Ha!« Dann schlinge ich meine Arme um ihn und lege meine Hände an seinen Hintern, um ihn näher an mich heranzuziehen. »Ja!«, rufe ich. »O Gott. Das … Ojafuckverdammt! Härter! Ich will nichts anderes spüren als das hier.«

Cosmin greift mit den Händen in mein Haar, und der Schmerz ist scharf, aber angenehm. Während er im perfekten Winkel in mich hineinstößt, hält er mich fest. Das tut er auf eine Art, die ahnen lässt, dass er nicht nur seinem eigenen Höhepunkt hinterherjagt, sondern auch mich wieder in Ekstase versetzen will. Jedes Mal, wenn unsere Körper aneinanderprallen, stößt er ein leises Knurren aus.

Nichts ist zärtlich, nicht die Art, wie ich ihm mein Becken entgegenschiebe und mit meinen Nägeln über seinen Rücken kratze. Ich stoße zusammenhanglose Worte aus, während er immer wieder in mich hineinstößt. Ich weiß nicht, mit was für einer Art Zauber er mich belegt hat, aber er scheint zu wirken, denn ich bin vermutlich dreißig Sekunden von einem weiteren Orgasmus entfernt, was in der Missionarsstellung bisher noch nie passiert ist.

Ich bin mir nicht sicher, woran es liegt – an seiner imponierenden Größe oder an der leichten Biegung, die genau den richtigen Winkel zu ermöglichen scheint. Vielleicht liegt es auch an dem Duft seiner Haut oder an unserem Hecheln und Stöhnen.

Durch den Schleier meiner Erregung bahnt sich eine diffuse

Angst, eine leise Warnung: *Das hier ist zu gut, um es nie wieder zu tun. Ich bin geliefert.*

Mir ist nicht bewusst, dass ich die Worte laut ausgesprochen habe, bis Cosmin sich langsamer bewegt und mich mit einem fieberhaften Blick fixiert. Dann drückt er seinen Mund wieder auf meinen, was die wunde Stelle, an der ich mich vorhin versehentlich gebissen habe, wieder schmerzen lässt.

»Du hast recht«, stößt er aus. »Wir sind beide geliefert. Ich will jeden einzelnen Teil von dir erobern, bis du ganz mir gehörst.«

Seine Worte dringen durch den Schutzwall direkt in mein Herz und lassen die gleiche Wärme dort aufkeimen, die sich auch zwischen meinen Beinen breitmacht.

Cosmin packt meine Handgelenke und hält sie über meinem Kopf auf die Matratze gedrückt, sodass ich ihn nur noch mit meinen Beinen festhalten kann.

Ich küsse ihn leidenschaftlich, um die Worte zurückzuhalten, die ich am liebsten aussprechen würde. *Ja. Ja! Wir werden es immer und immer wieder tun.*

Aber vom Hals aufwärts bin ich genauso verängstigt, wie ich vom Hals abwärts erregt bin. Dass ich ihn so sehr begehre, ist erschreckend. Wie konnte ich jemals glauben, dass wir ungezwungenen Sex haben könnten? Als meine Oberschenkel beginnen zu beben, schließe ich fest die Augen und wende den Kopf zur Seite.

Jetzt gerade fühlt es sich so an, als würde er den Gang wechseln und das Tempo so präzise drosseln, wie er es hinter dem Steuer tut. Langsam und gleichmäßig lässt er die Hüften kreisen.

Kurz darauf spüre ich seine Lippen an meinem Ohr. »Auch wenn du die Augen schließt, kannst du es nicht vor mir verbergen, meine Süße. Ich kann dich trotzdem sehen.«

Abrupt reiße ich die Augen auf. »Fick dich, Ardelean.« Ich lasse noch meine bebenden Knie auseinanderfallen, als sich eine intensive Hitze genau von der Stelle ausbreitet, an der er von innen über meine Wände reibt. Ohne dagegen ankämpfen zu können, verenge ich mich im nächsten Moment um ihn herum. »Fick dich«, rufe ich, während ich zum Orgasmus komme.

Er lässt meine Handgelenke los und legt eine Hand in meinen Nacken, während er gnadenlos in mich hineinstößt und ich noch immer von innen pulsiere.

Mit einem erstickten Aufschrei, der euphorisch und gequält zugleich klingt, vergräbt er sein Gesicht an meinem Hals und verspannt seinen gesamten Körper. Ich spüre, dass er in mir zuckt und pulsiert, woraufhin ich instinktiv die Hände an seinen Hintern lege und ihn näher an mich ziehe.

Sein heißer Atem trifft auf meinen Hals, während er etwas auf Rumänisch murmelt. Es sind dreimal hintereinander dieselben Worte, jedes Mal ein bisschen leiser, ehe er schließlich seufzt, meine Schulter küsst und den Kopf hebt, um mir forschend in die Augen zu sehen. Ich kann auf keinen Fall gut aussehen, denn ich habe vorhin geweint.

Cosmin legt sich neben mich und stützt sich auf einen Ellbogen. Normalerweise kann ich es kaum erwarten, bis sich der Typ aus mir zurückzieht, doch in diesem Moment fühle ich mich einsam und beraubt.

Als ich langsam wieder klar denken kann, wird mir bewusst, dass ich ihn soeben angeschrien habe, was mir mit einem Mal unfassbar peinlich ist. Ich bedecke meine Augen mit einer Hand. »Entschuldigung, dass ich dich beschimpft habe. Ich weiß selbst nicht, warum ich wütend geworden bin.«

»Schon in Ordnung.«

Als er meine Lippen sanft mit seinen streift, lasse ich meine Augen geöffnet, weil ich den Anblick genießen möchte. Jetzt wo ich seinem Gesicht nahe bin, ohne dass wir uns anfeinden, sehe ich die simplen Details – die weiche Haut seiner Augenlider, das feuchte honigblonde Haar an seinen Schläfen, das Grübchen, das sich auf seiner Wange bildet, als er einen Mundwinkel zu einem Lächeln hebt, das beinahe schüchtern wirken könnte. Wieder küsst er mich, wobei er so leise etwas flüstert, dass ich mich frage, ob es überhaupt mir gilt.

»Was?«, frage ich leise.

Er streichelt mit dem Daumen über meine Schulter. »Du bist so schön.«

»Ich glaube, du musst einen Sehtest beim Augenarzt machen, ehe du deinen verdammten Wagen noch gegen eine Wand setzt.«

Lachend beißt er mir in die Schulter und zieht mich rücklings an seine Brust. Dann streckt er den Arm aus und legt ein Kissen unter unsere Köpfe. Sein Herzschlag, den ich an meiner Wirbelsäule spüre, verlangsamt sich schon wieder. Mit einer Fingerspitze fährt er mein Motor-Tattoo nach.

»Ich hatte gehofft, es heute zu sehen«, gesteht er. »Dass ich es mir *so* genau anschauen kann, hätte ich allerdings nicht erwartet.«

»Ein Ford Flathead V8, in Anlehnung an das Erste, was ich als Kind jemals nachgebaut habe. Mit zehn Jahren. Mit Mo zusammen hatte ich bereits einen Chrysler Slant-6- und einen Chevy Small-Block-Motor nachgebaut, aber das hier war ganz allein ich.«

Seine Lippen an meinem Nacken kitzeln mich. »Ich wünschte, ich hätte dich damals schon gekannt.«

»Ich hätte dir gesagt, dass du dich verpissen sollst.«

»Das tust du heute auch noch.«

Ich schließe die Augen und genieße das merkwürdige und gleichzeitig vertraute Gefühl von Cosmins Küssen auf meiner Haut. Als ich an meine Kindheit und meinen Vater denke, kehrt die Traurigkeit wieder zurück.

»Mo hat nicht mehr lange zu leben, Cos.«

Ich kann selbst nicht glauben, dass ich es so deutlich ausgesprochen habe – als Aussage, statt als Frage, und dann auch noch Cosmin gegenüber.

Er legt seine Arme fester um mich. »Das tut mir so leid. Er ist ein guter Mensch.«

»Wusstest du es schon?«

»Auf Santorin habe ich mir zusammengereimt, dass er krank sein muss, und heute Morgen im Bus habe ich begriffen, wie ernst es ist.« Er streift meinen Nacken federleicht mit den Lippen.

Heute Morgen im Bus kommt mir vor, als wäre es eine Ewigkeit her. Ich betrachte den Papierschnitt an meinem Finger, als könnte er verheilt sein und mir beweisen, dass die Zeitspanne zwischen Vorher-Cosmin und Jetzt-Cosmin größer sein muss.

Erschreckenderweise sagt er genau das, was ich denke.

»Seitdem sind erst ein paar Stunden vergangen.« Er zieht meine Hand zurück und küsst den kleinen Schnitt. »Aber wie heißt es so schön in dem alten Lied: *What a difference a day makes.*«

Wieder überkommt mich eine Welle der Angst. Habe ich mich Cosmin Ardelean wirklich geöffnet, oder hatte er immer schon Zugang zu mir?

Ich drehe mich um, sodass ich ihn ansehen kann, und frage mich, ob er glaubt, meine Sorge gelte ausschließlich meinem Vater, oder ob er spürt, dass ich erschrocken darüber bin, wie gut der Sex war.

Eilig beginne ich zu sprechen, ehe er zu viel in meiner Miene lesen kann. »Glaubst du an ein Leben nach dem Tod?«

Er wendet den Blick ab. »Ich kann nicht direkt behaupten, dass ich daran glaube, aber der Gedanke daran, meine Eltern eines Tages wiederzusehen, gefällt mir. Meinen Onkel dagegen stelle ich mir lieber in der Hölle vor.«

In diesem Moment zeigt sich Cosmin so verletzlich, dass ich Mitgefühl mit ihm habe, obwohl ich versuche, es zu unterdrücken. »Er hat dir wehgetan?«, frage ich.

»Meiner Schwester hat er mehr wehgetan. Und das werde ich ihm niemals verzeihen.« Er zieht mich an sich, als hätte er plötzlich Angst vor Blickkontakt. »Ich wusste nicht einmal, *wie* schlimm es war, bevor er gestorben ist. Vieles hat mir Viorica verschwiegen.«

Meine Hand ruht auf Cosmins Seite und gleitet über einen Muskel. Ich kann nicht glauben, wie natürlich es sich anfühlt, auf diese Art mit ihm zusammen zu sein. Die Vibration seiner tiefen Stimme an der Stelle, an der mein Ohr an seiner Brust ruht, fühlt sich an, als wäre es genauso ein Teil von mir wie mein eigener Herzschlag.

Er fährt mit den Fingern durch mein Haar. »Eine Schwester wie sie habe ich nicht verdient. Sie ist so ein toller Mensch.«

Als ich an Aislinn denke, beneide ich Cosmin darum, wie sehr er Viorica bewundert. Aislinn und ich standen uns nie nahe. Als sie noch klein war, war ich die meiste Zeit des Jahres weg, und wenn ich zu Hause war, habe ich sie entweder ignoriert oder geärgert. Nun, da wir erwachsen sind, haben wir nichts gemeinsam.

Als mir einfällt, dass Cosmin so eine enge Bindung zu seiner Schwester hat, weil sie unter der Misshandlung ihres Onkels leiden mussten, habe ich Schuldgefühle, weil ich ihn darum beneide. Meine Kindheit war unbeschwert. Mir kommt das Lächeln meines Vaters in den Sinn, ebenso wie seine sanfte Stimme, wenn er mich Schatz nennt.

Nun verlässt er mich, und ich werde allein sein.

Wie soll ich das alles nur ohne ihn schaffen?

Wenn ich das Team leite, kann ich wohl kaum einen Fahrer daten. Sobald ich den Posten meines Vaters übernehme, muss ich mich absolut professionell verhalten. Er vertraut mir, und ich darf das, was er mir hinterlässt, nicht zerstören.

Und was, wenn Klaus Emerald kauft? Der nette Onkel, der er bis vor wenigen Wochen noch für mich war, hätte mich vermutlich sanftmütig getadelt oder so getan, als würde er nichts bemerken – besonders weil er selbst gegen die Regeln verstößt, indem er sich mit einer Journalistin einlässt –, aber als Teamchef und Unternehmenseigentümer Klaus Franke würde er mich höchstwahrscheinlich feuern.

Ein kleiner paranoider Teil von mir malt sich bereits aus, dass er mit seiner plötzlichen Distanziertheit den Weg für meinen Rauswurf ebnen will.

Ich schaue Cosmin an, der mittlerweile die Augen geschlossen hat und vollkommen entspannt wirkt, und mit einem Mal vertreibt Panik meine post-orgasmische Wonne.

O Gott. Wie kann ich dieses Desaster nur wieder rückgängig machen?

13

MONACO
ENDE MAI

Cosmin

Es war nicht das Bettlaken, das uns verraten hat, denn das hat Phaedra in die Waschmaschine gestopft und Inge erzählt, es sei Blut darauf.

Es war Reece, die uns auf die Schliche gekommen ist, weil ich beim Verlassen des Bootes gegenüber Phaedra nicht auf meine Wortwahl geachtet habe.

Zurück im Hotel kam Reece zu meinem Zimmer. »Ich frage dich nur ungern – eigentlich sollte ich direkt mit Klaus sprechen, aber ich dachte, ich rede erst mal mit dir für den Fall, dass ich mich täusche. Hattest du heute Nachmittag Sex mit Phae? Und lüge mich nicht an.«

Ich bemühte mich um ein verwirrtes Grinsen. »Warum fragst du?«

»Cosmin!« Ihre Augen funkelten. »Als wir angelegt haben, hast du ›Nach dir, draga mea‹ gesagt, und das *mea* impliziert, dass du der Ansicht bist, sie würde dir gehören. Und dann hat sie auch noch das Laken gewaschen? Ich bin nicht blöd.«

Ich führte die Flasche Granatapfelsaft an meine Lippen, um Zeit zu schinden, während Reece mich mit Argusaugen beobachtete. Dabei konnte ich Phaedra immer noch an meinen Händen riechen. »Es besteht kein Grund, mit Klaus zu reden.«

»Weil nichts passiert ist oder …«

»Weil es eine private Angelegenheit ist.«

»Es ist keine private Angelegenheit, das steht in deinem verdammten Vertrag.« Sie schlug sich mit einer Hand an die Stirn. »Du bist so ein Schwachkopf! Was habt ihr euch nur dabei gedacht?«

Als ich eine Stunde später an Phaedras Tür klopfte, um ihr von meinem Gespräch mit Reece zu berichten, öffnete sie nicht. Später am Abend schrieb mir Reece, dass Phaedra im Flieger nach Amerika sitzt, um ihren Vater zu besuchen. In der folgenden Woche blieb sie in North Carolina und nahm über Videocall an den Meetings teil.

Derweil verbrachte ich ein paar Tage mit Viorica in Bukarest.

Morgen wird Phaedra in Monaco wieder zum Team dazustoßen. Ich bin schon seit gestern Abend hier und übernachte in der Wohnung, in der mein Freund Owen mit seiner amerikanischen Freundin Brooklyn wohnt. Ihr Vater hat ein Vermögen mit der Produktion von Realityshows gemacht, und sie selbst ist schlau, schön und hat eine fröhliche, extrovertierte Persönlichkeit sowie einen ausgezeichneten Musikgeschmack. Ich freue mich immer, wenn sie mich auf neue Bands aufmerksam macht. Mittlerweile sind sie und Owen bereits seit zwei Jahren zusammen und führen eine leidenschaftliche, monogame – wenn auch unkonventionelle – Beziehung.

Nun liege ich auf dem Bett in dem kleinen Gästezimmer und lese ein paar E-Mails, die ich diese Woche an Phaedra geschrieben, jedoch nie abgeschickt habe. Im Zimmer ist keine einzige Lampe eingeschaltet, aber durch das große Fenster mit Blick auf den Boulevard du Larvotto und das Meer fällt Licht herein.

Ein Klopfen an der offenen Tür lässt mich aufblicken. Brooklyn steht im Türrahmen.

Ihre langen blonden Haare sind von türkisen und pinken Strähnen durchzogen. Sie trägt selten Make-up, sondern die einzige Verzierung an ihrem Körper ist der Sleeve aus Tattoos im Vintage-Style an ihrem rechten Arm.

»Versuchst du zu schlafen?«, fragt sie.

»Nein, komm nur rein.« Ich sperre mein Handy und lege es zur Seite.

Brooklyn setzt sich auf die Kante des kleinen Bettes. »Ich habe einen total leckeren Couscous-Salat gemacht, falls du Hunger hast.«

»Danke. Vielleicht später.« Ich drehe mich auf die Seite und stütze den Kopf auf meiner Hand ab. »Ich bin ein schrecklicher Gast. Bitte entschuldige, dass ich so distanziert wirke, aber mir geht einiges durch den Kopf.«

»Das merkt man.« Lachend holt sie ihr Handy aus der Tasche. »Ich habe dir eine traurige Playlist zusammengestellt, denn ich dachte mir, die brauchst du.«

Im nächsten Moment geht eine Nachricht bei mir ein, und ich öffne den Link.

»Dieser eine Song von L.A. Witch«, fährt sie fort, »*Baby in Blue Jeans*, macht echt süchtig.«

Während ich durch die Liste scrolle, sitzen wir in einvernehmlichem Schweigen da.

»Vielleicht geht mich das nichts an, aber du siehst aus, als wärst du wegen irgendeinem Mädel traurig. Bei einem Typen wie dir, der nichts anbrennen lässt, überrascht mich das.«

Belustigt ziehe ich die Augenbrauen hoch. »So schlimm bin ich nun auch wieder nicht, iubi.«

»Nein, schon klar.«

Kurz überlege ich, ob ich das Thema wechseln soll, doch dann beschließe ich, ihr mein Herz auszuschütten.

»Ich habe mich gegenüber einer Frau, die mir wichtig ist, falsch verhalten. Phaedra Morgan, meiner Renningenieurin.«

Brooklyn lacht. »Ich habe sie noch nicht kennengelernt, aber ich bin ein Fan, seit sie letztes Jahr die Auseinandersetzung mit diesem alten Sack hatte, dem Coraggio gehört. Ich weiß nicht, ob du es mitbekommen hast, aber er hat eine Menge Mist über Frauen in Ingenieurinnenjobs erzählt, und sie hat zurückgeschossen, dass er sich um die Dinge kümmern sollte, von denen er Ahnung hat, zum Beispiel Steuerhinterziehung und Pferdeschwanz-Buttplugs. Du weißt schon, wegen des Videos von der Sexparty, das aufgetaucht ist.«

»Ha!« Ich lache. »So kenne ich mein Mädel.«

»*Ist* sie denn dein Mädel?«

Das Lächeln erstirbt auf meinen Lippen. »Wahrscheinlich nicht.«

»Deswegen machst du so ein langes Gesicht.«

Die einzigen Geräusche, die zu hören sind, stammen von dem Videospiel, das Owen im Wohnzimmer spielt.

Ich schaue Brooklyn an. »Ich habe mit ihr geschlafen.«

»Oh-oh.«

»Und seitdem hat sie nicht mit mir gesprochen.«

»Puh.« Brooklyn wartet einen Moment. »Bist du verliebt?«

Ich seufze. »Auf Rumänisch gibt es ein Sprichwort. Mă faci să visez în culori – deinetwegen träume ich in Farbe. Und so ist es wirklich.«

Brooklyn holt eine Dose mit den Anisbonbons aus ihrer Tasche, nach denen sie süchtig ist, nimmt eins heraus und schiebt es sich in den Mund. »Das solltest du ihr sagen.«

»Ich bin mir nicht sicher, ob es gut ankommen würde.«

»Warum nicht? Meinst du, sie will sich schnulzigen Kram

140

nicht anhören, weil sie so eine coole Sau ist? Ich möchte dir ein Geheimnis verraten: Ich würde mich lieber einer Wurzelbehandlung unterziehen, als *Wie ein einziger Tag* zu gucken, aber mir gefällt es trotzdem, wenn Owen irgendeinen romantischen Scheiß ablässt.« Sie beugt sich vor und senkt die Stimme. »Keine von uns ist immun dagegen. Sag es ihr. Sag es auf Rumänisch, flüstere es ihr ins Ohr. Aber wenn sie nicht auf dich steht, kann man natürlich nichts machen.«

Ich denke an Phaedras Verhalten auf dem Boot zurück. Als sie aufgestanden ist, um das Bettlaken zu waschen, war sie auf einmal ganz sachlich und hat darauf bestanden, dass ich an Deck gehe und so tue, als wäre ich auf einem Liegestuhl eingeschlafen. Als wir zurückgefahren sind, hat sie ein Buch gelesen und mich ignoriert. Ich bin davon ausgegangen, dass dies zwar nötig, aber temporär sei, besonders weil ich sie dabei erwischt habe, wie sie mir in der Hotellobby auf dem Weg zum Fahrstuhl einen sehnsüchtigen Blick zugeworfen hat. Jetzt bin ich mir allerdings nicht mehr so sicher. Acht Tage Funkstille können nichts Gutes bedeuten.

—

Am Mittwochnachmittag versuche ich mein Glück, indem ich zu dem Hotel gehe, in dem Phaedra und ein paar andere aus dem Team übernachten. Einer der Hauptgründe, warum ich bei Owen und Brooklyn untergekommen bin, ist, dass ich Reece versichert habe, mich von Phaedra fernzuhalten, wenn wir nicht arbeiten. Im Gegenzug hat sie versprochen, nicht mit Klaus zu sprechen.

Doch eine weitere schlaflose Nacht, in der ich mich an Phaedras Duft erinnere, an ihr Stöhnen, ihr Flüstern und ihre hypnotisierenden grünen Augen kann ich nicht ertragen. Ich muss sie sehen.

Nachdem ich an die Tür zu ihrer Suite geklopft habe, herrscht eine Minute Stille, ehe sie mir öffnet. Ihre gewellten rotbraunen Haare hat sie oben auf dem Kopf zusammengebunden, und sie trägt einen flauschigen Hotel-Bademantel, der zu lang für ihre kleine Gestalt ist. Ihre Lippen teilen sich, und sie greift sich an das Revers des Bademantels, unter dem sie wahrscheinlich nackt ist. Von ihrem Körper geht der Duft von Lavendel und Minze aus.

Ich lehne mich gegen den Türrahmen. »Darf ich reinkommen?«

»Nein.« Ihre Füße streifen über den champagnerfarbenen Teppich, bevor sie einen Fuß auf den anderen Fuß stellt. »Ich bade gerade.« Sie deutet mit dem Daumen über ihre Schulter. »Wir sehen uns morgen im Fahrerlager.« Sie lässt den Blick über mich wandern, ehe sie ihn abrupt abwendet, als hätte sie sich zur Raison gerufen.

Ich frage mich, ob sie das Gleiche denkt wie ich – ob sie sich daran erinnert, wie ich ohne Kleidung aussehe.

»Draga mea«, sage ich leise, »ich bin nicht der Ansicht, dass man Männern eine Erklärung schuldet, wenn man sie zurückweist.« Ich hebe die Hände. »Dennoch wäre ich dankbar für eine.«

»Hey, sei nicht so dramatisch! Ich habe dich nicht zurückgewiesen, sondern ich gehe dir nur aus dem Weg. Und wir wissen beide, warum – da hast du die Lösung deines *Scooby-Doo*-Mysteriums.«

»Was ist Scoopy-Doo?«

Sie verdreht die Augen. »Rumänien war schon nicht mehr kommunistisch, als du zur Welt kamst, und du willst mir erzählen, es gab kein *Scooby-Doo*?« Sie verschränkt die Arme vor der Brust. »Es ist eine alte Zeichentrickserie über einen albernen sprechenden Hund und einen Hippie, die zusammen Verbrecher jagen.«

Ich senke schmunzelnd den Kopf und schaue sie durch meine Wimpern hindurch an, obwohl sie angesichts meines Versuches, sie zu betören, die Stirn runzelt. »Wenn du mich hereinbittest, können wir uns ein Video von diesem Polizeihund ansehen.«

»Es ist … Nein, es ist kein Polizeihund. Um Gottes willen! Ich habe es dir falsch erklärt.«

Am Ende des Flures öffnet sich eine Tür.

»Mist!«, zischt Phaedra, packt mich am Hemd und zieht mich in ihre Suite. »Bist du irgendjemandem begegnet?«

»Nur Hotelangestellten.«

»Oh, wow«, erwidert sie trocken. »Dann waren wohl leider keine heißen Zimmermädchen dabei, sonst hättest du es bis hierhin gar nicht geschafft, sondern wärst jetzt im nächstgelegenen Besenschrank.« Sie presst ihr Ohr an die Tür, um auf Stimmen zu lauschen.

Derweil setze ich mich auf die Bettkante. »Danke, dass du mich hereingebeten hast, denn ich würde gern mit dir reden.«

Sie geht zum Fenster, zieht das Band ihres Bademantels fester und blickt auf Monte Carlo hinab. »Freiwillig habe ich es bestimmt nicht getan«, erwidert sie genervt. »Ich will nur nicht, dass dich jemand sieht. Reece hat mir versprochen, mich nicht bei Klaus zu verpfeifen, solange ich mich von dir fernhalte.«

Als sie sich auf die Armlehne des Sofas in der Nähe des Fensters setzt und sich den Bademantel über ihr Bein zieht, betrachte ich ihre glatte Haut, den schlanken Knöchel und den hohen Spann ihres Fußes.

»Ah, sie hat also auch mit dir gesprochen.«

Phaedra nickt und wickelt sich das Band des Bademantels um den Finger. »Hör zu, Alter, ich bin dir dankbar für deine, äh, *Unterstützung* in Barcelona. Hat Spaß gemacht. Aber jetzt, wo

Mo angekündigt hat, sich wegen einer Familienangelegenheit längere Zeit freizunehmen, sind alle Augen auf mich gerichtet. Unser, äh, *Nachmittag* auf dem Boot war super, aber …« Sie kaut auf ihrer Unterlippe herum und zuckt mit den Schultern.

»Hast du Gefühle für mich, draga mea?«

»Als würde das eine Rolle spielen«, erwidert sie in einem schroffen Tonfall.

Ich stehe auf und schließe den Abstand zwischen uns. Als ich mit den Fingern ihr Kinn berühre, um sie dazu zu ermutigen, mich anzusehen, zuckt sie nicht zurück. »Deine Bemerkung über Zimmermädchen lässt vermuten, dass du immer noch wegen Shanghai wütend bist.« Mit dem Daumen fahre ich über ihre Unterlippe. »Aber ich habe dir etwas verheimlicht.«

Ihre grünen Augen sind dunkel, und ihre Brust, von der nur ein blasses Dreieck unter dem Bademantel zu sehen ist, hebt und senkt sich schnell.

Langsam öffne ich ihre Haare und fächere die langen Strähnen über ihren Schultern auf. »Ich habe dich in dem Glauben gelassen, dass diese Frau in meinem Bett gewesen ist, aber das stimmt nicht. Sie war nur ein schüchterner Fan, der seine Chance genutzt hat, mich kennenzulernen, bevor ich morgens mein Zimmer verlassen habe. Sie hat sich geschämt und angefangen zu weinen, und da sie mir leidtat, habe ich ihr ein Ticket fürs Rennen zukommen lassen. Ende vom Lied.«

Phaedra hat ihre Hände locker an meine Hüften gelegt, obwohl ich nicht weiß, ob ihr bewusst ist, dass sie mich berührt. »Irgendwie glaube ich dir, aber das könnte daran liegen, dass du so nahe vor mir stehst und unglaublich gut duftest.« Sie berührt ihre Oberlippe mit der Zunge. »Du solltest besser gehen.«

Ich beuge mich runter und küsse sie auf den Scheitel. »Sollte ich.« Ich drücke meine Lippen auf ihre Stirn. »Könnte ich.« Nun fahre ich mit dem Finger durch ihr Haar und küsse ihren Mundwinkel. »Aber das werde ich nicht tun. Denn deine wandernden Hände verraten mir, dass du willst, dass ich bleibe.«

Meinen Mund einen Zentimeter von ihrem entfernt halte ich inne. Wir sind uns so nahe, dass wir einander von einem Auge ins andere schauen. Als ich meine Lippen schließlich auf ihre drücke und ihre Oberlippe mit meiner Zunge berühre, so wie sie es gerade selbst getan hat, schließt sie die Augen.

Sie bewegt ihre rechte Hand und legt ihre Finger über der Jeans um meinen Schwanz, um daran auf und ab zu streichen.

Ich ächze in ihrem Mund, während unsere Zungen ohne Eile miteinander spielen.

»Ich muss dich schmecken«, murmele ich.

»Das tust du doch schon.«

Mit einem verschlagenen Grinsen ziehe ich mir das Hemd aus, fahre mit den Händen über ihren warmen Hals und weiter nach unten über ihren Bademantel. Schließlich öffne ich den Knoten des Bandes und gleite mit den Händen unter den Stoff. »Ich will dich *überall* schmecken, meine Süße«, erkläre ich.

Ihre Haut ist weich und glänzt, und der Lavendel-Minze-Geruch steigt zusammen mit ihrem eigenen warmen Duft auf. Nachdem ich ihr den Bademantel von den Schultern gestreift habe, richte ich mich auf und betrachte sie nackt auf der Sofalehne.

Hinter ihr funkeln die Boote und das schwarze Wasser im Mondschein.

»Du bist genau auf der richtigen Höhe, damit ich dich kosten kann.« Mit diesen Worten gehe ich vor ihr in die Knie, schiebe ihre Beine auseinander und gebe ihr einen Kuss auf die Innenseite des Oberschenkels. »Das male ich mir schon seit Monaten aus.« Mit federleichten Küssen bahne ich mir einen Pfad zu ihrem Zentrum. Dabei fahre ich mit den Händen über ihre Knöchel, die festen Waden und ihre leicht klammen Kniekehlen.

Als ich mit den Fingerknöcheln an ihren Oberschenkeln hinaufstreiche, spreizt sie die Beine ein wenig weiter, rutscht mir entgegen und greift mir in die Haare.

Mit beiden Daumen fahre ich über ihre rosa Schamlippen und betrachte ihre bereits glänzende Öffnung, ehe ich sie spreize, um ihre feuchte, geschwollene Knospe zu entblößen. Diesmal ist sie rasiert, obwohl sich auf ihrem Schamhügel immer noch ein Dreieck aus Haaren in der Farbe eines glänzenden Kupfer-Pennys befindet.

Während ich mit den Fingern über die frisch rasierte Haut streiche, schaue ich zu ihr hoch. »Erwartest du Gesellschaft?«

Sie kneift die Augen zusammen und hebt einen Mundwinkel zu einem ironischen Lächeln. »Ach, sei nicht so selbstgefällig. Die einzige Gesellschaft, die ich erwartet habe, ist batteriebetrieben.«

Die Vorstellung, wie Phaedra mit einem Sexspielzeug Spaß hat, lässt meinen Schwanz zucken. Mit einem hilflosen Ächzen nähere ich mich ihr und beschreibe langsame Kreise um ihre Klitoris, wobei ich länger an den Stellen verweile, bei denen sie mir fester ins Haar greift. Schließlich finde ich einen Punkt, der ihr ein geflüstertes »Ja! Oh verdammt!« entlockt, und widme mich ihm mit gleichmäßigen Liebkosungen meiner flachen Zunge, bis sie sich hechelnd gegen mein Gesicht presst.

Sie schmeckt nach Salz und Hitze, süß wie eine Cantaloupe-Melone, vermischt mit etwas Schwerem wie Walnuss. Ich kann nicht widerstehen, mir einen Pfad zu ihrer Öffnung zu bahnen und meine Zunge hineingleiten zu lassen, woraufhin ihr ein leiser heiserer Laut entfährt.

»Ja. Bitte«, fleht sie. »Hör nicht auf, du bist echt gut darin.«

»Ich will ein Geständnis von dir, draga mea.« Als ich mit zwei Fingern in sie eindringe, stelle ich fest, dass die kleine raue Stelle fest und vor Lust geschwollen ist. Ich reibe und streichele, vollführe genau die gleichen Bewegungen, die sie letztes Mal haben zucken und stöhnen lassen.

»Was für ein Geständnis?«, bringt sie hervor und wirft den Kopf zurück. Nun lässt sie von mir ab und gräbt ihre Finger in die Polster des Sofas. »Ich gestehe alles. Sag mir einfach, wo ich unterschreiben soll, dann gebe ich alles zu und plädiere auf schuldig.«

Mehrmals fahre ich mit der Zunge durch ihre Spalte und widme mich dann der Stelle, die am empfindsamsten zu sein scheint, während ich gleichzeitig meine Finger in ihr bewege. Sie schmeckt so gut, dass es mich um den Verstand bringt.

»Und keine Fake-Geständnisse«, warne ich. »Ich will nur eines wissen: An wen hast du gedacht, wenn du dich mit deinem Sexspielzeug vergnügt hast?« Nun sauge ich an ihrer Klitoris, ehe ich mich zurückziehe. »An wessen Gesicht, Stimme, Zunge, Schwanz? Wessen Namen hast du gehaucht, als du gekommen bist?«

Jetzt mache ich mit meinen Liebkosungen weiter, genau in dem Rhythmus, der sie noch mehr erregt.

Da sie sich dem Höhepunkt nähert, kommen ihr nur einzelne gehechelte Silben über die Lippen. Ihre Oberschenkel sind angespannt, ihre Zehen deuten spitz zum Teppich, die Hände hat sie auf die Armlehne des Sofas gestemmt, wobei sie ihre Hüften mit kleinen festen Stößen nach vorn bewegt. Ihre Augen sind fast geschlossen, die Nippel ihrer leicht wippenden Brüste sind hart.

Als ich mich von ihr löse, ächzt sie entrüstet. Ich weiß, dass sie bloß wenige Sekunden vom Orgasmus entfernt ist. In ihr beschreibe ich mit den Fingern eine Acht, das Symbol für Unendlichkeit. »Pentru totdeauna«, flüstere ich.

Für immer.

Als ich meinen Mund wieder um ihre Klitoris lege, winselt sie erleichtert, wird dann aber leise, um sich zu konzentrieren.

Anschließend greift sie wieder in meine Haare und gestattet sich einen ekstatischen Schrei, bevor sie erkennt, dass uns zu viel Lärm verraten könnte. Sie streckt die Beine durch, als sie von ihrem Orgasmus überwältigt wird, dämpft jedoch ihren Aufschrei zu einem leisen Stöhnen, während sie an meiner Hand und meinen Lippen bebt.

»Du warst es«, stößt sie heiser aus. »Ich habe an dich gedacht ... jedes Mal, verdammt ...« Sie öffnet die Augen und sieht mich fest an.

»Wie gehorsam du bist.« Ich stehe auf und hebe ihr gerötetes Gesicht an, um sie zu küssen. »Bist du immer so brav?« Ich ziehe sie auf die Füße und in meine Arme.

Mittlerweile schmerzt mein Schwanz, der sich von innen gegen meine enge Jeans drückt.

Phaedra presst ihren Körper an mich.

»Ich glaube, manchmal kannst du ganz schön unanständig sein«, sinniere ich, während sie meinen Kopf zu sich runterzieht, um mich zu küssen.

»Im Moment bin ich das definitiv«, sagt sie an meinem Mund. »Und das ist deine Schuld.« Sie zieht mich am Bund meiner Jeans zu dem riesigen Fenster. »Du weckst in mir den Wunsch, böse Dinge zu tun.« Nun schiebt sie mich an die kalte Wand neben dem Fenster, geht in die Knie und öffnet meinen Reißverschluss.

Ich helfe ihr, indem ich aus meiner Jeans heraustrete und sie mit dem Fuß wegschiebe.

Phaedra fährt mit den Händen an meinen Oberschenkeln und meinem Bauch hinauf und hält kurz inne, um mir in die Augen zu schauen.

Am liebsten würde ich sie auf den Teppich werfen und sie gnadenlos vögeln.

Ihre Pupillen sind geweitet, ihre Lippen geschwollen vom Küssen. Das rotbraune Haar fällt ihr in Wellen um die Schultern und teilt sich über ihren Brüsten. Aus diesem Blickwinkel sieht die Wölbung ihres Hinterns besonders verlockend aus. Ihre Hand passt perfekt um meinen Schwanz, als sie beginnt, mich zu liebkosen, und einen Mundwinkel zu einem verschlagenen Schmunzeln hebt.

»Du siehst umwerfend aus, wenn du vor mir kniest.«

»Gleich wird die Aussicht noch besser.« Mit diesen Worten umschließt sie mich mit den Lippen. Zischend und mit zusammengebissenen Zähnen lege ich den Kopf zurück und fahre mit einer Hand in ihre seidigen Strähnen.

Ich sehe zu, wie sie sich vor- und zurückbewegt und wie mein Schwanz glänzend in ihrem Mund verschwindet und wieder hervorkommt.

Es ist berauschend, wie sie ihre Lippen, ihre Zunge und ihre Hand in einem Zusammenspiel zum Einsatz bringt. Sie ist so gut darin, dass ich mir auf einmal wünsche, jeden Mann aus dem Weg zu räumen, den sie jemals so berührt hat. Ihr Mund und ihre Hände gehören nur mir, und zwar für immer.

Ich kralle meine Finger fester in ihr Haar. Schon jetzt bin ich viel zu erregt – ich muss sie aufhalten, ehe ich zu früh komme. »Numai mie îmi aparține«, murmele ich leise.

Sie umkreist mit der Zunge meinen Schwanz und gleitet über die empfindsame Unterscite, bevor sie innehält. »Das hast du auch bereits auf dem Boot gesagt. Was heißt es?« Ihre Unterlippe glänzt, und einen Moment lang zieht sie sie zwischen ihre Zähne, während sie mir fest in die Augen schaut. Die Geste ist so natürlich und gleichzeitig so erotisch, dass ich den Blick nicht von ihr abwenden kann.

Ich ziehe sie hoch und verschränke unsere Finger miteinander.

»Es bedeutet«, antworte ich heiser und tausche den Platz mit ihr wie in einem Tanz, »du gehörst nur mir.« Ich presse meine Lippen fest auf ihre, drehe sie um und drücke sie gegen die Wand.

Sie schnappt nach Luft und legt ihre Handflächen an die Tapete, ein geometrisches Fischgrätenmuster mit Goldakzenten.

Schon jetzt weiß ich, dass sich diese Tapete in mein Gedächtnis einbrennen wird. Ich gehe leicht in die Knie, um mich an ihrer Öffnung zu positionieren, woraufhin sie den Rücken durchdrückt und mir ihren Hintern entgegenschiebt, als wollte sie mich anbetteln, in sie einzudringen.

Als ich es schließlich tue, stöhnen wir beide auf, und Phaedras Hände rutschen ein paar Zentimeter an der Wand nach oben.

Als ich mich auch mit einer Hand an der Wand abstütze, umfasst sie fest mein Handgelenk. Meine andere Hand lasse ich an ihrem Bauch hinabgleiten, um mit zwei Fingern ihre Klitoris zu finden, wobei ich meine Stöße verlangsame, um sie zu massieren und zu streicheln, bis sie sich langsam um mich herum verengt.

Nun senke ich den Blick und genieße den Anblick ihres runden Hinterns, den ich bereits seit Monaten beobachte.

Um sich weiter für mich zu öffnen, hebt Phaedra ein Bein und stellt ihren Fuß auf der Fensterbank ab. Eine Hand legt sie über meine Hand, mit der ich ihre feuchte Klitoris reibe.

Ich beiße ihr neckisch in die Seite des Halses. »Willst du übernehmen?«

»Nein«, haucht sie, wobei sie sich abwechselnd meinen Fingern und meinem Schwanz entgegendrängt. »Ich will nur spüren, wie du es tust. Fuck, es fühlt sich so gut an.«

»Wunderschön, wunderschön«, flüstere ich an ihrer Schulter, als sie zu beben beginnt. »Lass dich fallen.«

Ihre Hand auf meiner bewegt sich leicht, um mir zu zeigen, was sie in dieser Position genau braucht.

Ich folge ihren Anweisungen, woraufhin sie ein leises Stöhnen ausstößt und sich an meiner Hand reibt, während ich die kleinen, tiefen Stöße vollführe, die sie im Moment zu wollen scheint.

»Zu einer Sache bin ich noch gar nicht gekommen«, haucht sie. »Und jetzt möchte ich die Gelegenheit nutzen …«

»Was immer du willst«, erwidere ich an ihrem Hals, während ich mit den Fingern die Bewegungen beschreibe, zu denen Phaedra mich mit ihrer Hand anleitet. »Du hast es verdient, meine Süße.«

In ihr zuckt etwas, und sie wird noch enger. Ihr Griff um mein Handgelenk an der Wand festigt sich.

»Sag mir, was du willst, draga mea.«

»Ein Geheimnis!«

Sie schiebt mir ihren Hintern entgegen, als sie kommt und schlägt sich eine Hand vor den Mund, um das Ächzen zu unterdrücken, das ihr entfährt. Während sie still an mir bebt, umfasse ich ihre Brüste, drücke sie leicht und spüre ihre verhärteten Nippel an meinen Handflächen.

Mit ein paar weiteren harten Stößen komme auch ich zum Orgasmus, wobei ich an ihrem Hals stöhne und mich zusammenreißen muss, um nicht zu laut zu sein.

Bald halten wir zusammen inne. Ich streiche ihr Haar zur Seite, knabbere ein letztes Mal an ihrem Nacken und fahre mit den Händen über ihre Rippen und ihre Taille.

Sie folgt mir mit den Hüften und stößt einen enttäuschten Laut aus, als ich mich aus ihr zurückziehe.

Nun drehe ich sie herum, lege meine Hände an ihr Gesicht und presse meine Lippen für einen langen Moment auf ihre.

Als wir uns voneinander lösen, streicht sie mir Haare aus der Stirn. »Hast du das ernst gemeint, Legs?«

Ich bin mir nicht sicher, worauf sie sich genau bezieht, antworte aber trotzdem aufrichtig. »Ich sage nie Dinge, die ich nicht ernst meine.«

»Kannst du mein Geheimnis sein? Ich habe so viele spannende Dinge in meiner Jugend verpasst – hatte nie einen heimlichen Freund oder habe in Autos rumgemacht. Nicht mal eine Highschool habe ich besucht, sondern ich hatte einen Privatlehrer. Meine erste Beziehung war im Prinzip nichts anderes als eine geschäftliche Vereinbarung, als ich schon über zwanzig war. In meinem Leben gab es noch nie ein skandalöses Geheimnis.« Schließlich senkt sie den Blick auf den Teppich und lässt sich mit dem Gesicht zuerst auf das Bett plumpsen.

Ich lasse mich neben sie fallen und lege ihr eine Hand auf den Rücken. »Sprich mit mir, Süße.«

Sie stützt sich mit einem Ellbogen auf und studiert mein Gesicht. »Dass ich dich darum bitte, macht mich zu einer absoluten Heuchlerin. Monatelang habe ich dich dafür kritisiert, ein Fuckboy zu sein, und jetzt, nachdem du mich ein paar Mal zum Orgasmus gebracht hast, bettele ich dich an, *mein* Fuckboy zu sein? Ich fange tatsächlich langsam an, dich, äh, als Mensch zu mögen.« Als sie die Augen verdreht, bin ich mir nicht sicher, ob die Geste mir oder ihr selbst gilt. »Ich komme mir schlecht vor, weil ich die Tatsache ausnutze, dass du Sex so liebst.«

»Das ist alles, was es sein könnte: Sex? Spiel und Spaß?«

Sie wendet den Blick ab, und ich vermute, dass sie sich wie ich an den Moment zurückerinnert, in dem ich ihr auf dem Boot in Spanien gesagt habe, dass es kein Spiel sei. »Vielleicht könnten wir die Sache einfach laufen lassen und es geheim halten«, schlägt sie leise vor, den Blick auf ihren Finger gerichtet, mit dem sie eine Falte im Bettlaken nachfährt. »Aber wenn du dich dann fühlst, als würde ich dich zum Sexobjekt machen oder so, kann ich auch mit einem Nein leben.«

Ich drehe mich auf den Rücken und lege die Hände unter meinen Kopf. »Hoffst du sowohl darauf, dass ich Ja sage, als auch, dass ich Nein sage?«

»Ich weiß, wie verrückt es ist, aber wenn es irgendjemanden gibt, der sich auf etwas Ungezwungenes einlassen kann, dann ist es ein Womanizer wie du. Und … ich kann die Ablenkung gerade gut gebrauchen.«

Das kann ich nachvollziehen, und ich kann es ihr wahrlich nicht verdenken, dass sie in diesen schweren Zeiten eine Ablenkung braucht, ganz egal wie sehr mich ihre Worte treffen.

Wenn ich sie für mich gewinnen will, muss ich im Rennen sein.

Timing. Strategie. Beharrlichkeit. Konzentration. Jeder Moment muss darauf abzielen, eine Gelegenheit zu finden, mir einen Vorteil zu verschaffen.

»Klar kann ich mich auf etwas Ungezwungenes einlassen«, erwidere ich also, obwohl ich ihr gerade noch erzählt habe, dass ich nie etwas sage, das ich nicht ernst meine. Ich beuge mich vor, um sie zu küssen. »Ab jetzt bin ich dein skandalöses Geheimnis.«

—

Den Großen Preis von Monaco gibt es bereits seit knapp hundert Jahren, und wenn er im internationalen Rennsport nicht als wichtigster, glamourösester und legendärster Event im Formel-1-Kalender gelten würde, würde er aufgrund seiner schwierigen und gefährlichen Strecke nicht existieren. Es ist das einzige Rennen, das mit seinen zweihundertsechzig Kilometern kürzer ist als die normalerweise vorgegebene Mindestdistanz von dreihundertfünf Kilometern.

Da es sich um einen Stadtkurs handelt, sind die Straßen schmal, uneben, haben viele scharfe Kurven und Höhenunterschiede.

Außerdem gibt es einen Tunnel, der die Sicht der Fahrer durch den schnellen Wechsel von hell und dunkel kurzzeitig verschlechtert und wegen der veränderten aerodynamischen Gegebenheiten eine Downforce-Veränderung herbeiführt.

Trotz der verringerten Durchschnittsgeschwindigkeit in Monaco sind Unfälle und der Einsatz von Safety-Cars keine Seltenheit. Auf der Strecke gibt es kaum eine Möglichkeit zu überholen, sodass eine gute Startposition und eine clevere Boxenstopp-Strategie wichtig sind. Der Kurs ist überaus technisch und verzeiht kaum einen Fehler.

Seit Mittwochabend sind Phaedra und ich fast in jeder freien Minute zusammen. Interessanterweise verbringen wir genauso viel Zeit mit Gesprächen über das Rennen wie mit Liebemachen, eine Bezeichnung, die sie hasst, die ich aber trotzdem in Gedanken verwende. Nun, da wir eine Einigung getroffen haben, können wir erstaunlich entspannt miteinander kommunizieren.

»Wir hätten bei unseren Strategiemeetings schon die ganze Zeit nackt sein sollen«, verkündete sie am Freitagabend, als wir nach dem Sex verschwitzt im Bett lagen und über das bevorstehende Qualifying sprachen.

»Ich finde«, erwiderte ich und zog sie wieder unter mich, »das ist eine geniale, aber unpraktische Idee. Obwohl ich mir während der Meetings ehrlich gesagt schon oft vorgestellt habe, dass du nur das Headset trägst.«

Am Sonntagmorgen vor dem Rennen gibt es Sorge um das Wetter, da es immer wieder mit kurzen Unterbrechungen regnen soll. Der Grip auf einem Stadtkurs ist ohnehin nicht optimal, da der Bodenbelag nicht ausschließlich für Rennautos konzipiert wurde und die Oberfläche durch den regulären Stadtverkehr von Schmutz und Öl bedeckt sein kann. Außerdem erschwert der Tunnel die richtige Auswahl der Reifen, da es im Inneren trocken und draußen auf den Straßen nass sein wird.

Während des Morgenmeetings besprechen wir im Team unterschiedliche Eventualitäten.

Mit einem anerkennenden und leicht verschlagenen Schmunzeln merkt Klaus an, dass Phaedra und ich uns heute überraschend gut verstehen, da wir immer wieder die Sätze des anderen beenden.

Sie behauptet, dies liege nur daran, dass wir gestern zufällig einen Kaffee zusammen getrunken und über das Rennen gesprochen haben.

Schon nach diesen wenigen Tagen kann ich ihren Gesichtsausdruck besser deuten, weil sie ihre Miene im Bett mit mir nicht kontrolliert. Nach Klaus' Lob erkenne ich sofort die subtilen Anzeichen dafür, dass sie erleichtert ist.

Die Distanziertheit, die ich seit dem großen Preis von China zwischen ihnen bemerkt habe, scheint langsam zu verschwinden.

Nach dem Qualifying bin ich Dritter in der Startaufstellung. Phaedra und ich besprechen noch einmal mögliche Anpassungen der drei Hinterradbremssysteme. Aktuell scheinen wir eine perfekte Balance gefunden zu haben, aber Faktoren wie Reifenabnutzung und Gewichtsveränderungen durch das Benzin werden während des Rennens zu Veränderungen führen. Ich muss ständig aufmerksam bleiben. Unterlenkung führt dazu, dass sich der Wagen schwer anfühlt und nicht richtig reagiert; durch Übersteuerung könnte ich dagegen ins Schleudern geraten. Die Bremsen sind beinahe genauso wichtig wie das Lenkrad, wenn es darum geht, die Ausrichtung des Wagens zu kontrollieren. In Monaco bietet sich eine Strategie mit nur einem Boxenstopp an, denn auf einer Strecke, auf der man nicht überholen kann, ist es wichtig, dass man seine Position behält.

Ich werde mit weichen Reifen beginnen und nach dem ersten und einzigen Stopp für den Rest des Rennens mit harten Reifen fahren. Sollte es allerdings stark regnen, müssen wir eventuell noch einmal umdenken.

Kurz nach Beginn des Rennens schaffe ich es, meine Position im Gedränge von Kurve eins zu behalten.

Phaedra ist ruhig und ermutigend, indem sie mir immer wieder Wetter-Updates gibt, zusammen mit ihren fachmännischen Ingenieurinnen-Tipps. Alles läuft tadellos, bis es während der 21. Runde zu regnen beginnt. Innerhalb von drei Runden hat sich ein gleichmäßiges Nieseln eingestellt.

»Wie lange könnte es so weitergehen?«, frage ich Phaedra.

»Vielleicht zwanzig Minuten«, erwidert sie gelassen.

»Wie fühlt es sich an? Gerade wird überall diskutiert, ob es sich anbietet, auf Regenreifen umzusteigen. Was meinst du, Legs?«

Wahrscheinlich beobachten die Fahrer vor mir gerade auch die Situation und schieben eine Entscheidung so lange wie möglich vor sich her.

Gestern Abend haben Phaedra und ich unterschiedliche Möglichkeiten besprochen. Zusätzlich zu dem offiziellen Plan A, B und C des Teams haben wir zusammen auch einen inoffiziellen Plan D geschmiedet.

Auf dem nächsten Streckenabschnitt wird der Regen stärker.

Ehe ich auf Phaedras Frage antworten kann, spricht sie schon wieder. »Powell steigt auf Regenreifen um.«

»Radar?«

»Nicht ideal.«

Gefühlt im Schneckentempo bahne ich mir meinen Weg durch die Haarnadel, fahre um die Kurve an Punkt 8 und in den Tunnel hinein, wo die trockene Straße neuen Optimismus in mir aufkeimen lässt. Als ich wieder hinausfahre, wappne ich mich für die Helligkeit. In diesem Moment kommt mir die Lichtqualität relevanter vor als die Wettervorhersage.

»Ich glaube, es hört gleich auf zu regnen«, sage ich zu Phaedra.

»Verstanden. Olsson fährt nun auch mit Regenreifen.«

»Okay.« Kurz hinterfrage ich mein Bauchgefühl, denn der Regen ist mittlerweile stärker geworden. Irgendetwas sagt mir jedoch, dass ich länger warten sollte, um vielleicht doch bei unserem Plan zu bleiben, nur einen Boxenstopp einzulegen. Wenigstens sind meine weichen Reifen unter diesen Bedingungen besser, als es die mittelharten gewesen wären.

In der nächsten Runde bin ich mir noch sicherer, dass ich die richtige Entscheidung getroffen habe und dass die anderen Teams es inzwischen bereuen, in Panik ausgebrochen zu sein. Zwar spüre ich die Reifenabnutzung, aber der Himmel klart auf.

»Lagen wir richtig?«, frage ich Phaedra, die wissen wird, was ich meine.

Sie stößt ein warmes Lachen aus. »Plan D ist aufgegangen, Legs.«

In der 31. Runde lege ich einen Boxenstopp ein. Der Regen hat zwar aufgehört, aber während der nächsten paar Runden ist der Grip immer noch so schlecht, dass mir das Herz bis zum Hals schlägt. Langsam verbessern sich jedoch die Streckenbedingungen, und Phaedra gibt mir die Information durch, das Olsson und Powell einen weiteren Boxenstopp einlegen.

Auf einmal liege ich vorn, sodass ein Sieg während meines sechsten Rennens für Emerald in greifbarer Nähe ist. In den nächsten dreiundzwanzig Runden liege ich in Führung.

Obwohl ich zu hundert Prozent auf die vielen unterschiedlichen Details fokussiert bin, die auf mich einströmen, spüre ich im Hintergrund noch etwas anderes ganz deutlich: Phaedras Anwesenheit.

Als Team kann uns niemand aufhalten.

Eine rasante Fahrt kann dem Rausch des Verliebtseins gleichkommen, doch das Einzige, was dieses Gefühl noch übertreffen kann, ist, sich *während* eines Rennens *tatsächlich* zu verlieben.

Als ich in der 54. Runde aus dem Tunnel schieße, mich der Nouvelle Chicane nähere und João Valle überholen will, kommt es zum Desaster.

Genau in dem Moment, in dem ich neben ihm bin, schert er unnötigerweise aus, sodass wir beide in entgegengesetzte Richtungen auseinanderdriften wie Billardkugeln auf einem Pooltisch.

Schlitternd komme ich zum Stehen. Meine Gedanken rasen, das Blut rauscht mir in den Ohren, und ein Reifen hüpft über die Fahrbahn, was ich nur im Augenwinkel wahrnehme.

»Was war das denn?«, brülle ich und starre den Randstein an, den ich soeben gerammt habe.

Erst jetzt wird mir bewusst, was gerade passiert ist. Ich schlage mit einer Hand gegen das Lenkrad und trauere um den perfekten Sieg, den ich zusammen mit meiner Renningenieurin holen wollte.

»Alles okay?«

»Nichts ist okay«, versetze ich. »Dieses verblödete Vatersöhnchen hat mich gerade abgedrängt. Was sollte das? Hat Harrier ihm aufgetragen, mich aus dem Weg zu räumen?«

»Die Rennkommissare nehmen sich gerade der Sache an«, erklärt Phaedra mit ruhiger und sicherer Stimme.

Frustriert knirsche ich mit den Zähnen. Hinter mir bahnen sich Fahrzeuge ihren Weg an den auf der Strecke verstreuten Teilen vorbei, und ich zwinge mich dazu, langsam zu atmen.

»Ich bin einfach nur froh, dass dir nichts passiert ist«, fügt Phaedra betont ruhig hinzu, doch ich kann die Anspannung in ihrer Stimme hören.

Ich schüttele den Kopf und schließe die Augen. »Ich war so verdammt nahe dran. Wir hatten den Sieg schon fast in der Tasche.« Ich ächze.

»Nächstes Mal, Cos«, erwidert sie. »Wir holen den Sieg beim nächsten Mal.«

Als mir bewusst wird, was sie gesagt hat, öffne ich die Augen wieder. *Wir holen den Sieg beim nächsten Mal.*

Wir.

Bisher hat sie das noch bei keinem Rennen gesagt.

Während ich aus dem Wagen aussteige, kann ich mir ein kleines Schmunzeln unter dem Helm nicht verkneifen.

14

MONTRÉAL

ANFANG JUNI

Phaedra

Zusammen mit einem Foto von den Ohrringen meiner Großmutter habe ich Natalia gestern Abend eine E-Mail geschickt:

Du hast gewonnen, Nat. Ich hatte vor Silverstone Sex mit ihm.

Es tut mir leid, dass ich deine Gefühle verletzt habe, dafür gibt
es keine Entschuldigung. Ich vermisse dich als beste Freundin
und versichere dir, dass ich dies nicht erwähne, um dich zu
manipulieren, aber mein Dad ist krank, und ich habe Angst.
Bitte ruf mich an. Ich möchte mich gern persönlich bei dir entschuldigen. (Und dir die Ohrringe geben, die nun rechtmäßig
dir gehören.)

Cosmin musste vor ein paar Tagen noch einmal nach Bukarest
fliegen, und was auch immer der Grund dafür war, hat ihn in
eine schlechte Stimmung versetzt. Gestern ist er in Montréal eingetroffen und war nach seinem langen Flug mit Zwischenstopp
in London vollkommen fertig. Als ich ihn gesehen habe, habe ich
ihm erklärt, dass es keine gute Idee sei, sich zum Sex zu treffen.

»Du hast Schlaf nötiger als ich«, verkündete ich. »Du siehst total fertig aus, und ehrlich gesagt habe ich keine Lust, ein Produkt zu beschädigen, das ich später noch benutzen will.«

Die Bemerkung sollte ein Scherz sein, doch seine Reaktion verriet mir, dass er es nicht so aufgefasst hatte. Mit einem müden Lächeln tätschelte er mir die Wange und schloss die Tür zu seinem Zimmer hinter sich, sodass ich peinlich berührt im Flur zurückblieb. Der Blick, den er mir dabei zugeworfen hatte, enthielt eine Verbitterung, die nicht ausschließlich auf den Sexmangel zurückzuführen war.

Am nächsten Tag mache ich mit einigen Teammitgliedern – Cosmin, Jakob und ein paar anderen Ingenieuren – den Track-Walk. Es ist Tradition, am Donnerstag der Rennwoche zu Fuß die Rennstrecke abzugehen, damit die Fahrer und ihre Teammitglieder über die Besonderheiten des Kurses sprechen können.

Schon seit wir alle Vorsicht über Bord geworfen und beschlossen haben, heimliche Sex-Buddys zu werden, macht es mich nervös, öffentlich zu zeigen, wie freundlich Cosmin und ich mittlerweile miteinander umgehen.

Mit einem ernsten Stirnrunzeln betrachte ich die Fahrbahn, wobei ich die Hände in die Taschen meiner schwarzen Arbeitshose stecke und unserem leitenden Ingenieur Lars erlaube, zwischen Cos und mir zu gehen.

An der Ecke zur Pont de la Concorde kommt João Valle auf einem Tretroller an uns vorbei. Seit dem Zwischenfall in Monaco herrschen immer noch Spannungen zwischen ihm und Cosmin.

Als Valle gehört hat, dass Cosmin ihn über Funk als verblödetes Vatersöhnchen bezeichnet hatte, hat er angeblich auf Portugiesisch etwas zurückgeschossen, das so viel heißt wie »Scheiß auf diesen mutterlosen Neffen eines Balkan-Gangsters!«. Jepp. Es war echt nicht nett. Mir ist nicht entgangen, dass Cosmin nicht gern im gleichen Atemzug wie sein Onkel erwähnt wird.

Nachdem sich beide öffentlich entschuldigt hatten, ging es für uns alle über den Großen Teich, aber nun begegnen sich die beiden zum ersten Mal seit ihrem widerwilligen Handschlag in Monte Carlo.

Lars und ich schauen Cos an und warten auf eine Reaktion, als Valle um uns herumfährt und versucht, uns mit einem kleinen Sprung zu beeindrucken wie ein Schuljunge.

Cosmin lächelt höhnisch. »Durftest du heute raus zum Spielen, João?«, ruft er. »Freut mich, dass du Spaß mit deinem kleinen Roller hast, aber Autorennen sind etwas für erwachsene Männer.«

Ich verspanne meine Schultern, als Valle umkehrt und wieder in unsere Richtung fährt. Er sieht nervtötend gut aus und ist verstörend reich, da er der älteste Sohn eines brasilianischen Zuckermilliardärs ist. Allerdings ist er nur ein mittelmäßiger Fahrer, der eher mit den Schecks besticht, die sein Vater an Harrier ausstellt. Joãos Freundin ist ein italienisches Model, das ihn mit ihren fast eins achtzig weit überragt. Der Typ führt ein unbeschwertes Leben und ist so extravagant, dass selbst der unbeschwerte Cosmin neben ihm wirkt wie ein grimmiger Leichenbestatter.

»Sollen wir uns unterhalten, Ardelean?«, fragt Valle.

»Nein«, antworte ich.

»Es wurde schon genug gesagt«, erwidert Cosmin. »Wir wissen beide, was in Monaco passiert ist.«

Valles Engelsgesicht wirkt auf eine Art beleidigt, die beinahe sexy sein könnte, wenn ich auf kleine, hübsche Milliardärssöhne abfahren würde. »Es gab ein Problem mit der Federung«, stößt er hervor und umklammert den Lenker des Rollers mit seinen gebräunten, muskulösen Händen fester. »Es ist dein Job, auf widrige Umstände zu reagieren. Oder erwartest du vielleicht, dass Feen vor deinem Wagen herfliegen und Rosenblüten auf die Strecke streuen?«

Als Cosmin sich durch sein Haar fährt, denke ich trotz der angespannten Situation an letzte Woche, als ich auf ihm gesessen und *meine* Finger in seinem Haar vergraben habe, während ich kam. Hoffentlich werde ich nicht rot.

»Willst du dich etwa um den Job bewerben?«, schießt Cosmin zurück. »Ich kann dir einen kleinen rosa Korb besorgen.«

»Du bist ganz schön mutig, dich mit mir anzulegen«, warnt Valle.

»Und du bist langweilig. Cară-te.« Cosmin winkt ab.

Beim Sex murmelt er so oft etwas auf Rumänisch, dass mich mittlerweile allein der Klang erregt. Ich blähe die Nasenflügel und stoße scharf die Luft aus, weil ich mich über meine eigene Schwäche ärgere.

Lars wirft mir einen Blick zu. Vermutlich rechnet er damit, dass ich etwas über die Ausrede mit der Federung sagen möchte. Der Unfall war allein Valles Schuld, da er einfach kein Gefühl für seinen Wagen hat.

»Du bist ja so cool«, säuselt Valle ironisch. »Estás a meter água.«

Er stößt sich vom Boden ab und fährt auf dem Roller davon.

»Schöne Grüße an deine Freundin«, ruft Cosmin ihm hinterher.

Mein Magen zieht sich zusammen, denn Gerüchten zufolge ist Valle nicht der einzige Rennfahrer, der etwas mit ihr hatte. Angeblich hatte Cosmin letztes Jahr in Monza mit ihr einen One-Night-Stand.

Als Valles Fuß wieder hart auf dem Asphalt aufkommt, bin ich mir fast sicher, dass es zu einem Kampf kommen wird.

»Ach du Scheiße, Ardelean!«, zische ich. »Hör auf damit, ehe wir noch …«

Lars legt mir eine Hand auf den Arm, was mich wütend macht, da mich kaum etwas so sehr nervt wie Männer, die versuchen, mich zum Schweigen zu bringen.

Aus dem Augenwinkel sehe ich, dass Valle davonfährt, weil er entweder eingesehen hat, dass der Klügere nachgibt, oder weil ihm bewusst geworden ist, dass Cos zwanzig Zentimeter größer ist als er und ihn fertigmachen könnte.

Ich ziehe meinen Arm weg und schaue zwischen Lars und Cosmin hin und her. »Ich habe nur versucht, einen Eklat zu verhindern«, versetze ich.

»Und jetzt beschwörst du einen herauf«, erwidert Cosmin glatt.

»Wie bitte?!«

»Beruhige dich«, mahnt Lars und schaut über meine Schulter hinweg zu ein paar Leuten von Coraggio, die sich nähern. »Verbirg deine Gefühle und lass uns weiterarbeiten.«

Cosmins nächste Bemerkung bringt für mich das Fass zum Überlaufen. »Miss Morgan ist überaus gut darin, ihre Gefühle zu verbergen. Sie kann unglaublich kalt sein.« Kurz schaut er zwischen Lars und mir hin und her. »Aber dieses spezielle Talent wendet sie bloß bei auserwählten Menschen an.« Ein kühles Lächeln huscht über seine Züge, ehe er weiter über die Strecke schlendert.

Spinnt der? Nennt dieses selbstgerechte Arschloch mich tatsächlich kalt, da er mich gestern Abend nicht flachlegen konnte? Er kann doch nicht ernsthaft beleidigt sein, oder? Schließlich war das nur ein Witz, als ich gesagt habe, ihn als Produkt nicht beschädigen zu wollen, weil ich ihn noch benutzen will.

Bei allem, was ich gerade durchmache, bin ich angewidert davon, wie selbstsüchtig er ist. Mich so vor einem Teamkollegen bloßzustellen? Was für ein Scheißkerl!

Ich hasse ihn tausendmal mehr als noch vor ein paar Monaten. Die Leute von Coraggio haben aufgeholt und gehen mit skeptischen Blicken an uns vorbei. Ich weiß, dass jeglicher Streit zwischen Teammitgliedern ein beliebtes Gossip-Thema ist. Meine Wut verdrängt allerdings alle anderen Gedanken, weil ich so sehr damit beschäftigt bin, mir zu überlegen, wie ich Cosmin am besten verletzen kann, wenn ich ihm verkünde, dass ich fertig mit ihm bin.

—

Ardelean ruiniert meinen gesamten Tag. Während des Meetings, der Analysen, der Pressekonferenz schwirrt mir die ganze Zeit nur ein Satz im Kopf herum: *Wie kann er es wagen?*

Aufgrund von Mos Krankheit geht es mir ohnehin schon nicht gut, was Cosmin durchaus weiß. Und trotzdem hat er mich getreten, als ich bereits am Boden lag. Im Verlauf des Tages verwandelt sich meine befriedigende Wut in Schmerz.

Als ich gerade mit dem Essen aus der Kantine des Fahrerlagers gehe, kommt mir Klaus entgegen, der mich schockiert, indem er mir den Arm um die Schultern legt. Es ist das erste Mal seit vielen Wochen, dass er liebevoll mit mir umgeht.

»Wie geht es dir, Schatzi?«

Ich schlucke einen Bissen Sesamnudeln herunter. »Hallo, Fremder. Ich habe schon gedacht, ich hätte dich verloren.«

Er stößt ein Lachen aus und folgt mir nach draußen zu dem Tisch, an dem ich Platz nehme und wütend meine Gabel ins Essen ramme, wobei ich ihm einen nervösen Blick zuwerfe.

»Ich war doch die ganze Zeit hier«, versichert er mir und lehnt sich auf seinem Stuhl zurück.

»Wirklich?« Ich nehme einen weiteren Bissen. »Ich erwarte nicht, dass du mich abends zudeckst und mir eine Geschichte vorliest«, murmele ich mit vollem Mund, »aber du warst so, äh, *geschäftsmäßig.*«

Er schaut sich um, um nachzusehen, wer in unserer Nähe sitzt, bevor er die Stimme senkt. »Die Situation mit Edward ist sehr schwer für mich. Ich weiß nicht, wie ich damit umgehen soll, und deshalb war ich vielleicht ein wenig distanziert.«

Er und Mo sind auf der Arbeit die besten Freunde, und Klaus ist der Einzige, der meinen Vater Edward nennt, während Mo Klaus Klausy nennt, hin und wieder auch K-Dog, was ich lächerlich Boomer-mäßig finde.

»Verständlich«, sage ich unbekümmert.

Und es hat auch eine Menge mit meiner offenbar ehemals besten Freundin Natalia zu tun, würde ich am liebsten hinzufügen, aber dies ist nicht der richtige Ort, um dies – oder Mos Krankheit – zu besprechen. Bei Gelegenheit muss ich auch noch herausfinden, wie Klaus zu einer möglichen Übernahme von Emerald steht.

»Wollen wir heute zusammen zu Abend essen?«, schlage ich vor. »Wir sollten uns wahrscheinlich unterhalten.«

»Ich habe schon was vor.« Er wendet den Blick aus seinen dunklen Augen ab.

Ich kann nicht widerstehen, ihn aufzuziehen. »Oooh, werden Sie etwa rot, Herr Franke? Normalerweise hast du doch auch kein Problem damit, mit deinen Fangirls durch die Gegend zu stolzieren. Warum bist du auf einmal so beschämt? Willst du mir vielleicht irgendwas erzählen?«

Er zieht die Augenbrauen hoch, und mehr brauchen wir nicht. Er weiß, dass ich es weiß, und innerhalb von ein paar Herzschlägen baut sich wieder die alte Vertrautheit zwischen uns auf, knisternd wie ein Funkkanal, der eine Verbindung herstellt.

»Wie wär's mit morgen Abend?« Er grinst.

Ich zucke mit den Schultern, doch insgeheim überwältigt mich die Erleichterung. »Klar, gern.«

Er greift über den Tisch hinweg nach meiner Hand, was mich im Kauen innehalten lässt. Letztendlich schließe auch ich meine Finger um seine Hand, wenn auch zögerlich.

»Ich möchte, dass du glücklich bist«, sagt er mit einem Blick, der so eindringlich ist, dass ich Angst bekomme. Nicht auf die romantische Art, so etwas hat Klaus bei mir noch nie versucht, sondern so, als wollte er mir durch die Blume etwas Wichtiges mitteilen.

Ich versuche, mit der Zunge ein Sesamkorn aus meinem Backenzahn herauszubekommen, und studiere mit zusammengezogenen Augenbrauen sein markantes, schönes Gesicht und die funkelnden Augen. Mein Magen zieht sich zusammen, als mir ein schrecklicher Gedanke in den Sinn kommt: Ist es zu spät? Ist der Deal abgeschlossen, und Mo hat mir nichts davon erzählt?

»Was meinst du damit?« Meine Nase prickelt, als ich die Tränen zurückhalte. »Feuerst du mich?«

Sein herzhaftes Lachen – das ich schon lange nicht mehr gehört habe – ist der beste Klang aller Zeiten. Mit einem Mal entspanne ich meine Schultern und lächele.

»Ach, Schatzi. Natürlich nicht.« Er schließt ein Auge und wedelt mit dem Zeigefinger vor mir herum. »Du bist eine Pessimistin. Nette Worte sind nicht immer dazu gedacht, um eine schlechte Nachricht zu verpacken.«

15

MONTRÉAL

Phaedra

Mittlerweile würde ich mich sowohl über nette Worte als auch schlechte Nachrichten von Nat freuen, aber am Ende des Tages habe ich immer noch nichts von ihr gehört. Funkstille.

Die Tatsache, dass sie mir nicht einmal antwortet, obwohl ich Mos Krankheit erwähnt habe, lässt eine erschreckende Erkenntnis in mir aufkeimen: Ich brauche diese Freundschaft mehr, als sie es tut. All die Jahre habe ich geglaubt, dass ich die Alphafrau in unserer Beziehung sei und sie meine Kumpanin, was vermutlich an meiner Arroganz lag, die damit einhergeht, ein Wunderkind zu sein.

Hochmut kommt vor dem Fall.

Inzwischen bin ich schon seit einer halben Stunde wieder in meinem Hotelzimmer und habe mir Schlafshorts und ein Tanktop angezogen. In dem gemütlichen Outfit gehe ich auf und ab, trinke Glenmorangie mit Soda und esse einen riesigen Salted-Caramel-Schokoriegel, während ich lausche, ob Ardelean zurückkommt, der die Suite schräg gegenüber von mir bezogen hat.

Als ich den Aufzug höre, gehe ich zur Tür und presse mein Auge an den Spion. Sekunden später huscht ein blonder Schopf vorbei, ehe sich seine Tür öffnet und schließt.

Reece übernachtet am Ende des Flures. Zwar glaube ich nicht, dass sie bereits in ihrem Zimmer ist, aber ich kann nicht riskieren, dass sie mich dabei erwischt, wie ich an Cosmins Tür klopfe, besonders nicht derart leicht bekleidet. Kurz entschlossen schicke ich ihm eine Nachricht.

Mach deine verdammte Tür auf.

Kurz darauf wird angezeigt, dass er meine Nachricht gelesen hat, und im nächsten Moment höre ich das Klicken einer Tür.

Ich werfe mein Handy aufs Bett, stürme in den Flur und auf Cosmin zu, der im Türrahmen steht. Er macht den Mund auf, als wollte er etwas sagen, als ich mit beiden Händen gegen seine Brust schlage und mit zusammengebissenen Zähnen einen Laut ausstoße, der halb Knurren, halb Quietschen ist.

Mit erhobenen Händen taumelt er zurück, woraufhin ich ihm ins Zimmer folge und ihm einen noch härteren Stoß versetze.

»Was sollte der Scheiß heute Morgen?«, frage ich, die Hände an meinen Seiten zu Fäusten geballt. »Ich bin kalt?«

Er atmet tief durch und stößt ein nervöses Lachen aus.

»Lach mich nicht aus!« Ich hebe die Arme, um erneut gegen seine Brust zu stoßen. »Das ist nicht lustig!« Noch ein Stoß.

Als ich noch einmal die Hände hebe, packt er meine Handgelenke. »Hör sofort auf.«

Mit gefletschten Zähnen trete ich gegen seine Schienbeine, rasend vor Wut darüber, dass er mich festhält – ungeachtet der Tatsache, dass er sich nur vor meinen Schlägen schützen will –, murmele ich wütende Flüche vor mich hin, während ich ihn weiter mit nackten Füßen trete.

»Wage es ja nicht … du Arsch, ich werde … Was soll … Okay, das war's, du Idiot … Grrrr! Lass mich los … Sonst bringe ich dich um.«

Nun entscheide ich mich für eine andere Strategie, indem ich

seine Arme in einem Versuch, ihn zu beißen, näher zu mir heran-
ziehe.

Jetzt scheint Cosmin die Geduld zu verlieren, denn als er
meine Absicht erkennt, ruft er »Hey!«, geht in die Knie, um mich
über seine Schulter zu werfen wie ein Neandertaler, worüber er
auf Santorin gescherzt hat. Doch im Augenblick spielt er kein
sexy Spiel.

Cosmin marschiert zum Bett, während ich sein T-Shirt hoch-
ziehe, um an nackte Haut zu gelangen. Ich bin so von meiner
Wut getrieben, dass ich nicht weiß, wie ich mich jemals wieder
beruhigen soll. Es ist, als ob ich all den Schmerz, den ich jemals
empfunden habe, an Cosmin auslassen muss, und es kümmert
mich nicht, ob das unfair ist.

Mir gelingt es, ihn zu kratzen, obwohl meine Nägel nicht lang
sind.

»Ai de pula mea!«, stößt Cosmin aus. Die Hand, die er um
meinen linken Knöchel gelegt hat, spannt sich reflexartig an, was
mich wieder wie eine Wahnsinnige toben und um mich schlagen lässt. Nur am Rande kommt mir der Gedanke, dass ich mich
ernsthaft verletzen könnte, wenn ich runterfalle.

»Reiß dich zusammen!«, befiehlt er und bemüht sich um einen
besseren Griff, wie ein Jongleur, dem die Jonglierstäbe aus den
Händen gleiten. »Hör auf, verdammt noch mal!«

Ich schlage so wild, dass seine Hand mit einem Klatschen auf
meinem nackten Oberschenkel landet, als er versucht, mich am
Fallen zu hindern.

Ich quietsche und stoße ein Schluchzen aus, als ich auf dem
Bett lande.

Seine Arme hat er ausgestreckt, um meinen Fall abzufedern,
das Gesicht hat er verzerrt, als hätte er auch Schmerzen. Als er
nach meinem Knie greifen will, trete ich aus, treffe ihn jedoch
nicht.

»Geht es dir gut? Es tut mir so leid, dragă, ich wollte dich nicht schlagen.«

Auf der Matratze erhebe ich mich auf die Knie und drehe mich, um meinen Oberschenkel zu untersuchen. Ich schlucke die Tränen runter, reibe mir die schmerzende Stelle und funkele Cosmin an. »Du Arschloch! So bist du also in Wahrheit?« Mit einem Mal geht mir auf, wie ich ihn am meisten verletzen kann. »Schlag mich ruhig – so wie dein Onkel deine Schwester geschlagen hat. Bist du genau wie er?«

Cosmin wird bleich und weicht mehrere Schritte zurück, bis er gegen die Kommode stößt, an der er sich mit den flachen Händen abstützt und wodurch er wirkt wie ein Dieb, der auf frischer Tat ertappt wurde.

Ich mache den Mund auf, um mich zu entschuldigen, aber meine Wut verhindert, dass mir die Worte über die Lippen kommen.

Nun seufzt er, geht zum Sofa, nimmt Platz und stützt sein Gesicht in die Hände.

Ich rutsche auf die Bettkante. »Wage es bloß nicht«, knurre ich. »Bring mich nicht dazu, dich zu bemitleiden, nachdem du mich heute Morgen so verletzt hast. Es kann nicht immer nach deiner Nase gehen, schließlich sind wir hier nicht bei *Wünsch dir was*.«

Er lässt die Hände sinken und sieht mich fragend an. »Was ist das?«

»Was ist was?«

»Wünsch dir was.«

»Oh, verdammt.« Ich stehe auf und gehe zum Spiegel. »Du machst nur einen auf süß und ahnungslos, was dein Englisch betrifft, weil du weißt, dass mich das schwach macht.« Ich betrachte die leicht rote Stelle an meinem Oberschenkel.

»Ich wusste nicht, dass du das attraktiv findest«, erwidert Cosmin müde. »In solchen Momenten wirkst du eher ungeduldig.«

Er erhebt sich und zieht sein T-Shirt aus. »Genauso wie in vielen anderen Situationen.«

Ich bin zerrissen zwischen Misstrauen und Schuldgefühlen, denn ich erkenne die Wahrheit in seinen Worten, ebenso wie die Resignation, die darin mitschwingt.

Ich bin tatsächlich ungeduldig und raste oft aus, ohne nachzudenken, sage häufig die Dinge, die am meisten wehtun. Ich verfüttere den letzten Keks an die Vögel, damit Aislinn ihn nicht haben kann. Ich mache Natalia verbal fertig.

Fuck!

»Warum ziehst du dich aus?«, frage ich und wechsele damit das Thema. »Komm bloß nicht auf komische Ideen, Legs. Das wird nicht passieren.«

»Ich gehe duschen. Ich bin gerade erst wiedergekommen, als du mir geschrieben hast.« Als er auf dem Weg ins Badezimmer an mir vorbeigeht, sehe ich die Striemen an seinem Rücken, von denen einer sogar blutet.

»Oh verdammt, Cos! Du blutest.«

»Schon in Ordnung.« Er verschwindet im Bad und stellt die Dusche an.

Mein Blick fällt auf die Dinge auf seinem Nachttisch: eine Wasserflasche aus Glas, kabellose Kopfhörer, ein Roman mit dem Titel *Der Baron auf den Bäumen*, in dem ein Lesezeichen steckt.

Ich greife danach, um es mir anzusehen. Bei dem Lesezeichen handelt es sich um eine kindliche Buntstiftzeichnung von einem Emerald-Rennwagen mit den Sponsorennamen darauf, die aussehen, als hätte sie jemand abgeschrieben, der noch nicht gut lesen kann. Hinter dem Wagen befindet sich eine Rauchwolke. Ich blättere ein paar Seiten zurück und überfliege das, was Cosmin vielleicht gestern Abend vor dem Einschlafen gelesen hat.

Ein paar Minuten später geht das Wasser aus, und ich höre, wie er sich die Zähne putzt. Anschließend kommt er mit einem Handtuch um die Hüften heraus.

Ich halte das Lesezeichen mit einem matten Lächeln hoch. »Hoffentlich ist der Rauch kein schlechtes Omen.«

Er nickt nur, geht zu seinem Koffer, um eine blaue Pyjamahose herauszuholen, die er schüttelt und – von mir abgewandt – anzieht. »Ich habe nicht damit gerechnet, dass du noch hier bist«, sagt er über die Schulter.

Sein Profil, das von der Abenddämmerung ausgeleuchtet wird, ist wunderschön. Mein Herz zieht sich zusammen, wegen allem, was wir falsch machen.

Nun kommt er zum Bett, legt ein paar Kissen an das verzierte Kopfende und nimmt so weit entfernt wie möglich von mir Platz. Ich beobachte ihn verstohlen.

Aaah, sein Oberkörper ist das reinste Kunstwerk, und es ärgert mich, dass mir der Anblick so sehr gefällt. Sein Hals ist stark, seine Schultern sind breit, seine Brust und sein Bauch von definierten Muskeln überzogen. Seine Haut ist weich und hat einen natürlichen goldenen Ton.

Bereits nach diesen wenigen Wochen, in denen wir ungefähr ein Dutzend Mal Sex hatten, kennen meine Finger bereits alle Linien und Erhebungen an seinem Körper, wie die Worte zu einem alten Lied. Es fühlt sich an, als würde ich ihn jetzt in diesem Moment berühren, mit den Daumen sanft über seinen nicht merkwürdigen rechten Nippel streichen (Warum haben die meisten Typen eigentlich so eklige Nippel? Cosmins sind perfekt!) und zu seinem Schlüsselbein hinaufgleiten. An seinen harten Schultermuskeln halte ich inne und schaue weg, ehe er mich dabei erwischt, wie ich ihn anstarre.

»Also«, setze ich an, »wer von uns beiden muss jetzt zuerst was sagen? Wie funktionieren diese Dinge?«

Er reibt sich mit einer Hand das Gesicht. »Ich hoffe, du verstehst, dass ich im Moment nicht reden will.« Seine Nasenflügel weiten sich ein wenig, als er seinen kühlen Blick auf mich lenkt. »Wie du immer wieder betonst, sind wir nicht zusammen, also ist auch keine Aussprache nötig.«

Auf einmal schäme ich mich so sehr, dass ich vom Bett aufstehe und mich abwende. »Na schön, ist mir nur recht. Hab noch 'nen tollen Abend!«

»Warte …«

Ich verschränke die Arme vor der Brust. Als er nichts sagt, schaue ich mich um.

»Gib mir einen Moment.« Er hebt die Hände und lässt sie kurz neben seinem Kopf schweben. »Ich habe gerade so viele Dinge um die Ohren. Bitte bleib hier.«

Mit mechanischen Bewegungen lege ich mich hin. Da er alle Kissen hat, liege ich flach auf der Matratze und verschränke die Hände über meiner Brust, als würde ich gleich geopfert werden.

Er zieht ein Kissen hinter seinem Rücken hervor. »Hier. Kopf hoch?«

Als ich gehorche, schiebt er das Kissen unter mich, woraufhin eine weitere angespannte Minute vergeht, in der nur ab und zu das Hupen von Autos und das entfernte Brummen eines Hubschraubers zu hören ist.

»Dann willst du dich also nicht dafür entschuldigen, dass du mich heute Morgen bloßgestellt hast«, stelle ich fest. »Sorry, dass du beleidigt warst, weil du mich gestern Abend nicht flachlegen konntest, aber mich kalt zu nennen, weil ich nicht mit dir vögeln wollte, war egoistisch und gemein. Und das mit dem Beschädigen sollte übrigens ein Witz sein. Mensch, Cos! Mein Dad hat einen inoperablen Tumor. Vielleicht kannst du mal ausnahmsweise darüber hinwegsehen, wenn ich nicht immer die richtige Wortwahl treffe.«

Er rutscht tiefer, dreht sich auf die Seite und schiebt sich ein Kissen unter den Kopf. »Meine Bemerkung hatte nichts mit dem mangelnden Sex zu tun, sondern ich war verletzt. Was ich mir gestern Abend wirklich gewünscht habe, war jemand zum Reden. Mein Aufenthalt in Bukarest war schwierig. Ein wenig Mitgefühl von dir wäre schön gewesen.«

Wieder keimt Scham in mir auf.

»Aber an meiner Tür«, fährt er fort, »musstest du – *wieder* einmal – deutlich machen, dass ich nichts weiter als ein Objekt für dich bin, mit dem du dich ein bisschen vergnügen kannst, wenn dir langweilig ist.«

Er hat völlig recht, weswegen ich *natürlich* die Krallen ausfahre, weil ich – wie meine Mutter einmal festgestellt hat – aggressiv bin und nicht weiß, wie man freundlich mit seinen Mitmenschen umgeht.

»Wir sind keine Freunde, Cosmin.«

Er beißt die Zähne so fest zusammen, dass ich einen Muskel zucken sehe. Dann dreht er sich wieder auf den Rücken und legt die Hände hinter seinen Kopf. »Ja. Danke, dass du mich noch einmal daran erinnerst.«

»Und wenn mir langweilig ist? Das stimmt nicht.«

Er schnaubt. »Oh, Verzeihung. Ich glaube, das Wort, das du benutzt hast, lautete ›Ablenkung‹. Iartă-mă, te rog.«

Ich kneife die Augen zusammen. »Ich nehme an, das war eine Beleidigung.«

Er hebt den Kopf und schaut mich ungläubig an. »Du bist ziemlich misstrauisch. Und du bist verschlossen. Wie eine Faust.« Er hebt eine Hand, um es mir zu demonstrieren. »Das hieß ›Bitte verzeih mir‹. Obwohl es ironisch gemeint war.«

»Ach was.«

»Am Anfang hast du das Gleiche über ›dragă‹ vermutet und mich gefragt, ob es Bitch heiße. Du machst mich wahnsinnig.

Immer gehst du vom Schlimmsten aus, und ich bemühe mich ständig, deinen Erwartungen gerecht zu werden, weil du mich verrückt machst. Warum bin ich so …« Er presst die Lippen zu einem dünnen Strich zusammen und schweigt.

Ich drehe mich auf den Bauch und stütze meine Ellbogen auf. »Warum bist du so … was?«, hake ich nach.

Sein kritischer Blick ruht kurz auf mir, ehe er ihn abrupt wieder abwendet. »Ich weigere mich, dir Komplimente zu machen, wenn du mich gerade erst beleidigt hast.«

»Und was ist mit deinen Beleidigungen?«, kontere ich und straffe die Schultern. Erst jetzt wird mir der Rest seiner Aussage bewusst. »Moment, was? Komplimente?«

»Vergiss es.«

Ich lege das Kinn auf meine überkreuzten Arme und sehe zu, wie sich seine Brust hebt und senkt. Argh, das ist so albern. Es ist viel einfacher, wenn wir einfach vögeln.

Ich würde ihn zwar gern fragen, was in Bukarest passiert ist, aber wenn wir nun mit diesem »Wir reden über Gefühle«-Kram anfangen, ist es so, als würden wir eine Beziehung führen, und das ist nicht Teil unserer Vereinbarung.

In der Hoffnung, ihn zu einer schönen, unkomplizierten »Lass uns nicht tiefgründig werden«-Sex-Session zu überreden, frage ich: »Weißt du, was wir jetzt tun sollten?« Ich lasse die Frage im Raum stehen und bemühe mich um eine leicht anzügliche Miene.

Er reibt sich die Augen und übersieht meinen schnörkellosen Verführungsversuch vollkommen. »Ja. Wir sollten uns beieinander entschuldigen.«

»Verdammter Mist.« Ich schüttele den Kopf. »Okay, na schön. Ich bin in so was aber nicht gut, und ich gehe davon aus, dass du es auch nicht bist. Menschen wie wir führen keine Beziehungen.«

Er dreht sich auf die Seite und sieht mich an. »Das ist *deine* Annahme.«

»Ach ja?« Ich schmunzele. »Bist du auf einmal der Heiratskandidat in dem Spiel mit den Optionen Sex, Ehe, Mord?«

»Ich würde eines Tages gern heiraten. Überrascht dich das?«

Das tut es in der Tat. So sehr sogar, dass ich einen Moment still werde und versuche, seine Miene zu deuten. Nachdem ich beschlossen habe, dieses Thema auf keinen Fall vertiefen zu wollen, rücke ich näher an ihn heran und senke die Stimme. »Lass uns die Entschuldigungen über die Bühne bringen und das tun, was wir am besten können.«

Ich greife über ihn hinweg, nehme die Flasche von seinem Nachttisch und trinke einen Schluck daraus, damit mein Atem nicht nach Scotch riecht. Als ich sie wieder abstelle, drehe ich ihn vorsichtig an der Hüfte zur Seite, um seinen Rücken zu betrachten. Der tiefere Kratzer blutet immer noch leicht.

Schließlich kehre ich an meinen Platz im Bett zurück, überkreuze die Beine und schaue ihm in die Augen. Es ist schwer, seine Stimmung einzuschätzen. In seinem Blick erkenne ich Misstrauen, Schmerz, nüchterne Wachsamkeit. Aber auch Begierde. Die Pupillen in seinen graublauen Augen sind geweitet und wirken schwarz wie neues Reifengummi im Regen.

»Tut mir leid, dass ich dich angegriffen habe«, beginne ich. »Und dass ich das mit deinem Onkel gesagt habe.« Ich blicke auf meine Hand hinab und presse meinen Daumennagel in die Haut meines Knies, sodass kleine Halbkreise entstehen.

Cosmin legt seine Hand über meine, um mich davon abzuhalten.

Ich begegne seinem Blick und atme tief durch. »Und es tut mir leid, dass ich eine so schlechte Freundin bin und gestern Abend nicht mit dir reden wollte.« Ich schüttele den Kopf. »Es mag bescheuert klingen, aber ich bin nicht gut sozialisiert, Cos. Ich gehe keine Kompromisse ein und habe kein Gespür für Menschen. Mit Maschinen und Technologie und Daten kann ich super umgehen, aber nicht mit Leuten.«

Seine Hand liegt immer noch auf meiner. Mittlerweile hat er begonnen, gleichmäßige Kreise mit dem Daumen auf meinen Fingerknöcheln zu beschreiben. So liegen wir einige Minuten schweigend da, ehe er meine Hand hebt und meinen Daumen küsst.

»Danke. Nicht nur für die Entschuldigung, sondern auch für das, was du von dir preisgegeben hast. Das kommt selten vor.« Seine Hand gleitet an meinem nackten Arm hinauf. »Ich kann mich nicht oft genug dafür entschuldigen, dass ich dich aus Versehen am Oberschenkel zu hart getroffen habe. Bitte verzeih mir.«

»Iartă-mă, te rog«, flüstere ich.

Nun umkreist er mit einer Fingerspitze meinen Ellbogen, bevor er zu meiner Schulter hinaufgleitet und am Ausschnitt meines Trägertops hinab.

»Und ich möchte mich dafür entschuldigen, das Wort benutzt zu haben, das dich so wütend gemacht hat«, fügt er hinzu. »Es war nicht fair, dich als kalt zu bezeichnen.«

Ich schließe die Augen und genieße seine Berührungen auf meiner Haut.

»Draga mea.«

Als er mein Gesicht umfasst, öffne ich die Augen und stelle fest, dass er mich forschend ansieht.

Dann presst er seine wunderschönen, vollen Lippen zusammen und befeuchtet sie. »Ich würde gern eine Planänderung vorschlagen.«

»Äh …«

»Du behauptest, wir seien keine Beziehungsmenschen, und dennoch haben wir uns gerade nach einem Streit beieinander entschuldigt. Wir werden also besser, was zwischenmenschliche Beziehungen angeht.«

Ich mache den Mund auf, um zu protestieren, doch er legt mir zwei Finger auf die Lippen. »Was, wenn wir miteinander üben? Uns so verhalten, als wäre es mehr als Sex?« Mit leuchtenden Augen rückt er näher. »Wenn wir allein miteinander sind, können wir so tun, als wären wir verliebt. Wir können nach dem Sex zusammen einschlafen, statt wegzulaufen, uns nach einem Streit wieder vertragen. Kompromisse eingehen.« Er streift meine Lippen sanft mit seinen. »Ab und zu Liebe machen, statt zu vögeln.«

Mein Puls rast, als ihm »Liebe machen« über die Lippen kommt, obwohl ich bisher immer fand, dass es die albernste Bezeichnung aller Zeiten sei. Aber aus seinem Mund mit dem melodischen Akzent klingt es in diesem Moment anders. Mit einem Mal ist es mir nicht mehr zuwider. Und das macht mir Angst.

Ich runzele die Stirn. »So zu tun, als sei man in einer Beziehung, kostet genauso viel Energie, wie tatsächlich eine zu führen. So viel Arbeit will ich nicht hineinstecken.«

»Es ist aber eine gute Übung.« Er küsst mich erneut. »Morgen üben wir auf der Rennstrecke, heute Abend im Bett.«

Mit einer Hand umfasst er meine Brust und liebkost mit dem Daumen meinen Nippel durch den Stoff. Mit dem nächsten Kuss öffnet er sanft meinen Mund, lässt seine Zunge hineingleiten. Ich spüre, wie er einen Träger meines Tops runterschiebt, und ich bewege meinen Arm, damit er meine Brust entblößen kann. Ein Blitz der Erregung schießt zwischen meine Beine.

»Was wäre, äh …« Meine Worte werden von seinen berauschenden Küssen gedämpft.

Du lieber Himmel, dieser Typ kann so was von gut küssen – er hat so etwas wie die taktile Version der perfekten Tonlage! Er knabbert und leckt, bis ich vollkommen vergessen habe, was ich sagen wollte.

Irgendwann fällt es mir wieder ein. »Was wäre … der nächste Schritt, wenn wir uns darauf einigen?«, frage ich an seinen Lippen. Er saugt an meiner Unterlippe und zieht sich dann zurück. Dabei lächelt er und steht schließlich auf, um sich die Pyjamahose auszuziehen. Ich bemühe mich, nicht auf seine Erektion zu starren, aber um ehrlich zu sein, sieht sie ziemlich majestätisch aus, und ich weiß genau, was er damit alles anstellen kann. Eilig knie ich mich hin und entledige mich ebenfalls meiner Kleidung.

»Der nächste Schritt«, erklärt er, während er sich wieder hinlegt und mich in seine Arme schließt, »ist, Liebe mit dir zu machen.« Er beschreibt einen Pfad aus Küssen an meinem Hals hinab, streichelt meinen Rücken, gleitet zu meinem Hintern hinunter, über meinen Oberschenkel und greift mir in die Kniekehle, um mein Bein um seine Hüfte zu legen.

»Klingt, als würdest du all die Arbeit machen«, flüstere ich.

Seine Hand gleitet zwischen uns und legt sich auf mich, wobei zwei Finger an meiner Öffnung ruhen und sein Daumen meine Klitoris in langsamen Kreisen streichelt.

Ich schnappe nach Luft und dränge ihm ermutigend meine Hüften entgegen.

»Ich glaube, für dich wird es schwieriger werden«, erwidert er leicht neckisch. »Schließlich weiß ich, wie du bist. Immer draufgängerisch. Du willst es hart und schnell, als wäre es ein Sexkrieg.« Seine Finger gleiten in meine feuchte Öffnung, was mich zum Stöhnen bringt. »Du bist so ungeduldig. Betrachte das, was wir gleich tun, als eine Fahrt durch eine schöne Landschaft. Alles was du tun musst, ist, dich zu entspannen und den Ausblick zu genießen.«

Seine starken, eleganten Finger dringen tiefer ein, krümmen sich, um den empfindsamen Punkt in einem Rhythmus zu massieren, der den Bewegungen seines Daumens an meiner Klitoris angepasst ist. Nun schließt er die Lippen um meinen Nippel, saugt leicht und umkreist ihn sanft mit der Zungenspitze.

Die Fahrt durch die schöne Landschaft ist einerseits ziemlich verlockend, wenn man bedenkt, dass er sich ewig Zeit lassen will. Aber dennoch kann ich ein gewisses Gefühl der Unruhe nicht abschütteln, denn wenn man Schnellstraßen vermeidet, ist man automatisch länger mit der anderen Person im Auto. Auf so einer Fahrt könnte einiges passieren: Was, wenn einem die Gesprächsthemen ausgehen? Oder wenn die Themen zu persönlich werden?

Ich denke an eine Situation auf Santorin zurück, als ich genervt war, weil er mir nicht seine Angst verraten wollte, und nun frage ich mich: Was hat sich seitdem verändert?

Wieder küsst er meine Lippen. »So wunderschön ... so wunderschön«, murmelt er.

Auch wenn mein Herz angesichts seiner Worte rast, weiß ich, wie albern dieses Kompliment ist, denn dieser Typ hat angeblich die Hälfte der Models auf der Pariser Fashion Week flachgelegt, und ich bin, na ja, vielleicht *hübsch anzuschauen*, aber klein und mürrisch, mit einem großen Hintern und einem frechen Mundwerk.

Nun bahnt er sich einen Pfad aus Küssen an meinem Körper hinab, und überall, wo sein Mund mich berührt, fühlt es sich an wie in einem dieser Märchen, in denen Blumen dort sprießen, wo Einhörner ihre Hufe aufsetzen. Meine Haut scheint zum Leben zu erwachen und prickelt.

»Tu esti sufletul meu pereche«, flüstert er, und obwohl ich keinen blassen Schimmer habe, was er von sich gegeben hat – gut möglich, dass er auf Rumänisch eine Pizza bestellt hat –, bekomme ich trotzdem weiche Knie. Die er nun auseinanderdrückt, um sich dazwischen zu positionieren.

Dann küsst er meine Klitoris beinahe ehrfürchtig, ehe er mich sanft mit seinen Daumen spreizt und mich mit Zunge und

Lippen liebkost, um mich dreimal *fast* zum Orgasmus zu bringen. Immer wieder lässt er meine Erregung leicht abklingen, bis ich wimmere und scherzhaft gegen seine Schultern schlage.

»Sei nicht grausam!«, beschwere ich mich, als er die Innenseite meines Oberschenkels küsst. In mir zuckt es bereits, und es fühlt sich an, als würde mich ein Bach aus silbernem Glitzer durchfluten. »Lass mich kommen, verdammt noch mal …«

Cosmin setzt sich jedoch auf, nimmt meine Hände, zieht mich auf die Knie und dreht mich so herum, dass ich mich mit den Händen am hohen Kopfende des Bettes festhalten kann.

Meine Beine zittern schon so vor lauter Erregung, dass ich es kaum erwarten kann, seinen Schwanz in mir zu spüren, doch als ich die Augen schließe und darauf warte, dass er meine Hüften umfasst, drückt er meine Knie weiter auseinander und gleitet unter mich, sodass sein Kopf zwischen meinen Beinen auf der Matratze liegt.

»Tiefer, meine Süße«, weist er mich an. »Damit ich dich schmecken kann.«

Mir stockt der Atem, als mich sowohl Lust als auch Scham durchfährt. Ich schaue hinab, betrachte seine vor Begierde geweiteten Pupillen und seine Lippen, die von meiner Erregung bereits glänzen.

Ermutigend umfasst er meine Oberschenkel, doch ich verspanne mich. Obwohl ich nichts mehr will, als seinen Mund auf mir zu spüren, damit er das beenden kann, was er begonnen hat, bin ich zu schüchtern.

»Cosmin …«

»Mmm?« Er hebt den Kopf, um mit seiner Zunge zwischen meinen Beinen entlangzufahren, ehe er sich wieder zurückzieht und mir ein verführerisches Lächeln schenkt.

»Ich, äh, ich weiß nicht recht. Wir sollten es lieber auf die klassische Art tun. Oder? Ich will dich nicht ersticken oder so.«

Er lacht. »Das wird nicht passieren. Versprochen.«

»Aber, äh, es fühlt sich unhöflich an – sich auf jemanden draufzusetzen.«

Er zieht die Augenbrauen hoch. »Aber *ich* will, dass du dich auf mich setzt. Komm schon, ich will deine hübschen Brüste wippen sehen, wenn du auf meinem Gesicht reitest.« Er küsst die Innenseite meines Oberschenkels. »Möchtest du nicht, oder hast du es einfach noch nie gemacht?«

Ich räuspere mich und schlucke schwer. »Ich hab's noch nie gemacht. Irgendwie dachte ich, dass es eine erfundene Sache ist – eins von diesen Sexdingen, über die alle reden, die aber niemand wirklich tut.«

Er drückt meinen Hintern mit beiden Händen und dringt dann mit zwei Fingern in mich ein, wobei er mit dem Daumen über meine Klitoris reibt, was die Lust, die kurzzeitig wegen meiner Nervosität abgeklungen war, wieder zum Leben erweckt.

»Du kannst bezaubernd unschuldig sein.« Er streicht über meine Klitoris, was mich nach Luft schnappen lässt. »Ich freue mich darauf, dir all die Dinge zu zeigen, die du für erfunden hältst. Ich versichere dir, draga mea …« Erneut hebt er den Kopf, um seine heiße Zunge zwischen meinen Beinen entlanggleiten zu lassen. »Es gibt sie alle wirklich.«

»O Gott.« Ich bin so erregt, dass ich Angst habe, auf ihn zu tropfen, und als ich mein Becken vorschiebe, prickelt es überall in meinem Körper.

»Und jetzt komm her, damit ich dich schmecken kann.« Sein ungeduldiger Tonfall vertreibt meine Zurückhaltung, sodass ich die Knie weiter spreize, um mich seinem Gesicht zu nähern.

Ich klammere mich so stark am Kopfende des Bettes fest, dass meine Fingerknöchel weiß hervortreten, bis sein Mund mich auf eine Art erobert, die so anders ist als alles, was ich bisher erlebt habe, dass ich keinen Laut mehr über die Lippen bringe.

Es fühlt sich an, als wäre er überall. Verdammt. Seine Zunge ist in mir, anschließend an meinen Schamlippen, dann leckt er in einem gleichmäßigen Rhythmus über meine Klitoris, ehe er irgendeine intensive kreisende Bewegung vollführt, als wollte er jede noch so kleine Stelle von mir verschlingen.

Während der ersten Minute genieße ich zwar seine Liebkosungen, bin aber der festen Überzeugung, dass ich so nicht kommen kann, weil zu viel auf einmal passiert, doch auf einmal überkommt mich völlig unerwartet eine Welle der Lust, die mich geradewegs auf meinen Höhepunkt zusteuern lässt.

Es fühlt sich anders an als sonst, denn das sich aufbauende, stärker werdende Gefühl scheint von einem tieferen Ort zu kommen. Das Zentrum meiner Erregung ist zwar meine Klitoris, aber es scheint, als sei mein gesamter Unterleib von einer vibrierenden Energie durchzogen, als gäbe es einen verborgenen Raum hinter meinem Bauchnabel, in dem eine Party tobt.

Mir ist nicht einmal bewusst, dass ich – tatsächlich – auf seinem Gesicht reite. Erst als er ein lustvolles Knurren ausstößt, fällt mir auf, dass ich meine Hüften vor- und zurückschiebe und vor mich hin murmele, um ihn anzuspornen. Meine Schenkel beben, und eine Hand habe ich hinter mich auf seiner Brust aufgestützt, wobei ich mich mit der anderen am Kopfende festhalte, das immer wieder gegen die Wand prallt, während ich mich an seinem Mund winde.

»Das fühlt sich so gut an, ich kann nicht ... Ja, ich will ... O Gott, bitte ... Das ist einfach unglaublich, hör niemals auf ... O-Gott-o-Gott-o-Gott, Cosmin, ich ...«

Als mein Körper von einem Orgasmus erschüttert wird, der es mir unmöglich macht, meine Euphorie zu verbergen, verstumme ich. Ich stoße einen Schrei aus, den ich nur gedämpft hören kann, weil es in meinen Ohren rauscht.

Cosmin liebkost mit den Händen meinen Hintern, meine

Hüften, um mich zu beruhigen, während ich bebend und mit zusammengekniffenen Augen wieder zu mir komme. Meine Beine fühlen sich so schwach an, dass ich befürchte, sie könnten unter mir nachgeben.

Als er unter mir hervorkommt, klammere ich mich schwer atmend auch mit der anderen Hand am Kopfende fest. Er umschlingt mich mit seinen Armen, legt mich auf den Rücken, kniet sich neben mich und fährt mit den Händen ehrfürchtig über meinen Oberkörper. An meinem Gesicht hält er schließlich inne, um mit den Daumen meine Wangen zu streicheln.

»Du bist umwerfend, meine Süße.«

Er küsst meine Lippen, woraufhin ich die Arme nach ihm ausstrecke und ihn auf mich ziehe. Unsere Körper verbinden sich so mühelos miteinander, als er in mich eindringt und mich vollkommen ausfüllt. Die Feuchtigkeit erzeugt einen angenehmen Gleiteffekt, als er in mich hineinstößt. Beinahe umgehend steuere ich auf meinen zweiten Höhepunkt zu, wobei ich seinen muskulösen Hintern umfasse, um ihn tiefer in mich zu ziehen und mich ihm mit weit gespreizten Beinen schamlos entgegenzudrängen.

»Härter, Härter«, bettele ich hechelnd. »Ich bin gleich wieder so weit …«

Er schiebt die Hände hinter meinen Kopf und küsst mich tief. »Nein«, flüstert er.

Verärgert reiße ich die Augen auf.

»*Da* bist du«, neckt er mich, ehe er mir in die Unterlippe beißt.

Was er tut, ist perfekt – er trifft genau die richtige Stelle in genau dem richtigen Winkel mit langen, langsamen Bewegungen. Es ist wie eine erotisch aufgeladene Version des Gefühls, wenn jemand einem das Haar bürstet.

Mein Körper glüht förmlich von innen, vermutlich in dem gleichen goldenen Ton wie Cosmins Wimpern, die vom Licht der Lampe angestrahlt werden. Es fühlt sich an, als wären wir auf die gleiche Frequenz eingestellt, und – weil ich anscheinend ein absoluter Nerd bin, der sogar Sex mit mathematischen Überlegungen in Verbindung bringen muss –, sehe ich in den Auf- und Ab-Bewegungen seiner Hüften Frequenzkurven.

Seine Küsse sind so konzentriert und kunstvoll, dass ich von seinen Multitasking-Fähigkeiten aufrichtig beeindruckt bin. Bisher haben wir uns beim Sex noch nie so ausgiebig geküsst, wodurch ich mich zugleich wertgeschätzt und sehr, sehr verletzlich fühle. Ich wende den Kopf ab und lege meine Stirn an seine Schulter. Die heiße, feuchte Reibung unserer Körper bringt mich um den Verstand.

»Ochii tăi sunt frumoși«, murmelt er und dreht mein Gesicht sanft wieder in seine Richtung. »Schau mich mit deinen wunderschönen Augen an, meine Süße.«

Als ich ihn ansehe, ertrinke ich förmlich in seinem leuchtenden Sturmhimmelblick.

»Spricht der Teil aus dir, der ›Liebe macht‹?«, frage ich, denn ich fühle mich so verletzlich in seinen Armen, dass ich nicht widerstehen kann, ihn aufzuziehen.

Ich muss das, was ich fühle, zerschmettern, nur um den Druck abzubauen, damit ich nicht einen von den schnulzigen Sätzen von mir gebe, die mir im Kopf herumspuken. Währenddessen nähere ich mich immer mehr dem Höhepunkt, der sich in meinem ganzen Körper aufzubauen scheint wie ein Netz, das jedes Atom in mir zusammenträgt.

»Was würdest du jetzt sagen«, fragt er, »wenn du in mich verliebt wärst?«

»Das bin ich aber nicht.«

»Ich weiß, wir üben nur.« Er vollführt einen tiefen – so verdammt tiefen – Stoß, dass unsere Hüften aneinanderreiben. »Eines Tages wirst du verliebt sein. Eines Tages wird dir ein

Mann, der dich verdient hat, seine Geheimnisse ins Ohr flüstern, und du wirst strahlen, als hättest du Sternenlicht verschluckt.«

Er küsst mich langsam und verführerisch, und ich schlinge die Beine um ihn, denn ich will jeden Zentimeter in mir spüren. Woher weiß er, dass ich mich fühle, als würde ich von innen leuchten? Ich kann mich nirgends verstecken, und wenn ich nicht kurz davor wäre, zu kommen, würde ich ihn von mir stoßen, ohne mich umzusehen, in mein Zimmer gehen und die Sache allein zu Ende bringen.

Oder vielleicht doch nicht? Äh …

»Ich würde vielleicht sagen …« Die Worte bleiben mir im Hals stecken. Ich drehe den Kopf wieder weg, schließe die Augen, sperre ihn aus und jage dem Orgasmus hinterher, der sich langsam ankündigt.

»Ich weiß, was ich sagen würde, wenn ich die Frau, die ich liebe, in den Armen halten würde.«

Wieder stößt er tief in mich hinein, was mich aufstöhnen lässt. Dabei küsst er meine Schulter und meinen Hals, fährt mit den Fingern in mein Haar, und die Empfindungen auf meiner Kopfhaut steigern mein Vergnügen nur noch.

»Ich würde ihr sagen, dass ihr Gesicht das ist, woran ich jeden Morgen als Erstes denke – ihre vollen Lippen, ihre bezaubernden Sommersprossen, ihre grünen Augen …« Sein Griff in meinem Haar festigt sich, was mich vermuten lässt, dass er auch kurz vor dem Höhepunkt ist. »Dass ihr Lächeln mein Herz explodieren lässt wie ein Feuerwerk, dass ich ihr das Stirnrunzeln und die finstere Miene wegküssen will.«

Eine Vibration aus etwas Berauschtem und Schmerzhaftem huscht über seine Züge. Im nächsten Moment legt er sich mit seinem vollen Gewicht auf mich – mein Gott, es fühlt sich himmlisch an! – und fährt mit den Händen an meinen Armen hinab, um unsere Finger miteinander zu verschränken und unsere

Hände über meinen Kopf zu führen. Seine Stöße bringen mich fast um den Verstand, sodass ich ihm die Fersen fester in den unteren Rücken grabe.

»Ich würde ihr sagen, dass sie in meiner Seele lebt und ich in ihrer Seele lebe.« Seine Stimme klingt heiser und gepresst, als würde er versuchen, sich für mich zurückzuhalten. Kurz hält er in seinen Bewegungen inne, bevor er eindeutig die Selbstbeherrschung verliert und mit einem Aufschrei schnell in mich hineinstößt.

Etwas an seiner Kapitulation ist so rührend, dass unerwartete Emotionen in meiner Brust aufkeimen, und als ich spüre, wie er sich heiß in mir ergießt, schließt sich das goldene Netz um mich und reißt mich in die Höhe.

Meine Beine fallen auseinander, während ich ihm meine Hüften entgegendränge, um seinen letzten bebenden Stößen zu begegnen, während auch ich einen Orgasmus erlebe, der mich atemlos zurücklässt.

Doch offenbar habe ich noch genug Luft, um ... Großer Gott! Bin ich es etwa, die spricht? »Ich liebe dich«, höre ich mich selbst sagen. »Ich liebe dich. Fuck, das tue ich wirklich ...« Und wie kann sich das gleichzeitig so richtig und so falsch anfühlen? Habe ich den Verstand verloren?

Ich entreiße ihm meine Hand und schlage sie mir vor den Mund, doch er zieht sie weg und küsst mich hart. Als ich wieder Luft holen kann, nehme ich eilig alles zurück.

»Ich meinte nicht ... Ganz im Ernst, das ist ... O Gott, Cos. Ich meinte nur, das ist es, was ich sagen würde, wenn ich verliebt wäre ...«

»Ich weiß, dragă. Nu-ți rușine de tine. Es gibt keinen Grund, dich zu schämen.«

»Ich habe es wirklich nicht ...«

»Bitte.« Er bedeckt meine Lippen sanft mit einer Hand. »Sag

nicht, dass du es nicht so gemeint hast.« Er legt sich neben mich und zieht mich an seine Brust. »Lass mich diese Lüge genießen«, flüstert er in mein Haar.

Während sich unser Herzschlag beruhigt und aufeinander einstimmt, lausche ich seinem gleichmäßigen Atem und frage mich, ob es tatsächlich eine Lüge war.

16

RUMÄNIEN

MITTE JUNI

Cosmin

Vlasia House, das Kinderheim der Ardelean Foundation, befindet sich zwischen Baloteşti und Snagov. Es ist eine wunderschöne Waldregion in der Nähe des Wassers, mit Wanderpfaden und kleinen Tälern.

Das Gebäude umfasst tausendvierhundert Quadratmeter und steht auf einem Grundstück von zwölf Hektar. Im Erdgeschoss befinden sich die Küche, ein riesiger Speisesaal für sechzig Kinder und Angestellte sowie die Verwaltungsbüroräume. Im ersten Stockwerk gibt es zwanzig Schlafräume für Jungen und Mädchen, zusätzlich zu den Zimmern für das Personal, und in der zweiten Etage Klassenräume, ein Aufenthaltsraum und eine Bibliothek. Das Gebäude ist schlicht, jedoch umgeben von einem prachtvollen Garten mit Blumen, Obst und Gemüse, der von den Kindern gepflegt wird.

Als Viorica und ich in ihrem silbernen Dacia Duster langsam die Einfahrt entlangfahren, sehe ich, wie sich die Kinder in den oberen Klassenräumen an die Fenster drücken. Ein weißblonder Schopf hüpft auf und ab wie ein Flummi. Er gehört der neunjährigen Crina, die mir das Lesezeichen gemacht hat, das Phaedra in Montréal entdeckt hat.

Eine Gruppe Jungen und Mädchen aus dem ersten Schuljahr steht mit ihrer Lehrerin Irini Petrescu im südlichen Garten und erntet frühes Gemüse. Mir geht das Herz auf, als ich ihre aufgeregten Gesichter sehe, und wie sie auf uns zeigen.

»Hier bin ich am glücklichsten«, sage ich, beinahe zu mir selbst.

»Ich auch.« Meine Schwester stellt den Motor ab und betrachtet dann schweigend mit mir die Kinder.

Nach einer Minute greift sie nach meiner Hand und drückt sie. Die Anspannung, die wir während der halbstündigen Fahrt gespürt haben, verschwindet.

Als mir Viorica mitgeteilt hat, dass ich keinen Wagen mieten müsste, weil sie mich in Bukarest abholen könnte, war ich überrascht, denn für gewöhnlich ist sie viel zu beschäftigt, um zum Flughafen zu kommen. Diesmal hatte sie allerdings geschäftlich in der Stadt zu tun, auch wenn sie mir bei näheren Fragen darüber ausgewichen ist.

Weiterhin hat es mich überrascht, dass sie in einem Kleid und mit hohen Schuhen auftauchte und sogar Lippenstift und Schmuck trug. Da sie mit Kindern arbeitet, entscheidet sie sich normalerweise für praktische, unempfindliche Kleidung und verzichtet auf Schminke, die von kleinen Händen verwischt werden könnte.

Erst vermutete ich, dass sie nachmittags ein Date gehabt hatte, denn sie runzelte unsicher die Stirn, als ich sie auf ihr Outfit ansprach. Als ich nach der dicken Mappe griff, die auf dem Beifahrersitz lag, entriss sie sie mir und warf sie auf die Rückbank. In diesem Moment erkannte ich, dass sie sich wegen der Spende mit Grigore Lupu getroffen hatte, was eine hitzige Diskussion auf dem Parkplatz nach sich zog, in der wir uns mit der gnadenlosen Präzision, wie es nur Geschwister können, Vorwürfe des Verrats und der Selbstsucht machten. Sie drohte mir an, auszusteigen und mich allein zum Vlasia House fahren zu lassen, wenn ich keine Ruhe gäbe, woraufhin wir verbissen schwiegen.

Viorica lässt nun meine Hand los und tätschelt sie leicht.

»Ich kann von hier aus sehen, dass Irini Petrescu rot wird«, murmelt sie belustigt. »Sie steht auf dich, Cosmin.«

»Blödsinn«, widerspreche ich, erwidere jedoch das Lächeln meiner Schwester, denn ich bin erleichtert darüber, dass unser Streit vorüber ist.

»Sie würde die ideale Ehefrau abgeben. Schlau, hübsch, hingebungsvoll. Eine ausgezeichnete Schneiderin und Köchin. Wunderschöne Singstimme.«

»In einem anderen Zeitalter wären das gute Argumente gewesen. Wie alt bist du noch mal, Rica?«, necke ich sie.

Als sie mir in die Rippen stößt, zucke ich lachend zurück.

Sie runzelt gespielt empört die Stirn. »Sag nichts gegen eine gute Frau wie Irini.«

»Es wäre unprofessionell«, protestiere ich, denn ich bringe es nicht übers Herz, ihr die Wahrheit zu sagen – dass Irini Petrescu süß, aber schüchtern ist und daher nicht gut zu mir passen würde.

Ich blicke aus dem Fenster und sehe die Freude auf dem Gesicht der jungen Lehrerin, während sie dem kleinen Nicu erlaubt, einen Regenwurm auf ihrer Hand zu platzieren.

»Relia und Spiridon sind verheiratet«, merkt Viorica an und bezieht sich damit auf unsere Chefköchin und den Mathelehrer.

»Aber keiner von beiden ist dem anderen vorgesetzt. Wir beide sind die Arbeitgebenden, Viorica.«

Mein Blick fällt auf die rothaarige Ursule, die ihre Finger in dem Maschendraht verhakt hat, der die Rehe vom Gemüse fernhalten soll. Als ich ihrem Blick begegne, grinst sie und streckt mir die Zunge raus.

Ich öffne die Tür, steige aus und drehe mich über die Schulter zu Viorica um. »Und außerdem bin ich gerade in den Anfängen einer Beziehung, aus der mehr werden könnte.« Dann schlage ich die Autotür zu und winke den Kindern zu.

Irini lächelt mir schüchtern zu und streicht sich die Haare mit der Hand, in der sie nicht den Wurm hält, glatt.

Hinter mir höre ich, wie Viorica aus dem Wagen steigt.

»Cosmin, warte.« Sie läuft um das Auto herum und hakt sich bei mir ein. »Wie war das? Beziehung? Dieses Wort habe ich noch nie aus deinem Mund gehört. Du musst mir unbedingt mehr erzählen.«

»Mache ich. Wenn es mehr zu erzählen gibt.«

Irini öffnet das Tor, woraufhin ein Dutzend Kinder lachend herausstürmt und uns mit Fragen bombardiert. Radu mit dem Lockenkopf umklammert meine Beine und klettert auf meine Schultern, um sich von mir ins Haus tragen zu lassen.

»Hallo, kleiner Bergsteiger!«, begrüße ich ihn und lege die Hände über seine Schuhe, um ihn zu stabilisieren. Dann drehe ich mich zu Viorica um und sage auf Englisch: »Wir sollten eine Kletterwand für Kinder installieren.«

Sie zieht die Augenbrauen hoch. »Alles ist möglich, wenn wir nur das nötige Geld haben. Das ist alles, was wir brauchen, Cosmin – Geld.«

Die Kinder umzingeln uns, während wir zu den breiten Stufen vor dem Haus schlendern.

Irini holt mit Ursule auf der Hüfte zu uns auf. Nun, da wir Seite an Seite – beide ein Kind tragend – die Treppe hinaufgehen, kann ich mir ein anderes Leben vorstellen, in dem ich eine brave Frau vom Land mit sanften Augen und starken Händen geheiratet hätte.

Aber in mir brennt noch immer die Erinnerung an Phaedras leidenschaftliche grüne Augen und das »Ich liebe dich«, das sie ausgerufen hat, als sie in meinen Armen kam.

—

Țuică – ein Pflaumenbrandy – wird normalerweise vor einer Mahlzeit serviert, aber in Vlasia House gibt es strenge Regeln zum Alkoholkonsum. Es darf erst getrunken werden, wenn die Kinder im Bett sind, und zwar jede Person nur ein Glas.

Von den zweiundzwanzig Angestellten haben sich ein Dutzend – darunter auch ich – zu einem späten Drink, Spielen und lebhaften Unterhaltungen versammelt. Viorica bespricht die mögliche Erweiterung der Bibliothek mit den Sprach- und Geschichtslehrenden, eine Gruppe von vier Personen spielt Whist, Relia und Spiridon sind mit einer Partie Backgammon beschäftigt, und Irini sitzt mit mir auf dem Balkon.

Sie trägt ein Sommerkleid mit blauen Blumen. Die Füße hat sie auf das Geländer gelegt, sodass durch den Stoff ihre schönen Beine zu sehen sind. Ihr Haar liegt lose zusammengebunden auf einer Seite über ihrer Schulter, und mittlerweile schmücken ihre Ohren Perlenohrringe, die sie vorhin noch nicht getragen hat. Sie ist ungefähr in meinem Alter, siebenundzwanzig oder achtundzwanzig, und im Vorbeigehen habe ich ein orthodoxes Kreuz an der Wand in ihrem Zimmer gesehen.

Während unseres Gesprächs schaut sie sich immer wieder über die Schulter um, wenn sie Viorica lachen hört.

Ich frage mich, ob sie befürchtet, von ihr beim Flirten erwischt zu werden, obwohl ich nicht einmal den Eindruck habe, als würde sie Annäherungsversuche unternehmen.

Nachdem wir unseren Brandy getrunken haben, beginnt sich die Gruppe im Inneren langsam aufzulösen, und durch die geöffnete Doppeltür höre ich, wie meine Schwester den Leuten Gute Nacht sagt. Im nächsten Moment erscheint sie im Türrahmen und stützt sich mit einer Hand daran ab. Den Kopf hat sie entspannt zur Seite gelegt, und ihre goldenen Locken glänzen im Licht der Lampe.

Ich freue mich, sie glücklich zu sehen. Um sie besser anschauen zu können, erhebe ich mich und lehne mich gegen das Balkongeländer.

Vioricas Blick wandert von mir zu Irini. »*Ihr zwei solltet zum See gehen*«, schlägt sie vor. »*Alles steht in voller Blüte, und wir haben Vollmond.*«

Um meine Verärgerung über ihren Verkupplungsversuch zu überspielen, schenke ich ihr ein gelassenes Lächeln. »*Das klingt toll*«, erwidere ich und hoffe, dass ich Irini damit nicht enttäusche, »*aber ich bin total müde. Ich wollte gerade ins Bett gehen.*«

Irinis Augen leuchten – eine Reaktion, mit der ich nicht gerechnet habe. »*Einen Spaziergang könnte ich vertragen, denn ich bin etwas rastlos.*« Sie begegnet Vioricas Blick. »*Wenn du dir den See mit mir anschauen möchtest …*«

Viorica nimmt den letzten Schluck von ihrem Brandy. »*Ich bin auch müde. Es war ein langer Tag.*«

Irini nickt und dreht ihr Glas, das auf der Armlehne des Stuhles steht. »*Ich sollte auch schlafen. Morgen gibt es eine Menge zu tun.*« Sie erhebt sich und hält mir mit einer stockenden Bewegung ihre Hand hin. »*Immer schön, dich zu sehen.*«

Dann wendet sie sich Viorica zu und reicht ihr ebenfalls die Hand. Als Viorica ihr die Hand schüttelt, legt Irini ihre andere Hand für einen Moment darauf, ehe sie nach drinnen eilt.

Ich setze mich auf den Stuhl, den sie gerade verlassen hat.

Viorica schließt kurz die Augen und atmet tief durch.

Mit einer Fingerspitze tippe ich ihr auf den Handrücken. »Ich habe den Verdacht, dass nicht *ich* derjenige von uns beiden bin, der Irini zum Erröten bringt«, flüstere ich und wechsele wieder zu Englisch.

Sie öffnet abrupt die Augen und sieht mich schockiert an. »Sei nicht albern.«

»Ich kann nicht glauben, dass es mir nicht schon vorher

aufgefallen ist.« Lächelnd schüttele ich den Kopf. »Es ist so offensichtlich.«

»Auf keinen Fall.«

»Rica?«

»Mmm?« Sie schaut konzentriert in ihr leeres Glas.

»Sieh mich an.«

Sie verdreht die Augen. »Was?«

»Ich glaube, das ist dir nicht neu – dass Irini Gefühle für dich hat.«

»Sie ist einsam«, murmelt Rica. »Das ist alles.«

»Das ändert aber nichts an der sexuellen Orientierung einer Person.«

»Ich habe bis soeben wirklich gedacht, dass sie auf dich steht.« Ich schaue mich über die Schulter zu dem leeren Raum um. »Und jetzt, wo die Sache klar ist, was meinst du?«

Wieder schließt sie die Augen. »Ich fühle mich geschmeichelt.«

»Und bist du interessiert?«

»Cosmin«, sagt sie und seufzt, »selbst wenn ich ihre Gefühle … Wie lautet noch mal das Wort?« Sie wedelt mit dem Finger in der Luft herum.

»Erwidern?«

»Ja. Selbst wenn ich ihre Gefühle erwidern würde, ist sie immer noch zu jung für mich. Und du weißt, dass ich nicht date – für so einen Unsinn habe ich keine Zeit.« Sie schließt mit einer Handbewegung unsere Umgebung ein. »Vlasia House ist mein Leben.«

Ich lehne mich auf meinem Stuhl zurück und schaue zu den Sternen hinauf. Die sanfte Sommerbrise lässt die Bäume rascheln, und die Grillen haben mittlerweile begonnen zu zirpen.

»Viorica, wenn du dich verlieben solltest …«

»*Genug davon.*« Ihre Stimme klingt hart und lässt keinen Raum für Widersprüche. »Ich habe eine Stiftung, um die ich mich kümmern muss. Für Privates habe ich zu wenig Zeit.« Sie macht eine kurze Pause. »Zu wenig Zeit und zu wenig Geld.«

Ich mache den Mund auf, um zu widersprechen, aber dann habe ich den Eindruck, als wollte Rica noch etwas sagen, also warte ich.

»Glaubst du, wir haben hier Zauberwichtel, so wie der Weihnachtsmann?« Ihr Tonfall klingt kalt. »Die Investitionen, die Zuschüsse, dein Geld von Emerald … All das hält uns über Wasser, aber uns fehlen die Mittel, um zu expandieren.« Wieder hält sie kurz inne. »Deshalb habe ich auch weitere Gespräche mit Grigore geführt.«

Ich funkele sie an. »Ce puşcă mea? Ich wusste es! Lupu, dieses Schwein.«

»Beruhige dich«, versetzt sie.

»Ich dachte, wir hätten uns darauf geeinigt, dass …«

»Ja, du hast *gedacht*«, schneidet sie mir das Wort ab. »Und ich habe dich denken lassen.« Nun bedeckt sie die Augen mit ihrer blassen Hand. »Er ist nicht das Schwein, das du in ihm siehst. Du weißt nicht genug über ihn. Es ist nicht immer alles schwarz und weiß, kleiner Bruder. Du kennst nicht die ganze Geschichte.« Mit diesen Worten steht sie auf und geht hinein.

Das Klackern der Absätze, die sie für Grigore Lupu angezogen hat, verklingt langsam, als sie sich entfernt.

17

ÖSTERREICH
ENDE JUNI

Phaedra

Ich sitze an einem Tisch für zwei auf der Terrasse des Hotels und scrolle auf meinem iPad durch die Datenanalyse der Rennstrecke und bin gerade im Begriff, mir einen leckeren Bissen von meinen Eggs Benedict mit Lachs in den Mund zu schieben, die ich zum Frühstück bestellt habe, als ich aus dem Augenwinkel Absatzstiefel aus braunem Wildleder sehe.

In der Annahme, dass mich jemand fragen will, ob der andere Stuhl besetzt sei, schaue ich auf und erstarre, als ich Natalia mit einem vorsichtigen Lächeln vor mir stehen sehe.

Sie hebt eine Hand und winkt unbeholfen. »Äh, hi?«

Ich springe so schnell auf, dass ich den Tisch beinahe mit meinem Oberschenkel umstoße, doch Nats Hand schießt nach vorn, um ihn festzuhalten. Dabei lacht sie – ein Klang, der im nächsten Augenblick in einen erstickten Laut übergeht, da ich sie in eine stürmische Umarmung ziehe.

»Ach du Scheiße, verdammt!«, quieke ich.

Sie erwidert meine Umarmung ebenso fest, und mit einem Mal bin ich so glücklich wie schon seit zwei Monaten nicht mehr – abgesehen von den Momenten, in denen ich nicht über unseren Streit nachgedacht habe, weil ich mit Cosmin im Bett war.

Schließlich lösen wir uns voneinander, und ich lasse die Hände an den Ärmeln ihres wunderschönen orangefarbenen Kleides ruhen. Oben in ihrem glatten braunen Haar sitzt eine schicke Sonnenbrille, und von ihrem Ellbogen baumelt eine kleine Louis-Vuitton-Handtasche hinab. Sie könnte einem Werbespot entsprungen sein.

»Sorry, dass ich erst nach zwei Wochen auf deine E-Mail geantwortet habe.« Sie verzieht das Gesicht und nimmt auf dem Stuhl gegenüber von mir Platz. »Mein Leben ist an dem Tag irgendwie aus den Fugen geraten, ich war total fertig. Auch wenn das keine Entschuldigung ist, das weiß ich.«

Ich setze mich auch wieder hin. »Auch wenn das Haarspalterei ist, aber ich habe die E-Mail schon vor drei Wochen abgeschickt, und soweit ich weiß, habe ich immer noch keine Antwort von dir erhalten.« Ich nehme einen Schluck von meinem Iced Coffee und studiere sie eingehend.

»Ach ja?« Sie stößt ein unbeschwertes Lachen aus, scheint jedoch im nächsten Moment zu erkennen, wie herablassend es klang. »Ich habe tatsächlich mehrmals versucht zu antworten, aber es klang einfach total falsch, sodass ich alles wieder gelöscht habe. Dabei bin ich immer ängstlicher, emotionaler und beschämter geworden. Ich weiß, dass ich dich im Stich gelassen habe, Phae, und es tut mir leid, ehrlich.«

Um sie noch ein wenig länger zappeln zu lassen, warte ich, ehe ich ihr ein trauriges Lächeln schenke. »Wir haben beide einen Fehler gemacht. Das, was ich in Shanghai zu dir gesagt habe, ging echt unter die Gürtellinie. Sorry.« Ich kaue auf meiner Unterlippe herum. »Ich habe dich wirklich vermisst.«

»Ich dich auch.«

Über ihrem tiefen V-Ausschnitt hängt eine Kette mit einem

herzförmigen Smaragdanhänger. Mit zusammengekniffenen Augen beuge ich mich vor, um ihn in Augenschein zu nehmen, bevor ich Natalias Blick begegne.

Sie berührt den Anhänger sanft, als würde sie sich gerade erst wieder daran erinnern, dass sie ihn trägt, dann zieht sie die Hand weg und macht sich am Verschluss ihrer Tasche zu schaffen.

»Ein ganz schöner Klunker, den du da trägst«, bemerke ich mit gespielter Abfälligkeit. »Wenn jetzt noch die Ohrringe dazukommen, die ich dir schulde, siehst du aus wie ein Weihnachtsbaum.«

Nun nehme ich einen weiteren großen Schluck von meinem Kaffee und rühre um, um Nat einen Augenblick zu geben, sich zu sammeln und sich mir anzuvertrauen, was Klaus betrifft. Ich gehe davon aus, dass er ihr die Kette geschenkt hat. Ich meine, ein Smaragd – oder auf Englisch *emerald*? Auffälliger geht's wohl kaum.

Stattdessen lenkt sie erneut vom Thema ab, und ich beschließe, sie nicht festzunageln.

»Nein, nein, nein, gibt mir bloß nicht den Schmuck deiner Großmutter. Die Wette sollte doch nur ein Scherz sein.« Mit einem verschwörerischen Zwinkern beugt sie sich vor. »Wenn du mir erzählst, wie unser berüchtigter Frauenheld im Bett ist, genügt mir das als Bezahlung.«

In diesem Moment kommt ein Kellner, bei dem ich Nats Lieblingsgetränk und -gebäck bestelle. »Wir hätten gern einen entkoffeinierten Latte mit Hafermilch und Zimtpulver. Und einen Scone mit kernloser Erdbeermarmelade.« Ich bemühe mich, ihr zu zeigen, dass ich ihre Vorlieben kenne, weil ich eine aufmerksame Freundin bin. Dabei bin ich mir selbst nicht sicher, warum selbst unsere besten Absichten stets mit einem gewissen Konkurrenzkampf verbunden sein müssen, aber so sind wir nun mal drauf.

Der Typ verdreht die Augen, als wollte er *Ach, solche Gäste seid ihr!* sagen, nickt mir hochnäsig zu und rauscht davon.

»Du bist lieb«, sagt Nat.

»Nein, *du* bist lieb.« Ich lasse den Blick über ihren Oberkörper wandern, der in dem engen Kleid hager aussieht. »Nichts für ungut, aber du siehst aus, als könntest du ein Frühstück vertragen. Du bist viel dünner als noch im April.«

Sie dreht die Bänder ihrer Handtasche, ohne meinem Blick zu begegnen. »Ich hatte ... es schwer in letzter Zeit. Und während unseres Streits konnte ich definitiv kein *Ich hab's dir ja gesagt!* von dir gebrauchen.«

»Nat, so hätte ich niemals reagiert.«

Sie wirft mir einen bedeutsamen Blick zu, der ausdrückt: *Wir wissen beide, dass du es getan hättest und andauernd tust.*

»Okay, ich meine, so *werde* ich nicht reagieren.«

Als sie in ihrer Tasche nach einem Taschentuch sucht und sich ihre Augen damit betupft, erkenne ich, dass sie tatsächlich traurig ist – oder aber schauspielert. »Es war vorbei, bevor es überhaupt richtig begonnen hatte«, gesteht sie. »Ich weiß, dass ich das schon oft gesagt habe, aber diesmal hatte ich den Eindruck, dass es anders war.« Sie zieht die Schultern hoch.

Auch wenn mir Dinge wie »Es ist besser so« und »Bist du dir sicher?« auf der Zunge liegen, verkneife ich mir jegliche Kommentare, egal ob positive oder negative.

»Willst du mir erzählen, was passiert ist?«, wage ich mich stattdessen vor.

Mehrere unterschiedliche Gefühlsregungen huschen über ihre Züge, ehe sie endlich mit entschlossener Miene aufschaut. »Nein! Und genug von meinem Mist – lass uns von dir sprechen. Das mit deinem Dad tut mir so leid. Wie geht es ihm?«

Ich stochere in meinem Frühstück herum. »Es ist ... Er hat eine seltene Art von Gehirntumor, der auch noch zu spät entdeckt wurde, weil er ein starrsinniger alter Südstaatenbursche ist, der seine Symptome ein Jahr lang ignoriert hat, bevor er zum Arzt gegangen ist.« In meinem Hals bildet sich ein Kloß, den ich eilig herunterschlucke. »Er hat nur noch ein paar Monate zu leben. Dabei ist er erst sechzig, Nat.«

»O Gott.« Sie nimmt meine Hand. »Ich weiß, dass ich nichts tun kann, aber …«

»Ich brauche dich trotzdem.« Kurz riskiere ich es, mich verletzlich zu zeigen. »Bitte lass mich nicht noch einmal allein. Ich verspreche dir auch, kein Miststück zu sein.«

»Das bist du nicht! Und ich lasse dich auf keinen Fall hängen.«

Als der Kellner unsere Bestellung bringt, fällt mir siedend heiß etwas ein: Warum wirkte Nat nicht schockiert über die Neuigkeiten?

»Hey, Nat?« Ich räuspere mich. »Hat Klaus dir schon erzählt, dass ich ihm das mit Mo geschrieben habe? Oder ist es doch irgendwie zu Presseleuten durchgesickert, die du kennst?«

»Was? Nein! Als ob mir Klaus Franke, dieser Eisklotz, auch nur irgendetwas erzählen würde!« Sie bricht ein Stück von ihrem Scone ab und zerrupft es in immer kleinere Teile, ohne auch nur einen Bissen zu essen. »Du hattest recht – er hat echt was gegen Journalistinnen.«

Ich ziehe meine Gabel durch die Sauce Hollandaise. »Ja. Ich liebe Klaus, aber er ist wie ein eleganter Luxuswagen, den man bloß leasen und niemals kaufen sollte.«

Ich bin versucht, Nat zu fragen, ob Klaus etwas davon erwähnt hat, dass er der Nachfolger meines Vaters werden will, aber wenn ich ihr Glauben schenke, dass er auch nicht über die Krankheit meines Vaters reden wollte, wäre dieses Thema genauso wenig zur Sprache gekommen. Für mich klingt es so, als vertraue er ihr nicht. Eigentlich möchte ich mich loyal zeigen und entrüstet darüber sein, doch ein kleiner Teil von mir fragt sich ebenfalls, ob ich ihr vertrauen kann.

»Ich bin mir sicher, dass ich dir das nicht sagen muss«, setze ich betont beiläufig ab, »aber das, was ich dir über Mo erzählt habe, bleibt bitte unter uns. Ich weiß, du würdest niemals …«

Nat, die gerade im Begriff war, ein Stück Scone zu ihrem Mund zu führen, erstarrt mitten in der Bewegung, und ich breche ab, als ich den unverkennbaren Schmerz auf ihren Zügen erkenne.

»Ich bin deine Freundin, Phae. Würde ich dich – oder irgendjemanden – hintergehen für … eine Story?«

»Natürlich nicht. Das weiß ich doch.« Ich steche ins Eigelb und versuche, die Unsicherheit zu verbergen, die in meiner Magengrube prickelt. »Eine grandiose Story wäre es ohnehin nicht. In ein paar Wochen könnte er im Hospiz sein, dann können wir es ohnehin nicht mehr vor der Öffentlichkeit verbergen.«

Sie stößt einen gequälten, mitleidigen Laut aus und macht die Geste, die mir so vertraut ist, indem sie eine Hand mit gespreizten Fingern an ihre Brust drückt, als wollte sie ihr schmerzendes Herz festhalten. In diesem Moment ist sie so sehr die alte Natalia, die ich seit vierzehn Jahren kenne, dass ich mich frage, wie alles so aus dem Ruder laufen konnte.

Ist es meine Schuld?

Als ich achtzehn und am College und sie zwanzig war, wurden wir unzertrennlich. Damals war ich mir sicher, dass wir selbst als alte Damen noch zusammen rumhängen würden. War es nur die räumliche Entfernung in all den Jahren, die ich für Emerald arbeite, die es uns ermöglicht hat, den Beste-Freundinnen-Status aufrechtzuerhalten, weil wir nie lange genug zusammen waren, um auf die Probe gestellt zu werden?

In der Hoffnung, das Thema endlich ruhen lassen zu können, mache ich unwillentlich alles bloß noch schlimmer, weil ich das einfach immer tue. »Na ja, wenn du jetzt dichthältst, frage ich Reece, ob wir dir die exklusive Story geben können. Äh, wenn es schlimmer wird.«

Nat stellt ihre Kaffeetasse so betont vorsichtig ab, dass es mir fast lauter vorkommt als ein Knall. Ein paar Momente lang sieht sie mich schweigend an. »Du glaubst also nicht, dass ich mein Wort halte, wenn du mich nicht bezahlst?«

»Shit. Nat, ich wollte nicht …«

»Es ist verletzend, dafür bestraft zu werden, dass ich Journalistin bin. Du bist genauso merkwürdig zu mir wie er.«

»Fuck!« Ich bedecke mein Gesicht mit den Händen und lasse sie langsam sinken. »Können wir …«

»Ich bin ein Mensch!«, unterbricht sie mich mit scharfer Stimme. »Reduziere mich nicht auf meinen Job.«

»Du hast vollkommen recht … es tut mir leid. Lass uns so tun, als hätte ich es nicht so formuliert, als wäre es ein billiger Bestechungsversuch. Mein Kopf funktioniert gerade einfach nicht. Im Moment bin ich total zerstreut wegen, äh, du weißt schon, wegen Mos Krankheit.«

Ich bin mir nicht sicher, ob sie tatsächlich Mitgefühl hat oder nur begriffen hat, dass man sich aufgrund der gängigen Regeln unserer Gesellschaft zurückhalten muss, wenn jemand die *Mein Dad hat Krebs*-Karte ausspielt. Nat war schon immer ein wenig selbstsüchtig – wofür sie nichts kann, denn sie wurde als kleines Kind vernachlässigt –, aber sie hat ein weiches Herz.

Nun dreht sie nervös ihre Tasse herum. »Schon in Ordnung. Ich weiß, dass du es nicht so gemeint hast, wie ich es aufgefasst habe.«

Jetzt habe ich Schuldgefühle, weil ich es *sehr wohl* so gemeint habe, wie sie es aufgefasst hat. »Natürlich nicht«, versichere ich ihr trotzdem.

Ich schneide eine Ecke von meinem Lachs ab und esse sie, wobei ich mich um eine versöhnliche *Ich bin einfach so froh, hier mit dir zu sitzen*-Miene bemühe. Insgeheim mache ich mir allerdings Sorgen darüber, dass wir doch noch nicht alles geklärt haben und lediglich – jede aus ihren eigenen Gründen – so tun, als wäre alles wieder gut.

Nat schiebt sich einen Stück Scone mit einem mikroskopisch kleinem Klacks Marmelade in den Mund.

Ich deute auf ihren Teller, während ich einen Bissen von meinem Essen herunterschlucke. »Wie schmeckt es?«

Ihr höfliches Lächeln wirkt affektiert.

Ich muss wirklich den Hut vor ihr ziehen, denn sie ist wahnsinnig gut darin, so zu tun, als würde sie sich verstellen.

»Ich glaube, die Butter war zu warm, als man sie mit dem Mehl vermengt hat.« Sie winkt gelassen ab. »Die Konsistenz ist etwas merkwürdig. Aber das ist natürlich nicht deine Schuld. Danke, dass du mir das Essen bestellt hast. Du bist einfach *so nett*.«

Ich schenke ihr ein strahlendes Lächeln und sage den Spruch auf, der unweigerlich folgen muss. »Nein, *du* bist nett.«

18

ENGLAND

MITTE JULI

Cosmin

Der Große Preis von Großbritannien hat immer etwas Magisches. Es ist historisch gesehen ein herausforderndes Rennen, und das englische Wetter birgt selbst mitten im Sommer stets ein gewisses Risiko.

Besonders freue ich mich aber, hier zu sein, weil Phaedras Familie ein kleines Haus in Towcester gehört, das nur ein paar Meilen vom Silverstone Circuit entfernt ist, und ich dort mit ihr allein übernachten werde. Keine Geheimniskrämerei, keine durch Kissen gedämpften Schreie, keine fadenscheinigen Alibis.

Als ich am Dienstag vor dem Rennen in meinem gemieteten BMW über die A5 fahre, fühle ich mich leicht und lebendig. Aus den Lautsprechern dringt *Diamond Dog* von Bowie, und ich singe mit, wobei ich an Bahrain zurückdenke, als Phaedra nach dem Fitnessstudio dasselbe Album gehört hat.

Damit niemand Verdacht schöpft, weil ich nicht im Reisemobil übernachte, habe ich allen erzählt, dass ich bei Freunden in Milton Keynes unterkomme.

Während der Großen Preise in Europa schlafen die Fahrer üblicherweise in luxuriösen Motorhomes, die von Land zu Land fahren, während wir auf anderen Kontinenten eher in Hotels übernachten.

Sechs Nächte am Stück mit Phaedra. Selbst ein Platz auf dem Podium könnte mich nicht mehr begeistern.

Als ich auf die Einfahrt des Hauses im Tudorstil einbiege, sehe ich, dass sich ein Vorhang leicht bewegt. Dann kommt Phaedra barfuß in abgeschnittener Baggy-Jeans und einer weißen Spitzenbluse heraus. In letzter Zeit trägt sie häufiger Weiß, was mein Herz immer zum Rasen bringt, weil ich mich an unser erstes Gespräch darüber erinnere und wie umwerfend sie aussah, als wir uns in der Bar in Melbourne begegnet sind.

Gerade als ich meine Reisetasche aus dem Kofferraum hole, kommt sie auf mich zu, wobei ihr das mahagonifarbene Haar wie ein Wasserfall über die Schultern fällt. Ich lege einen Arm um sie und beuge mich vor, um sie zu küssen, doch sie weicht zurück.

»Wir haben neugierige Nachbarn«, flüstert sie. Dann wirft sie einen nervösen Blick in Richtung Straße und drückt mir einen trockenen Schmatzer auf die Wange. »So«, sagt sie und tritt mit einem höflichen Lächeln von mir weg.

Ich zwinkere ihr zu. »Ich bin mir sicher, die Nachbarn werden dir dein kleines Schauspiel abkaufen, wenn man bedenkt, dass ich eine Reisetasche trage und deine Nippel ganz hart sind.«

»Arroganter Mistkerl.«

»Aber dafür liebst du mich.«

Während ich mein Gepäck ins Haus trage, halte ich angemessenen Abstand und widerstehe dem Drang, meine Finger mit Phaedras zu verschränken. In Wahrheit sind meine Gefühle für sie jedoch mittlerweile so stark, dass ich unvorsichtig werde. Beinahe wünsche ich mir, dass ein Paparazzifoto von uns auftaucht oder irgendein Klatschmagazin Gerüchte streut, die uns dazu zwingen, ein Statement abzugeben.

Am Mittwochabend sitze ich mit Phaedra in der großen

Badewanne und entspanne meine Muskeln, die nach einer langen Trainingseinheit mit Guillaume schmerzen. Auf ihrer Oberlippe glänzen ein paar winzige Tropfen Schweiß, die ich am liebsten ablecken würde.

Sie sitzt mir zurückgelehnt gegenüber, die Arme ausgestreckt auf dem Badewannenrand, sodass ihre Brüste leicht über der Wasseroberfläche schweben und ich ihre verlockenden pinken Nippel sehen kann. Unsere Beine sind miteinander verschlungen. Mein Handy liegt auf dem Boden neben der Wanne und ist mit einem Bluetooth-Lautsprecher verbunden, aus dem die verträumten Klänge von *Souvlaki* von Slowdive dringen und im gekachelten Badezimmer widerhallen.

Phaedra streicht sich eine Strähne zur Seite, die aus dem losen Dutt auf ihrem Kopf entwischt ist, und ich kann nicht anders, als selbst die kleinsten Details zu bewundern. Im Moment liegt mein Fokus auf der nassen Spitze, die dunkler ist als der Rest ihres kupferfarbenen Haares.

So etwas habe ich noch nie empfunden: eine Bewunderung für scheinbar belanglose Kleinigkeiten. Alles an dieser Frau ist für mich wundersam – von dem kleinen bräunlichen Schönheitsfleck an ihrem linken Ohrläppchen bis hin zu den blassen Halbmonden ihrer Fingernägel. Für mich ist sie wie die seltene Sammlerausgabe eines Buches.

»Lass uns das Spiel spielen«, schlägt Phaedra plötzlich mit einem Funkeln in den Augen vor.

Damit bezieht sie sich auf ein Ritual, das inzwischen zu unserer Nicht-Beziehung gehört und bei dem wir einander verraten, was wir sagen *würden*, wenn wir verliebt wären.

Ich streichele ihren Oberschenkel mit meinem Fuß. »Wenn ich in dich verliebt wäre, Miss Morgan, würde ich dir sagen, dass mich alles an dir – bis hin zum kleinsten unbedeutendsten Detail – in den Bann zieht. Mein Blut in Wallung bringt, meine

Fantasie mit mir durchgehen lässt und eine Zärtlichkeit in mir weckt, die ich bei einem gebrochenen Kind wie mir niemals für möglich gehalten hätte.«

»Hmmm.« Sie zieht die Augenbrauen hoch. »Wenn du verliebt wärst, wärst du ziemlich poetisch.«

»Danke«, erwidere ich und vollführe eine kreisende Armbewegung wie bei einer Verbeugung.

Phaedra lässt ihren Kopf auf dem Badewannenrand ruhen und studiert mich mit einem matten Lächeln. »Wenn ich in dich verliebt wäre, Sir …« Sie hält inne, und ihre Miene wird ernst. »Dann würde ich dich fragen, warum du seit deiner letzten Reise nach Bukarest so traurig wirkst, und dir sagen, dass ich dich trösten möchte.«

»Ah. Nun gut.« Ich nehme einen tiefen Atemzug durch die Nase. »Meine Schwester wirft all ihre Prinzipien über Bord, indem sie eine Spende für Vlasia House von einem fürchterlichen Mann annimmt. Sie hat ihm etwas verziehen, das sie ihm niemals hätte verzeihen dürfen. Es ist unter ihrer Würde – *er* ist unter ihrer Würde. Ich bin wütend und enttäuscht.«

Phaedra pustet sich ein paar Strähnen aus der Stirn und wirkt, als wüsste sie nicht recht, was sie erwidern soll. »Ach herrje. Unter ihrer Würde … Das ist ziemlich, äh …«

»Ziemlich was?«

Sie zuckt mit den Schultern. »Ich sag's dir nur ungern, aber zu behaupten, dass dieses oder jenes unter ihrer Würde sei, ist ziemlich bossy und herablassend. Und ob sie jemandem verzeiht, liegt ganz bei *ihr*.«

»Du verteidigst sie reflexartig, ohne alle Hintergründe zu kennen.«

»Hör zu, ich kann nicht mal mehr zählen, wie oft mir im Job schon irgendein Kerl gesagt hat, er hätte etwas Besseres von mir erwartet, um mich dazu zu bringen, das zu tun, was *er* will. Glaube mir, der klassische *Wie kann eine Frau, die so schlau ist, etwas so enttäuschend Dummes tun?*-Ansatz bringt dich selten weiter.«

Ich löse meinen Fuß von ihrem Bein. »Zunächst einmal«, erwidere ich scharf, »habe ich das nur zu *dir* gesagt. Es ist nicht der Wortlaut, den ich bei Viorica benutzt habe.«

»Bist du dir sicher?«

Ich hebe einen Finger, um sie davon abzuhalten, mich zu unterbrechen, fühle mich jedoch sofort wie ein dominanter Mistkerl. »Und zum anderen: Soweit ich mich erinnere, hast du behauptet, dass du mich trösten willst. Sollte das der Fall sein, bist du verdammt schlecht darin.«

Als sie sich aufrechter hinsetzt, muss ich mich davon abhalten, nicht ihre Brüste anzuschauen.

»Ich habe dir eine berechtigte Frage gestellt, Cos! Es war keine Schuldzuweisung.«

»Ich habe nichts gehört, das nach einer Frage klang.«

Sie stößt einen ungeduldigen Laut aus. »Okay, ich möchte dir nur einen anderen Blickwinkel näherbringen. Ist das nicht okay für dich?«

Ich verschränke die Arme vor der Brust. »In Ordnung. Ich höre.«

»Wow, danke, eure Eminenz. Und bloß zur Info: Dich zu trösten heißt nicht automatisch, dass du immer recht hast. Wollten wir nicht diesen, äh, Beziehungskram üben?«

»Doch.«

»Und Trost bedeutet manchmal auch, anderen ihre Fehler vor Augen zu führen, damit sie das Problem lösen können. Soll ich ehrlich sein oder dir nur einen runterholen?«

Ich ziehe die Augenbrauen hoch.

»Okay, lass es mich anders formulieren …«

»Schon verstanden, ja«, lenke ich ein. »Was würdest du vorschlagen?«

Ich halte mich davon ab, »aus deiner weiblichen weisen Perspektive« dranzuhängen, da ich weiß, dass sie dann zu Recht einen Streit anfangen würde.

»Ah, Cosmin.« Sie reibt sich mit ihren nassen Händen das Gesicht. »Du wirst ungehalten.«

Ich bin kurz davor, sogar noch ungehaltener zu werden, bis sie die Hände vom Gesicht nimmt und ich erkenne, dass sie tatsächlich betroffen aussieht. Mit einem Mal schmerzt meine Brust.

»Bitte entschuldige. Uita-te la ochii mei, draga mea.«

Sie schaut auf. »Das eine Wort kenne ich – ochii. Das heißt ›Augen‹, oder? Dich ansehen?«

»Ich weiß deine Perspektive sehr zu schätzen. Dass ich defensiv geworden bin, war unnötig. Die Sache mit Viorica ist schwer für mich und löst viele widersprüchliche Emotionen in mir aus.« Ich führe den Fuß wieder an ihren Oberschenkel. »Wenn ich in dich verliebt wäre, würde ich dich bitten, mir deinen Rat zu geben, und ich würde zuhören, statt mich wie ein beleidigter Arsch aufzuführen.«

Sie belohnt mich mit einem mürrischen Lächeln. »Schon besser. Ich meinte ja nur, hast du deine Schwester mal gefragt, wie sie empfindet? Was das Vergeben betrifft? Denn ich kenne deine kompromisslose Denkweise und würde meinen Kopf dafür verwetten, dass du längst *beschlossen* hast, wie sie sich fühlt, ohne dass du sie hättest zu Wort kommen lassen.«

Ich ziehe die Augenbrauen zusammen. »Wieso deinen Kopf?«

Sie hält inne und macht den Mund auf, um mir die Redewendung zu erklären, doch dann sieht sie mein schelmisches Grinsen und spritzt mich nass.

»Hör auf mit deinem niedlichen *Dieses Wort kenne ich nicht*-Gehabe!« Dabei spricht sie mit tiefer Stimme, um mich nachzuahmen.

Ich beuge mich vor und umfasse ihre Kniekehlen, um sie zu mir zu ziehen, woraufhin sie sich erhebt, umdreht und rücklings zwischen meine Beine setzt.

Als sie an meine Brust geschmiegt ist, küsse ich ihre Schulter. »Dieser Mann – der Geldgeber«, sage ich an ihrem warmen, feuchten Nacken, »ist ein böser Mensch. Es sollte ihm nicht zustehen, sich durch eine Spende Absolution für seine Sünden zu erkaufen. Es frustriert mich, dass Viorica nur das Geld sieht.«

Phaedra beschreibt mit einer feuchten Fingerspitze Kreise auf meinem Knie. »Hat er tatsächlich ein *Verbrechen* begangen? Ist es Drogengeld, das euch in Schwierigkeiten bringen könnte?«

»Nein, er vertreibt Transportzubehör – Maschinen. Sein Vergehen ist von persönlicher Natur.«

Phaedra schweigt eine Weile. »Vergebung befreit die Person, die sie erteilt, Cosmin – nicht nur denjenigen, der sie empfängt. Ich finde, du solltest deiner Schwester vertrauen. Die Welt ist nicht bloß schwarz und weiß. Und ich weiß, wie lange du einen Groll hegen kannst.«

Viorica hat fast das Gleiche gesagt. *Es ist nicht immer alles schwarz und weiß.*

Mit trägen Bewegungen streiche ich durch Phaedras Haar und genieße die Wärme ihres Körpers an meiner Brust. »Ich werde mit Viorica darüber sprechen. Du bist fürchterlich dickköpfig. Aber weise.«

»Aw, danke, Legs. Du bist auch ein dickköpfiger Idiot, aber lernfähig.«

Sie dreht den Kopf in meine Richtung, um mich anzugrinsen, und ich küsse ihre Schläfe.

In diesem Moment vibriert mein Handy. Ich spähe über den Badewannenrand und werfe einen Blick auf das Display. »Verdammt, es ist Reece!«

»Warum ist das schlimm?«, fragt Phaedra mit schläfriger Belustigung, während sie ihre Finger durch das Wasser gleiten lässt.

»Die Nachricht ist in Großbuchstaben geschrieben, und sie fragt, ob ich bei dir übernachte. Außerdem will sie, dass ich ihr sofort meinen Aufenthaltsort mitteile.«

19

ENGLAND

Phaedra

Unter anderen Umständen würde es mich antörnen, dass Cosmin nackt durch mein Schlafzimmer geht, aber das hier ist eine Krisensituation. Ich stoße meine Arme in einen grünen kimonoartigen Bademantel und folge ihm zum Bett.

Er setzt sich auf die Bettkante und starrt lange mit grimmiger Miene auf sein Handy.

»Was zum Teufel machen wir jetzt?«, frage ich.

»Ich denke nach.«

Er dreht das Handy zur Seite, um zu tippen, legt es dann aber auf seinen Schoß, ohne etwas zu versenden, und murmelt leise etwas auf Rumänisch.

»Wie hat sie es nur rausgefunden?« Ich ächze.

»Ich weiß es nicht.« Er starrt wieder auf sein Handy. »Falsch, ich weiß es vielleicht doch. Heute Nachmittag habe ich etwas zu Guillaume gesagt, und ich bin mir nicht sicher, ob ich deutlich genug zum Ausdruck gebracht habe, dass es unter uns bleiben muss.«

»Cos!« Ich lasse mich aufs Bett zurückfallen. »Verflucht, jetzt bleibt Reece nichts anderes übrig, als es Klaus zu erzählen, und dann hat er die Ausrede, die er braucht, um mich loszuwerden!«

Cosmin schnaubt. »Das würde er nie tun. Warum glaubst du …«

»Doch, klar würde er! Es ist die perfekte Gelegenheit, sich meiner zu entledigen. Das wird er bei Mo als Argument anführen. Dieses Ganze … Durcheinander, es lässt mich unprofessionell wirken.« Ich bedecke mein Gesicht mit beiden Händen. »Am liebsten würde ich dich anschreien, weil du dich bei Guillaume verplappert hast, aber am Ende des Tages ist es meine Schuld, dass ich mich überhaupt auf die Sache mit dir eingelassen habe.« Ich stehe auf und marschiere zum Fenster, wohin Cosmin mir folgt, um mir die Arme um die Taille zu legen.

»So schlimm ist es nicht. Wir können die Sache wieder geradebiegen. Reece hat vielleicht Gerüchte gehört, aber Beweise hat sie nicht.«

»Ich wünschte, es wäre so einfach.«

»Das ist es auch. Wir streiten einfach alles ab.« Er küsst meinen Hals. »Leugnen, leugnen, leugnen«, flüstert er leichtherzig an meiner Haut, um meine Angst zu vertreiben.

Trotz seiner Bemühungen, mich aufzuheitern, wird mir in diesem Moment bewusst, dass die Sache zwischen uns eine tickende Zeitbombe ist, die früher oder später explodieren wird. Im Augenblick können wir es vielleicht noch geheim halten, aber was wird in einer Woche, in einem Monat oder in einem Jahr sein?

Ich lasse die Schultern hängen. »Ich sollte einfach sofort kündigen, ehe man mich feuern kann. Lars kann ab jetzt dein Renningenieur sein – Emerald braucht mich nicht. Alles wird mit Edward Morgan enden. Nicht mit seiner Tochter.«

Es laut auszusprechen, schmerzt mehr, als ich erwartet habe.

»Was? *Nein!*«, beharrt Cosmin. »Emerald braucht dich, genauso wie ich dich brauche.« Er dreht mich in seinen Armen um und legt die Hände um mein Gesicht. »Nicht nur als die Frau, die ich liebe, sondern auch als meine Renningenieurin. Ja, Lars könnte diese Aufgabe übernehmen, wenn es nötig ist, aber wir zwei haben eine ganz besondere Dynamik.«

Als mir die Bedeutung von Cosmins Worten bewusst wird, brennen meine Augen. »Warte, hast du gesagt, du *liebst* mich?«

»Auf der Rennstrecke bist du in meinem Kopf und überall sonst in meinem Herzen. Phaedra, meine Schöne, wenn ich es aufs Podium schaffe, dann nur mit dir!«

Es ist das erste Mal, dass ich seine sanfte, tiefe Stimme meinen Namen in dem melodischen Akzent aussprechen höre, den ich so liebe.

»Sag das noch mal«, dränge ich und fahre mit den Fingern in sein feuchtes Haar. »Ich mochte meinen Namen noch nie, aber aus deinem Mund klingt er irgendwie richtig.«

»Phaedra«, flüstert er. »*Phaedra.*«

Im nächsten Moment presse ich meine Lippen auf seine, und seine Körperwärme löst ein Schwindelgefühl in mir aus. Überwältigt vergrabe ich mein Gesicht an seinem Hals und atme den Duft tief ein, als würde ich aus einem langen Schlaf erwachen.

»Te iubesc atât de mult … Gott, ich liebe dich.« Mit diesen Worten hebt er mich hoch und trägt mich zum Bett.

Ich brauche diese verdammten Worte wie die Luft zum Atmen.

Mein Herz hämmert mir laut in den Ohren.

»Cosmin?«

»Bitte mich nicht, es zurückzunehmen.« Er legt mich auf dem Laken ab und küsst mich leidenschaftlich, als habe er Angst, meine Lippen freizulassen und meine abweisenden Worte zu hören. »Ich werde es verdammt noch mal nicht zurücknehmen.«

»Cosmin.«

»Nein, wir müssen nicht darüber sprechen.« Ich lege meine Hände an seinen Kiefer.

Mittlerweile kenne ich jede Kurve und jede Kante an ihm, und mein Herz stolpert über die Landschaft seines Körpers, die ich inzwischen so liebe. »Ich liebe dich auch«, gestehe ich.

Die Wahrheit unserer Worte hüllt mich mit einem Mal ein, als würde ich darin ertrinken. Ich nehme einen letzten Atemzug und lasse mich tiefer sinken.

—

Cos und ich einigen uns darauf, vorerst nichts offiziell zuzugeben. Nachdem wir uns gegenseitig unsere Liebe gestanden haben, ist uns vermutlich beiden klar geworden, dass die Sache zwischen uns zu bedeutsam ist, um sie für immer geheim zu halten, aber zu gestehen, dass wir unsere Vertragsbedingungen verletzt haben, ehe feststeht, wer Emerald übernimmt, könnte mir schwer schaden.

Ich wollte ein sexy Geheimnis, doch man soll sich ja bekanntlich gut überlegen, was man sich wünscht. Zu meiner Erleichterung hat es zwischen Nat und Klaus nicht funktioniert, denn sonst könnte sie es ihm verraten. Ganz schön egoistisch von mir, so zu denken, ich weiß.

Am nächsten Morgen wollte Reece wissen, warum Cosmin ihre Nachricht nicht beantwortet hat, woraufhin er behauptet hat, dass er mit Freunden in Milton Keynes an einem Pub-Quiz teilgenommen hat und es anschließend zu spät gewesen sei, um noch zurückzuschreiben. Er hat sich glaubwürdig empört gegeben, als er ihr versichert hat, mehrere Leute könnten bestätigen, dass er mit ihnen im Pub war.

Zudem habe ich ihm geraten, schamlos und offensiv mit allem zu flirten, was Eierstöcke hat, um Reece von unserer Fährte abzubringen.

Aus gegebenem Anlass ist der Formel-1-Fuckboy zurück.

Am Donnerstag hat Cosmin einer Reporterin gesagt, sie sehe »zum Anbeißen« aus. Nach dem Training am Freitag hat er Francesca – der Bäckerin, die in der Teamkantine arbeitet – mit einem verwegenen Zwinkern erzählt, ihre Muffins seien das Beste, was er sich je in den Mund gesteckt hätte, was sie zum Erröten brachte. Nach dem Qualifying am Samstag hat ein weiblicher Fan Cos gebeten, ihr ein Autogramm auf die Hand zu geben, doch er hat ihr angeboten, stattdessen auf ihrem Oberschenkel zu unterschreiben.

Ein Klassiker.

Am Tag des Rennens ist das Wetter gut, aber bewölkt bei einer Temperatur von zwanzig Grad. Wegen eines unabwendbaren Austauschs des Getriebekastens an Cosmins Wagen hat er eine Gridstrafe bekommen und ist vom dritten auf den achten Platz gerutscht.

Jakob hat Startposition fünf, was bedeutet, dass Cos hinter ihm liegt.

Als ich ihn vorhin in der Werkstatt gesehen habe, wirkte er jedoch überraschend optimistisch. Das Einzige, was ihn wurmt, ist João Valles siebte Position.

Während ich an der Boxenmauer sitze, kribbelt mein Magen vor lauter Nervosität. Wir alle sieben sind über die Monitore gebeugt und sehen zu, wie die roten Lichter in der Aufstellung nacheinander angehen und dann schwarz werden, um den Start zu signalisieren.

In den ersten Momenten eines Rennens spreche ich nie mit Cosmin, denn er muss sich auf das Chaos der ersten Meter einstellen, wenn die Boliden auseinanderstieben und sich die Fahrer ihren Platz erkämpfen.

»Sehr sauber«, murmelt Lars anerkennend über unser Teamradio und betrachtet die Autos.

Wenige Sekunden später sehe ich das, was passiert, auf dem

Bildschirm. Die Katastrophe ereignet sich so schnell, dass ich gerade erst den Mund aufmache, um etwas zu sagen, bevor das Unglück seinen Lauf nimmt.

Als Valle Cosmin unverhohlen kurz vor der Abbey-Kurve schneidet, berühren sich ihre Reifen. Ich schnappe nach Luft, denn instinktiv weiß ich, dass es schlimm ist. Ein stockender Schrei entfährt mir.

Cosmins Wagen dreht und überschlägt sich, rutscht umgedreht auf den Kies, wo er eine weitere 360-Grad-Drehung macht, über den Reifenstapel hüpft und zwischen der Absperrung und dem Fangzaun liegen bleibt.

Sofort springe ich auf.

»Cosmin?« Mit den Fingern kneife ich in das Mundstück meines Headsets. »Cosmin, hörst du mich?«

Stille.

Ich schaue Klaus an, der die Lippen zu einem dünnen Strich zusammengepresst hat.

»Cosmin, melde dich, bitte«, versuche ich es noch einmal mit angestrengt neutralem Tonfall.

Mein Blick ist auf den Bildschirm geheftet, wo die Seilkamera klarere Bilder liefert. Cosmin kann den Wagen auf keinen Fall ohne Hilfe verlassen, deshalb halte ich Ausschau nach Anzeichen für ein Feuer. Es fühlt sich an, als würde ich schon eine Ewigkeit darauf warten, dass er mir antwortet, obwohl es nur wenige Sekunden gewesen sein können.

Das Medical Car ist bereits auf der Fahrbahn und rast auf den Unfallort zu, um die Situation zu evaluieren. João Valle konnte ungehindert weiterfahren, doch ein kleiner bösartiger Teil von mir wünscht sich, dass sein Wagen einfach verdampfen würde. Wie kann er es wagen, so zu tun, als wäre nichts geschehen?

»Cos? Babe, bitte antworte mir. Bitte? O Gott …«

Scheiße! Habe ich das gerade tatsächlich laut gesagt oder nur in Gedanken?

Wenige Momente später wird die rote Flagge gezeigt.

Mir fällt nicht auf, dass mein Gesicht tränenüberströmt ist, bis Klaus mich an den Schultern von einem Kameramann wegdreht, der mir so nahe ist, dass er ebenso gut meine Zähne röntgen könnte. Mit finsterer Miene winkt Klaus den Mann weg.

Was zum Teufel tue ich hier? *Weinende Renningenieurin* wird das nächste virale F1-Meme sein, das auf unterschiedliche Arten mit Photoshop abgewandelt wird – ich weiß doch, wie so was läuft. Im Moment ist mir das allerdings egal, denn alles, was ich will, ist, Cosmins Stimme zu hören.

»Klaus.« Ich breche vor ihm zusammen.

»Er ist durch den Halo und die Überrollvorrichtung geschützt – das weißt du, Schatzi«, erklärt er mir streng. »Reiß dich zusammen.«

»Warum antwortet er dann nicht?« Meine Stimme klingt panisch.

»Wahrscheinlich, weil er bewusstlos ist.«

»Oder …«

»Stopp«, unterbricht er mich. Dann wird sein Tonfall weicher. »Sieh dir die Daten der biometrischen Handschuhe an.«

Mit einem Blick auf den Monitor erkenne ich, dass er natürlich recht hat: Die Sensoren in Cosmins Rennhandschuhen zeigen an, dass sein Puls schlägt. Als ich Klaus wieder ansehe, macht er die vertraue Geste: ein Tippen an die Brust, das Heben der Hand, ein Tippen an die Stirn. *Dein Kopf ist über deinem Herzen, Schatzi.*

Das Team an der Boxenmauer schaut starr auf die Bildschirme, während alle Fahrer in die Boxengasse zurückkehren. Es ist merkwürdig still, abgesehen von dem dauerhaften rauschenden Lärm der Menge und dem Motor eines Hubschraubers.

Dann höre ich ihn.

»Mir … mir geht es gut.« Cosmins mitgenommene Stimme in meinen Ohren lässt mich von innen heraus erstrahlen.

Oh verdammt, dankedankedankedanke!, ist alles, was mein Gehirn ausspuckt.

»Verstanden. Gute Neuigkeiten, Legs«, erwidere ich in einem sachlichen Tonfall.

Es gibt hundert andere Dinge, die ich gern sagen würde. Seine Stimme zu hören, der Beweis, dass er lebt, erleichtert mich so sehr, dass ich auf meinen Platz sinke. Dann sehe ich zu, wie die Streckenposten den Wagen so bewegen, dass Cosmin rausklettern kann. Er wirkt ein wenig unsicher auf den Beinen, als der medizinische Koordinator ihn für weitere Untersuchungen zum Medical Car führt.

Ich reibe mir meine brennenden Augen und verfolge, was passiert, wobei ich mich frage, ob ein Krankenwagen gerufen wird. Schließlich wird entschieden, dass er stabil genug ist, um im Wagen, in dem er sitzt, zum medizinischen Dienst an der Rennstrecke mitfahren zu können.

Endlich kann ich wieder durchatmen.

Mit Blick in Klaus' Richtung entferne ich mein Headset. »Ich gehe rüber.«

Er zögert kurz, bevor er nickt.

Eilig renne ich zu einem Aprilia-Roller in der Nähe, springe auf, setze mir den Helm auf und bahne mir meinen Weg zum medizinischen Dienst.

Zeitgleich mit mir kommt auch Reece dort an, zusammen auf einem Roller mit einem Mechaniker aus der Werkstatt. Sie springt ab, als ich mir den Helm abziehe, sodass wir uns am Eingang treffen.

»Wir reden später über deinen öffentlichen Ausbruch«, sagt sie steif und hält mir die Tür auf.

Stolpernd bleibe ich stehen. »Wir haben weitaus größere Sorgen. Der Fokus sollte auf Cosmin liegen.«

»Ich frag mich, was Mo gedacht hat, als er es mit eigenen Augen sehen konnte.«

»Er hat wahrscheinlich gedacht, dass es menschlich ist! Warum mischst du dich in meine Angelegenheiten ein?«

»Weil du und Cosmin mich eindeutig angelogen habt«, versetzt sie. »Ich hatte null Bock, mich mit eurem schmutzigen kleinen Geheimnis rumzuschlagen, aber ihr zwei habt es zu meiner Angelegenheit gemacht. Und schau dir an, wohin es geführt hat! Niemand wollte auf mich hören, und jetzt ist deine Deckung aufgeflogen.«

Ein bitteres Lachen entfährt mir. »Meine Deckung? Was ist das hier – ein Spionagefilm über den Kalten Krieg?« Wütend marschiere ich davon, den Stimmen entgegen, die ich höre.

Cosmin sitzt auf einer Liege und wird von einem Arzt und einem Krankenpfleger untersucht. Sein Rennanzug ist bis zu den Hüften runtergezogen.

Als er mich sieht, hebt er eine Hand. Sein Blick wirkt müde, aber auf seinen Lippen liegt ein mattes Lächeln.

»Draga mea«, stößt er aus. »Vino aici și sărută-mă.«

Diesen Satz verstehe ich – *Komm her und küss mich!* –, und ich vermute, dass er glaubt, niemand im Raum würde ihn verstehen, bis er Reece hinter mir entdeckt und erschrocken die Augenbrauen hochzieht.

Ohne ihr Beachtung zu schenken, gehe ich mit ausgebreiteten Armen auf Cosmin zu und umarme ihn ganz fest.

»O Gott, ich bin so froh, dich zu sehen«, sage ich an seinem Hals.

Als ich mich von ihm löse, legt er mir eine Hand an die Wange und streicht mir mit dem Daumen sanft über die Wimpern. Schließlich fällt sein Blick hinter mich, vermutlich auf Reece.

Sichtlich widerwillig lässt er die Hand fallen und verzichtet auf einen Kuss.

Sie weiß es, forme ich mit den Lippen.

Als Reece' Handy einen Ton von sich gibt, entsperrt sie es. »Die Rennstrecke ist fast wieder bereit – in ein paar Minuten ist Re-Start. Valle hat eine Zeitstrafe von zehn Sekunden bekommen, weil er eine Kollision herbeigeführt hat.«

»Zehn Sekunden?« Als mir Valles Existenz wieder in Erinnerung gerufen wird, bin ich mit einem Mal wutentbrannt. »Ich habe 'ne bessere Idee für diesen unfähigen Wichser – wie wär's mit zehn Sekunden in einem Raum mit mir und einem Baseballschläger?«

»*Reiß dich zusammen.*« In Reece' Worten, die sie mit zusammengekniffenen Augen über die Lippen bringt, schwingt eine versteckte Botschaft mit. Dann wendet sie sich an den großen Mann mit dem dichten Walrossschnurrbart. »Doc, kann ich ein Video von Cos aufnehmen – für die Fans?«

Mit einer einladenden Handbewegung tritt der Arzt nach hinten.

Der arme Cosmin fährt sich erschöpft mit einer Hand durch sein Haar, stets bereit, den Showman zu spielen. Seine Miene wirkt resigniert, denn er weiß genau, dass er ein Produkt ist, das unbeschädigt wirken muss.

»Können wir ihm einen Moment Zeit geben, verdammt?«, frage ich Reece, die bereits ihr Handy hebt.

Sie bedenkt mich mit einem strengen Blick. »Ja klar, lass uns warten. Derweil wird ja nur die Hälfte der weiblichen Weltbevölkerung auf der Couch ohnmächtig. Es gibt jetzt schon den Hashtag *RIPCosmin*, und es ist nicht mal eine halbe Stunde her.«

Nun wende ich mich ihm zu, fahre mit den Fingern durch sein Haar und streiche über seine Augenbrauen. Aus einem Impuls heraus drücke ich ihm einen Kuss auf die Nasenspitze.

Er umfasst mein Gesicht mit den Händen und streift meine Lippen mit seinen.

So viel zum Thema Diskretion.

Ich trete zurück, damit Reece das Video filmen kann.

Sofort tippt sie auf das Display und nickt.

Cosmin setzt eine strahlende Miene auf. »Hallo, alle miteinander«, beginnt er. »Vielen Dank für eure Anteilnahme und eure lieben Wünsche! Dank des kompetenten Streckenposten- und Medizinteams hier in Silverstone bin ich gut in Schuss und freue mich schon auf den Hockenheimring in zwei Wochen. Vielen Dank!«

Im Anschluss verdunkelt sich seine Miene sofort wieder, und er reibt sich mit einer Hand das Gesicht. Er zittert sogar.

Besorgt schaue ich den Arzt an.

»Alles in Ordnung«, versichert mir der Mann. »Das ist ganz normal nach einem Adrenalinstoß, weil der Blutzuckerspiegel rapide sinkt.«

Der Krankenpfleger reicht Cosmin ein Päckchen Glukose-Gel.

Reece schaut von ihrem Handy auf, als ich ihren Namen sage, woraufhin ich ihr mit einer Kopfbewegung zu verstehen gebe, dass wir zwei in den Flur hinaustreten sollten. Während ich rückwärts den Raum verlasse, bemühe ich mich, professionell zu wirken, indem ich mich räuspere. »Schön, dass es dir gut geht«, sage ich zu Cosmin.

»Wir sehen uns zu Hause, draga mea. Te iubesc.«

Er weiß ganz genau, dass Reece gerade gehört hat, wie er »Ich liebe dich« zu mir gesagt hat.

Während ich mich abwende, huscht mir ein verstohlenes Lächeln über die Lippen. Mir geht das Herz auf, denn zum ersten Mal fühlt es sich an, als sei all das echt. Wie ich immer wieder vergesse, ist die Angst im Vorfeld stets schlimmer als die Realität, wenn sie tatsächlich eintritt.

Reece schweigt, als wir zusammen den Ausgang ansteuern.

Ich bin sowohl beschwingt als auch ängstlich, denn ich frage mich, was passieren wird, jetzt wo die Katze aus dem Sack ist.

20

ENGLAND

Phaedra

Zu dem Zeitpunkt, zu dem das Rennen endet, trendet dank des Videos, das Reece gepostet hat, *#RIPCosmin* nicht mehr. Stattdessen haben ein paar sexistische Mistkerle – die Art, die sich darüber beschwert, wie »nervtötend« es sei, eine Frauenstimme über den Boxenfunk zu hören – damit begonnen, die Art von Hashtag zu verwenden, vor der ich mich am meisten gefürchtet habe: *#CryingEngineersBeLike*.

Gefolgt von – jepp, ich hab's schon geahnt – Witzen über meine Periode oder dass mir die Schokolade ausgegangen sei oder dass ich gerade *Titanic* gesehen habe oder dass ich mir den Absatz meiner Louboutins abgebrochen habe.

Grandios.

Cosmin ist für den Rest des Tags unter Beobachtung, weil er kurz das Bewusstsein verloren hatte. Als er allen versichert, dass es ihm gut geht, und darauf besteht, gehen zu dürfen, bekommt er eine Verwarnung von den Rennkommissaren. Ich persönlich bin froh, dass sie ihn dazu bewegt haben zu bleiben.

Ein paar Stunden nach dem Rennen bekomme ich eine Nachricht von Klaus, in der er mich bittet, in einen der Meetingräume des Fahrerlagers zu kommen.

Mein Magen zieht sich vor lauter Nervosität zusammen, doch

als ich den Flur durchquere, rede ich mir ein, dass es wahrscheinlich gar nicht allzu schlimm werden wird. Vielleicht will er ja nur ein wenig plaudern. Ein freundliches Gespräch, bei dem er den Arm um mich legt, mich Schatzi nennt, mir warnend mit der Fingerspitze an die Nase tippt und mir mitteilt, dass ich mich in Zukunft bitte mehr zusammenreißen möge.

Diese Hoffnung stirbt jedoch, als mir Klaus und Reece von gegenüberliegenden Seiten des Tisches ernste Blicke zuwerfen. Ein Bildschirm scheint für einen Videocall bereitzustehen – hoffentlich nicht mit meinem Dad.

»Nimm Platz«, bittet mich Reece und deutet auf den leeren Stuhl. Es ist spät, und ich bin müde – die meisten Teammitglieder sind mittlerweile seit mehr als zwölf Stunden an der Rennstrecke. Ich ziehe den Stuhl vom Tisch weg, nehme Platz und winde meine Finger unter dem Tisch ineinander.

»Hoffentlich erscheint gleich nicht Mos Gesicht auf dem Bildschirm«, sage ich. »Mit diesem Mist muss er sich im Moment nicht auseinandersetzen. Mir ist bewusst, dass ein Gefühlsausbruch in unserem Business nicht gerade förderlich ist, aber …«

»Wir haben schon mit Edward gesprochen«, unterbricht mich Klaus und kommt direkt zum Punkt. »Ich glaube, es wäre nicht schlecht, wenn du dich für den Rest der Saison zurückziehst.«

Ein bitteres Lachen entfährt mir wie ein Schluckauf, denn seine Worte treffen mich wie ein Schlag in die Magengrube. »Es *wäre* nicht schlecht? Du unterbreitest mir also einen Vorschlag?« Ich zucke mit den Schultern. »Jepp, okay – abgelehnt.«

»Es ist mehr als ein Vorschlag, Schatzi«, erklärt er. Seine Stimme ist ganz leise und sanft.

»Natürlich würdest du vorerst immer noch für das Team arbeiten«, fügt Reece hinzu, die die Hände zusammengelegt hat und sich um einen mitfühlenden Tonfall bemüht. »Nur in einer weniger zentralen Rolle.«

»Warum? Weil ich mir die Dreistigkeit erlaubt habe zu weinen, als ich geglaubt habe, unser Fahrer wäre tot?«

Reece reibt sich die Stirn unter ihrem kurzen Pony. »Wir wissen alle, weshalb wir hier sitzen.« Sie seufzt. »Lasst uns die Sache wie Erwachsene angehen, damit es nicht zur Farce wird.«

Erst jetzt wird mir bewusst, was sie vorher gesagt hat. »Whoa, whoa, whoa.« Ich hebe eine Hand. »Was soll das heißen, ich arbeite *vorerst* noch für das Team?« Hilfesuchend schaue ich Klaus an, auf dessen Zügen sich eine Kombination aus Entschlossenheit, Widerwillen und Traurigkeit abzeichnet.

Mit einem Mal wird mir bewusst, dass er mich tatsächlich feuern kann, es sei denn, mein Dad hält dagegen. Mo ist streng genommen Klaus' Vorgesetzter, klar. Aber das ist schließlich der Grund, wieso es Teamchefs gibt: um alle Teammitglieder zu managen. Der Teambesitzer dagegen ist eher die Person, dem ein Rennstall gehört – er muss nichts Unangenehmes machen, da er andere Leute eingestellt hat, die das für ihn erledigen.

In meinem Kopf meldet sich eine panische Stimme zu Wort. *Leugne alles ab!* Mir fällt ein, dass Reece mit Sicherheit berichtet haben wird, was auf der Yacht in Barcelona passiert ist – etwas, das weder Cosmin noch ich bestritten haben, als man uns damit konfrontiert hat.

Das Spiel ist aus. Ich bin ersetzlich; Cosmin ist es nicht. Ich bin raus; er bleibt.

Wieder überkommt mich eine Welle der Panik, als ich mir ausmale, dass zehn Jahre Karriere mit einem Mal hin sind. Trotzdem straffe ich die Schultern und bemühe mich um eine Fassade aus ruhiger Abwehr. »Was ich in meiner Freizeit tue, geht niemanden etwas an.« Bei diesen Worten bedenke ich beide mit einem kühlen Blick.

Natürlich geht es das Team sehr wohl etwas an – ich bin absolut im Unrecht. Ich habe mich so in der Sache mit Cos verloren, dass ich mit meiner Pussy gedacht habe. Wenn es um irgendeine andere aus dem Team ginge, würde ich ihren Kopf auf einem Teller fordern, aber das darf ich mir nicht anmerken lassen.

»Phae«, sagt Reece und schließt ungeduldig die Augen, »die Situation hat gezeigt, dass du nicht mehr professionell bist.«

»Warum hast du überhaupt eine Meinung dazu?«, zische ich.

»Ich habe eine Meinung«, schießt sie zurück, »weil deine rebellischen Hormone es zu meinem verdammten Problem gemacht haben.«

»Was für ein Bullshit! Heute war eine Ausnahmesituation. Alle haben sich wegen des Unfalls in die Hose gemacht. Es war kein mädchenhaftes, theatralisches Gehabe, nur weil ich Cos ein paarmal ohne Hose gesehen habe.« Ich werfe Klaus einen wütenden Blick zu. »Hat meine Leistung in Monaco darunter gelitten? Oder in Montréal, Frankreich, Österreich?«

Er lehnt sich mit einem resignierten Seufzen zurück und tippt mit seinem blauen Montblanc-Stift auf die Tischplatte, wobei er mich prüfend anschaut. »Betrachte die Sache doch mal objektiv, Schatzi. Bei einem Sieg geht es oft um eine Tausendstelsekunde. Jedes Zögern, das durch Emotionen hervorgerufen wird, könnte das Todesurteil bedeuten.«

»Meine Arbeit ist hervorragend«, beharre ich. »Von diesem Standpunkt werde ich nicht abweichen. Und wisst ihr was? Ich glaube, ihr blufft nur. Wenn ihr mich wirklich in die Tonne treten wolltet, würden die Leute aus der Personalabteilung mit uns hier sitzen.« Nun halte ich inne und beobachte ihre Reaktion. Offenbar habe ich recht, denn sie widersprechen mir nicht.

»Was hat Mo überhaupt gesagt?«, frage ich. »Will *er*, dass ich aus dem Verkehr gezogen werde? Denn seine Meinung ist mir im Moment am wichtigsten.«

»Wenn man den Zustand deines Vaters bedenkt«, erwidert

Klaus, »wäre es wahrscheinlich ein guter Zeitpunkt für dich, nach Hause zu fliegen, um bei deiner Familie zu sein.«

»Das ist keine Antwort. Außerdem haben Mo und ich schon mehrmals darüber gesprochen, ob ich nach Hause kommen soll. Er besteht darauf, dass ich so lange wie möglich hierbleibe und die Saison nicht von seiner …« Ich habe einen Kloß im Hals. »Von seiner Krankheit beeinflussen lassen soll. Darin war er beharrlich.«

Reece und Klaus wechseln einen Blick, den ich nicht recht zu deuten weiß.

»Soll ich ihn selbst anrufen und nachfragen?«, biete ich an.

Klaus steckt sich seinen Stift in die Tasche, als sei das Thema abgehakt. »Er ist hin- und hergerissen, was das Thema anbelangt, da er nicht neutral sein kann. Daher hat er mir als Teamchef die Entscheidung überlassen.«

Ich erstarre, meinen Blick fest auf ihn gerichtet. So vergeht eine halbe Minute, die sich anfühlt wie eine Ewigkeit. »Hoffentlich lässt du dich bei deiner Entscheidungsfindung nicht davon beeinflussen, dass du eventuell Emerald kaufen willst«, sage ich langsam.

Er wirkt so aufrichtig verletzt, dass ich mir umgehend wünsche, ich könnte die Worte zurücknehmen. Während wir Blickkontakt halten, warte ich vergeblich auf die Geste, auf die ich hoffe – *dein Kopf ist über deinem Herzen, Schatzi*. Warte darauf, dass er mir zeigt, dass zwischen uns alles in Ordnung ist, und er weiß, dass ich nur kurzzeitig aus Frust die Beherrschung verloren habe, so wie immer.

Doch nichts dergleichen passiert, was mich mit Schmerz erfüllt. Seit Jahren ist Klaus nicht nur mein Mentor und Freund, sondern auch so etwas wie ein Familienmitglied. Diese Distanziertheit zwischen uns ist fürchterlich.

Da meine Augen brennen, blicke ich auf meinen Schoß hinab.

»Okay«, gebe ich mich schließlich geschlagen. »Ich vertraue dir, Klaus. Das habe ich immer getan. Du triffst die Entscheidung.«

»Ich würde gern wissen, was ich *deiner* Meinung nach tun sollte. Und sei ehrlich.«

Fuck! Das ist ein Test.

Mit einem Mal macht sich ein Kältegefühl in mir breit, denn ich weiß, wie meine Antwort lauten sollte. »Na schön«, flüstere ich. »Lars kann mich ersetzen. Ich besuche meine Familie in den Staaten. Zumindest für die nächsten ein oder zwei Rennen. Und …« Die Leere in mir ist unerträglich. Wenn ich eine Chance haben will, noch in dieser Saison zurückzukehren, *muss* ich es tun, und ich muss es so wirken lassen, als würde es mich nicht umbringen. »Die Sache mit Cosmin beende ich. Es ist, äh …« Die Lüge will mir kaum über die Lippen kommen. »Es ist ohnehin nichts Ernstes. Ein paar Wochen Abwesenheit sollten alles wieder geradebiegen.« Ich bemühe mich um ein schiefes Lächeln. »Der Typ wird sich schon in ein paar Tagen mit irgendeiner Influencerin oder dem nächstbesten Topmodel trösten – wir wissen doch alle, wie er ist.«

Reece wirkt so erleichtert, dass ich beinahe Mitleid mit ihr habe, auch wenn ich noch so wütend auf sie bin, weil sie sich eingemischt hat.

Klaus hält mir über den Tisch hinweg seine Hand hin, und ich ergreife sie. »Am Ende wirst du froh sein, nach Hause geflogen zu sein«, versichert er mir mit sanfter Stimme. »Es werden noch viele Saisons kommen. Und andere Männer.«

»Klar.« Ich drücke seine riesige Hand und lasse sie dann wieder los.

»Du wirst vielleicht bald in ziemlich große Fußstapfen treten, wenn dir das Team gehört. Sieh zu, dass du deine Sache gut machst.«

Ich kann nicht einschätzen, ob er sich über mich lustig macht oder es nur gesagt hat, um seine wahren Absichten vor Reece zu verbergen. *Viele Saisons? In ziemlich große Fußstapfen treten?*

»Ja, okay.« Ich stehe auf und reibe mir erschöpft das Gesicht.

Reece telefoniert bereits mit Lars und bittet ihn in den Meetingraum.

»Ich bin dann mal weg.« Mit dem Daumen deute ich über meine Schulter. »Für das Gespräch mit Lars braucht ihr mich ja nicht, oder? Ich muss mich um ein paar Dinge kümmern.«

Klaus erhebt sich nun auch und kommt um den Tisch herum, um mich zu umarmen. »Es geht nicht nur um dich, sondern auch um Edward. Bitte bleib stark.«

Verdammt, jetzt weine ich schon wieder! Wegen mir, wegen Klaus, wegen meinem Dad und wegen dem, was ich Cosmin heute Abend mitteilen muss, bevor ich in ein Taxi zum Flughafen steige, um ihn zu verlassen.

21

ENGLAND

Cosmin

Nachdem ich in meinen Leihwagen gestiegen bin, schreibe ich Phaedra, dass es noch eine Stunde dauern wird, bis ich gehen kann. Dann möchte ich sie mit indischem Essen von ihrem Lieblingsrestaurant überraschen.

Ich mache Halt, um Palak Paneer, Chana Aloo und Pakora zu holen, und fahre nach diesem überaus emotionalen Tag voller Vorfreude die verbleibenden Kilometer bis zu ihrem Haus. Als ich die Tür geöffnet und meine Schuhe ausgezogen habe, sehe ich, dass nur das Licht in der Küche eingeschaltet ist, und als ich den Türrahmen erreiche, höre ich sie schniefen.

Den Rücken mir zugewandt, beugt sie sich über etwas auf dem Tisch. Die Bewegung ihres rechten Ellbogens deutet darauf hin, dass sie schreibt. Neben ihr steht eine Flasche Scotch.

Die Tüte mit dem Essen raschelt, als ich unwillkürlich die Hand bewege, was sie zusammenfahren lässt.

Abrupt dreht sie sich zu mir um und legt sich eine Hand an die Brust. »Fuck! So ein Mist, ich …« Anschließend dreht sie sich wieder zum Tisch um, faltet das Papier in der Mitte und schiebt es zwischen ein paar Bücher. »Wie kann es sein, dass du schon zu Hause bist?«

Lachend gehe ich auf sie zu und hebe die Tüte. »Es war ein

schwerer Tag für uns beide, da dachte ich mir, es wäre gut, wenn wir nicht kochen müssen.« Ich stelle das Essen neben dem Scotch ab und beuge mich vor, um ihre Lippen zu küssen, die jedoch verzögert auf meine Geste reagieren. »Du wirkst ja fast enttäuscht, mich zu sehen«, necke ich sie. »Muss ich etwa die Kleiderschränke nach anderen Typen durchsuchen?«

Phaedra stellt sich eilig hin und schlingt die Arme um mich. »Natürlich nicht. Ich wusste nur nicht, was ...«

»Schhhh, meine Süße. Ich verstehe. Ich hatte auch Angst. Eine Sekunde lang habe ich geglaubt, ich würde den Unfall nicht überleben.« Mit einem Kuss atme ich ihren vertrauten Duft ein. »Wir müssen nicht mehr davon sprechen.« Ich lege ihr meine Hände an die Wangen, die sich anfühlen, als seien Tränen darauf getrocknet. »Ich bin mir sicher, du hast von Reece einen Abriss für deinen Gefühlsausbruch bekommen, oder? Aber ich bin froh, dass wir uns nicht mehr verstecken müssen.«

»Cosmin ...«

Ich drücke ihr noch einen Kuss auf die Stirn. »Lass uns beim Abendessen reden – ich bin am Verhungern. Ich gehe mich bloß schnell umziehen.«

Zwei Stufen auf einmal nehmend laufe ich nach oben und betrete das Schlafzimmer, bleibe jedoch abrupt stehen, als ich Phaedras großen Koffer geöffnet auf dem Bett sehe, den sie unordentlich zur Hälfte gefüllt hat, als hätte sie die Kleidung nur achtlos hineingeworfen.

Nun fällt mir wieder ein, wie angespannt sie unten gewirkt hat und dass sie das Blatt, auf dem sie geschrieben hatte, versteckt hat.

Ich gehe zurück in die Küche, geradewegs auf die Bücher zu und ziehe das Papier dazwischen hervor.

Sie springt auf. »Cosmin – nein, gib mir das.«

Als sie versucht, nach der Ecke des Blattes zu greifen, hebe ich es über meinen Kopf. »Warum bist du so nervös, hm?«, frage ich unterkühlt.

Sie macht einen kleinen Sprung und versucht, an den Zettel heranzukommen, doch ich ziehe meinen Arm weg.

»Bitte lies das nicht«, fleht sie. »Ich bin … Es ist nicht …«

»Încerci să mă înșeli?«, murmele ich und kneife die Augen zusammen.

Ihre Augen dagegen sind weit aufgerissen und tränenerfüllt.

»Betrügst du mich?«, frage ich mit kalter Stimme.

»Ich will nicht, dass du es liest, wenn ich hier bin.« Ihre Miene wirkt unendlich traurig.

Jetzt zähle ich eins und eins zusammen: Sie wollte mich verlassen.

Kalte Wut ergreift mich, und ich verlasse eiligen Schrittes die Küche, um mich im kleinen Bad im Erdgeschoss einzuschließen.

»Stopp!« Sie hämmert gegen die Tür. »Nicht so – ich habe alles falsch gemacht.«

Ich lehne mich gegen die Tür und falte das Blatt auf.

Cosmin,

bitte sei mir nicht böse, aber wir können die Sache nicht weiterlaufen lassen. Wir haben die Augen vor der Realität verschlossen, weil wir uns zueinander hingezogen fühlten. Es ist an der Zeit, das zu tun, was für das Team richtig ist, und sollten uns trennen.

Natürlich mag ich Dich sehr. Ich hatte noch nie mit jemandem so viel Spaß (und damit beziehe ich mich nicht nur auf den Sex). Für die nächsten paar Rennen werde ich nach Hause fliegen und Zeit mit Mo und meiner Familie verbringen. Wenn ich zurückkomme, wird es wahrscheinlich nicht mehr wehtun.

Bestimmt wirst Du beim nächsten Grand Prix eine hübsche Deutsche kennenlernen, die Dich von Deinem Liebeskummer ablenkt, haha.

    Ich hoffe, Du

Hier endet der Brief, offenbar weil ich reingekommen bin.

Nachdem ich ihn noch ein zweites Mal gelesen habe, öffne ich die Tür. Da Phaedra nicht in der Küche ist, gehe ich ins Wohnzimmer, wo ich sie in der Dunkelheit vorfinde. Ihre Silhouette wird lediglich von dem schwachen Licht ausgeleuchtet, das durch das Bleiglasfenster aus dem Garten hereinfällt.

Als der Holzfußboden unter meinen Schritten knarrt, dreht sie sich um.

Während ich mich ihr nähere, gehen mir hundert mögliche Sätze durch den Kopf – wütende, traurige, flehende, sarkastische. Ich strecke den Arm aus, zerknittere den Brief und lasse ihn fallen. »Das ist Bullshit«, verkünde ich.

»Es tut mir leid.« Ihre Stimme klingt hölzern.

Im Mondschein sehe ich, dass erneut Tränen auf ihren Wangen glänzen.

Trotz des Drangs, meine Hände an ihr Gesicht zu legen, um sie ihr wegzuwischen, beherrsche ich mich. »Das akzeptiere ich nicht.«

Sie schüttelt leicht den Kopf. »Du hast keine Wahl.«

»*Natürlich mag ich Dich sehr?*« Ich spucke die Worte förmlich aus. »Was zum Teufel soll das? Sind wir plötzlich in der Teenie-Komödie, die wir letztens gesehen haben – dein Lieblingsfilm aus deiner Jugend? Und gleich gibst du mir einen Stift, damit ich dir zurückschreiben kann?«

»Bitte«, wimmert sie und versucht, meine Hand zu ergreifen, doch ich ziehe sie weg, sodass sie sich eine Hand mit einem erstickten Schluchzen vor den Mund schlägt.

Als ich meine Hände um ihre Unterarme lege, schnappt sie nach Luft. Ich frage mich, ob sie glaubt, dass ich ihr etwas antun werde. Onkel Andrei kommt mir in den Sinn – die Erinnerung an seine dunkle Gestalt im Türrahmen meines Zimmers, in einer Hand einen Gürtel. Weil ich ihn wieder einmal enttäuscht habe. Eilig lockere ich meinen Griff um Phaedras Handgelenke und führe sie nach hinten zur Wand. »Dass du vorhattest, mir einen Brief zu hinterlassen … Ich weiß nicht, ob du begreifst, wie viel schlimmer das ist.« Forschend betrachte ich ihr Gesicht, das halb im Schatten verborgen liegt.

Nun lässt sie ihren Tränen freien Lauf. »Ich verstehe dich ja«, flüstert sie.

»Warum hast du es dann getan?« Meine Stimme bricht genauso wie mein Herz.

»Weil ich Angst hatte.«

»Vor mir?«

Sie senkt den Blick. »Vor mir selbst. Ich hatte Angst, dass ich es nicht durchziehen kann, wenn ich dich sehe.«

»Liebst du mich nicht? Erst vor wenigen Tagen …«

»Bitte frag mich das nicht.« Sie schließt fest die Augen.

Als ich sie ganz sanft schüttele, öffnet sie sie wieder.

»Pe dracu! Ich frage dich aber. Ce naiba zici!« Ich lasse von ihr ab und bedecke mein Gesicht mit den Händen.

»Fluche nicht auf Rumänisch!«

Ich ziehe Phaedra an meine Brust. »Bitte entschuldige. Ich bin einfach frustriert.« Vorsichtig führe ich sie zu dem harten Sofa im viktorianischen Stil und ziehe sie auf meinen Schoß.

Erst versucht sie, sich mir zu entziehen, doch dann schmiegt sie sich an mich. »Ich sollte gehen. Aber ich lasse dir den Schlüssel hier.« Trotz ihrer abweisenden Worte entspannt sie sich in meinen Armen und legt den Kopf an meine Schulter.

Ein paar Minuten sitzen wir schweigend da, wobei nur das leise Ticken der antiken Wanduhr zu hören ist.

»Du liebst mich definitiv, Phaedra.« Mit den Fingerspitzen streichele ich das weiche Haar an ihrem Nacken.

»Du bist ein selbstzufriedener, eingebildeter Egomane.«

»Und du bist das brillante, wunderschöne, mürrische Biest, in das ich mich verliebt habe.«

Sie rutscht von meinem Schoß und geht zum Fenster, um zum vom Mond erhellten Garten hinauszublicken. »Cos, ich will keinen Groll hegen und Gefahr laufen, dass es sich auf die Teamdynamik auswirkt. Alle sind der Ansicht, ich sollte mich zurückziehen und eine weniger aktive Rolle übernehmen. Zumindest bis wir beide …«

»Nicht *alle*«, werfe ich ein und erhebe mich auch. »Ich bin anderer Ansicht. Und du bestimmt auch. Wenn überhaupt, war unsere Kommunikation wegen unserer Beziehung *besser*.«

Sie schweigt.

»Oder stimmst du den anderen zu?«, frage ich.

»Ja.«

»Nein.«

Kurz bedeckt sie ihr Gesicht mit den Händen und lässt sie wieder sinken. »Cos, sie haben recht. Die Sache wird am Ende des Tages für niemanden gut sein, außer für uns. Es wird aus dem Ruder laufen. Besser wir trennen uns jetzt, wenn es noch möglich ist, zu …« Sie macht eine Handbewegung, als würde sie etwas ausschneiden und wegwerfen. Vielleicht will sie damit anzeigen, dass sich unsere Beziehung noch entfernen lässt – im Gegensatz zu Mos Krebs.

Ich versuche eine andere Taktik.

»Wenn du mit einer inaktiven Rolle zufrieden bist, steht es uns frei, eine Beziehung zu führen. Oder vielleicht …« Ich zögere, denn ich weiß, wie sie dazu steht. »Vielleicht wäre es gar nicht so schlecht, wenn Klaus tatsächlich Emerald kauft. Dann wäre das Problem gelöst.«

Sie wirft mir einen tödlichen Blick zu. »Für dich oder für mich?«

Beschwichtigend hebe ich eine Hand. »Ich habe mich falsch ausgedrückt.«

Nun marschiert sie in Richtung Küche davon, und ich folge ihr. Die Tüte mit dem Essen zu sehen versetzt mir einen Stich, denn vor nicht mal einer Stunde bin ich davon ausgegangen, dass wir entspannt zusammen essen und danach wahrscheinlich miteinander schlafen würden.

Phaedra schenkt sich einen weiteren Schluck Scotch ein, hebt das Glas und stellt es dann unangerührt und mit angewidertem Blick – wem er gilt, weiß ich nicht – wieder ab. »Das hörst du vielleicht nicht allzu oft, aber nur deine Freundin zu sein würde mir nicht genügen. Ich bin Ingenieurin, kein hübsches Add-on für einen Rennfahrer. Und Emerald ist für mich das Zuhause, in dem ich aufgewachsen bin, und meine Familie. Das musst du begreifen.«

Für gewöhnlich gehe ich Probleme an wie ein Rennen. Ich bin hervorragend darin, kurzfristige Anpassungen vorzunehmen und auf Veränderungen zu reagieren. Dabei finde ich schnell den Schwachpunkt in der Argumentation meines Gegenübers und verschaffe mir einen Vorteil. In diesem Moment wird mir jedoch eines klar: Diese Strategie bei Phaedra anzuwenden, fühlt sich falsch an.

Was ich ihr eigentlich sagen wollte, ist: *Wir können Zeit getrennt voneinander verbringen, unsere Beziehung aber auch weiterführen, während du in Amerika bist. In der Zukunft werden wir einfach diskreter sein.* Stattdessen basiert das, was ich tatsächlich zu ihr sage, auf meiner Erinnerung an das, was sie mir am Mittwoch geraten hat, nachdem wir uns über meine Schwester unterhalten haben.

»Phaedra.«

Sie blickt auf.

»Ich werde dir nicht vorschreiben, was du fühlen sollst, meine Liebste. Stattdessen *frage* ich dich, was du fühlst.«

Während sie mich eingehend studiert, kaut sie auf ihrer Unterlippe herum. »Wirklich?«

»Ja. Was immer du willst, ich werde mich danach richten.«

»Okay. Gut.« Sie hält meinem Blick mit nüchterner Miene stand. »Ich will Schluss machen.«

Zuletzt habe ich geweint, als eins der Kinder aus Vlasia House an Leukämie gestorben ist, aber nun überwältigen mich meine Gefühle erneut. Meine Augen brennen, und auf meiner Brust scheint ein Gewicht zu liegen.

»Ich hatte auf eine andere Antwort gehofft«, bringe ich hervor.

»Ich weiß.«

»Bist du dir sicher?«

Sie schweigt so lange, dass neue Hoffnung in mir aufkeimt. Endlich spricht sie wieder. »Als Emerald dich unter Vertrag genommen hat, meinte Mo zu mir: ›Das ist der Bursche, der uns aus dem Mittelfeld rausholt.‹ Und ich werde ihm bestimmt keinen Strich durch die Rechnung machen, nach dem Motto: *Ich weiß, dass es alles ruinieren könnte, worauf das Team acht Jahre lang hingearbeitet hat, aber der Sex ist einfach total gut.* Die Sache ist wichtiger als unsere Beziehung. Ja, ich habe Gefühle für dich, meinem Vater bin ich allerdings so viel schuldig ...« Ihre Stimme bricht.

Ich mache einen Schritt auf sie zu, doch sie hebt die Hand, um mir Einhalt zu gebieten, und wischt sich eilig die Tränen weg.

»Und das Einzige, was ich ihm zu bieten habe, ist das sichere Wissen, dass Emerald in guten Händen wäre, sollte er sich dazu entscheiden, mich zu seiner Nachfolgerin zu machen. Ergibt das einen Sinn?«

Ich lehne mich an die Spüle und klammere mich an der Kante fest. »Ja.«

Sie seufzt so schwer, dass ihre Schultern sinken. Ich bin mir nicht sicher, ob sie erleichtert oder genauso niedergeschlagen ist wie ich, und ich traue mich auch nicht zu fragen.

»Ich hoffe, es war mehr als guter Sex.« Ich begegne ihrem Blick. »Denn für mich war es das definitiv.«

»Auf jeden Fall«, pflichtet sie mir mit heiserer Stimme bei. »Und ich weiß, dass es viel befriedigender wäre, die Sache zu beenden, indem wir uns gegenseitig anbrüllen – Wut ist einfacher als Traurigkeit. In Bahrain hast du es ja selbst erlebt: Wut ist meine Standardreaktion. Aber in den meisten Fällen enden die Dinge im Leben mit einem Wimmern, nicht mit einem Schrei.«

Ich schenke ihr ein müdes Lächeln. »Sollte das etwa ein Witz darüber sein, dass ich dich zum Schreien gebracht habe?«

Zu meiner Erleichterung erwidert sie mein Lächeln, genauso erschöpft. Schließlich greift sie nach einer Serviette und putzt sich leise die Nase. »Wir werden auf keinen Fall Abschiedssex haben. Das würde mir den Rest geben, und es ist ohnehin schon schlimm genug.« Sie erhebt sich und deutet mit dem Kopf in Richtung Treppe. »Ich werde jetzt zu Ende packen. Im Augenblick will ich einfach allein sein.« Mit diesen Worten verlässt sie die Küche, ehe ich etwas erwidern kann, und verschwindet um die Ecke. Im nächsten Moment knarren die Treppenstufen unter ihren Schritten.

Es tut weh, so weit entfernt von ihr zu sein, wenn ich so viele Gefühle habe. Meine Brust fühlt sich an, als hätte sich ein Gewicht daraufgelegt, aber als ich meine Niederlage akzeptiere und meine Sicht vor Tränen verschwimmt, bin ich zugleich dankbar, allein zu sein.

—

Als sie aus dem Schlafzimmer kommt, sitze ich auf der obersten Stufe. »Ich trage deinen Koffer.« Mit diesen Worten stehe ich auf.

Phaedra erhebt keine Einwände, sondern lässt mich nach ihrem Gepäck greifen und folgt mir die Treppe hinunter zur Tür.

Unten angekommen, begegne ich ihrem Blick. »Hast du …«

»Ich habe ein Taxi gerufen, ja. Es ist gleich hier.«

Ratlos schauen wir einander an. Ich atme ein, um zu sprechen, doch sie macht eilig einen Schritt auf mich zu und legt mir ihre Finger an die Lippen.

»Keine letzten Worte. Schließlich ist das keine Hinrichtung oder so. Lass uns im Guten auseinandergehen.«

Kaum etwas ist so frustrierend wie eine unterbundene Liebeserklärung. Doch als ich ihre Hände ergreife, erhebt sie keine Einwände.

»Versprichst du mir etwas?«, fragt sie. »Lass uns dafür sorgen, dass das Opfer, das wir bringen, wenigstens nicht umsonst war. Bitte blase nicht Trübsal, sondern konzentriere dich voll und ganz auf die Rennen. Ich wünsche mir einen Podiumsplatz genauso sehr wie du.«

»Ich werde dich und Mo stolz machen.« Die Worte kratzen in meinem Hals.

Phaedra zieht einen Schlüsselbund aus ihrer Tasche und entfernt zwei Schlüssel davon, um sie mir zu geben.

Ich schiebe sie in meine Hosentasche. »Können wir wenigstens telefonieren?«

Sie schüttelt den Kopf. »Wir sehen uns in Video-Meetings – mehr ertrage ich nicht.« Als ihr Handy vibriert, senkt sie den Blick. »Das Taxi ist hier.«

Mein Herz zieht sich zusammen, und mir gehen tausend Gedanken durch den Kopf – Stimmen, die sich zu einem stetigen Lärm vermischen wie bei dem Publikum auf den Tribünen. Ich nehme ihre kalte Hand. Meine Traurigkeit bringt mich fast um.

»Als du mich auf Santorin auf meine verwundbare Stelle angesprochen hast … *Das* ist sie.« Ich lege ihre Hand an mein Herz.
»Du hast den Pfeil abgefeuert, draga mea. Und das Ziel getroffen.« Nun lege ich meine Hände an ihre Taille.

»Ich bin …«

Mehr kann sie nicht sagen, denn ich presse meine Lippen auf
ihre, hebe sie hoch und trage sie die wenigen Schritten bis zur
Wand, um sie dagegen zu drücken.

Unser Kuss ist fieberhaft, hungrig, als würden wir voller Verzweiflung versuchen, unsere Einsamkeit zu vertreiben. Sie greift
in mein Haar und stöhnt an meinem Mund.

Als wir uns eine Minute später voneinander lösen, ist mein
Gesicht nass, doch ich weiß nicht, von wem von uns beiden die
Tränen stammen.

Sie macht sich an der Klinke zu schaffen und öffnet die Tür
schließlich. Dann greift sie nach ihrem Koffer und schiebt meine
Hand energisch weg, als ich versuche, ihr zu helfen, und zieht
den Koffer nach draußen.

»Wie du in Barcelona gesagt hast«, presst sie hervor, »du hast
jeden einzelnen Teil von mir erobert.« Sie schüttelt den Kopf.
»Mach die Tür zu, Legs. Sieh nicht zu, wie ich gehe.«

22

NORTH CAROLINA
ENDE JULI

Phaedra

Das Haus in Holden Beach ist der einzige Ort, an dem wir uns während meiner Kindheit je benommen haben wie eine normale Familie. Daher ist es keine Überraschung, dass Dad hier sterben möchte. Es ist ein wunderschönes Strandhaus mit fünf Zimmern und glatten weißen Oberflächen in Kombination mit rustikalen Details, die es wohnlich wirken lassen.

Als Kind hatte ich ein gespaltenes Verhältnis zu dem Haus, denn ihm fehlt die Garage und Werkstatt, die wir in Charlotte hatten. Deshalb war ich jedes Jahr mürrisch, wenn wir herkamen. Dad bestand allerdings darauf, dass wir die Zeit, in der keine Rennen stattfanden, an der Küste verbrachten, was mich dazu gezwungen hat, mit meiner Familie zu interagieren.

Leider habe ich für gewöhnlich meine zwei Jahre jüngere Schwester Aislinn ignoriert und mich stattdessen meinen geliebten Lehrbüchern gewidmet. Im Alter von acht bis zehn Jahren steckte ich meine Nase dauerhaft in Mathe- und Physikbücher für die Highschool. Als ich elf wurde, stieg ich auf College-Bücher um, die mir Dad in einer Universitätsbuchhandlung kaufte.

Meine Mutter tut so, als hätte sich nichts verändert, und verdrängt die Tatsache, dass Aislinn und ich mittlerweile zynische Erwachsene sind und Dad bloß noch wenige Wochen zu leben hat. Sie scheint zu denken, dass alles gut werden wird, solange nur die Sofakissen ordentlich aufgeschüttelt sind, die Fußböden glänzen und Essen im Ofen schmort.

Dad erzählt viele Geschichten aus der Vergangenheit: witzige, schlaue und niedliche Dinge, die Aislinn und ich als Kinder getan haben, Erinnerungen an die Anfänge seiner Beziehung mit Mama in den Achtzigern (ihre Haare sind immer noch unfassbar bauschig – ich glaube, ihr gehören Anteile von Drei-Wetter-Taft), an seine Jugend in Fairmont, an all die Streiche, die er mit unserem Onkel Skeet ausgeheckt hat.

Solange ich zurückdenken kann, war Mo ein großer, witziger, »hauptsächlich muskulöser Typ mit ein wenig Hüftgold« mit leuchtenden Augen und charmanten Lachfalten. Die Krankheit lässt ihn ausgemergelt wirken. Er unterzieht sich keiner Chemotherapie oder Bestrahlung, weil man ihm von Beginn an unmissverständlich erklärt hat, dass es ihm nur ein wenig mehr Zeit verschaffen würde. Mo war der Ansicht, er könnte auf die paar zusätzlichen Monate verzichten, wenn er diese mit Übelkeit und Glatze verleben müsste.

Er ist so furchtlos, dass es mich erschreckt. Aislinn hat berichtet, Mama habe ihr von Dads Reaktion auf die Diagnose des Onkologen erzählt. Er war eine halbe Minute lang still und hat schließlich gesagt: »Okay, dann also los.« Und damit meinte er keine Behandlung, sondern das Sterben.

Ich kenne keinen anderen, der so etwas von sich geben würde, außer meinen Vater.

»Mädels«, ruft Mama tadelnd, während sie eine dampfende Auflaufform mit Wolfsbarsch aus dem Ofen holt, »legt eure blöden Geräte weg, sonst schließe ich sie im Schnapsschrank ein.«

Mama trinkt keinen Alkohol, daher war der Schnapsschrank schon immer der Ort, an dem alles, was schlechtes Benehmen förderte, eingeschlossen wurde: Spielsachen, um die wir uns gestritten haben, das Tamagotchi, das Aislinn mit sieben pausenlos angestarrt hat, manchmal meine Lehrbücher, Lipgloss mit Geschmack (weil sie behauptete, er sei »billig«), Dads Zigarren, die er in seltenen Fällen rauchte.

Bittere Wahrheiten und unangenehme Gedanken sperrt Mama ebenfalls in einen Schrank.

Eigentlich hatte ich damit gerechnet, dass wir uns früher oder später über Mos Krankheit unterhalten würden – dass sie mich hin und wieder vielleicht sogar anrufen würde, um sich mit mir allein zu unterhalten, statt nur Hallo zu sagen, wenn sie jemand vor die Kamera zerrt –, aber das ist bisher nicht geschehen.

Ich weiß selbst nicht recht, ob ich das als merkwürdig oder als Erleichterung empfinde, doch in den letzten Monaten hat sie immer nur eine finstere Miene gemacht und mit ihrer manikürten Hand abgewinkt, wenn ich Mos Krebs erwähnt habe. »Um Gottes willen, können wir uns bitte auf das Positive fokussieren?«, ist ihr Kommentar gewesen.

Nun blicke ich von meinem iPad auf, auf dem ich mir vornübergebeugt an der Kücheninsel die Daten des DIL-Simulators ansehe. »Wir sollen die blöden Geräte weglegen?«, frage ich empört. »Ich arbeite, Ma – es ist nicht so, als würde ich *Minecraft* spielen.«

»Und ich …« Linn schaut auf. Ich kenne diesen Blick, dieses Zögern. Sie wird Mama eine Halbwahrheit auftischen, die sie so auslegt, dass es streng genommen keine Lüge ist. »Ich lese eine Nachricht von meinem Boss bei Charles Schwab.«

Aha. Dann schläft sie also mit ihm. Erwischt, du kleines Luder!

Als sie bemerkt, dass ich sie aus dem Augenwinkel beobachte, bedenkt sie mich mit einem ungeduldigen Blick – die grünen

Augen aufgerissen, die geraden gebleichten Zähne zusammengebissen in einem Versuch, feindselig zu wirken. Ihre perfekten honigblonden Augenbrauen würden empört in die Höhe schießen, wenn sie nicht durch zu viel Botox reglos wären. (Wer lässt sich mit dreißig so was spritzen?)

Schmunzelnd richte ich meine Aufmerksamkeit wieder auf das iPad.

»Ihr seid beide auf Heimaturlaub und solltet nicht arbeiten«, beharrt Mama, die Hände in die Hüften mit der Schürze gestemmt.

»Daddy hat mich *gebeten*, einen Blick drauf zu werfen«, verteidige ich mich. »Linns Ausrede kenne ich nicht.«

»Ach, fick dich«, murmelt meine Schwester.

»Aislinn Augusta Morgan!«, versetzt meine Mutter. »Was soll diese Ausdrucksweise?«

»Fick dich selbst!«, erwidere ich an meine Schwester gewandt.

»Phaedra Harriet Morgan, ernsthaft?« Mama schnalzt mit der Zunge.

Natürlich hat Aislinn von unserer Mutter nicht nur Zähne, die gerade gewachsen sind, ohne dass sie im Gegensatz zu mir zwei Jahre lang eine feste Zahnspange tragen musste, und Körbchengröße C geerbt, sondern wurde mit zweitem Namen auch noch nach Mamas Heimatstadt benannt, während ich – die glückliche Erstgeborene – den Namen einer toten Großmutter bekommen habe, die ich nie kennengelernt habe.

Mama sticht in eine Kartoffel, um zu testen, ob sie gar ist. »Phae, weck deinen Daddy und sag ihm, dass das Abendessen fertig ist. Linny, deck den Tisch.«

»Warum bekommt sie die einfache Aufgabe?«, jammert meine Schwester, als wären wir wieder in der Middle School.

Es überrascht mich jedes Mal aufs Neue, wie schnell wir wieder zu Kindern werden, wenn wir mit unseren Eltern zusammen sind.

Ich klappe die Hülle meines Tablets zu und durchquere das große Wohnzimmer, um auf die Terrasse mit Meerblick hinauszutreten, auf der mein Vater auf einer gepolsterten Liege schläft. Die sanfte Brise zerzaust ihm das dichte, gewellte kastanienbraune mit grauen Strähnen durchzogene Haar. Auf seinem Bauch liegt unter seiner großen Hand bedeckt das gestrige Sonntagskreuzworträtsel, der Stift auf dem Boden neben ihm.

Einen Moment halte ich inne und betrachte ihn entspannt und sorglos schlafend. Es missfällt mir, dass ich ihn in die Welt zurückholen muss, in der er unheilbar krank ist. Objektiv betrachtet wirkt er älter, dünner, krank und müde, aber trotzdem sehe ich in ihm nur den Mann, der mich als Kind auf seinen Schultern an der Rennstrecke durch die Menge getragen hat. Damals habe ich mich immer gefühlt wie eine mächtige Königin, die über einem tosenden Ozean schwebte. Die Geräusche der Motoren und der Menge waren das Rauschen der Wellen.

Wenn er nicht mehr hier ist, werde ich keine Königin mehr sein. Mit einem Mal wird mir schlagartig bewusst, dass ich mich all die Jahre meines Erwachsenenlebens – so gebildet und talentiert ich auch sein mag – nur selbstbewusst gefühlt habe, weil ich wusste, dass mein Dad da sein würde, wenn alles so *richtig* aus dem Ruder lief.

Nun öffnet er seine dunklen Augen und sieht mich mit einem verschmitzten Grinsen an. »Mach doch lieber ein Foto, das hält länger«, scherzt er, ehe er sich ächzend reckt und sich auf der Liege aufsetzt.

»Tut mir leid, dass ich dich geweckt habe. Du wirktest im Schlaf so glücklich.«

»Aber jetzt bin ich noch glücklicher, weil ich dich sehe.«

Ich setze mich auf einen Adirondack-Stuhl und drehe ihn zu ihm um. »Mama hat das Essen fertig.«

Er nickt und greift nach meiner Hand, wobei er zum Meer

schaut und eine Weile schweigt, bevor er wieder spricht. »Ich verlange eine Menge von dir, Chickadee, aber das lag immer nur daran, dass ich weiß, dass du damit klarkommst.«

Ich schenke ihm ein Lächeln. »Ich weiß, Daddy.«

»Worum ich dich jetzt bitten werde, ist etwas Großes, aber du kannst es.«

Mein Magen zieht sich zusammen. Ist das der Moment, in dem er mir verkünden wird, dass er Pläne für das Team hat? Ich bin mir nicht sicher, ob er mich schonend darauf vorbereiten will, dass er Emerald verkaufen wird, oder mich zur Chefin machen will. Oder könnte es um Cosmin gehen? Bisher hat Mo nichts zu dem Thema gesagt und auch den Videocall mit Reece und Klaus nicht erwähnt, der schon mehr als eine Woche zurückliegt.

»Zuallererst das Naheliegende: Kümmere dich um deine Mama und deine kleine Schwester. Deine Ma wird einsam sein.« Er seufzt. »Sechsunddreißig Jahre sind eine lange Zeit, um sich daran zu gewöhnen, wie die Dinge laufen. Das Lächeln, die *Kontrolle* … Man könnte leicht annehmen, dass es ihr gut geht, auch wenn das nicht der Fall ist. Bohre nach, hörst du?«

»Das verspreche ich, Daddy.«

»Das Gleiche gilt für deine Schwester. Sie braucht dich mehr, als du vermutlich ahnst.«

Ich schnaube. »Ich glaube kaum, dass Linn mich braucht. Sie ist doch die Perfekte von uns beiden.«

Er prustet los. »Weil sie sich für hundert Dollar die Haare schneiden lässt und ich dir beigebracht habe, wie man mit dem Rücken zum Badezimmerspiegel die Haare selbst schneidet? Ich spreche nicht von solchen Dingen. Sie ist trotzdem deine kleine Schwester, und sie will deine Anerkennung.«

Obwohl ich skeptisch bin, nicke ich.

»Zu guter Letzt – und das ist die größte Bitte …« Er lässt meine Hand fallen und reibt sich den stoppeligen Kiefer. »Ich habe alles für eine Seebestattung in die Wege geleitet. Es gibt ein Unternehmen in Cape Hatteras, das so was anbietet. Und zwar im Ganzen – nicht als Asche. Keine Einbalsamierung, kein Einäschern. So will ich es.«

Er verschränkt die Arme vor der Brust, als würde er mit Widerstand rechnen, und ich muss zugeben, dass ich tatsächlich schockiert bin.

»Dort wo ich herkomme«, fährt er fort, »verbrennt man Müll, keine Menschen. Aber ich will nicht beerdigt werden. Dort draußen ist man wieder im Spiel, frei in der Welt, nicht eingebuddelt in einer beengten Grube. Man ist wieder *lebendig*.«

Der Gedanke daran, dass ich keinen bestimmten Ort haben werde, an dem ich um ihn trauern kann, ist lähmend, aber ich erkenne, dass es egoistisch ist. Natürlich will er sich frei bewegen – Mo war schon immer rastlos.

Ich kaue auf meiner Unterlippe herum. »Klingt nach einem guten Plan. Aber warum ist das deiner Meinung nach eine große Bitte? Muss ich das Boot selbst aufs Meer hinaussteuern?«

»Deine Ma und Linny hassen die Idee. Sie werden sich nicht dagegenstellen, aber sie verstehen meine Gründe nicht. Du aber bist mir so ähnlich. Ich hoffe, dass du ihnen dabei helfen wirst, Frieden damit zu schließen.«

Einen Moment lang schauen wir beide zum weitläufigen grauen Horizont. Mir gefällt der Gedanke, dass er Teil von so etwas Großem sein wird – dem Ozean. Jedes Mal, wenn ich ins Wasser gehe und mich darin treiben lasse, wird er mich wieder auf seinen Schultern tragen.

Als ich erneut zu ihm aufschaue, habe ich Tränen in den Augen. »Es ist perfekt«, versichere ich ihm. »Du wirst nicht nur bei mir sein, wenn ich hier bin, sondern auch wenn ich am anderen Ende des Atlantiks bin.«

Er lächelt und streckt die Hand aus, um mir einen Stupser

unter das Kinn zu versetzen. »Du kannst jederzeit zum Wasser runtergehen und dich mit mir unterhalten, Chickadee.«

Wieder betrachten wir für einen Moment die Wellen. Das Kreischen der Möwen fühlt sich an wie das Echo meiner Angst, aber für Mo bemühe ich mich, ein entspanntes schiefes Lächeln auf den Lippen zu behalten.

Aus dem Haus ist das Klappern von Geschirr zu hören, während Linn den Tisch deckt, ebenso wie Mamas singender Tonfall, mit dem sie ihr Anweisungen erteilt.

»Ich habe schon gedacht«, sage ich betont leichtherzig, »du willst mir erzählen, dass du das Team verkaufst.«

Er dreht sich überrascht zu mir um und sieht mich an, doch ich halte meinen Blick starr auf das Meer gerichtet, denn ich will, dass er den Eindruck hat, mir alles sagen zu können. Mir ist bewusst, dass er wahrscheinlich keinen anderen Ausweg sieht, als das Team an Klaus zu verkaufen. Und es ergibt einen Sinn, so ungern ich es mir auch eingestehe. Es ist besser für ihn, das Geld anzunehmen und seiner Familie finanzielle Sicherheit zu ermöglichen, statt zu riskieren, dass seine Tochter Emerald in den Ruin treibt.

»Das Team verkaufen?«, fragt er. »An wen denn? Hat jemand Interesse?«

Als ich seinem Blick begegne und er meine schockierte Miene sieht, stößt er ein Lachen aus. Er schüttelt den Kopf, als sei es das Albernste, was er je gehört hat.

»O-okay«, stammele ich, »aber ich meine, äh …«

»Ich habe schon mit deiner Mama darüber gesprochen und mit Charlie und dem Rest des Rechtsteams alles geregelt.« Kurz wirkt er besorgt. »Du willst doch nicht, dass ich einen Käufer finde, oder? Ich habe mir gedacht …«

»Nein – Gott, nein. Natürlich nicht. Ich hatte bloß angenommen, es wäre, äh, Klaus.«

»Klausy?« Mo sieht aufrichtig überrascht aus. »Warum sollte er sich das aufhalsen wollen? Teamchef *und* Teambesitzer?«

»Warte, meinst du das ernst? Ihr beide habt nicht …«

»Ach woher«, erwidert mein Dad und macht es sich lachend wieder auf der Liege bequem. »Klaus hat bereits an dem Tag, an dem ich ihm von meiner Krankheit erzählt habe, von der Übernahme – mit dir als neuer Eigentümerin des Teams – gesprochen. Für ihn war das die logische Schlussfolgerung, ohne Frage.«

Nun lasse ich mich auch auf meinem Stuhl zurücksinken. Ich kann es nicht fassen. Jetzt lasse ich mir noch einmal Klaus' Worte nach Silverstone durch den Kopf gehen und versuche, sie zu analysieren. *Du wirst vielleicht bald in ziemlich große Fußstapfen treten, wenn dir das Team gehört.*

Offenbar habe ich das »Vielleicht« falsch gedeutet, da ich angenommen habe, es beziehe sich darauf, dass es noch in der Schwebe sei, wer das Team übernimmt, dabei hat sich Klaus damit auf das »bald« bezogen, um nicht geradeheraus, sondern auf schonende Weise auszusprechen, wie schnell Mo sterben könnte. Vielleicht schon bald.

Ach du Scheiße! Nun fühle ich mich schlecht, weil ich ihn monatelang verdächtigt habe.

»K-Dog ist auf deiner Seite, Chickadee«, versichert mir mein Dad, drückt meine Hand und schließt die Augen, als sei die Sache damit geklärt. »Er ist dein Erster Offizier und wird dein Schiff steuern, aber du wirst Captain von Emerald sein.«

—

Es ist Samstagabend, und der Große Preis von Deutschland beginnt am Sonntagmorgen unserer Zeit. Mo und ich werden das Rennen live streamen, und ich weiß jetzt schon, dass ich mich davon abhalten muss zu schreien, wenn der Kommandostand an der Boxenmauer eingeblendet wird und ich Lars an meiner Stelle dort sehe – oder eine Aufnahme von Cosmins intensivem Blick unter seinem Helm vor dem Rennen.

Noch immer leide ich unter Schlaflosigkeit, obwohl ich den Jetlag nach zwei Wochen in North Carolina längst überwunden habe. Es muss also an meiner Traurigkeit wegen Dad *und* Cosmin liegen.

Letzte Woche habe ich Cos in zwei Video-Meetings gesehen, in denen wir uns nur mit einem unterkühlt höflichen Hallo begrüßt haben. Klaus hat mir anschließend unterbreitet, dass er mich bis zur Sommerpause im August von allen Arbeitspflichten befreien wolle.

Am Tag nach dem letzten Meeting hat mir Cosmin ein Herz-Emoji geschickt. Auch ich wollte ihm Herzen zurücksenden, habe mich aber am Ende für ein Tintenfisch-Emoji entschieden, weil Tintenfische witzig sind. Ich habe selbst keine Ahnung, was ich damit zum Ausdruck bringen wollte, doch ich habe einfach Panik bekommen. Seitdem habe ich nichts mehr von ihm gehört.

Nun, am späten Samstagabend, sitze ich in meinem Bett und schaue auf die geöffnete Duolingo-App auf meinem Handy hinab. Bereits seit drei Stunden lerne ich mittlerweile, und wenn ich mich jemals auf einem Bauernmarkt in Bukarest wiederfinden sollte, werde ich klarkommen, denn der Fokus auf Obst und Gemüse ist überproportional.

Ich wollte einfach den Klang der Sprache hören. Begonnen hat es als Neugier und hat sich inzwischen zu einem Zwang entwickelt, als könnten mehr neu gelernte Wörter mein schmerzendes Herz heilen. Die spielerische Note des Ganzen ist allerdings düster.

Im angrenzenden Zimmer führt Aislinn schon seit einer Stunde ein Telefonat, das in einem zärtlichen Tonfall und mit lautem Kichern begonnen hat. Seit einer Viertelstunde werden meine blechernen rumänischen Aufnahmen à la »Die große Frau hat einen Apfel und eine Kartoffel« immer wieder von Linns erhobener, angespannt klingender Stimme unterbrochen.

Jetzt höre ich ein dumpfes Klopfen an der Wand, gefolgt von einem Weinen.

Ich lege mein Handy ab und lausche dem gedämpften Schluchzen. Die Worte meines Vaters kommen mir wieder in den Sinn. *Sie braucht dich mehr, als du vermutlich ahnst.*

Ach, was soll's. Einen Versuch ist es wert.

Ich stehe im Bett auf, gehe über die Matratze, hüpfe runter und trete in den Flur hinaus, wobei ich kurz lausche, ehe ich an Linns Tür klopfe.

Nach einer kurzen Pause höre ich ihre Stimme. »Mama?«

Ich stecke meinen Kopf ins Zimmer. »Leider nein. Ich bin's nur.«

»Was willst du?« Sie streicht sich das blonde Haar aus dem Gesicht.

Ich versuche, die Stimmung mit einer ziemlich schlechten James-Stewart-Imitation aufzulockern. Früher haben wir jedes Jahr *Ist das Leben nicht schön* geschaut, daher weiß ich, dass sie das Filmzitat wiedererkennen wird.

»*Ich? Nichts*«, sage ich gedehnt, die Hände in den Taschen meiner Pyjamahose, während ich hineinschlendere wie George Bailey und mich umsehe. »*Ich bin nur reingekommen, um mich aufzuwärmen.*«

»Sehr witzig.«

Ich greife nach ihrem Handy, das sie mit einer ziemlichen Wucht gegen die Wand geworfen haben muss, weil das Display Risse hat, und setze mich auf das Bett, um es ihr zu reichen. »Willst du mir erzählen, was passiert ist?«

»Eigentlich nicht.« Mit finsterer Miene betrachtet sie die Sprünge im Display und legt das Handy auf den Nachttisch.

Jepp, es war eine schlechte Idee.

Ich erhebe mich wieder. »Alles klar. Dann sehen wir uns beim Frühstück.« Es ist nicht meine Absicht, ihr eins auszuwischen, sondern ich weiß einfach wirklich nicht, was ich auf ihr abweisendes Verhalten erwidern soll.

»Phae, warte.« Sie deutet zum Fußende des Bettes. »Sitz.«

Ich hebe meine Hände wie Pfoten. »Ich kann auch einen Knochen auf meiner Nase balancieren.« Mit diesen Worten setze ich mich mit überschlagenen Beinen auf die Bettkante.

»Ach, halt die Klappe.«

»Wird das die Art von Gespräch, für die man Snacks braucht? So ist es jedenfalls immer in Filmen. Solen wir Cookie-Dough-Eis direkt aus der Packung essen?«

»Wenn wir welches dahätten, liebend gern«, erwidert sie mit einem ironischen Blick. »Aber du weißt ja, dass Mama dieses Zeug nicht kauft.« Nun kniet sie sich hin, um nach einer Packung Taschentücher auf dem Nachttisch zu greifen, und ich starre auf ihren perfekten Yoga-Hintern in der hellblauen Leggings, die ich mich niemals zu tragen trauen würde.

»Ich bin schockiert, dass du tatsächlich Eis essen würdest«, murmele ich. »Und deinen Knackarsch aufs Spiel setzen würdest.«

»Na ja.« Sie schnäuzt sich undamenhaft die Nase. »Der Knackarsch hat Remington nicht davon abgehalten, zu seiner Ex-Frau zurückzukehren.«

»Bitte sag mir, dass du nicht mit einem Typen zusammen warst, dessen Eltern ihn nach einer Waffe benannt haben.« Natürlich muss ich mich mal wieder auf das falsche Detail konzentrieren, weil ich einfach gemein bin.

»Ach, hör auf damit.« Sie grinst hinter dem Taschentuch. Vielleicht habe ich doch nichts Falsches gesagt.

Also kann ich den Witz genauso gut fortführen. »Es ist kein Name, den man im Bett leidenschaftlich schreien kann, ohne zu lachen.« Ich lege mir eine Hand an die Stirn wie eine feine Lady, die ohnmächtig wird, und lasse mich rücklings aufs Bett fallen. »Ach, Remington! Besorg's mir, du Sexmaschine!«

Sie beugt sich vor und versetzt mir einen Schlag gegen den Oberschenkel, was mich aufheulen lässt. Grinsend legt sie sich einen Finger an die Lippen, und im nächsten Moment brechen wir überraschenderweise beide in Gelächter aus.

Ich greife nach ihrem Gesicht, so wie ich es früher getan habe, als wir noch klein waren, und sie lässt zu, dass ich ihre Wangen so zusammenquetsche, dass sie Fischlippen bekommt.

»Sag es, sonst setz ich mich auf dich«, fordere ich. »Du weißt, was zu tun ist.«

Kurz sieht sie mich an, als wollte sie einschätzen, ob ich es ernst meine, ehe sie offenbar zu dem Schluss kommt, dass es besser ist, nichts zu riskieren. Dann stößt sie ein schweres Seufzen aus. »Teekanne«, murmelt sie. »Teddybär. Butterkeks.«

Als ich von ihr ablasse, massiert sie ihre Wangen mit einem wütenden Blick in meine Richtung.

»Manchmal hatten wir tatsächlich Spaß«, sage ich, eher zu mir selbst als zu ihr.

Aislinn schnaubt. »Nein, du hattest Spaß, mich zu quälen.«

Hm, ganz unrecht hat sie nicht. Ich schaue sie an und denke an die schlaksige, kraushaarige Plage zurück, die sie einst war. Damals habe ich sie »stinkender kleiner Spinnenaffe« genannt, weswegen ich jetzt ein schlechtes Gewissen habe.

»Tut mir leid.« Ich greife nach einem Kissen, um es mir auf den Schoß zu legen, und fühle mich noch schlechter, als ich erkenne, dass sie offenbar befürchtet, ich würde sie damit bewerfen. »Ich habe nicht viel Zeit mit anderen Kindern verbracht. Den ganzen Tag mit Typen abzuhängen hat mich nicht gerade gut darauf vorbereitet, wie man, äh …« Ich räuspere mich. »Wie man sich als erwachsene Frau verhält.«

Sie beäugt mich. »Aber wenigstens verstehst du Männer wahrscheinlich besser als ich.«

»Pff! Schön wär's.«

Sie dreht einen ihrer Perlenohrringe. »Dann wurde uns vermutlich beiden gerade das Herz gebrochen.«

»Woher weißt du das?« Eine Welle der Panik durchfährt mich. »Stand irgendwas im Internet? Gossip oder so?«

Sie schnaubt. »Du bist keine Kardashian, Phae. Die Welt schert sich nicht um dein Liebesleben.«

Ich spüre, dass es eine gewisse Genugtuung für sie ist, mir das an den Kopf zu werfen, und ich gönne ihr die Rache dafür, dass ich ihr Gesicht gequetscht habe.

»Am Tag vor deiner Ankunft habe ich ein Gespräch mitangehört«, fährt sie fort. »Einen Videocall mit, äh … Wer ist noch mal dieser gut aussehende ältere Typ? Der klingt wie Arnold Schwarzenegger.«

»Klaus.«

»Und die kurzhaarige Britin?«

»Reece. Alles klar.« Ich drehe eine Ecke des Kissens. »Was haben sie gesagt?«

»Ich habe nur die letzten Fetzen mitbekommen, weil sie bemerkt haben, dass ich da war. Daddy klang erschöpft, als er das Gespräch beendet hat, und meinte …« Sie hält inne und bedenkt mich mit einem eindringlichen Blick. »Er meinte: ›Ich bin wirklich enttäuscht.‹«

»Fuck!« Mein Magen zieht sich zusammen.

Kein Wunder, dass er noch kein Wort darüber verloren hat. Ich bin mir sicher, das Letzte, was er während dieser letzten Familienzusammenkunft will, ist, mit mir über das Cosmin-Debakel zu diskutieren. Aber ich habe die Sache ja ohnehin beendet, also gibt es auch nichts mehr zu sagen.

»Was hast du sonst noch von dem Gespräch mitbekommen?«

Aislinn zuckt mit den Schultern. »Mama hat bloß gefragt: ›Hat sie sich mit diesem Jungen eingelassen?‹, und Daddy hat geantwortet, dass er nicht darüber reden will.«

Ich kichere. »Das war eine perfekte Nachahmung von Mamas Stimme. Du hast ohnehin ein bisschen von ihrem Südstaatenakzent.«

»Habe ich nicht!«

»O doch. Und ich würde wahrscheinlich auch so klingen, wenn ich als Kind mehr Zeit mit euch verbracht hätte.«

»Ich habe auf keinen Fall ihren Georgia-Akzent«, beharrt Aislinn.

»Nur ein ganz kleines bisschen. Aber es ist süß.« Ich strecke den Arm aus und pike sie in die Schulter. »Ich wette, Winchester findet es bezaubernd.«

»*Remington*, du blöde Kuh.« Sie lacht und boxt nach mir, doch ich blocke ihren Schlag ab.

Als ihr Lächeln schwächer wird, erkenne ich, dass ich mich egoistisch verhalte. Ich bin hergekommen, weil sie geweint hat, und nun sitze ich hier und frage sie nach Dingen aus, die mich betreffen.

»Hey, Linny«, sage ich jetzt mit einer Ernsthaftigkeit, die uns beide überrascht. »Der Typ hat dich nicht verdient. Du bist schön, klug und vor allem bist du ein netter Mensch. Tausendmal netter als ich.«

Sie winkt ab, doch ich greife nach ihrer Hand, um sie festzuhalten.

»Ganz im Ernst, Linn. Ich bin eine fürchterliche Schwester, das weiß ich. Aber ich werde mich bessern.« Ich drücke ihre Hand. »Ich werde mich um dich kümmern. Ich meine, wenn du mich brauchst.«

Sie schenkt mir ein skeptisches Lächeln. »Warum? Hat Daddy dich auf mich angesetzt? Weil ich so sensibel bin?«

Alles an ihr – ihre Haltung, ihr Tonfall – erinnert mich in diesem Moment an die Zeit, in der wir noch Kinder waren. Mein Herz verkrampft sich, und ich ziehe sie an mich heran, um meine Arme um sie zu schlingen.

»Nein. Weil ich dich verdammt noch mal liebe, du stinkender kleiner Spinnenaffe.«

23

UNGARN
ANFANG AUGUST

Cosmin

Die Tatsache, dass ich letzte Woche am Hockenheimring keine Punkte geholt habe, hat für Spannungen gesorgt. Ich möchte Lars nicht herabsetzen, denn er ist ein guter Renningenieur, aber nachdem ich während der ersten zehn Rennen so hart daran gearbeitet habe, mit Phaedra ein Vertrauensverhältnis aufzubauen, ist es nicht einfach, mich an seinen Kommunikationsstil zu gewöhnen. Hinzu kommt meine Traurigkeit, was in der Kombination das perfekte Rezept zum Scheitern ist. Am Ende habe ich das bisher schlechteste Ergebnis erzielt, seit ich für Emerald fahre.

Klaus ist am Sonntagabend nach dem Rennen in Deutschland in mein Motorhome gekommen. »Mir fehlt die Geduld für kindliches Schmollen«, verkündete er. »Fehler können vorkommen, aber deine heute waren so uncharakteristisch und unnötig, dass ich nur zu dem Schluss kommen kann, du hast es mit Absicht getan.«

Ich hob die Hände. »Jeder hat mal einen schlechten Tag.«

»Nein. Dein Temperament hat nicht nur denjenigen geschadet, auf die du wütend bist, sondern du hast ein Team aus fast tausend Leuten im Stich gelassen.« Er zeigte auf mich. »Sei kein Arsch.«

Trotz meines gebrochenen Herzens und verletzten Stolzes war es am Ende des Tages ein simples »Sei kein Arsch«, das mir den nötigen Anstoß gegeben hat, denn diese Woche stehe ich auf der zweiten Stufe des Podiums.

Klaus geht sicherlich davon aus, dass ich nun doch Begeisterung für Lars als meinen Renningenieur an den Tag lege, aber es ist immer noch Phaedra, die das Geheimnis meines Erfolgs ist. Während des heutigen Rennens habe ich oft ihre Stimme in meinem Kopf gehört und so reagiert, als wäre sie da. Was ich zu ihr in der Woche des Silverstone-Rennens gesagt habe, ist immer noch wahr – vielleicht wahrer als jemals zuvor: *Auf der Rennstrecke bist du in meinem Kopf und überall sonst in meinem Herzen.*

Als die Nationalhymnen während der Siegerehrung gespielt werden, achte ich peinlich genau auf meinen Gesichtsausdruck. Der Gewinner des Rennens, Drew Powell, spielt wie immer mit seiner Cap herum und fährt sich mit den Fingern durch sein bedauerlich schütteres Haar, das zu seinem Ziegenbart passt. Auf der anderen Seite steht Anders Olsson wie eine Marmorstatue.

Ich lasse meinen Blick auf der Suche nach Viorica, die irgendwo hier sein muss, über die Menge wandern, denn sie hat angekündigt, dass sie nach dem Rennen etwas mit mir besprechen möchte.

Als die Musik aus den Lautsprechern verklingt und der Champagner aus der Flasche spritzt, bin ich froh, mich endlich mit etwas anderem ablenken zu können. Die Person, die ich mir mehr als jede andere herbeisehne, ist achttausend Kilometer entfernt, sodass sich selbst dieser große Moment enttäuschend anfühlt. Der Wagen ist für mich derzeit wie ein Exoskelett – das Einzige, was mich zusammenhält.

—

Ein Dutzend der Crew-Mitglieder geht noch weg, um im Szimpla Kert zu feiern. Das ist eine der legendären Ruinenbars in Budapest, worunter man hippe Szenelokale in verfallenen Gebäuden versteht.

Ich habe Viorica eingeladen, uns zu begleiten, und ihr eine Suite in dem Hotel gebucht, in dem auch die Teamkolleginnen und -kollegen von Emerald übernachten, doch sie wollte ihr Zimmer nicht verlassen.

Bevor ich zur Bar aufgebrochen bin, hat sie mir eine Nachricht geschickt.

Komm zu mir, wenn du zurück bist, selbst wenn es spät wird.

Eine Stunde und zwei Cocktails später bin ich froh, dass ich eine Ausrede habe zu gehen. Mindestens hundertmal habe ich auf mein Handy geschaut und gehofft, Phaedra hätte ihrem simplen *Herzlichen Glückwunsch!* kurz nach dem Rennen noch etwas hinzugefügt.

Nachdem ich Jakob und Inge erklärt habe, dass es meiner Schwester nicht gut gehe, texte ich Viorica, dass ich auf dem Weg bin, und steige dann in ein Taxi zum Hotel.

Als sie die Tür zu ihrer Suite öffnet, trägt sie nach wie vor die Kleidung des Tages, obwohl es kurz vor Mitternacht ist. Lediglich ihre Schuhe hat sie ausgezogen. Rica war schon immer ein sehr kontrollierter Mensch, deshalb bin ich überrascht, Alkohol an ihr zu riechen, als ich an ihr vorbeigehe und die Suite betrete.

Im Wohnbereich steht eine zu einem Viertel geleerte Flasche Tokaj-Gin mit einem leeren Glas daneben. Sie schenkt einen weiteren Schluck ein und bietet mir den Drink an.

»Nein danke. Ich habe schon in der Bar getrunken.« Nun deute ich mit dem Kinn auf ihren engen schwarzen Hosenanzug. »Warst du heute auf einer Beerdigung?«

Sie schüttelt den Kopf und leert das Glas.

»Was bedrückt dich, Rica?« Ich deute mit einer Hand zu dem Gin. »Das ist untypisch für dich.«

Sie stellt das Glas klappernd auf dem Couchtisch ab. »Vor zwei Wochen«, beginnt sie vorsichtig, »hast du gefragt, ob ich Grigore Lupu verzeihen möchte. Ich weiß, dass es dich Mühe gekostet hat, mich ohne Wut und frei von jeglichem Urteil darauf anzusprechen.«

»Das hast du Phaedra zu verdanken.« Ich nehme auf dem Sofa Platz und lasse ein leises Lächeln zu. »Ihre Ratschläge sind unbezahlbar.«

»Dann danke ihr bitte in meinem Namen.« Viorica dreht einen Diamantring, der an ihrem rechten Ringfinger steckt und der mir erst jetzt auffällt. »Ich habe deine Frage abgetan, aber die Umstände haben sich verändert.« Nun setzt sie sich in meine Nähe und sieht mich ernst an. »Es ist an der Zeit, dass ich dir von meinem Sohn Iosif erzähle. Der Vater ist … Grigore.«

Verwirrung trifft mich wie eine Rakete. Mein Blick springt von ihrem Diamantring zu ihrem Bauch … flach und scheinbar unverändert.

»Du bist schwanger? Und dann das?« Ich zeige auf den funkelnden Ring, den sie immer noch an ihrem Finger dreht. »Soll das heißen, du …«

»Cosmin. *Nein.* Ich bin nicht schwanger.« Sie rückt näher zu mir heran und nimmt meine Hände in ihre. »Es ist passiert, als ich siebzehn war.«

»W-wo ist das Baby jetzt?«, stammele ich. »Nein, kein Baby. Er muss mittlerweile zwanzig sein.« Ich entziehe Viorica meine Hand und lege sie mir an die Stirn, als könnte ich dadurch das Chaos in meinem Kopf im Zaum halten. »Du willst Lupu heiraten – dieses Schwein?«

»Andrei Ardelean war das Schwein. Grigore hat mich vor einer Ewigkeit vor einem Leben gerettet, das noch viel schlimmer

266

hätte sein können. Bitte lass es mich erklären.« Sie bedeckt kurz ihr Gesicht mit der Hand und seufzt. »Welche Erinnerungen hast du an das Haus unserer Kindheit in der Nähe des Oașa-Sees?«

Ich schüttele den Kopf. »Das Haus war blau, und draußen wuchsen Beerensträucher. Und es gab ein altmodisches Regenfass, in das ich gern meine Hände gesteckt habe. Ich wünschte, ich könnte mich an mehr erinnern.«

»Du warst erst vier«, entgegnet sie sanft. »Als unsere Eltern gestorben und wir zu diesem Onkel gezogen sind, den wir nie getroffen hatten, waren seine ersten Worte an mich: ›Du hast Augen wir gefrorenes Mondlicht‹ – und ich war wohlgemerkt ein vierzehnjähriges Kind.« Angewidert verzieht sie das Gesicht. »Zuerst haben mir die Bemerkungen geschmeichelt. Für eine Weile.« Wieder dreht sie den Ring, als sei er zu eng. »Deine Trauer saß so tief, Cosminel. Und Andrei hatte keine Geduld für die Tränen eines kleinen Jungen. Er hat behauptet, du müsstest abgehärtet werden. Da ich ahnte, was er damit meinte, habe ich ihn dazu überredet, dich im Herbst auf ein Internat zu schicken.«

»Da hattest du deine Finger im Spiel?«

»Ja. Und bitte glaube jetzt nicht, dass ich dir Schuldgefühle einreden will, aber ich habe dafür einen Preis gezahlt.« Mit ernster Miene begegnet sie meinem Blick. »Es war besser, dass du die meiste Zeit über weg warst.«

Nun erhebe ich mich und gehe zum Fenster, wo ich mich so nahe vor die Scheibe stelle, dass ich meinen Atem auf dem Glas sehen kann.

»Ich nehme an, du kennst die Gerüchte über … den *Handel*«, fährt sie fort. »In Wahrheit hat Andrei Grigore eine riesige Summe geschuldet – eine Wettschuld. Es hätte ihn in den Ruin getrieben und uns arm gemacht. Kein Internat, kein Kartsport.«

Ich lehne meine Stirn an die Scheibe und lege meinen gesamten

Fokus auf die kalte Stelle auf meiner Haut. »*Rica, nein*«, flüstere ich und kneife die Augen zu.

»Grigore wusste, wie sehr ich gelitten habe. Es war ein offenes Geheimnis. Die Schulden wurden ihm unter der Bedingung erlassen, dass Grigore mich bei sich aufnehmen würde. Aber ehe du ihn als Helden der Geschichte betrachtest, lass es mich ganz klar ausdrücken. Er war scharf auf ein hübsches sechzehnjähriges Mädchen.«

Wut kocht in mir hoch, doch ich bemühe mich, meine Miene neutral zu halten, während ich zum Sofa zurückkehre.

Viorica steht auf, um ihr Handy vom Nachttisch zu nehmen, das sie anschließend entsperrt. Dann zeigt sie mir ein Foto von einem Foto – auf Hochglanzpapier entwickelt und mit einer umgeknickten Ecke. Die Aufnahme zeigt einen Säugling mit dunkelblondem Haar und einem leichten Lächeln im Gesicht.

»Bis vor ein paar Monaten hatte ich noch nie ein Bild von meinem Sohn gesehen. Und ich hätte nie gedacht, dass ich Grigore vergeben könnte, dass er ihn mir weggenommen hat. Iosif kam zu einer guten Familie in Braşov, aber damals war das kein Trost für mich.« Sie nimmt wieder neben mir Platz. »Als ich Grigore im Mai aufgesucht habe, hatte ich die Absicht, ihn zu bestechen, damit er mir Geld für Vlasia House gibt. Stattdessen hat er geweint, mich um Vergebung angefleht und dieses Foto aus seinem Portemonnaie geholt …« Sie betrachtet das Bild mit ruhigem Blick. »Und mich dann gebeten, ihn zu heiraten.«

Ein paar Momente lang schauen wir einander an.

»Rica, ein Foto macht aber nicht das wett, was er dir angetan hat.«

»Ich weiß.«

»Es macht ihn nicht zu einem guten Menschen.«

»Das ist er definitiv nicht, aber sein Geld wird eines Tages mir gehören – das war meine Bedingung, unter der ich der Verlobung zugestimmt habe. Er ist mir was schuldig. Und, Cosmin: Es steht dir nicht zu, mich für meine Entscheidung zu verurteilen. Darüber wird es keine Diskussion geben. Es ist beschlossene Sache.«

Als ich mich umdrehe und mit zusammengebissenen Zähnen und schmerzendem Herzen die Lichter hinter dem Fenster betrachte, stelle ich mir vor, was Phaedra jetzt sagen würde. *Es ist nicht deine Sache, Legs. Halt die Klappe und hör zu. Sei ein besserer Mensch.*

Mein Gott, ich will es nicht sagen, doch ich muss.

»Ich vertraue dir. Ich werde mich dir nicht in den Weg stellen. Aber kannst du Grigore Lupu lieben, Rica? Einen Mann wie ihn?«

Sie sperrt ihr Handy. »Vielleicht werde ich ihn niemals lieben, aber ich liebe die Erinnerung an Iosif. Das genügt.«

24

NORTH CAROLINA

MITTE AUGUST/ANFANG SEPTEMBER

Phaedra

Der erste Anfall ist der schwerste, zumindest für die Familie. Wir haben im Wohnzimmer entspannt *Doktor Schiwago* geschaut, als Mama Mo fragte: »Bin ich dir zu nahe?« Später erklärte sie, dass er sich auf einmal neben ihr verspannt hatte, und im nächsten Moment hat er gekrampft. Aislinn schluchzte immer wieder: »Daddy! Daddy, nein!«, während Mama »Noch nicht, Bear – Schluss damit!« flehte. Ich wählte derweil schon die Notrufnummer.

Schon seit meiner Teenagerzeit habe ich nicht mehr gehört, wie Mama meinen Dad Bear genannt hat. Damals waren sie noch zärtlicher miteinander, bevor das Reiseleben kleine Risse in ihrer Ehe hinterließ.

Mittlerweile lebt eine Hospizpflegerin bei uns.

Wir befinden uns mitten in der Sommerpause der Formel 1, und Mo hat mir gestern unbekümmert – wahrscheinlich, weil er mir keine Angst machen will – mitgeteilt, dass er einfach nur bis zum Großen Preis von Belgien durchhalten will, »um zu sehen, wie sich unser Bursche schlägt«.

Damit meint er Cosmin. Natürlich ist auch Jakob ein guter

Fahrer, aber mein Dad hat all seine Hoffnung in Cosmin gelegt, besonders seit dem Podiumsplatz vor zehn Tagen. Die Rennstrecke in Spa ist perfekt für Cosmins Stärken, denn sie ist schnell und verlangt eine durchdachte Strategie.

Es wäre fast poetisch, wenn Cosmin in Spa gewinnt, während wir zusehen und Mo anschließend während der Interviews zufrieden grinsend ins herrliche Fahrerlager des Himmels aufsteigen würde.

Der Gedanke, dass er in zwei Wochen vielleicht nicht mehr bei uns sein wird, macht mir Angst. Das ist der Grund, aus dem ich am Mittwochabend, obwohl ich weiß, dass es in Rumänien fünf Uhr morgens ist, einknicke und Cosmin über FaceTime anrufe.

Wir beginnen beide gleichzeitig zu sprechen. Während ich gestammelte Entschuldigungen vorbringe, weil ich ihn geweckt habe, erzählt er mir, wie sehr er sich über meinen Anruf freut.

Er sieht wunderschön aus – zerzaust, verschlafen und gähnend, mit dieser kratzigen Morgenstimme, die mich an die vielen Male erinnert, die wir noch vor dem Morgengrauen Sex hatten.

Da es bei Cosmin noch dunkel ist, lehnt er sich zur Seite und schaltet die Nachttischlampe ein. »Du musst dich nicht entschuldigen.« Er fährt sich mit seiner großen Hand durch das verstrubbelte Haar. »Ich freue mich, von dir zu hören. Obwohl ich natürlich hoffe, dass es keinen traurigen Grund für deinen Anruf gibt.«

»Nee, Mo ist noch unter den Lebenden.« Ich hoffe, dass ich nicht herzlos klinge, doch so drückt mein Dad es selbst immer aus. Ich seufze. »Verdammt, ich bin echt down, Cos! Nat konnte nicht herkommen. Sie hat versucht, sich freizunehmen, aber das Magazin konnte sie nicht entbehren.«

Die Sommerpause ist die Zeit, in der Gerüchte aufkommen und darüber spekuliert wird, ob es bei den einzelnen Teams eine neue Fahreraufstellung geben wird.

»Wir facetimen allerdings regelmäßig«, sage ich mit einer Nachsicht, die ich in Wahrheit nicht empfinde, »aber ...«

Er wartet einen Moment. »Aber«, stellt er fest, »du fühlst dich allein, selbst wenn du mit deiner Familie zusammen bist.«

Eine melancholische Wärme keimt in meiner Brust auf. *Wie kann es sein, dass er instinktiv immer weiß, wie es in meinem Kopf und in meinem Herzen aussieht?*

»Ja«, flüstere ich. »Ich habe Nat gesagt, ich sei froh, dass sie nicht hier sein kann, weil ... du weißt schon.« Mit einer Hand beschreibe ich Anführungsstriche in der Luft. »Weil es hier ›ziemlich hektisch‹ ist. Aber das habe ich nicht aufrichtig gemeint – in Wahrheit habe ich gehofft, dass sie zwischen den Zeilen lesen würde.«

Cosmin schiebt sich ein paar Kissen hinter den Rücken und lehnt sich an, wobei er den freien Arm hinter seinen Kopf legt.

Ich bin sowohl erfreut als auch beunruhigt darüber, dass er kein T-Shirt trägt, und hoffe, dass er nicht sieht, wie ich meinen Blick über seine Muskeln wandern lasse. Eilig verdränge ich die Erinnerung daran, wie unfassbar heiß es war, meine Hände über ihn gleiten zu lassen, während er sich mit seinen muskulösen Armen links und rechts von mir abgestützt hat.

Nun verzieht er voller Mitgefühl einen Mundwinkel. »Wie kann ich helfen? Sprich mit mir.«

Vor lauter Müdigkeit gebe ich einem Impuls nach und sage mit einem schüchternen Lächeln auf Rumänisch: »*Neunzehn blaue Stifte sind auf dem kleinen Tisch neben meiner Brille in dem schweren Rucksack.*«

Während ich mich durch den Satz kämpfe, macht sich ein Grinsen auf Cosmins Gesicht breit. Dann schüttelt er den Kopf und lacht, woraufhin ich mit einstimme.

Es fühlt sich gut an zu lachen. Verdammt, es ist das erste Mal seit einem Monat, dass ich einfach nur glücklich bin! Ich habe tatsächlich vergessen, wie sich das anfühlt.

»Warum hast du dich für diesen ungewöhnlichen Satz entschieden?«, fragt er.

»Weil es der längste ist, den ich kenne.«

Wieder brechen wir in Gelächter aus, und ich ziehe mir die Decke bis zum Hals hoch, um es mir bequem zu machen.

»Wenn du interessantere Sätze lernen möchtest, helfe ich dir gern.«

»Hmmm. Das kann ich mir vorstellen.«

»Warum lernst du überhaupt Rumänisch, dragă?«

Ich lege mir das Haar auf einer Seite um den Hals, um mich tiefer in die Kissen hinter mir sinken zu lassen, wobei er mir zusieht. Das ist ebenfalls ein Gefühl, das ich vollkommen vergessen hatte – für etwas anderes bewundert zu werden als meine Nützlichkeit oder Stärke. Eilig reibe ich mir das Gesicht, um die Tränen zu verbergen, die mir in die Augen treten.

»Diese Situation mit Mo – ich habe das Gefühl, die Kontrolle zu verlieren, und ich brauche etwas, das …« *Mich ablenkt*, rutscht mir beinahe heraus. Plötzlich habe ich Schuldgefühle, weil ich Cosmin in der Vergangenheit tatsächlich oft als Ablenkung betrachtet habe. »Ich brauche einen Fokus, bei dem nichts auf dem Spiel steht«, sage ich stattdessen. »Hier habe ich leider keine Werkstatt und kann nicht an Motoren rumschrauben. Also habe ich mir gedacht, eine Sprach-App könnte ein guter Zeitvertreib sein. Und …« Ich beiße mir auf die Unterlippe und schaue Cosmin an, dessen sanfter Blick mich entwaffnet, sodass die Wahrheit aus mir heraussprudelt. »Ich vermisse es, Rumänisch zu hören«, gestehe ich.

Eine Mischung aus Schmerz und Erleichterung überkommt mich. O Gott, warum habe ich ihn überhaupt angerufen? Mit ihm zu reden ist das Schlimmste und das Beste, was mir seit Langem passiert ist.

»Wie viele Lektionen hast du schon hinter dir?«, fragt er.

»Ich habe tausendeinhundert Wörter gelernt und zwölftausend Punkte gesammelt.«

Er macht eine Pause und beobachtet mich. »Mi-e dor de tine în fiecare zi, şi-mi simt inima frânta«, sagt er langsam und deutlich. »Ich frage mich, wie viele von diesen Wörtern du kennst.« Seine Pupillen sind riesig, was am schwachen Licht liegen könnte, oder an der Tatsache, dass meine Sicht vor Tränen verschwimmt.

Ich öffne den Mund, kann jedoch im ersten Moment nicht sprechen. »›Inima frânta‹ heißt gebrochenes Herz«, flüstere ich. »Es kam zwar in keiner Lektion vor, aber ich habe es schon vor Wochen nachgeschlagen.«

Während wir die Bedeutung der Worte auf uns wirken lassen, betrachten wir einander eingehend.

»Was hat Mo über das gesagt, was Klaus und Reece ihm erzählt haben?«, fragt Cosmin. »Über uns?«

Ich atme zittrig ein. »Er hat mich nicht darauf angesprochen, aber meine Schwester war hier, als der Videocall stattfand. Angeblich hat er gesagt, er sei enttäuscht.«

Cosmin presst gequält die Lippen zusammen.

»Aber die gute Nachricht ist, dass er das Team nicht verkauft.« Ich zeige auf mich selbst. »Du betrachtest gerade den zukünftigen Pooh-Bah von Emerald.« Als mir einfällt, dass er Scooby-Doo nicht kannte, frage ich: »Kennst du den?«

»*Der Mikado*«, erwidert er mit einem Lächeln. »Ja.«

»Okay, dafür bekommst du Extrapunkte – ich habe ehrlich gesagt an *Familie Feuerstein* gedacht.«

Nun müssen wir beide lachen, aber Cosmins schönes Gesicht wird schnell wieder ernst.

»Ich bin froh, dass du zurückkommst.«

Ich zucke mit den Schultern. »In welcher Rolle auch immer, ja.« Ich schlucke schwer, denn ich fürchte mich vor der Frage, die mir auf der Seele brennt. »Datest du, äh, irgendjemanden?«

»Was? Phaedra. *Nein.*« Verwirrung und ein Hauch Feindseligkeit huschen über seine Züge. »Du etwa?«

»Verdammt, Cos! Natürlich nicht.«

Als seine Augenbrauen in die Höhe schießen, kommt mir schlagartig die Erinnerung an den Geruch seiner Haut in den Sinn – an die Wärme seines Gesichts an meinem.

»Ach, bei dir ist es ›natürlich nicht‹, aber bei mir gehst du davon aus?«

»Irgendwie schon«, gebe ich zu.

Er hebt das Kinn. »Dieser Mann bin ich nicht mehr. Ich fühle mich anders. Aber meine Gefühle für *dich* sind immer noch dieselben.«

Mir liegen unzählige Erwiderungen auf der Zunge, doch ich entscheide mich für die, die notwendig ist, obwohl es mir das Herz bricht. »Das ist der Grund, warum Lars an meiner Stelle am Kommandostand an der Boxenmauer sitzt. Also lass uns dafür sorgen, dass es sich lohnt, Legs. Schenke Mo einen Sieg in Spa – es wird sein letztes Rennen sein.«

—

Laut Statistik sterben die meisten Menschen in den frühen Morgenstunden zwischen drei und vier Uhr. Um diese Zeit bin ich, seit ich hier bin, jeden Tag aufgewacht, habe angespannt gelauscht und darauf gewartet, dass die Geräusche der morgendlichen Routine erklingen und mir verraten, dass Mo noch hier ist.

Heute verschlafe ich, da ich einen überaus lebhaften Traum habe. Darin ist Dad bereits auf und sitzt auf dem Sofa, um durch das Fenster die Wellen zu beobachten, als ich aufstehe.

»Wie bist du ohne Rollstuhl hergekommen?«, frage ich.

Er zuckt mit den Schultern, den Blick immer noch aufs Wasser gerichtet. »Ich bin gelaufen.« Dann dreht er sich zu mir. »Lass uns eine Spritztour mit der Corvette machen. Wie schnell kannst du fahren?«

Ich grinse. »So schnell, dass man hinter uns nur noch eine Rauchwolke sieht. Aber Mama hat dich doch schon vor Jahren überredet, die Corvette zu verkaufen … weißt du noch?«

»Sie steht immer noch in der Garage«, verrät er mir mit einem Zwinkern. Dann erhebt er sich, legt seinen großen Arm um meine Schultern und geht sicheren Schrittes mit mir die Treppe runter.

Die 1960er Corvette ist ein klasse Wagen. Ich war fünfzehn, als ich Mo zum Kauf begleitete. Er handelte den Verkäufer von hunderttausend auf neunundneunzigtausend Dollar runter, indem er sagte: »Lassen Sie uns bitte bei einem fünfstelligen Betrag bleiben, damit meine Frau keinen Aufstand macht.« Es ist der Wagen, in dem ich Fahren gelernt habe.

In meinem Traum rasen wir über den Ocean Boulevard, und der Wind zerzaust uns die Haare, während ich auf über hundertsechzig beschleunige. Neben uns über dem Meer geht die Sonne auf.

Meine Mutter drückt leicht meine Schulter, um mich zu wecken, was mich wütend macht, weil sie mich von ihm wegholt. Im nächsten Moment fällt mir ihre finstere Miene auf, und ich höre Aislinn im Nebenraum weinen.

»Nein.« Ich setze mich auf. »Fuck, nein!« Ich schüttele vehement den Kopf und reiße die Decke weg.

»Phae, Schatz. Er ist fort.«

Ich weigere mich, sie anzusehen, denn mit einem Mal kommt es mir unglaublich wichtig vor, dass ich meine Socken finde. Warum halte ich mich damit auf, statt zu ihm zu eilen? Was zum Teufel stimmt nicht mit mir?

Endlich finde ich meine Socken, ziehe sie an und stürme mit der aggressiven Entschlossenheit einer Frau in den Flur, die dabei ist, einen Fehler zu korrigieren, der von ihren unfähigen Mitmenschen begangen wurde. Als ich im Schlafzimmer ankomme, sehe ich vom Türrahmen aus, dass Aislinn auf dem Bett liegt und eine Hand auf Dads Brust gelegt hat. Im ersten Moment überkommt mich der irrationale Drang, sie zu ohrfeigen.

Ich habe mich darauf vorbereitet. Das habe ich – wirklich, *ich schwöre es.*

Aber als ich das Zimmer durchquere, fühle ich mich wie eine Turmspringerin, die perfekte Dreifachsaltos geübt hat, nur um am Turniertag festzustellen, dass kein Wasser im Pool ist.

Ich will fragen, warum Linn vor mir geweckt wurde, doch als sie sich aufrichtet und meinem Blick begegnet, sehe ich, dass sie am Boden zerstört ist, und gönne ihr den Moment. Denn in diesem Augenblick beschließe ich – schließlich kann mir ohnehin niemand das Gegenteil beweisen –, dass mein Vater das Gleiche geträumt hat wie ich, als er die Ziellinie überquert hat.

Aislinn mag die letzte Umarmung bekommen haben, aber mir war das letzte Rennen vergönnt.

—

Mo hat nicht bis Spa durchgehalten. Er ist am Mittwoch, dem 28. August, gestorben, vier Tage vor dem Großen Preis von Belgien. Reece hat es am Donnerstag während der Pressekonferenz bekannt gegeben.

Natalia ist überraschend aus Europa eingeflogen, um zur Seebestattung am gestrigen Samstag zu kommen.

»Du bist hier«, sagte ich erstaunt, als ich sah, wie sie einen Koffer vom Uber bis zur Haustür schleppte. »Warum?«

Mitten auf den Holzstufen blieb sie stehen und sah mich fassungslos an. »*Warum?*« Dann wurde ihre Miene streng. »Weil wir beide dumm und starrsinnig waren und ich diese vorsichtige

Distanziertheit zwischen uns nicht mehr ertrage. Das müssen wir hinter uns lassen, Phae.«

»Du hättest nicht kommen müssen. Ich brauche keine ...«

»Genug.« Sie betrat die Veranda und ließ abrupt das Zugband ihres Koffers los, um mich in ihre Arme zu ziehen. »Diesen Mist brauchen wir nicht mehr. Hör auf, so zu tun, als ob du tough wärst, und ich werde nicht mehr so tun, als würde ich vor lauter Herzschmerz über meine letzte zerbrochene Beziehung nicht bemerken, dass du mich wegstößt.« Kurz löste sie sich von mir und schüttelte mich leicht. »Wir dürfen uns beide nicht mehr verstellen.«

»Aber ...«

»Du befürchtest, dass unsere Freundschaft nicht mehr so sein kann wie früher, und das verstehe ich gut – ich habe genauso große Angst. Aber weißt du was? Ich werde mich bessern.« Mit diesen Worten zog sie ihren Koffer an mir vorbei ins Haus. »Und jetzt geh duschen. Ich mache uns Grilled-Cheese-Sandwiches, dann können wir massenweise Kohlehydrate vertilgen und eine Runde heulen.«

Ohne sie hätte ich die Beisetzung nicht überstanden. Das Gute am Trauern ist vermutlich, dass es einen zwingt, seine Maske abzulegen und sich so zu zeigen, wie man ist. Ich glaube nicht, dass ich mich Nat je näher gefühlt habe als in den letzten vierundzwanzig Stunden.

What a difference a day makes, wie Cosmin einst so treffend zitiert hat.

Am heutigen Renntag sitzen wir in unserem Haupthaus in Charlotte vor dem riesigen Fernsehbildschirm, der vor uns aufragt wie eine Felswand.

In der offenen Küche beschäftigen sich Mama und Aislinn mit ihrem aktuellen Projekt, dem Backen von Brioches. Sie sind ständig mit irgendetwas beschäftigt und reden nur wenig, weil jede auf ihre eigene Art mit dem Verlust umgeht.

Meine Bewältigungsstrategie ist wie immer, mich wie eine Besessene mit Daten auseinanderzusetzen. Das iPad auf dem Schoß, futtere ich Lakritz, weil Mo stets behauptet hat, das sei der Konzentration zuträglich, obwohl wir beide die Einzigen aus unserer Familie waren, denen es schmeckte. Während ich einzelne Stücke davon abbeiße und mit zusammengekniffenen Augen das Display betrachte, kann ich mir beinahe vorstellen, er wäre hier.

Immer wieder blicke ich auf, um mir die Übertragung kurz vor dem Rennen anzusehen, tue aber so, als hätte ich viel größeres Interesse an den Zahlen. Einmal schaue ich genau in dem Moment auf, als Cosmin im Cockpit eingeblendet wird, woraufhin Angst und Begierde in mir aufkeimen. Sofort versteife ich mich und sehe aus dem Augenwinkel, dass Nat mich beobachtet.

»Und du bist dir ganz, ganz sicher, was die Trennung angeht?«, fragt sie in einem mitfühlenden Tonfall.

Ich bedenke sie mit einem warnenden Blick, doch dann erinnere ich mich wieder daran, dass wir ab jetzt offen und ehrlich sein wollen, sodass ich mich um eine weichere Miene bemühe. »Nat? Nicht heute. Ich kann nicht über Cosmin sprechen, okay? Wir haben Mo erst gestern in sein Seemannsgrab geschickt, und das ist das erste Rennen, das er nicht miterleben wird und …« Meine Kehle schnürt sich zu. »Es war sozusagen sein letzter Wunsch, dass ich Emeralds Zukunft nicht aufs Spiel setze, indem ich unseren Starfahrer vögele.«

Nats Blick huscht in Richtung Küche. »Das hat er dir nicht wirklich gesagt.«

»Nicht explizit, aber das war auch nicht nötig. Linn hat berichtet, er sei enttäuscht gewesen«, antworte ich und tippe erbittert auf dem iPad-Display herum. »Ich weiß, was von mir als Teambesitzerin erwartet wird.«

—

Die Gedenkminute für Mo vor dem Rennen lässt mich beinahe zusammenbrechen.

Mama und Linn werden still und stellen sich hinter die Couch, sodass wir alle zum Fernseher schauen können, wo nun alle Mechaniker in der Werkstatt mit gesenkten Köpfen gezeigt werden, dann die Boxen-Crew, die Menge der Zuschauenden, die Teammitglieder an der Boxenmauer und schließlich Jakob und Cosmin – ernste Augen hinter den Helmen.

Als die Minute vorüber ist, ist weiterhin Cosmin im Bild. Seine dunklen goldenen Wimpern heben sich, und es zerreißt mich fast innerlich, weil ich ihn so sehr vermisse und sich meine eigene Trauer in seinen Augen widerspiegelt – Tausende Kilometer entfernt.

Nun wird Klaus gezeigt, dessen schönes, markantes Gesicht düster wirkt. Im Augenwinkel sehe ich, dass Nat sich in ihrer typischen Geste die Hand ans Herz legt.

»Er s-sieht einfach so fürchterlich traurig aus«, verteidigt sie sich, als ich sie mit einem kritischen Blick bedenke.

Sie trägt nicht mehr den Smaragdanhänger und behauptet, über ihn hinweg zu sein. Ende Juni war sie sogar auf einem Date mit einem neuen Typen – ebenfalls ein Journalist (der sich leider als Idiot erwiesen hat), aber irgendetwas sagt mir, dass die Sache zwischen Klaus und Nat noch nicht ganz beendet ist.

Allerdings quetsche ich sie nicht darüber aus. Zum Ehrlichsein gehört auch zu wissen, wann man die Klappe halten muss, statt alles herauszuposaunen. Wir lernen immer noch dazu.

In der 16. Runde des Rennens führt João Valle eine Massenkarambolage mit drei Boliden an Eau Rouge herbei, sodass Cosmin und Mateo außer Gefecht gesetzt sind. Zum Glück wurde jedoch niemand verletzt. In gewisser Hinsicht bin ich froh, dass Mo das nicht mitansehen muss, denn es wäre ein beschissenes letztes Rennen gewesen. Es ist besser, dass er sich ausgemalt hat, Cosmin würde als Sieger daraus hervorgehen.

Valle kassiert für die Aktion Strafpunkte, sodass er bis zum Ende der Saison zwölf hat und irgendwann höchstwahrscheinlich gesperrt wird. Vermutlich wird Harrier die weibliche Ersatzfahrerin Sage Sikora – die ich letztes Jahr unbedingt in unserem Team haben wollte – an Valles Stelle zum Einsatz bringen. Ich bin überaus gespannt, wie sie sich schlägt. Sie hat erfrischend viel Biss und ist das einzige Kind des exzentrischen Internetmilliardärs von der Westküste. Ich kann es kaum erwarten zu sehen, wie sie die Männerdomäne zerschlägt.

Emerald mag dieses Jahr keine Frauen im Cockpit haben, aber mittlerweile gehört mir das Team, und ich habe bestimmt nicht vor, meine metaphorischen Pom-Poms am Fahrbahnrand zu schütteln wie eine affektierte F1-Cheerleaderin, während die großen Jungs Gas geben.

Kurz entschlossen schreibe ich Klaus und teile ihm mit, dass ich zurückkomme.

25

RUSSLAND

ENDE SEPTEMBER

Phaedra

Nach einem Monat, in dem ich mich mit dem organisatorischen Mist rumgeschlagen habe, der nach Mos Tod für meine Übernahme geregelt werden musste, bin ich zur Rennwoche in Sotschi eingetroffen. Aislinn hat mich außerdem dazu überredet, länger in North Carolina zu bleiben, weil sie sich Sorgen machte, Mama könnte denken, ich würde sie nun, da Dad tot ist, nicht mehr brauchen.

Irgendwelche Wichtigtuer, wie Mo sie genannt hätte, von der Regierung schmeißen eine Party, um sicherzustellen, dass auch in Zukunft Autorennen in ihrem Land stattfinden werden. Auf der Gästeliste stehen hohe Tiere von der FIA, Fahrer, Teamchefs und Teambesitzer.

Es heißt immer, dass Frauen gern auf schicke Bälle gehen, doch ich hasse sie wie die Pest. Gestern musste ich mit Nat shoppen gehen, weil sie behauptet hat, keiner der Röcke, die ich besitze, seien angemessen für den Anlass. Dann hat sie mich gezwungen, das dunkelblaue Trägerkleid zu kaufen, das ich nun trage.

Selbst mir ist klar, dass ich es nicht mit meinen Converse

kombinieren kann, daher trage ich High Heels, mit denen ich ungefähr so anmutig wirke wie ein taumelnder Alien aus einem Low-Budget-Film. Mir bleibt also nichts anderes übrig, als den ganzen Abend am Tisch sitzen zu bleiben und in meinem Essen herumzustochern, das vermutlich so viel gekostet hat, dass man ein ganzes Dorf damit ernähren könnte.

Natürlich ist auch Cosmin hier, der in seinem Smoking unerträglich heiß aussieht. Ich habe zu viel getrunken, um mit dieser Tatsache klarzukommen.

Gerade versuche ich, mir den Kaviar schmecken zu lassen (scheitere jedoch), als nackte Frauenbeine neben meinem Stuhl auftauchen.

Wer hat das nackte Mädel reingelassen?, ist mein erster beschwipster Gedanke. Dann lasse ich meinen Blick nach oben wandern, meine rechte Gesichtshälfte wenig elegant ausgebeult von einem zu großen Bissen Toast mit Kaviar, den ich nur mit Mühe runterschlucken kann.

Sage Sikora schmunzelt freundlich. In ihrem Kleid, das viele Riemen und Schnallen hat, wirkt sie wie eine Domina. Sie zieht den Stuhl neben mir zurück, nimmt Platz und stützt sich mit einem Ellbogen auf den Tisch wie ein gelangweiltes Kind.

Ich liebe sie jetzt schon.

»All dieser Mist, den die hier servieren, ist megaeklig«, stellt sie fest und deutet auf meinen Teller. »Ich persönlich hatte auf Tacos gehofft.«

Nun würge ich endlich den letzten Rest des Kaviars hinunter und trinke einen Schluck von dem teuren Wein, wobei es mir irgendwie gelingt, ihn nicht im Mund umzuspülen, bevor ich schlucke, damit es wirkt, als hätte ich Klasse. »Ebenfalls.« Ich halte ihr meine Hand hin. »Phaedra Morgan von Emerald. Übrigens bin ich ein echtes Fangirl, was dich betrifft.«

»Aw, Mensch.« Sie schüttelt mir die Hand. »Danke. Und ich

weiß natürlich, wer du bist. Du bist nicht *von* Emerald, sondern du *bist* Emerald. Das mit deinem Vater tut mir leid.«

»Danke.« Da sich meine Kehle wegen der noch frischen Trauer sofort zuschnürt, mache ich mir Sorgen, dass mich ein Gespräch über meinen Dad – kombiniert mit der Flasche Château Lafite-Rothschild, die ich in Beschlag genommen habe – weinerlich machen und meine Schminke, mit der sich Nat so große Mühe gegeben hat, ruinieren könnte.

Eilig deute ich mit einer Hand auf die Menge. »Meinst du, ungefähr die Hälfte dieser Typen gehört zur Mafia?«, scherze ich.

Sie rümpft die Nase und kneift schelmisch ihre kupferbraunen Augen zusammen. »Besser, sie erfahren nicht, dass du ihnen auf die Schliche gekommen bist, sonst vergiftet dich noch jemand.«

»Ha! Warum glaubst du, bewache ich meinen Wein, als wäre ich auf einer Uniparty?«

Sage lacht. Ihr gewelltes Haar mit dem dunklen Ansatz ist türkis gefärbt und oben auf ihrem Kopf zu einem unordentlichen Dutt zusammengebunden. Anstatt Ohrringen trägt sie Sicherheitsnadeln in den Ohrläppchen. Wenn sie nicht knapp zehn Jahre jünger wäre als ich, würde ich so sein wollen wie sie, wenn ich groß bin. Sie hat ein *Hals-Tattoo*, verdammt noch mal – eine lebensgroße Pfauenfeder, aus deren Spitze realistisch aussehende Flammen herausschießen.

»Weißt du, ich bin auch dein Fangirl, Boss Bitch«, gesteht mir Sage nun lachend und drückt mein Knie. »Du wirst immer meine Heldin sein, nachdem du letztes Jahr auf Social Media den Chef von Coraggio mit dem Buttplug-Kommentar mundtot gemacht hast.«

Ich hebe feierlich mein Glas. »Der Spruch wird mich überleben.«

»Außerdem geht das Gerücht um, du hättest was mit Cosmin Ardelean – und hätten wir nicht alle gern von *diesem* Leckerbissen etwas ab?«

Ihre Worte treffen mich, aber mir gelingt es trotzdem, gleichgültig mit den Schultern zu zucken. »Ach, einen Bissen von ihm kannst du dir ruhig nehmen – schließlich ist er für seine Frauengeschichten bekannt, und du bist wie eine wunderschöne Punkrock-Rennfahrerinnen-Bratz-Puppe.« Ich greife nach einem sauberen Glas und schenke ihr eine großzügige Menge Wein ein. »Zwinkere ihm im richtigen Moment zu, und du verbringst sieben himmlische Minuten im Garderobenschrank.«

Sie nimmt das Glas entgegen und trinkt einen Schluck. »Dann ist es also zwischen euch vorbei, ja?«

»Jepp. Es tut immer noch weh … Ich bin betrunken genug, um das zuzugeben. Aber ich habe keinen Besitzanspruch. Versuch also ruhig, bei ihm zu landen.«

Sie sieht mich mit sanftem Blick an und presst ihre kleinen, vollen Lippen mitfühlend zusammen. Als sie erneut mein Knie berührt, überlege ich in meinem Weinnebel, ob sie vielleicht versucht, mit mir zu flirten. »Klingt verlockend, aber ich schlafe nicht mit Fahrerkollegen – das wäre verrückt. Wenn ich auch nur eine Hundertstelsekunde zögere, weil irgendein Wichser aus einem gegnerischen Team mich nackt gesehen hat, könnte ich genauso gut meinen Helm an den Nagel hängen.«

»Weise Worte, Mädel. Das ist der Grund, warum ich nicht mehr an der Boxenmauer sitze.« Ich leere das letzte bisschen Wein und stelle das Glas übertrieben seufzend ab. »Ich werde mich Ardelean auf keine Schwanzlänge mehr nähern, denn ich hätte gern meinen alten Job zurück.«

Als hätte ich ihn mit meinen Worten herbeibeschworen, tritt der Mann, der mich nach Hause nach North Carolina geschickt hat, neben mir an den Tisch.

»Miss Sikora«, begrüßt Klaus Sage, »schön, Sie zu sehen. Was für ein nettes Outfit!«

»Miss? Einer von der alten Schule, was?« Sie bedenkt ihn mit einem abfälligen Blick. »Und Sie haben sich auch ganz schön in Schale geworfen, Franke. Der Anzug sieht nett aus … und alles, was drinsteckt.«

Wow! Hatten die beiden Sex? Gibt es irgendeine Frau, mit der Klaus noch nichts hatte?

»Neben Sage sieht dieser eingebildete kleine Junge von Harrier aus wie ein 1988er McLaren MP4/4«, sage ich gedehnt.

Seine Lippen zucken. »In der Tat.«

»Wenn sie vernünftig sind, sägen sie Valle ab und lassen Sage stattdessen dauerhaft ins Cockpit.« Ich zwinkere Klaus zu. »*Du* hast dir diese Chance durch die Lappen gehen lassen – du und Mo. Ihr hättet euch Sage an Bord holen können, so wie ich empfohlen habe, aber ihr Idioten habt euch von sexistischen Ansichten leiten lassen.«

Ich hatte definitiv zu viel Wein, denn ich werde beleidigend und habe gerade versehentlich meinen toten Vater als Idioten bezeichnet. Zeit, nach Hause zu gehen!

»Mir schien es allerdings, als seist du mit Cosmins Performance zufrieden gewesen«, scherzt Klaus.

»Oh, touché«, flüstere ich. »Autsch.« Ich schenke mir den restlichen Wein ein, indem ich die Flasche ein wenig schüttele, damit auch der letzte Tropfen ins Glas gelangt. Dann trinke ich es aus, wobei ich es mit zwei Händen halte, als wäre ich ein Kleinkind mit Schnabeltasse.

Sage und Klaus sind in eine lockere Unterhaltung vertieft, der ich jedoch keine Beachtung schenke.

Ich sauge meine Unterlippe ein und schaue mich nach einem Kellner um – denn ich brauche definitiv mehr Alkohol –, sehe aber keinen. Stattdessen entdecke ich Cosmin, der sich mit irgendeinem Schwachkopf von der FIA unterhält, an dessen massigem Arm sich eine Frau eingehakt hat, die halb so alt ist wie er.

In der Nähe steht eine kurvige Blondine in einem schwarz-weißen Kleid. Fasziniert von Cosmin, dreht sie sich eine Haarsträhne um ihren Finger mit dem roten langen Nagel.

Ich denke darüber nach, dass er diesen vollbusigen Pinguin vermutlich mit auf sein Hotelzimmer nehmen und all die Dinge mit ihr tun wird, die er mit mir getan hat.

Ich hasse sie so sehr.

Ob es eine Massenpanik mit Toten hervorrufen würde, wenn sie plötzlich in Flammen aufgehen würde?

Sage reißt mich aus meinen Gedanken, als sie aufsteht und Klaus zum Abschied eine Hand reicht.

Er macht einen auf Gentleman und küsst ihre Fingerknöchel, was mich die Stirn runzeln lässt, doch das scheint ihm zu entgehen.

Sage dagegen bemerkt meine Miene und wirkt mit einem Mal besorgt.

Mist, wahrscheinlich glaubt sie, ich wäre eifersüchtig, obwohl ich in Wahrheit einfach nur will, dass er Natalia vermisst, statt mit Sage zu flirten.

Ernsthaft, Klaus? Sage war nicht gut genug für einen Platz im Cockpit, aber ein Platz auf deinem Schoß ist in Ordnung?

Ausnahmsweise spreche ich meine betrunkenen Gedanken jedoch nicht aus.

Nun hält Sage mir eine Hand hin. »Ich hoffe, dass wir uns bald wieder unterhalten können.«

»O Gott, echt jetzt? Da bin ich aber erleichtert. Normalerweise labere ich nicht so viel Mist. Bitte behalte mich nicht als betrunkene Idiotin in Erinnerung. Ich habe ein paar harte Monate hinter mir.«

Sie zieht mich in ihre Arme und führt ihre Lippen an mein Ohr. »Lass dich von den Wichsern nicht runterziehen, Queen Honeybee. Mach einfach weiterhin dein Ding.«

Sie duftet unglaublich gut. Diese Frau ist eine dreifache Bedrohung, denn sie ist wunderschön, talentiert und schlau.

Für einen Moment verkrampfen sich meine Arme. »Danke«, hauche ich in ihr Haar. »Das habe ich gebraucht.«

Ehe sie geht, berührt sie kurz meine Wange.

In diesem Moment fällt mir wieder ein, dass Klaus immer noch neben mir steht, der nun, da wir allein sind, die Augenbrauen hochzieht, meinen Stuhl zurechtrückt und darauf zeigt, damit ich Platz nehme. Ich bin mir nicht sicher, ob er höflich oder bossy ist. Der Wein macht mich paranoid, sodass ich mir einbilde, er wäre aus irgendeinem Grund wütend auf mich, obwohl ich den ganzen Abend kein einziges Mal mit Cosmin gesprochen habe. Unbeholfen lasse ich mich auf dem Stuhl nieder.

Klaus knöpft sein Jackett auf, setzt sich ebenfalls und streckt die Beine aus. »Abgesehen von den Meetings scheinst du mich zu meiden, seitdem du wieder da bist.«

»Ja, vielleicht.« Ich senke den Blick auf meinen Schoß und fahre mit dem Finger über eine Naht in dem seidigen Stoff, der meine Beine bedeckt. »Ich glaube, ich habe ein Hühnchen mit dir zu rupfen, Klausy.« Der Spitzname, den mein Vater ihm gegeben hat, kommt mir einfach so über die Lippen und überrascht uns beide. »Dein monatelanges Hin und Her mit Nat – die du immer wieder herumschubst – verletzt nicht nur sie, sondern hat auch mich in eine unangenehme Position gebracht. Ob ihr zwei nun offiziell zusammen seid oder nicht, ich habe mich immer wieder dazu genötigt gefühlt, mich auf eine Seite zu schlagen, obwohl ihr zwei zu den wichtigsten Menschen in meinem Leben zählt.«

Sein Tonfall ist so aalglatt, dass ich nicht deuten kann, was er wirklich empfindet. »Es ging nie um dich. Und ich wusste nicht, dass du meine Beziehungen erst absegnen musst.«

»Wow.« Mit einem Mal keimt eine Mischung aus Wut und Scham in mir auf. »Okay, super. Danke – tolles Gespräch.«

Überraschenderweise fallen mir zwei Tränen in den Schoß und bilden ein Muster auf dem blauen Stoff, das ich mit analytischer Faszination betrachte.

Klaus seufzt. Dann greift er nach den vorderen Beinen meines Stuhls, zieht mich näher zu sich heran und legt mir einen Finger unter das Kinn. »Verzeih mir, Schatzi. Offenbar mache ich immer wieder neue Fehler, sowohl bei Talia als auch bei dir.«

Mir entgeht nicht, dass er einen eigenen Spitznamen für Natalia hat, was mir ein leises Lächeln über das Gesicht huschen lässt.

Jepp, wusste ich's doch – die Sache ist noch nicht erledigt.

»Die Sache mit Nat ist aber nicht der Hauptgrund, warum ich böse auf dich bin.« Ich habe einen Kloß im Hals. »Wieso bist du nicht zur Seebestattung gekommen?«, stoße ich heiser hervor. »Ich habe dich gebraucht! *Ich musste ihn im Wasser versenken*, Klaus. Im … verdammten … Ozean!«

Als er die Hand nach mir ausstreckt, schlage ich ihn mit beiden Händen halbherzig weg, aber er ignoriert die Geste, zieht mich auf die Füße und umarmt mich. Ich lasse mich an seinen Körper sinken.

»Du bist ein Feigling«, werfe ich ihm vor. Meine Stimme wird von seinem Jackett gedämpft. »Du warst weder für mich noch für Mo da, wahrscheinlich weil du Angst hattest, Natalia zu begegnen, nachdem du sie so schlecht behandelt hattest.« Ich löse mich von ihm, um ihn anzufunkeln. »Du sagst, bei der Sache mit Nat geht es nicht um mich. Aber weißt du was, du Penner? Bei der Beerdigung meines Vaters ging es auch nicht um dich. Vielleicht hättest du …« Mit einem erstickten Laut breche ich mitten im Satz ab und vergrabe mein Gesicht wieder an Klaus' Anzug, ohne mich darum zu scheren, dass ich ihn mit Mascara beschmiere.

»Du hast nicht ganz unrecht … es war feige.« Er schließt die Arme fester um mich. »Ich werde mir niemals verzeihen, dass ich dich enttäuscht habe. Ich wusste, dass ich weinen würde, und ich hatte Angst davor, dass Talia und du mich so sehen könntet.«

Auf einmal steht Cosmin neben uns. Als er spricht, fällt mir wieder ein, wie sehr ich seine Stimme, seinen Akzent vermisst habe, obwohl er wütend klingt.

»Warum weint sie?«, fragt er Klaus. »Was hast du zu ihr gesagt?«

Ich löse mich von Klaus und begegne Cosmins Blick. Mir ist bewusst, dass ich mit der verschmierten Schminke fürchterlich aussehe, aber er schaut mich voller Bewunderung an. Verdammt, wenn er sich so danach gesehnt hat, mich zu sehen, warum hat er mich dann den ganzen Abend ignoriert und mit einem Pinguin mit Silikonbrüsten geflirtet?

»War einfach kein guter Abend für mich«, erkläre ich. Schniefend betrachte ich ihn von oben bis unten, ehe ich meinen Blick auf seinem grünen Einstecktuch ruhen lasse. »Nettes Outfit. Du siehst aus wie der Sargträger auf einer Trollbeerdigung.« O mein Gott, ich muss mit diesen zweifelhaften Komplimenten aufhören, wenn ich getrunken habe.

Er hebt einen Mundwinkel. »Mulțumesc«, sagt er zu mir, und ich bin stolz auf mich, dass ich sein »Danke« verstehe, so simpel es auch sein mag.

Als ich mir ein Auge reibe, ist mein Finger anschließend schwarz. »Ich muss schlafen, sonst verwandele ich mich in einen Kürbis. Ach was, ich sehe jetzt schon wie einer aus.«

Cosmin tritt näher zu mir heran, nimmt das Einstecktuch aus seiner Brusttasche, legt mir eine Hand an den Hinterkopf und wischt mir unter den Augen entlang. »Nein, das Kleid ist überaus schmeichelhaft.«

O Gott. Er versteht die Bezugnahme auf den Kürbis nicht und glaubt, ich würde mich zu dick finden. Einfach alles an diesem Moment weckt den Wunsch in mir, mich in seine Arme zu werfen und gleichzeitig vor ihm zu fliehen, als wäre er radioaktiv.

Cosmin – warum zum Teufel muss er nur so bezaubernd sein? Nun stoße ich seine Hände weg, so langsam, als wären wir unter Wasser. »Ich nehme mir ein Taxi.«

»Ich bringe dich raus.«

Mein Blick huscht zu Klaus. »Bis morgen.« Mit einem schelmischen Grinsen füge ich hinzu: »Wenn ich dich bis dahin nicht gefeuert habe, du Arsch.«

Er erwidert mein Lächeln und macht endlich die Geste, auf die ich so lange gewartet habe – *dein Kopf ist über deinem Herzen, Schatzi* –, ehe er sich respektvoll verbeugt und sich entschuldigt.

Auf dem Weg nach draußen schweigen Cosmin und ich. Sein Arm liegt locker um meine Schultern, und sein Geruch treibt mich in den Wahnsinn. Zwischen meinen Beinen spüre ich ein Pochen, das den Wunsch in mir auslöst, auf ihn zu klettern.

Als wir am Bordsteinrand ankommen, bleiben wir stehen, immer noch ohne zu sprechen. Cosmin rückt die weiße Kunstfelljacke zurecht, die Natalia mir geliehen hat, und stellt den Kragen auf, damit mein Hals warm bleibt, obwohl es nicht wirklich kalt ist.

Seine Finger an meiner Haut zu spüren bringt mich fast zum Wimmern.

Bitte küss mich nicht, bitte küss mich nicht.

Oh verdammt – bitte küss mich.

Die Tür hinter uns öffnet und schließt sich, bevor ein Lachen zu hören ist, und mir fällt die Blondine von vorhin wieder ein. Ich trete einen Schritt von ihm weg. Ein schwarzer Wagen biegt in die Einfahrt ein und fährt um die Kurve. Ich bin mir ziemlich sicher, dass es mein Taxi ist.

»Alles klar«, sage ich zu Cosmin, lege ihm eine Hand an die Brust und tätschele sie beherzt. »Wir sehen uns im Fahrerlager.«

Er streicht mir eine Haarsträhne hinter das Ohr. »Es ist schön, dich wieder hierzuhaben.«

Wir schauen einander einen Moment zu lange in die Augen, doch als der Wagen neben uns anhält, tätschele ich ihn erneut mit meiner Hand – nur um ihn noch einmal berühren zu können, wie ich mir eingestehen muss.

»Schönen Abend noch. Dort drinnen wartet eine vollbusige Blondine auf dich, die gern mit dir reden will. Und da ist sie bestimmt nicht die Einzige. Du hast also freie Wahl.«

Mit einem Kopfschütteln legt er mir seine Hände an die Wangen. Ach du Scheiße, er will mich bestimmt küssen! Ich glaube, ich bin sogar noch aufgeregter als beim allerersten Mal auf Santorin.

Aber nein. Er beugt sich runter und streift mit den Lippen meine Stirn.

Argh, ein Mitleidskuss. Gibt es etwas Schlimmeres?

Er schenkt mir ein melancholisches Lächeln. »Wenn du nicht in meinem Bett bist, kann es genauso gut leer bleiben, draga mea.« Nun schaut er auf meine linke Hand hinab, in der ich das Einstecktuch halte, und schließt meine Finger fester darum. »Bitte behalte es.«

In der Dunkelheit des Taxis greife ich – sehr diskret – unter mein Kleid und lasse das Tuch in meinen Slip gleiten, woraufhin mich ein Zittern durchfährt.

26

USA
ANFANG NOVEMBER

Cosmin

In meiner Kindheit waren die einzigen amerikanischen Fernsehsendungen, die ich gesehen habe, alte Familien-Sitcoms und Filme, die man in Europa billig ausstrahlen konnte. Deshalb hat mir schon immer der Fünfziger- und Sechzigerjahre-Stil gefallen: die riesigen Autos, weiße Gartenzäune, Väter mit Brieftaschen, Mütter mit hohen Schuhen und Perlenketten, Diner und Eisdielen.

Und das Essen. Ich habe in den edelsten Restaurants der Welt gespeist und beinahe jede Küche gekostet, aber dennoch finde ich Picknicks auf karierten Decken ebenfalls glamourös.

Als ich mich mit Phaedra im Juli über den Großen Preis der USA in Texas unterhalten habe, haben wir geplant, in der Woche des Rennens einen Tagesausflug mit dem Auto zu machen und die Gegend zu erkunden. Deshalb habe ich mich gestern Abend, als ich in meinem Hotelzimmer hier in Austin eingetroffen bin und durch das Fenster die Lichter der Stadt betrachtete, selbst bemitleidet.

Die sechs Rennen seit meiner P2 in Ungarn waren durchwachsen. Zwar bin ich in Monza, Sotschi und Suzuka auf dem

Podium gelandet, habe woanders jedoch Rückschläge erlebt. In Spa gab es das Desaster mit Valle, in Singapur ein Problem mit dem Getriebe. In Mexiko einen zu langen Boxenstopp.

Mir bleiben noch drei Rennen, um einen Sieg zu erzielen, und der Fokus auf ebendies – Strategiebesprechungen, brutal intensive Trainingseinheiten, DIL-Simulationen – hat mich zum Glück davon abgelenkt, andauernd an Phaedra zu denken. Doch die Rennwoche in ihrem Heimatland ist besonders schwer für mich.

Daher habe ich heute Morgen nach dem Aufwachen beschlossen, den Ausflug allein zu unternehmen, auf den ich mich damals so gefreut habe. Ich habe den Ausdauerlauf mit Guillaume abgesagt, ein paar Telefonate geführt, um Einzelheiten zu klären, und das Hemd angezogen, das Phaedra an mir immer besonders gut fand.

Im Aufzug auf dem Weg nach unten zum Frühstück steigt auf der Etage von Easton, zwei Stockwerke unter Emerald, eine junge Frau mit Elfengesicht, rotblondem Haar und braunen Augen ein. Nachdem ich sie begrüßt habe, stellt sie sich schüchtern in eine Ecke. Sie pustet sich den Pony aus der Stirn, schürzt die Lippen und betrachtet mich. »Du bist Owens Freund, oder? Cosmo?«

Ihre Stimme klingt tief und heiser, was mir schon immer an Frauen gefallen hat. Sie trägt ein ärmelloses Top, eine Radlerhose und an den Schnürsenkeln zusammengebundene Turnschuhe in der Hand, an den Füßen dagegen nur Socken. Vermutlich ist sie auf dem Weg ins Fitnessstudio.

»Cosmin.« Ich reiche ihr meine Hand.

»Ich bin Peach, Brooklyns Freundin.« Sie deutet mit dem Kopf zur Decke. »Ich übernachte heute bei ihnen.«

Ich ziehe die Augenbrauen hoch. »Ah! Die berüchtigte Peach. Aus Los Angeles, stimmt's? Dein Ruf eilt dir voraus.«

»Genau die bin ich, Babyboy«, flötet sie und breitet die Arme aus. Sie mustert mich eingehend. »Du solltest heute Abend zu unserer Party kommen.«

»Eine Party?«, frage ich, denn sie hat meine Neugier geweckt. »Davon wusste ich nichts. Wer kommt sonst noch?«

»Du und alle anderen, wenn wir es richtig anstellen.« Nun hält der Fahrstuhl mit einem *Ping* auf der Etage des Restaurants an, und als die Tür aufgeht, flüstert sie: »Nur wir vier werden da sein.« Sie wendet den Blick von meinem Gesicht ab und fixiert einen Punkt hinter mir, woraufhin ihr Lächeln ins Wanken gerät.

Als ich mich umdrehe, sehe ich Phaedra, die eine Hand in die Tasche ihrer Lieblingsjeans gesteckt hat und in der anderen ein halb aufgegessenes Croissant hält.

Langsam kauend und mit spöttischem Blick betrachtet sie mich. Als die Tür beginnt, sich zu schließen, hält sie sie mit ihrem Ellbogen auf. »Auf dem Weg in die *unteren Etagen*?«, fragt sie bedeutungsvoll.

»In der Tat«, antwortet Peach und hebt unschuldig die Augenbrauen. »Also ins Fitnessstudio.« Ich glaube, ich bilde mir ihren überheblichen Blick nicht ein, mit dem sie das Croissant betrachtet.

Lachend nimmt Phaedra einen großen Bissen davon und spricht mit vollem Mund. »Cool, tob dich aus. Ich fahr dann mal wieder hoch.« Mit dem Mittelfinger deutet sie nach oben. »Bis bald, Schätzchen.«

Ich presse die Lippen zusammen, um ein Lachen zu unterdrücken, als ich aus dem Aufzug steige. »Das ist meine Etage«, sage ich zu ihr. »Ich habe dich gesucht.«

»Ha. Was du nicht sagst!« Mit triumphierendem Blick schaut sie an mir vorbei.

Peach schenkt ihr keine Beachtung. »Sehen wir uns heute

Abend, Babyboy?«, fragt sie mich. Dann tippt sie sich mit einem Finger an die Brust. »Peach – wie das Emoji.«

Phaedra reißt sich zusammen, bis sich die Tür geschlossen hat, ehe sie in lautes Gelächter ausbricht. Ihr Haar ist zu einem losen Zopf geflochten, der über ihrer Schulter liegt und auf eine ihrer perfekten kleinen Brüste zeigt, die das enge graue T-Shirt mit dem Bild eines Motors und der Aufschrift STILL PLAYS WITH BLOCKS spannt. »Wie das verdammte Emoji?«, stößt sie hervor. »Ach, das ist zu gut. Nicht wie die Frucht, nein, sondern wie das Emoji.« Sie schüttelt den Kopf, als ihr Lachen verklingt. »Diese Gen-Z-Kids bringen mich um, ganz im Ernst.«

»Sei nicht so gemein«, ziehe ich sie auf.

Wir treten zur Seite, weil ein paar Leute kommen, die auf den Aufzug warten, doch erst im Nachhinein fällt mir auf, dass ich einen Arm locker um ihre Taille gelegt habe, um sie zu mir zu ziehen. Als sie einen bedeutsamen Blick auf meine Hand wirft, ziehe ich sie zurück und mache einen Schritt nach hinten.

»Was wolltest du, Legs?«

»Deine Gesellschaft für schätzungsweise drei Stunden.« An ihrer Oberlippe sitzt ein winziger Krümel, den ich am liebsten weglecken würde, doch stattdessen wische ich ihn mit dem Daumen fort.

Während sie einen weiteren langsamen Bissen nimmt, beäugt sie mich misstrauisch.

»Ja, sorry. Nein! Ich habe da … äh, diese Sache.«

»Was für eine Sache?«

Sie schnippt betont gelassen einen Krümel von ihrem T-Shirt. »Bist du jetzt mein Assistent?«

In der darauffolgenden Stille gerät meine Hoffnung ins Wanken, aber ich bin noch nicht bereit aufzugeben. Ich berühre sie am Kinn, damit sie mich ansieht.

Sie reißt die Augen auf, in denen ich nun Schmerz erkenne – sie ist genauso betrübt wie ich.

»Die Einzigen«, sage ich leise, »die verstehen, wie weh es tut, sind wir beide, draga mea.« Mit dem Daumen berühre ich ihre Unterlippe. »Lass uns Freunde sein.«

»Das ist gefährlich«, erwidert sie, ohne zu zögern.

»Genau wie Autorennen. Genau wie das Leben.«

Es entsteht eine Pause, in der sie nachzudenken scheint.

»M-am gândit la tine toată ziua«, füge ich langsam und deutlich aus einem Impuls heraus hinzu.

Sie braucht einen Moment, um die Bedeutung meiner Worte zu verstehen. »Du denkst jeden Tag an mich?«

»Toată ziua – den ganzen Tag. Aber auch în fiecare zi – jeden Tag.« Ich lächele. »Du lernst immer noch Rumänisch.«

Sie zuckt mit den Schultern. »Ein bisschen.«

Ich kann spüren, dass sie auftaut, daher wage ich mich weiter vor. »Betrachte es als nachträgliches Geburtstagsgeschenk, mich heute zu begleiten.«

»Ich habe dir doch schon eine protzige Flasche Pinot Noir geschickt.«

»Aber niemanden, mit dem ich sie teilen konnte.«

Sie schiebt sich den letzten Bissen des Croissants in den Mund und kaut mit zusammengekniffenen Augen. Kurz schießt ihre Zunge zu ihrem Mundwinkel heraus.

»Wenn du den Wein noch hast«, sagt sie, »bin ich mir ziemlich sicher, dass das geile Emoji aus dem Aufzug Lust hätte mitzutrinken.«

Ich kann nicht widerstehen, sie zu ärgern. »Und damit hättest du kein Problem – wenn ich eine Frau mit dem Geschenk verführe, das ich von dir bekommen habe?« Ich trete näher zu ihr heran und senke die Stimme. »Wenn ich den Wein von ihren Lippen lecken, sie ausziehen und mit ihr schlafen würde?«

Phaedra erstarrt mit geteilten Lippen und zusammengezogenen Augenbrauen. »Das würde mich nicht gerade erfreuen, nein.«

»Mich auch nicht. Deshalb werde ich ihre Einladung auch nicht annehmen.« Ich rücke Phaedras Zopf zurecht, nur damit ich sie berühren kann. »Seit du mich in England verlassen hast, habe ich keine einzige Einladung angenommen.«

»Ist klar, Alter. Der 13. Juli ist der Tag, an dem du zuletzt Sex hattest.«

Ich öffne die Hände, um ihr zu zeigen, dass ich ehrlich bin.

»*Sechzehn Wochen*«, betont sie. »Obwohl sich dir die Frauen an den Hals werfen. Zumindest den billigen Pinguinverschnitt musst du aber mit auf dein Zimmer genommen haben.«

Ich habe keine Ahnung, wovon sie spricht, aber die Bezeichnung ist so typisch für Phaedra, dass ich lachen muss. Spontan ziehe ich sie an mich – die Arme an ihre Seiten gedrückt – und lache in ihr Haar.

Sie windet sich in meinem Griff. »Hör auf mit dem Scheiß, Ardelean.«

»Ich bitte um Verzeihung.« Ich kann mir ein Grinsen nicht verkneifen.

Empört streicht sie sich über das T-Shirt, als hätte ich es zerknittert. »Du riechst gut«, murrt sie.

»Phaedra.«

Schnaubend begegnet sie meinem Blick.

»Triff dich mit mir vor dem Hotel in …«, ich ziehe mein Handy aus der Tasche, »vierzig Minuten. Ich muss dir etwas zeigen. Wenn du kein Interesse hast, kannst du wieder gehen.«

Sie verzieht den Mund und nickt knapp. »Na schön.« Anschließend geht sie zum Fahrstuhl und drückt die Taste.

Mir wird schwer ums Herz, da sie so widerwillig wirkt, dass ich kaum noch Hoffnung habe, jemals mit ihr befreundet sein zu können.

Doch bevor die Tür sich öffnet, dreht sie sich noch einmal um und schenkt mir das griesgrämige Lächeln, das ich so an ihr liebe. »Ich hoffe für dich, dass es gut wird. Beeindrucke mich.«

—

Als sie durch den Hotelausgang nach draußen kommt, breitet sie in Zeitlupe die Arme aus, als hätte sie Angst, sie könnte ohnmächtig werden. Mit staksenden Schritten nähert sie sich dem Auto und betrachtet die fast fünf Meter lange glänzende schwarze mit Chrom abgesetzte Schönheit aus den Sechzigerjahren. Dann streckt sie eine Hand aus und legt sie auf das warme Metall, als würde sie vorsichtig ein gefährliches Tier streicheln.

Die Hände in meine Taschen geschoben, sehe ich ihr zu und freue mich über ihre Reaktion.

Sie wirft einen verliebten Blick über die Schulter, auch wenn der eindeutig dem Auto und nicht mir gilt. »Ach du Scheiße! Ein 61er Lincoln Continental.« Sie hebt die Arme und schmiegt sich in einer ulkigen Geste und mit einem Stöhnen an Beifahrerfenster und Dach. »Komm zu mir, Baby«, säuselt sie. »Mach mit mir, was du willst.«

»O doamne.« Ich lache. »Wenn ich gewusst hätte, dass ich dir damit so eine Freude bereiten kann, hätte ich bereits vor ewigen Zeiten einen von den Dingern gemietet.«

Ihre Hände gleiten runter zu den Türgriffen. »Mmm, diese Türen.« Danach geht sie langsam um den Lincoln herum und fährt mit den Fingern darüber.

»Dann gefällt er dir also?«

»So was Schönes habe ich schon nicht mehr gesehen, seit deine Klamotten auf dem Boden lagen.« Das sagt sie so sachlich, dass ich beinahe lachen muss. Sie versucht nicht einmal zu flirten. »Kann ich die Motorabdeckung öffnen?«

»Tu, was du willst. Sie gehört für die nächsten sechs Stunden uns.«

Phaedra sieht mich über den Wagen hinweg an, während sie die Fahrertür öffnet. »Echt jetzt? O mein Gott.« Sie steigt ein, entriegelt die Motorabdeckung, geht um den Wagen herum, um sie zu öffnen, und betrachtet den Motor mit über dem Kopf ausgestreckten Armen.

Mein Blick gleitet über die Konturen ihrer Muskeln an Armen und Schultern, die Rundung ihrer Brüste, die weibliche Wölbung ihres Unterbauches.

Sie trägt dasselbe T-Shirt mit der Jeans wie vorhin, aber darüber ein Männerhemd, dessen Ärmel sie bis zu den Ellbogen hochgerollt hat. Ein warmer Anflug von Überraschung überkommt mich, als ich erkenne, dass es einst mir gehörte. Außerdem fällt mir auf, dass sie sich leicht geschminkt hat. Den geflochtenen Zopf von vorhin hat sie gelöst und sich eine Sonnenbrille in die Haare geschoben.

Ich fühle mich magnetisch von ihr angezogen, während ich neben ihr stehe und zusehe, wie sie den Motor in Augenschein nimmt.

»A 430 V8«, murmelt sie. »In diesem Baby stecken 325 PS. Der Wagen ist der reine Wahnsinn – er wiegt mehr als zweieinhalb Tonnen.«

»Willst du ihn fahren?« Ich hole einen Schlüsselbund aus meiner Tasche und lasse ihn klimpern.

Ihre Hand schließt sich darum und verharrt dort. Der Druck ihrer Finger ist elektrisierend, und als ich von unseren sich berührenden Händen in ihr Gesicht schaue, sind ihre vollen Lippen geteilt und ihre Pupillen große schwarze Seen, die glänzen wie das Auto.

Ich zwinge mich dazu, meinen Blick nicht nach unten huschen zu lassen, aber ich bin mir ziemlich sicher, dass ihre Nippel aufgrund dieses intimen Moments und ihrer Liebe zu dem Wagen verhärtet sind. Zum Glück ist meine Jeans recht eng, denn mein Schwanz zuckt.

»Ja«, haucht sie und umklammert weiter die Schlüssel. Eine kurze Pause entsteht, während unterschiedliche Emotionen in ihrer Miene um die Oberhand kämpfen. Dann stellt sie sich in ihren nicht zugeschnürten Converse auf die Zehenspitzen und drückt mir einen Kuss auf die Wange. »Danke.«

Am liebsten würde ich eine Hand auf die Stelle legen wie ein beschämter Junge, als sie auf der Fahrerseite in den Wagen steigt.

»Lass uns Gas geben«, sagt sie mit einem strahlenden Lächeln.

—

Mit fast hundertfünfzig Stundenkilometern rasen wir über den grauen Highway, der die Landschaft teilt, in Richtung Norden.

»Mach dein Fenster ganz auf!«, ruft Phaedra.

Ich gehorche und sehe zu, wie ihr die Haare um die Schultern fliegen. Ihre Wangen sind vor Aufregung gerötet.

»Schade, dass sie das Modell mit dem offenen Verdeck nicht hatten«, sage ich. »Obwohl Frauen Cabrios oft nicht mögen, weil der Wind ihre Frisur ruiniert.«

»Ha! Frisur – du weißt, dass ich keine Klasse habe.« Phaedra sieht mich mit hochgezogenen Augenbrauen an. »Du hast zu viel mit pingeligen kleinen Prinzessinnen abgehangen. Hat die Pinguin-frau auch ein Drama wegen ihren Haaren gemacht?«

Verwirrt lächelnd schüttele ich den Kopf. »Was soll das Ge-rede von diesem Pinguin?«

Sie kaut auf ihrer Unterlippe herum. »Ich meine die Frau auf dem Dinner in Sotschi. Die mit, äh, dem großen Vorbau und dem schwarz-weißen Kleid.«

»Wahrscheinlich macht es mich zu einem schlechten Menschen,

dass ich mich von deiner Eifersucht geschmeichelt fühle«, necke ich sie.

»Das ist nicht das Einzige, das dich zu einem schlechten Menschen macht.«

»Sie hat keinen Hehl daraus gemacht, dass sie Interesse an mir hatte, aber ich erinnere mich nicht mal an ihren Namen. Ich habe definitiv nichts getan, was ihre Frisur hätte ruinieren können.«

»Hm.« Sie lässt unruhig die Hände am Lenkrad auf und ab gleiten.

»Du musst eine ziemlich schlechte Meinung von mir haben, meine Süße«, erwidere ich ernst, »wenn du glaubst, dass ich nach dem, was ich dir draußen gesagt habe, mit einer anderen Frau schlafen würde.«

Sie zuckt mit den Schultern. »Noch im März habe ich dich genau für diese Art von Mann gehalten.«

»Und wir haben einander beide falsch eingeschätzt.«

Sie bedenkt mich mit einem alarmierten Blick. »Inwiefern hast du *mich* falsch eingeschätzt?«

»Du hast gedacht, ich sei unfähig, zu lieben, und ich habe das Gleiche von dir angenommen, wenn auch aus anderen Gründen.«

Phaedra schweigt eine Weile, und ich frage nicht, worüber sie nachdenkt.

»Hey, soll ich dir mal was über meine Rumänisch-Lektionen erzählen?«, fragt sie schließlich.

In der Annahme, dass sie das Thema wechseln will, unterdrücke ich ein Seufzen. »Ja, natürlich.«

»Ich habe etwas über mich selbst gelernt. Laut App habe ich mehr als zweihundert Stunden gelernt. Und ich werde immer besser im Lesen, was keine Überraschung ist, denn am Ende des Tages sind es wiederkehrende Muster und Daten. Aber weißt du, worin ich richtig schlecht bin?« Sie wartet auf meine Antwort.

»Im Sprechen?«, frage ich leise.

Sie zeigt seitlich auf mich, ohne mich anzusehen. »Ding, ding, ding! Richtig geraten.« Dann schüttelt sie den Kopf mit einem ironischen Lächeln. »Im Reden und im Hörverständnis. Ist das nicht irgendwie passend?«

Es gibt viele Dinge, die ich gern erwidern würde, aber mit einem Mal kommt mir eine Erkenntnis, die nur schwer zu ertragen ist. Es spielt keine Rolle, dass wir unsere Fertigkeiten optimiert haben, indem wir miteinander geübt haben. Und es spielt keine Rolle, dass wir uns ineinander verliebt haben, obwohl wir eigentlich nur so tun wollten. Die Würfel sind gefallen, und nun ist es an der Zeit, nach vorn zu blicken.

»Aus diesen Gründen war ich auch keine gute Freundin, Cos. Aber ich werde eine gute Teambesitzerin sein. So hätte es Mo gewollt, und natürlich hätte er auch von mir erwartet, Opfer zu bringen. Das ist der Grund, weshalb …« Sie wirft mir einen schmerzerfüllten Blick zu.

»Bitte sag es mir.«

Ihr Griff um das Lenkrad festigt sich so sehr, dass ihre Fingerknöchel weiß hervortreten. »Du musst dich an Lars als deinen Renningenieur gewöhnen. Ich sollte nicht an der Boxenmauer sitzen. Ab der nächsten Saison werde ich als Entwicklungsingenieurin arbeiten und nicht mehr an der Rennstrecke sein. Es sei denn, die, äh, Umstände erfordern, dass ich als Eigentümerin von Emerald eine Rolle einnehme, die geschäftsorientierter ist. In diesem Fall würde ich im Büro in den USA arbeiten.«

Die Grenzen wurden gesetzt, und was mich daran am meisten trifft, ist die Tatsache, dass Phaedra sie selbst gezogen hat. Ab jetzt werden wir noch häufiger voneinander getrennt sein.

Ich greife nach ihrer Hand und drücke sie leicht. »Ich verstehe.«

Gerade als ich von ihr ablasse, erwidert sie noch kurz den Druck. Fast nehme ich ihre Hand noch einmal, halte mich aber davon ab. Unser Timing scheint einfach in vielerlei Hinsicht falsch zu sein.

Die nächsten zwei Kilometer legen wir schweigend zurück und tun so, als ob wir die Landschaft betrachten, obwohl wir in Wahrheit über die Ausweglosigkeit unserer Situation nachdenken. Wir haben immer noch Gefühle füreinander. Wahrscheinlich würde das sogar Phaedra nicht abstreiten, ganz egal, wie sachlich sie rüberkommen will. Allerdings kann wie bei den Verheerungen einer Flut die Landschaft nicht sofort wieder so sein, wie sie zuvor war. Es wird dauern, bis wir eine Freundschaft aufbauen können.

—

Das Diner ist genau so, wie ich es mir vorgestellt habe, nachdem ich es mir heute Morgen im Internet angesehen habe. Als wir eingeparkt haben, kann ich für einen Moment nur sprachlos das Restaurant anstarren.

»Verdammt, Ardelean!«, neckt mich Phaedra. »Du solltest dich sehen. Dein Blick! Er ist …« Sie lehnt sich zurück und kneift nachdenklich die Augen zusammen. »Eine Kombination aus Ehrfurcht, Unglaube und Gier.«

Ich schenke ihr ein schelmisches Grinsen. »Du kennst mich viel zu gut.«

Als ich Anstalten mache, die Tür zu öffnen, tut es mir Phaedra gleich, doch ich lege ihr eine Hand auf die Schulter.

»Bitte warte – darf ich? Ich möchte alles genau so machen, wie ich es mir ausgemalt habe.«

Erstaunt hebt sie die Augenbrauen, zieht aber ihre Tür wieder zu, sodass ich um den riesigen Wagen herumgehen und ihr die Tür öffnen kann.

Als ich ihr meine Hand reiche, funkeln ihre Augen vor Belustigung. Einen Moment lang zögert sie, ehe sie danach greift.

Nachdem sie ausgestiegen ist, lege ich ihre Hand in meine Armbeuge und führe sie zum Diner.

Eine Frau mittleren Alters hinter dem Tresen wirbelt herum und ruft durch das Fenster zur Küche: »Carl, der Typ, von dem du mir ein Bild gezeigt hast, ist hier!«

Ein stämmiger Mann mit Schnurrbart kommt aus der Küche geeilt. »Donnerwetter!«, stößt er aus. Dann schiebt er die Frau aus dem Weg und reicht mir seine Hand. »Carl und Debbie Moore. Es ist uns eine Ehre, Sie heute zum Lunch hier begrüßen zu dürfen.« Mit einem Daumen zeigt er in Richtung Küche. »Ich habe auch alles gefunden: einen Korb und die richtige Art von Decke.«

Seine Frau presst die Lippen zu einem dünnen Strich zusammen. »Du hast die Sachen *gefunden*? In meinem Werkzimmer, zusammen mit meinem besten …«

Er drückt ihren Arm, um sie zum Schweigen zu bringen. »Für ein Mittagessen für tausend Dollar können wir dir einen neuen Korb für deine Strickutensilien und einen ganzen Stapel neuer Decken kaufen, Baby.« Er schenkt uns ein breites Grinsen. »Es macht ihr nichts aus – wirklich nicht.«

»Hätten Sie gern ein Ticket für das Rennen am Sonntag?«, fragt Phaedra.

Während die Augen des Mannes groß werden, verengen sich die der Frau. Gerade als Carl antworten will, kommt ihm Debbie zuvor. »Wir müssen den Laden auch am Wochenende am Laufen halten, aber danke für das Angebot.«

Als Phaedra mich ansieht, weiß ich, dass wir beide das Gleiche denken.

»Wie viel nehmen Sie an einem Sonntag ein?«, frage ich.

Die Miene der Frau wird weich. »Aw, was für ein schöner Akzent. Woher kommen Sie noch mal? Sie klingen italienisch.«

»Aus Rumänien. Aber Sie haben ein gutes Gehör. Die beiden Sprachen haben eine gewisse Ähnlichkeit.«

Der Mann lehnt sich zu seiner Frau rüber. »Deb, wir können nicht …«

Sie bringt ihn zum Schweigen. »An einem guten Sonntag nehmen wir bis zu zwölfhundert ein«, antwortet sie.

»Deb …«, versucht es der Mann erneut.

»Hol den Korb, Carl.«

Er hält einen Moment inne, bevor er durch die Küchentür verschwindet.

Debbie tritt hinter die Kasse. »Bar oder mit Karte?«

»Mit Karte, bitte.« Ich hole mein Portemonnaie hervor.

Phaedra lächelt mich an, und es ist mein glücklichster Moment seit Monaten.

Ich reiche der Frau meine Karte. »Bitte buchen Sie zweitausendfünfhundert ab. Tausendzweihundert für das Mittagessen und tausenddreihundert für Sonntag. Dann können Sie den Laden für das Rennen schließen.« Ich lege den Kopf schief, um auf Phaedra zu deuten. »Das ist übrigens Phaedra Morgan, unsere Teambesitzerin. Sie wird Ihnen die Tickets besorgen.«

Die Frau zieht die Karte durch das Gerät und beäugt Phaedra. »Eine Lady mit eigenem Business, hm?«

»Genau wie Sie«, erwidert Phaedra. »Ihr Diner ist bezaubernd.« Sie schaut mit glänzenden Augen zu mir auf. »Der amerikanische Traum.«

—

Wir fahren zu einem kleinen See in der Nähe und breiten die Decke unter einem Baum aus, der aussieht, als wäre er einem Wildwestfilm entsprungen. Phaedra besteht darauf, das Essen auszupacken, während ich mich entspanne und zusehe.

»Wenn du echt einen auf *Mad Men* machen willst«, verkündet sie mit einem neckischen Zwinkern, »muss die Lady dir das Essen servieren. Nur schade, dass wir nicht die richtigen Outfits haben.« Sie holt den ersten Teller hervor und packt ihn aus.

»Du siehst in allem bezaubernd aus.« Ich stütze mich hinter mir mit den Händen ab.

»Pff. Wenn du meinst.« Sie streckt mir die Zunge raus und holt eine weitere Schale aus dem Korb. »Apple Pie, Kartoffelsalat … ach du Scheiße, die haben sich echt ins Zeug gelegt, um ein ›klassisches Picknick‹ zu zaubern! Die Sandwiches sind sogar in Wachspapier gewickelt.« Sie nimmt sie unter die Lupe. »Thunfisch, Ei, Erdnussbutter mit Marmelade.« Als sie die Folie von einem weiteren Teller entfernt, lacht sie. »Awww, wie niedlich! Hier sind Ihre Appetizer, Sir.« Sie reicht mir eine Selleriestange mit einer weißen Paste und Rosinen. »Ameisen auf einem Stock.«

Ich nehme einen Bissen und kaue nachdenklich. »Was ist das Weiße?«

»Frischkäse.«

Ich betrachte die Creme. »Und was für eine Geschmacksrichtung soll es sein?«

»Keine bestimmte. Es ist einfach wie Milch, denke ich.«

Sie stellt einen gefüllten Teller zwischen uns und legt sich dann auf den Bauch, wobei ihr langes T-Shirt hochrutscht.

Ich kann nicht anders, als auf ihren runden Hintern zu starren.

»Nicht so mein Geschmack«, verkünde ich und lege die Selleriestange weg. »Aber bei diesem Ausblick schmeckt fast alles.«

Sie zieht ihr T-Shirt runter. »Du bist witzig.«

Während des Essens reden wir über Geschäftliches, und es fühlt sich überraschend entspannt an, obwohl wir beide wissen, dass wir uns unter anderen Umständen auf dieser Decke entkleiden würden.

Ich trinke den letzten Schluck Limonade und lege mich zurück, die Hände unter meinem Kopf. »Was ich dir noch erzählen wollte: Dein Ratschlag in Bezug auf Viorica war sehr nützlich. Vielen Dank!« Ich schaue zu den Ästen und den Wolken, die aufgezogen sind, hinauf. »Sie wird den Mann, den ich erwähnt habe, heiraten. Grigore.«

»Den Bösen?«, fragt Phaedra vorsichtig.

Ich nicke.

Sie legt sich im rechten Winkel zu mir auf die Decke und bettet ihren Kopf auf meine Brust. »Ist sie denn … glücklich?«

»Ich glaube schon. Grigore hat allem eingewilligt, was sie gefordert hat: eine kleine Trauung in Vlasia House, gutes Essen und Geschenke für die Kinder und die Angestellten, und die neuen Gebäude sollen umgehend gebaut werden.« Ich streiche Phaedra eine Haarsträhne von der Wange.

»Mein Gespräch mit Rica hätte ganz anders laufen können, wenn ich deinen Ratschlag nicht befolgt und besser zugehört hätte. Ich stehe in deiner Schuld.«

»Ach was.« Sie zuckt mit den Schultern und schiebt meinen Finger weg, umfasst ihn jedoch, als ich meine Hand wegziehen will. »Gern geschehen. Ich hoffe, sie werden glücklich miteinander.«

Mein Herz rast, weil sie meinen Zeigefinger umklammert, und ich bin mir sicher, dass sie es hören kann, da ihre Wange auf meiner Brust ruht. Ein kleines Lächeln zupft an ihren Lippen.

»Danke, dass du diesen Tag organisiert hast«, sagt sie leise.

»Das war reiner Egoismus.«

»Bullshit, Ardelean. Du hast nicht nur mich begeistert – mit dem Auto und dem Picknick –, sondern auch das Paar vom Diner. Davon werden sie noch ewig reden.«

Sie hält meinen Zeigefinger immer noch fest, sodass ich meinen kleinen Finger benutze, um eine Linie auf ihrem Nasenrücken zu beschreiben. »*Du* hast ihnen doch die Tickets gegeben.«

»Es war Teamwork.«

»Wir sind ein gutes Team.«

Reumütig verzieht sie den Mund. »In gewisser Hinsicht.« Sie

führt meine Fingerspitze an ihre Unterlippe und berührt sie in einer Geste, die kein Kuss ist. »Allerdings nicht auf die Art, die wir uns wünschen würden.«

»Ich weiß nicht, ob ich dir zustimme«, erwidere ich und berühre ihre Lippe noch einmal. »Es hat gut funktioniert, aber das Leben hatte andere Pläne.«

Eine angespannte Minute vergeht, in der ich weiterhin ihr Gesicht berühre, was sie zulässt. Ihre Lippen sind geteilt, und ich kann nicht widerstehen, meine Fingerkuppe dazwischengleiten zu lassen und über ihre Zungenspitze zu fahren – nur ganz kurz.

Daraufhin stemmt sie sich erschrocken hoch und weicht zurück, indem sie sich hinkniet. »Cosmin.«

»Ich weiß …«

Gerade als ich mich entschuldigen will, ist das Rauschen einsetzenden Regens über uns in den Blättern zu hören. Wir schauen beide nach oben.

»Fuck!« Phaedra beginnt, alles zusammenzuräumen und wieder in den Korb zu laden, wobei ich ihr helfe.

Als wir gleichzeitig nach einer Tasse greifen wollen, stößt sie mit der Stirn gegen meinen Wangenknochen, und wir beide zucken lachend zurück.

Ich rolle die Decke zusammen und renne Phaedra zum Auto hinterher. Zu dem Zeitpunkt, zu dem wir alles im Kofferraum verstaut haben, sind wir durchnässt. Der Regen ist so stark, dass die Wasseroberfläche des nahegelegenen Sees schäumt wie ein tosendes Meer.

Als ich die Hintertür aufreiße, springt Phaedra, ohne zu zögern, auf die Rückbank, und ich steige hinter ihr ein, wobei ich die schwere Tür hinter uns zuziehe.

Nachdem sie sich das feuchte Haar aus dem Gesicht gestrichen hat, presst sie sich ihre Finger an die Stirn. »Autsch«, sagt sie und zuckt zusammen. »Geht es dir gut?«

Ich berühre meine Wange. »Tut ein bisschen weh, aber ich glaube nicht, dass ich einen Bluterguss bekomme.«

Phaedra greift nach unten und entledigt sich erst ihrer Sneakers und dann ihrer Socken. »Wenn doch, kann ich allen erzählen, dass du versucht hast, was bei mir zu reißen, und ich dir eins übergezogen hab.« Sie kniet sich hin und beugt sich auf der geräumigen Rückbank vor, um mein Gesicht ins Licht zu drehen. »Ja, sieht in Ordnung aus.«

Ich halte ihre Hand an meiner Wange fest, woraufhin ihr Lächeln verschwindet.

»Hey, Cos?«

»Ja, meine Süße.« Ich lege ihr eine Hand um den Oberschenkel und ziehe sie rittlings auf meinen Schoß.

Nun legt sie auch die andere Hand an meine Wange. Dann leckt sie sich die Lippen, und wir sehen einander für einen langen Moment an, wobei ihr Blick zwischen meinen Augen hin und her huscht. »Was in diesem Wagen passiert, bleibt doch in diesem Wagen, oder?«, murmelt sie.

»Abgemacht.«

Noch ehe ich das Wort ausgesprochen habe, beginnt sie, ihre Kleidung abzulegen. Als sie nackt ist, klettert sie wieder auf meinen Schoß und knöpft mein Hemd auf.

Ich öffne den Reißverschluss meiner Jeans und hebe die Hüften, um mich aus der Hose herauszuschälen, wobei ich Phaedra mit mir hochhebe.

»Gute Core-Stärke«, scherzt sie und klammert sich an meinen Schultern fest.

Als ich mich wieder hinsetze, greift sie mit einer kühlen Hand zwischen meine Beine und umfasst meinen Schwanz.

Ich ziehe sowohl wegen der Kälte als auch vor Begierde die Luft ein, doch sie ersetzt ihre eisige Berührung durch feuchte Hitze, als sie sich mit einem Stöhnen auf meinen Schwanz setzt und ihre Brüste an mich presst. Eine Faust in mein Haar gekrallt, hält sie inne und atmet flach.

Ich schließe meine Arme um sie, halte sie fest und vergrabe mein Gesicht an ihrem Hals, um ihren Duft einzuatmen.

Jetzt lasse auch ich meine Hände in ihr Haar gleiten und neige ihren Kopf so, dass wir einander in die Augen sehen können. »Wir werden diesen Wagen nicht mehr verlassen.«

Sie beißt mir in die Schulter. »Das ist eine geniale, aber unpraktische Idee, wie mir ein weiser Mensch einst gesagt hat.« Mit den Fingerspitzen fahre ich ihre Wirbelsäule nach, was sie erschaudern lässt. Als sie sich leicht um mich herum verengt, ächze ich.

»Wir haben genug Essen für die nächsten Tage.« Ich lege meine Hände unter ihren Hintern und beginne, sie in einem gleichmäßigen Rhythmus anzuheben, während sie beginnt, ihre Hüften kreisen zu lassen. Dabei schauen wir einander fest in die Augen.

»Und so lange werde ich auch brauchen, um dich auf jede erdenkliche Art zu vögeln.«

Als ich den Kopf senke, um an ihrem Nippel zu lecken, drängt sie sich meinem Mund entgegen, hebt die Arme und stemmt die Hände gegen die Decke des Wagens. Ich sauge und lecke, bis ihr leises Stöhnen den Rhythmus ihrer Bewegungen annimmt.

Ihre Feuchtigkeit sammelt sich mittlerweile um meinen Schwanz herum, und sie ist so erregt, dass sie den Kopf zur Seite geneigt und die Augen geschlossen hat. Alles an dieser Frau ist unwiderstehlich. Ich will nie wieder aufhören, sie anzusehen.

Als sie sich dem Orgasmus nähert, schlingt sie die Arme um mich und wird still, genauso wie ich es in Erinnerung habe.

»Kommst du für mich, meine Schöne?«

Ihre Hände verkrampfen sich, sie krallt sich mit der rechten Hand in meinen Haaren und mit der linken an meinem Oberarm fest.

Derweil lasse ich eine Hand nach unten wandern, um ihre Klitoris zu massieren, woraufhin sie an meiner Hand zuckt und sich mit einem Stöhnen ein wenig mehr um mich herum verengt.

»Uita-te la ochii mei«, weise ich sie auf Rumänisch an, mich anzusehen.

Mit zusammengezogenen Augenbrauen schüttelt sie den Kopf. Als ich ihre Klitoris zwicke, schreit sie auf und erzittert.

»Sieh mich an, wenn du kommen willst. Oder soll ich dich bis kurz vor den Höhepunkt bringen, bis du bebst und mich anbettelst?« Ich lege meine Finger unter ihr Kinn und meinen Daumen an ihre Unterlippe. »Soll ich aufhören? Wie sehr brauchst du es?«

Sie umschließt meinen Daumen mit den Lippen, liebkost ihn mit ihrer Zunge und erinnert mich damit an all die Male, die sie dieselbe Bewegung an meinem Schwanz vollführt hat.

Endlich öffnet sie die Augen, um mich anzusehen, und ich lächele.

»Du willst mich in den Wahnsinn treiben, was?« Ich entziehe ihr meinen Daumen. »Aber was du kannst, kann ich auch.« Ich streiche an ihrer Klitoris nach oben und reibe über ihre Lieblingsstelle, ehe ich wieder leicht zwicke.

Nun zieht sie ungeduldig an meinen Haaren.

Ich versetze ihr einen Klaps auf den runden Hintern und drücke sie an den Oberschenkeln nach unten, um sie auf mir festzuhalten, wobei ich ihr fest in die Augen sehe. »Mein Gott, ich wollte dich schon immer. Seit dem Moment, in dem wir uns zum ersten Mal begegnet sind.« Ich spreize meine Finger und liebkose sie mit den Daumen an der Stelle, an der ich mit ihr verbunden bin. »Ich kann dich nicht aufgeben, draga mea. Du sagst, was in diesem Wagen passiert, bleibt in diesem Wagen, aber du bist ohnehin schon überall – in meinem Kopf, in meinem Herzen, in meiner Seele.«

Ihre Oberschenkel spannen sich an, als sie versucht, ihr Becken kreisen zu lassen, doch ich schüttele lächelnd den Kopf. Dann streiche ich an ihren Armen hinab, ziehe sie nach hinten und halte ihre Handgelenke mit einer Hand hinter ihrem Rücken fest, um sie mit der anderen Hand zwischen den Beinen zu liebkosen.

»Der Preis?«, fahre ich fort. »Dein Mund auf meinem, wenn du kommst. Glaubst du, mir wäre entgangen, dass du mich noch nicht geküsst hast?«

»Nein.« Ihre Antwort ist so leise, dass sie neben dem prasselnden Regen nicht zu hören ist und ich nur die Bewegung ihrer Lippen sehe.

Ich umfasse ihre Handgelenke fester, was sie dazu bringt, durch zusammengebissene Zähne die Luft einzuziehen.

»Ich kenne deine Spielchen – wie du dich zurückhältst, dich versteckst.« Meine Stimme ist dunkel, und ich erkenne, dass ich trotz der intensiven Liebe für sie auch Wut empfinde. Wut auf sie wegen allem, was sie mir nicht geben kann, und Wut auf mich selbst, weil ich all das von ihr einfordern will.

Ihre Nasenflügel blähen sich, und ihre Augen funkeln. »Keine Küsse.«

In diesem Moment verliere ich die Beherrschung, auch wenn ich mich selbst für die Worte hasse, die ich ihr an den Kopf werfe. »Weil du nicht willst oder *weil* du willst? Bist du nicht mutig genug?«

Sie sieht mich zornig an. »Fick dich, Ardelean.« Sie entzieht sich energisch meinem Griff und macht Anstalten, von meinem Schoß zu klettern, doch ich schließe sie in meine Arme. Nach einem halbherzigen Versuch, sich aus meinem Griff zu befreien, entspannt sich ihr Körper.

»Es tut mir leid«, flüstere ich in ihr Haar und streichele ihren Rücken.

»Wir können nichts aus diesem Wagen mitnehmen, Cosmin – es muss hierbleiben. Und wir können nicht ständig mit dem

Feuer spielen, indem wir Wege finden, miteinander allein zu sein.« Sie zieht sich zurück und umfasst mein Gesicht. »Und ja, ich sollte dich nicht küssen, weil ich mich verdammt noch mal danach sehne. In Momenten wie diesem würde ich alles für dich hinschmeißen. Und genau das macht mir Angst. Verstehst du das nicht?«

»Doch. Verzeih mir.«

Dann betrachtet sie mich eine Weile, ehe sie wieder beginnt, sich auf mir zu bewegen.

Erneut berühre ich sie an der Stelle, an der ich mit ihr verbunden bin. »Sag mir, was du willst. Dein Wunsch ist mir Befehl. Was immer es ist.«

Ihre Augen schließen sich flatternd. »Es ist zu gut«, haucht sie. »Warum musst du dich nur so gut anfühlen?« Sie drückt sich an mich, sodass ihre Nippel an meiner Brust auf und ab gleiten.

»Weil wir gut *zusammen* sind. Wir haben schon immer zusammengehört …«

Sie legt die Stirn an meine Schulter, und ich weiß, dass sie Angst hat, mich anzusehen. Ihr Körper ist gebeugt, als sie hechelnd beginnt, sich schneller zu bewegen. Ihre Oberschenkel zittern, und ihre schnellen Bewegungen hören beinahe vollkommen auf, als ich spüre, dass die ersten Wellen ihres Höhepunkts durch sie hindurchfahren und sie sich fest um mich herum verengt. »*Fuckfuckfuckneeeiiin …*«

Zu meiner Überraschung fährt sie mit ihrer Wange an meiner entlang und drückt ihre Lippen auf meine, um mich leidenschaftlich zu küssen, sodass ich ihr Stöhnen vibrierend in meinem Mund spüren kann.

Bereitwillig öffne ich die Lippen. Die Freude und die Schwermut, die mich überkommen, als sich unsere Zungen berühren, verwirren mich.

Sie wiegt ihre Hüften vor und zurück, und ich bin mir nicht

sicher, ob es ein weiterer Orgasmus ist oder ob der erste noch nicht vorbei ist, aber in dem Augenblick schreit sie erneut auf, diesmal lauter. Dann saugt sie mit einem Ächzen an meiner Unterlippe, als sie von einem letzten Zittern ergriffen wird.

Bestimmt eine Minute vergräbt sie das Gesicht an meinem Hals, um wieder zu Atem zu kommen, und ich streiche an ihrem Rücken auf und ab.

Als sie mich endlich ansieht, sind ihre Augen feucht und ihre Zähne zusammengebissen, als würde sie frieren. »Cos«, setzt sie an und schüttelt entschuldigend den Kopf.

Ich umfasse ihr Gesicht und küsse sie. »Meine Süße.«

In ihren Augen blitzt Panik auf. »Ich kann nicht hierbleiben. Ich muss nach Hause. Ich fliege nach Hause, Cosmin. Wenn ich es nicht tue, wird das hier immer wieder passieren, und das darf ich nicht zulassen.«

»Nein.«

Ich drehe sie auf dem Sitz auf ihren Rücken und dringe hart wieder in sie ein. Für einen Moment befürchte ich, dass ich eine Grenze überschritten habe, aber sie schlingt sofort ihre Beine um mich und gräbt mir ihre Finger in den Rücken. »Ja, mehr ...«, ächzt sie mit geschlossenen Augen.

Ich vögele sie hart, wobei ich ihr die Hände schützend an den Kopf lege, damit sie nicht gegen die Tür schlägt. Bei jedem brutalen Stoß schreit sie auf und drängt sich mir entgegen. Sie spreizt die Beine, stemmt eines davon gegen den Vordersitz, um es mir zu ermöglichen, tiefer in sie einzudringen.

Ihre kleinen Brüste wippen zwischen uns, während ich mit einer fast animalischen Begierde in sie eindringe. Mein Hosenbund gräbt sich schmerzhaft in meine Oberschenkel.

Die Flüche, die ich auf Rumänisch ausstoße, sind so schmutzig, dass ich hoffe, sie wird diese Worte niemals lernen. Mit meinem Körper, meiner Wut, meiner Lust versuche ich, ein Netz um sie zu schlingen, dem sie niemals entkommen kann. Schließlich ergieße ich mich mit einem verzweifelten Ächzen in ihr, greife ihr ins Haar und drücke meine Lippen fest auf ihre. »Du wirst nicht gehen, hast du gehört? Wir gehören zusammen, egal ob es gut für uns ist oder nicht.«

Mit weit aufgerissenen Augen nickt sie und beginnt zu weinen. Ich drücke ihr sanfte Küsse auf die Haut, um die salzigen Tränen zu entfernen, die ich anschließend von meinen Lippen lecke.

»Ich gehöre dir, draga mea. Zerstöre mich, wenn es sein muss, aber verlasse mich niemals.«

Sie stößt ein Schluchzen aus und bedeckt ihr Gesicht mit den Händen.

»Keine Tränen, meine Liebste.« Ich ziehe sie in meine Arme und drehe uns so um, dass sie auf mir liegt, wo sie sich mit der gesamten Länge ihres Körpers an mich schmiegt. Ich atme unseren vermischten Duft ein.

Am nächsten Morgen finde ich heraus, dass sie aus dem Hotel ausgecheckt hat und nach Hause geflogen ist.

27

NORTH CAROLINA
MITTE NOVEMBER

Phaedra

Die Rennstrecke von Interlagos, die für den Großen Preis von Brasilien genutzt wird, ist aus unterschiedlichen Gründen schwierig. Sie ist verdammt uneben und hat viele Steigungen und Abfälle, da sie auf natürlichem Terrain angelegt wurde.

Auf dem Kurs fährt man entgegen dem Uhrzeigersinn, so wie es nur in wenigen Ländern der Fall ist, was eine weitere Herausforderung darstellt, da die Fahrer andere Muskeln zum Einsatz bringen müssen. Und nun regnet es auch noch.

Ich schaue das Rennen live im Strandhaus in Holden Beach, wo ich mich derzeit allein aufhalte. Dass ich erleichtert darüber war, dass meine Mutter nicht dazukommen wollte, macht mich möglicherweise zu einer schlechten Tochter, aber immerhin habe ich eine Woche bei ihr übernachtet, ehe ich zur Küste aufgebrochen bin. Als ich sie gefragt habe, ob sie mich begleiten möchte, hat sie erwidert, dass sie noch nicht so weit sei.

Ehrlich gesagt bin ich das auch nicht. Dads Anwesenheit (und das meine ich nicht auf übernatürliche Art, denn schließlich bin ich ein absolut rational denkender Wissenschaftsnerd) ist überall zu spüren. Ich sehe ihn auf den Liegestühlen zum Meer hinausblicken, höre ihn im Wohnzimmer lachen, während er vor dem Fernseher Eis isst, und seine tiefe, beruhigende Stimme, wenn er sich im Schlafzimmer am Ende des Flures mit Mama unterhält, während ich abends einschlafe.

Dass ich ihn riechen kann, bilde ich mir allerdings nicht nur ein. Solange ich denken kann, hat Mo Brut von Fabergé benutzt, und dieser Duft hat sich in seinem Lieblingssessel festgesetzt, in dem ich es mir für das Rennen bequem gemacht habe. Als es losgeht, ist hier Mittag, und ich warte bis exakt eine Minute nach zwölf, ehe ich mir ein Glas Scotch einschenke, denn immerhin ist nun offiziell Nachmittag.

Der Rennstart verzögert sich, weil die Strecke so nass ist. Um die Zeit zu überbrücken, reden die Kommentatoren über unterschiedliche Themen, die für die Zuschauenden interessant sein könnten – unter anderem über die Stärken und Schwächen der Fahrer –, während Bilder aus den Werkstätten eingeblendet werden.

Als Natalia ins Bild kommt, jubele ich und hebe feierlich mein Glas. Leider steht sie neben Alexander Laskaris, dem unerträglichen Reporter, mit dem sie auf dem schlechten Date war. Der Typ ist ein Wichser, der mit markanten Gesichtszügen und Eltern gesegnet ist, die beide Starjournalisten sind. Obwohl er selbst nicht sonderlich gut in seinem Job ist, hat er einen wichtigen Posten bei dem Magazin, für das er arbeitet.

Als ein Kommentator erwähnt, dass die Wetterverhältnisse für Cosmin kein Problem darstellen sollten, da »Ardelean selbst bei Regen grandiose Leistungen bringt«, kann ich ein Schmunzeln nicht unterdrücken. Mir wird heiß, als ich an die Rückbank des Lincoln zurückdenke, während Regen auf das Dach prasselte.

In der Tat grandiose Leistungen.

Es mag herzlos wirken, dass ich seine Nummer blockiert habe, noch ehe ich das Hotel in Austin verlassen habe, aber ich kenne meine Grenzen. Wieder einmal habe ich unter Beweis gestellt, dass ich keine Selbstbeherrschung habe, wenn es um ihn geht. Bisher bin ich mir noch nicht sicher, ob ich die nächste Saison in den Staaten verbringen muss oder ob ich meine unstillbare Begierde für den unerträglichen Arsch, in den ich mich verliebt habe, verdrängen kann. Realistisch betrachtet, muss vermutlich einer von uns erst eine neue Beziehung beginnen. Aber dieser Gedanke gefällt mir gar nicht.

Beim Großen Preis der USA, der ein paar Tage nach meiner Abreise stattfindet, hat Cos nicht abgeliefert. Er ist Sechster im Qualifying geworden, hat zwei blöde Fehler gemacht und sich über das Teamradio über die Reifenstrategie ausgelassen, was ihn nicht nur wirken ließ wie einen Mistkerl, der nicht hinter seinem Team steht, sondern auch, als hätte er nach einer Ausrede dafür gesucht, dass er derart schlecht gefahren ist.

Ich gehe davon aus, dass seine Konzentrationsschwierigkeiten mir zuzuschreiben waren.

Oder besser gesagt uns beiden.

Gerade wurde Cosmin kurz im Wagen eingeblendet, und *mein Gott* – seine intensiven blauen Augen mit den schwarzen Sprenkeln führen jedes Mal dazu, dass ich den Atem anhalte, als könnte jede noch so kleine Bewegung dazu führen, dass die Kamera wegeschwenkt.

Als Nächstes werden die ungeschminkten betörenden Augen einer Frau gezeigt – Sage Sikora in ihrem hellblau-weißen Harrier HR77. Sie hat es tatsächlich geschafft, die Punkte von Harrier in sechs Rennen zu verdoppeln.

Ich würde inständig darauf hoffen, dass João Valle von Aliens entführt wird und aus dem Rennsport verschwindet, damit Sage dauerhaft seinen Platz einnehmen kann, wenn ein Teil von mir sich nicht auch fragen würde, wie viel Geld wir ihr bieten müssten, um sie zu Emerald zu locken.

Etwas Gutes hat die neue Situation: Immerhin wäre so etwas

jetzt meine Entscheidung. Mein Herz ist gebrochen, aber ich kann mich zumindest aktiv dafür einsetzen, welche Fahrerinnen und Fahrer wir ins Team holen.

Jakob ist toll, doch sein Vertrag läuft nach dem nächsten Jahr aus, und Sage Sikora wäre die perfekte Fahrerin für Emerald. Sie ist wahnsinnig talentiert, und die Tatsache, dass sie eine Frau ist, würde dafür sorgen, dass alle Augen auf uns gerichtet sind.

In der Stunde, um die sich der Rennstart verzögert, betrinke ich mich schamlos, sehe zu, wie die Marshalls mit Besen das Wasser aus den Vertiefungen des Kurses entfernen, und versuche, den Schmerz zu betäuben, der jedes Mal in mir aufflammt, wenn ich Cos sehe.

Der Wetterbericht für São Paulo verheißt nichts Gutes. Wenn die Wagen jetzt losfahren, könnte es gut sein, dass es erneut regnen wird, doch wenn man noch länger wartet, könnte die Zeit abgelaufen sein, bevor die einundsiebzig Runden geschafft sind.

Als es endlich losgeht, habe ich so viel getrunken, dass ich laute Kommentare abgebe, als würde Mo neben mir sitzen.

»Olsson – der Typ schert schon wieder aus. Wurde der Kurs heute etwa für Amateure geöffnet, oder was?«

»Zweimal fast abgedrängt, du Wichser! Das verlangt nach einer Strafe!«

»Unsafe Release! Verdammt, können die Rennkommissare bitte aufhören zu träumen?«

Für Emerald sieht es vielversprechend aus – Cosmin ist aktuell Zweiter, direkt hinter Powell. Bei seinem Boxenstopp ist er von Regenreifen auf mittelharte Reifen umgestiegen, was riskant war. Als er über den Boxenfunk darauf bestanden hat, habe ich frustriert geächzt. Meiner Meinung nach war es zu früh. Wäre ich heute seine Renningenieurin, hätte ich es hinterfragt, aber Lars war einverstanden.

Inzwischen hat sich eine trockene Linie gebildet, sodass sich

Powells Regenreifen schnell abnutzen, denn sie brauchen das Wasser, um nicht zu überhitzen. Er wird also bald unweigerlich einen Boxenstopp einlegen müssen, weshalb ich meinen Augen nicht traue, als ich erkenne, dass Cosmin versucht, ihn zu überholen.

Ich springe auf und reiße die Arme in die Luft. »Was zum Teufel machst du da?«

Zugegeben: Die Gelegenheit, die sich ihm bietet, ist verlockend, doch es ist so ein riskantes Manöver, dass ich ihn am liebsten erwürgen würde. Die mittelharten Reifen eignen sich nicht dafür, den trockenen Bereich zu verlassen, denn sie verdrängen nur fünfunddreißig Prozent der Wassermenge, die Regenreifen verdrängen können.

Ist er blind? Wie kommt er darauf, dass diese Aktion eine schlaue Strategie sein könnte?

Ich greife mir in die Haare, während ich mit weit aufgerissenen Augen auf den unabwendbaren Unfall warte. Das Safety-Car rückt aus. Powell und alle anderen werfen Cosmin wahrscheinlich gerade Luftküsse zu, weil er ihnen gerade sozusagen einen Boxenstopp ohne Konsequenzen verschafft hat.

Grandios. Noch mehr Punkte für Drew Powell (der ohnehin schon Weltmeister werden wird), die Allonby Racing nicht braucht, Emerald dagegen sehr wohl.

Zu sehen, wie Cosmin unbeschadet aus dem Wagen aussteigt, verschafft mir einen Moment lang Erleichterung, ehe der Drang in mir aufkeimt, ihm einen Schlag in den Nacken zu versetzen, weil er uns die Chance auf den dritten Platz in der Konstrukteurswertung geraubt hat.

Der Fahrerweltmeister ist das öffentliche Gesicht der Formel 1, und der Titel ist mit Sicherheit das größte Ziel in den Augen der Öffentlichkeit. Die Fahrer mit ihren großen Egos, den charmanten Akzenten und ihren hübsch anzuschauenden Workout-Videos auf Social Media sind der Glamour und der Sex-Appeal des Rennsports.

Doch was die Teams sich noch viel mehr wünschen, ist der Titel »Konstrukteurs-Weltmeister«, denn der bringt das Preisgeld ein. Und Geld hält ein Team am Laufen. Die Punkte für die Konstrukteurswertung sind die gleichen wie die, die die Fahrer erhalten: abhängig davon, auf welchen Platz sie am Ende des Rennens gelangen. Doch diese beiden Punktewertungen werden miteinander kombiniert. Wenn es also *beide* Fahrer unter die Top Ten schaffen, kommt das dem Team zugute.

Und das ist genau der Grund, aus dem ich in meinem betrunkenen Zustand einen Tobsuchtsanfall vor dem Fernseher bekomme und Cosmin anbrülle, dass er uns viele Millionen Dollar kostet. Aufgebracht gehe ich im Wohnzimmer auf und ab und zähle mit schriller Stimme all seine Fehltritte auf, wobei mir erst verspätet auffällt, dass ich mittlerweile zu persönlichen Dingen übergegangen bin, die nichts mit dem Rennen zu tun haben, und weine. Eilig schlage ich mir die Hände vor das Gesicht und steuere blindlings den Sessel an, wobei ich auf den Rand einer riesigen Schale mit Erdnussflips trete, die sich daraufhin umdreht und mir so hart gegen das Schienbein schlägt, dass ich wütend aufschreie und mich vor dem Sessel auf den Boden werfe.

Dort gestatte ich es mir, meinen Tränen freien Lauf zu lassen, und als ich nur noch wimmere und schniefe, erkenne ich, dass ich meine Arme auf den Sessel gelegt habe, als säße mein Dad darin und als wäre ich immer noch das kleine Kind, das auf dem Boden hockt und sich beim Fernsehen an seine Knie lehnt.

Schließlich greife ich nach der Fernbedienung und schalte aus, woraufhin mich Stille umgibt.

Dann raffe ich mich auf und ziehe einen Mantel und die Gummistiefel an, die ich schon habe, seit ich vierzehn war. Dad hat sie mir gekauft, weil kleine Vögel darauf waren und er mich immer

Chickadee genannt hat. Inzwischen passen sie nicht mehr richtig, aber ich liebe sie immer noch heiß und innig.

Ich gehe nach draußen und zum Wasser hinunter, um mit Mo zu reden, so wie er vorgeschlagen hat. »Ich weiß nicht, was ich hier tue, Mo«, sage ich. »Alles ist einfach scheiße. Du wolltest nicht, dass ich mich in Cosmin verliebe, aber es ist trotzdem passiert, und ich bin furchtbar unglücklich ohne ihn.«

Eine Welle rollt ans Ufer und umspült meine Stiefel, sodass sie ein paar Zentimeter in den Sand einsinken.

»Wenn du hier wärst«, fahre ich fort, »könntest du mir sagen, was ich tun soll. Das ist der einzige Schwachpunkt an dem Plan, dass ich herkommen soll, um mit dir zu reden – es ist eine einseitige Unterhaltung, und ich muss deine Antworten erraten.« Ein bitteres Lachen entfährt mir. »Zum Glück kenne ich dich ziemlich gut.« Ich schaue beschämt auf die Wellen. »So ist es auch mit Cosmin. Selbst als ich den Typen nicht ausstehen konnte, haben wir vom ersten Tag an ständig aneinander gedacht und gehört, was der andere sagt. Nie hätte ich gedacht, dass ich jemals einen Menschen so gut kennen würde wie dich. Merkwürdig, was? Und deprimierend, da ich auf keinen Fall mit ihm zusammen sein kann.« Ich schüttele den Kopf und presse die Lippen zu einem dünnen Strich zusammen. »Aber ich werde das Team nicht enttäuschen, du wirst schon sehen. Ich werde dich stolz machen.« Ich starre auf meine Stiefel runter und ziehe sie aus dem Sand. »Verdammt, Mo! Ich könnte echt deinen Rat gebrauchen. Wie wär's mit einer E-Mail?«, scherze ich.

Während ich einen der Vögel auf meinem Stiefel studiere, kommt mir ein so verrückter Gedanke, dass ich nach Luft schnappe.

Chickadee.

E-Mail.

Verdammt!

Sofort wirbele ich herum und sprinte zum Haus zurück. Während ich meine Stiefel ausziehe und zu meinem Laptop renne, lache ich wie eine Wahnsinnige.

Natürlich erinnere ich mich nicht mehr an das Passwort für emerald-chickadee87@gmail.com, weil ich die E-Mail-Adresse seit ungefähr vier Jahren nicht mehr genutzt habe. Stattdessen verwende ich nur noch meine Arbeitsmailadresse, denn wer schreibt mir schon wegen etwas anderem als wegen was Beruflichem?

Mein Dad.

Und ihm ist vielleicht gar nicht in den Sinn gekommen, dass ich seine Mail in diesem Postfach nicht finden würde. Wenn er mir etwas Persönliches mitteilen wollte, hätte er dies niemals über den Emerald-Server getan, denn die Leute aus der IT-Abteilung haben Zugang zu allem.

Ich sende mir den Link, um mein Passwort zurückzusetzen, und zu dem Zeitpunkt, an dem ich es geschafft habe, mich endlich einzuloggen, zittern meine Hände. Mit angehaltenem Atem scrolle ich durch alle E-Mails der letzten drei Monate, bis ich endlich bei August angekommen bin.

Edwardmorgan
Hallöchen, Chickadee
23. August

»O Gott!« Ich schlage mir meine zitternde Hand vor den Mund, als ich die letzte Nachricht meines Vaters anstarre, gesendet fünf Tage vor seinem Tod.

Wahrscheinlich ist es feige von mir, nicht persönlich mit Dir darüber zu reden, aber Du weißt, dass ich besser im Handeln bin als darin, die richtigen Worte zu finden. Deshalb sind wir zwei uns ja so ähnlich. Wir reagieren beide allergisch auf Gefühlsduseleien und haben uns schon immer verstanden, ohne alles auszudiskutieren.

Seit Du nach Hause gekommen bist, wollte ich Dir schon unzählige Male erzählen, was ich von der Geschichte mit Dir und Cosmin halte, aber mir schien, dass Du die Sache beendet hattest, daher wollte ich keine alten Wunden aufreißen. Dennoch muss ich das, was mir auf dem Herzen liegt, loswerden für den Fall, dass Du Dir nicht ganz sicher bist und Deine Gefühle verbirgst, so wie Du es oft tust.

Die Regel, dass Teammitglieder nichts miteinander anfangen dürfen, mag sinnvoll oder sinnlos sein – irgendwie vermag ich das selbst nicht zu beurteilen. Aber es hat mich enttäuscht, wie Klausy und Reece sich in Deine Angelegenheiten eingemischt haben. Mir schien es, als hättet ihr zwei die Sache im Griff, denn auf der Rennstrecke lief alles wie am Schnürchen. Ich habe Klaus erklärt, dass ich mich nicht in die Sache reinhängen würde, denn am Ende hätte das bloß zu Gerüchten darüber geführt, dass ich die Sache nicht neutral angehen kann, weil Du meine Tochter bist. Und ich weiß, wie sehr Dir dieses Gerede missfällt.

Ihr habt gedacht, niemand würde etwas von Eurer Beziehung ahnen, aber ich wusste es bereits seit Monaten, denn Kim aus der IT-Abteilung hat mir etwas verraten: Cosmin hat Dir lange Liebesnachrichten über seine Emerald-Mailadresse geschrieben, sie jedoch nur als Entwürfe abgespeichert. Da Kim sich Sorgen gemacht hat, hat sie mir die ersten E-Mails von Ende April weitergeleitet.

Zu Beginn hast Du einmal gesagt, der Bursche sei ein arroganter Arsch, aber ein guter Rennfahrer. Ich dagegen hatte schon immer im Gefühl, dass hinter seiner Fassade etwas Tiefgründigeres steckt, und ich habe mich nicht getäuscht. Die Nachrichten verraten, dass er in Dich verliebt ist. Er ist intelligent, aufmerksam und hat ein weiches Herz.

Klaus mag der Ansicht sein, Du solltest nichts mit Cosmin anfangen, weil es dem Team schadet, doch Liebe macht Menschen stärker, nicht schwächer. Es bringt sie dazu, härter für das zu kämpfen, was sie wollen. Ich habe lange darüber nachgedacht. Wenn du Gefühle für ihn hast, dann gib nicht auf. Ihr habt meinen Segen.

Es war mir eine große Ehre, Dein Vater zu sein. Ich bin stolz auf Dich, und ich liebe Dich.

PS: Die nächste E-Mail ist für Klausy. Ich möchte sie nicht über den Emerald-Server versenden, habe aber keine andere Adresse von ihm. Bitte drucke sie aus und gib sie ihm. (Meinetwegen kannst Du sie auch lesen.)

Als ich die E-Mail zu Ende gelesen habe, können meine Tränen fast mit dem Regen in São Paulo mithalten. Unaufhaltsam laufen sie meine Wagen herab, ich kann mich einfach nicht zurückhalten. Ich bin ein schluchzendes, schniefendes, Unmengen von Taschentüchern verbrauchendes Wrack.

Ich gebe mir die größte Mühe mich zu sammeln, dann klicke ich auf die nächste E-Mail.

Hi, Klausy,

ich habe noch einmal nachgedacht, und ich glaube, Du täuschst dich, was die Risiken anbelangt, die eine Beziehung zwischen Phaedra und Cosmin mit sich bringen.

Du weißt, dass Phae eine verdammt gute Renningenieurin ist. Das Mädel hat es drauf, und sie nimmt ihren Job ernst. Dass sie Ardelean nahesteht, ist ein Vorteil, kein Schwachpunkt. Verflucht, ich habe mir auch in die Hose gemacht, als ich den Unfall gesehen habe, also müsst ihr alle aufhören, Phae ihre Reaktion vorzuhalten. Klar, die ganze Welt hat sich für ein paar Tage über sie lustig gemacht, aber weißt Du was? Wenigstens waren so alle vollkommen auf Emerald fokussiert. Und warum? Weil Menschen eine Geschichte interessant machen.

Wenn die Wagen doppelt so schnell und die Rennstrecken doppelt so gefährlich wären, aber keine Fahrer im Cockpit säßen, würden dann trotzdem siebzig Millionen Menschen den Fernseher einschalten? Du kennst die Antwort genauso gut wie ich.

Die Autos, die Strategie, die Technologie ... all das ist schön und gut. Aber die Fans lieben die Rennen aufgrund des menschlichen Aspekts: Sieg und Niederlage, Herzschmerz und Heldentum. Dass Phae und Cos ineinander verliebt sind, macht die Geschichte von Emerald nur noch spannender. So steht mehr auf dem Spiel, und die Fans fiebern stärker mit.

Es ist richtig, zuzulassen, dass sie glücklich sind. Ich weiß, wie sehr Du Deine Sofia vermisst. Ihr beide habt so verdammt gut zusammengepasst. Gönne meinem Mädchen das Gleiche.

Und bitte kümmere Dich um sie. Ich vertraue Dir.

Du warst mir ein guter Freund, Klausy. Wir sehen uns, wenn Du eines Tages auch hier ankommst.

Das Erste, was ich tue, ist, meinen Kopf auf der Kücheninsel in die Hände zu stützen und eine gute Viertelstunde zu weinen, bis ich keine Tränen mehr habe.

Das Zweite: Ich sehe mir das Ende des Rennens an.

Das Dritte: Ich buche einen Flug nach Abu Dhabi, um beim letzten Grand Prix des Jahres dabei zu sein.

28

ABU DHABI
ANFANG DEZEMBER

Phaedra

Über die Rezeption lasse ich die ausgedruckte E-Mail zu Klaus'
Zimmer bringen. Auf die Rückseite des Umschlages habe ich *Ruf
mich an!* geschrieben.

Während ich erschöpft durch die Lobby schlurfe, mit dem
Aufzug nach oben fahre und den Flur zu meinem Zimmer ent-
langgehe, blicke ich mich verstohlen nach Cosmin um, denn er
soll nicht erkennen, dass ich auf der Suche nach ihm bin, falls er
mich zuerst entdecken sollte.

Ich bin echt total nervös.

Da ich am heutigen Freitagabend erst spät gelandet bin, ist
es bereits dunkel. Die lokale Zeit ist zwanzig Uhr, aber in North
Carolina ist es erst elf Uhr morgens. Ich habe einen vierzehn-
stündigen Flug hinter mir, kann jedoch leider selbst in der Business Class nie schlafen.

In meiner Suite auf der für Emerald reservierten Etage lasse
ich mich aufs Bett fallen, starre an die Decke und versuche, die
nötige Energie aufzubringen, um du duschen. Genau in diesem
Moment vibriert mein Handy.

Klaus
20:07
Bitte komm in einer Viertelstunde in die Lobby.

»Oh, verdammt.« Ich seufze und reibe mir die Augen, wobei mir erst jetzt wieder einfällt, dass ich Mascara aufgetragen habe. »Ich habe doch geschrieben, dass du mich anrufen sollst, Klausy!«

Ich wische mir den schwarz beschmierten Finger an der Vorderseite meines Shirts ab, raffe mich hoch und eile ins Bad, um zu duschen. Fünf Minuten später habe ich meine nassen Haare zu einem Zopf geflochten, von dessen Spitze Wasser auf mein *CAMP-SOH-CAH-TOA*-T-Shirt tropft. Dazu trage ich eine bequeme Yogahose (die – was niemanden überraschen sollte – noch nie ein Yogastudio von innen gesehen hat).

Das Kulturministerium sollte Klaus einen Nebenjob anbieten, bei dem er in den teuersten Hotels von Abu Dhabi für Fotos posiert und majestätisch aussieht, um Touristen anzulocken. Wenn ich nicht wüsste, dass er immer so smooth wirkt, ohne sich dafür anzustrengen, würde ich denken, es wäre aufgesetzt.

Er trägt einen maßgeschneiderten Anzug, und sein gewelltes Haar fällt ihm in die Stirn, während er mit einer Hand eine Untertasse hält und mit der anderen eine Tasse Espresso (Espresso am Abend – was für ein Badass-Move!) zu den Lippen führt. Dabei schaut er nachdenklich zum Fenster auf die Straße hinaus.

Als er sieht, dass ich durch die Lobby auf ihn zukomme, reicht er die Untertasse und die Tasse einem Hotelangestellten, der eine kleine Verbeugung vollführt, ehe er sich entfernt. Das Ganze wirkt wie ein Werbespot, bei dem eigentlich nur noch ein Streichquartett fehlt.

Während ich mich ihm nähere, hole ich Luft, um ihn mit einer frechen Bemerkung über sein perfektes Auftreten zu ärgern, bevor ich sehe, dass seine Augen rot sind und mir die Worte im Hals stecken bleiben.

»Schatzi.« Er zieht mich in eine Umarmung.

Meine Arme hängen unbeholfen an den Seiten hinab, denn ich weiß nicht recht, wie ich reagieren soll. Schließlich entscheide ich mich dafür, ihm auf den unteren Rücken zu klopfen. Klaus ist gefühlt zehn Meter groß, daher reiche ich ihm gerade bis zur Brust. Sein Duft versetzt mir einen Stich, da er mich an Mo erinnert, auch wenn ein Flakon von Klaus' Parfüm wahrscheinlich so viel kostet wie eine ganze Fuhre voller Brut von Fabergé.

Jetzt weicht er ein Stück zurück, ohne seine Arme von mir zu lösen, und nickt in Richtung Ausgang. »Sollen wir am Wasser spazieren gehen?«

»Äh, klar.«

Da es im Gegensatz zum klimatisierten Hotel draußen warm ist, hat Klaus seine Jacke bereits ausgezogen und die Ärmel seines Hemdes bis zu den Ellbogen hochgekrempelt, ehe wir zum Ufer gelangen, sodass seine durchtrainierten Arme zum Vorschein kommen. Als wir die Promenade erreichen, wirft er sich seine Jacke über die Schulter und stützt sich auf das Geländer.

»Einen Abriss von einem Verstorbenen zu bekommen ist beschämend«, sagt er. »Und traurig, weil ich ihm nicht mal mitteilen kann, dass er recht hatte.«

Ich schnaube. »Die meisten Leute fänden es wahrscheinlich gar nicht so schlecht, ihre Niederlage nicht eingestehen zu müssen.«

»Die Ironie an der Sache ist«, fährt er mit Blick zum Wasser fort, »dass ich Edward beigepflichtet hätte, wenn er mir seine Meinung verraten hätte.«

»Nun ja. Du weißt ja, wie Mo war. Die Eigenschaften, die ihn zu einem guten Vater gemacht haben, waren die gleichen, die ihn zu einem guten Teambesitzer gemacht haben. Seine Führungsstrategie bestand aus Fragen, nicht aus Befehlen.«

»Ich dachte, ich hätte seine Reaktion richtig gedeutet und ihm, indem ich dich nach North Carolina geschickt habe, das gegeben, worum er nicht explizit bitten wollte. In Wahrheit war ich nicht besorgt darüber, dass du wegen Cosmin den Kopf verlieren würdest. Das habe ich nur als Ausrede benutzt, um dich dazu zu bringen, nach Hause zu fliegen. Deshalb habe ich auch die Personalabteilung nicht eingeschaltet. Ich war immer der Ansicht, dass es eher eine persönliche als eine professionelle Angelegenheit war.«

»Da bin ich ganz deiner Meinung, aber ich kann wohl kaum selbst was mit einem Fahrer anfangen, wenn es eigentlich nicht erlaubt ist. Nach dem Motto: ›Hey, alle anderen behalten ihre Grapschhände bitte bei sich, aber bei mir machen wir eine Ausnahme.‹«

Klaus schenkt mir ein seitliches »Smize«. »Als dein Geschäftspartner empfehle ich dir, diese Klausel aus den Verträgen zu streichen. Als Edward damals Montrose Racing aufgekauft und den Teamnamen geändert hat, gab es die Regel bereits. Fletcher Montrose hatte strenge Moralvorstellungen, aber diese Regel hat nichts in einem Team verloren, in dem die Mitglieder wie Erwachsene behandelt werden.«

»Verdammt, Klaus! Vielleicht hättest du diese Dinge mal vor ein paar Monaten erwähnen sollen.« Mit einem bitteren Grinsen schüttele ich den Kopf. »Aber wahrscheinlich wusstest du, dass es besser ist, wenn Mo und ich allein zu dieser Erkenntnis gelangen.«

Jeder in seine eigenen Gedanken vertieft, beobachten wir eine vorbeifahrende Yacht.

Schließlich lehne ich mich zur Seite, um Klaus an der Schulter anzustoßen. »Nun stecke ich aber in der Zwickmühle. Soll ich es noch mal mit Cosmin versuchen, weil ich von Mo das Go bekommen habe, oder soll ich lieber keine schlafenden Hunde wecken?«

Als Klaus einen Arm um mich legt, frage ich mich, ob er ab jetzt immer so liebevoll mit mir umgehen wird, weil Mo ihn in seiner E-Mail gebeten hat, sich um mich zu kümmern.

»Was sagt dir dein Herz?«, fragt er.

»Ich weiß nicht, ob es eine Rolle spielt, was mein dummes Herz sagt. Ich habe mich Cosmin gegenüber in Texas echt widerlich verhalten. Wir hatten noch mal einen, äh, kleinen ›Rückfall‹, und er wollte um unsere Beziehung kämpfen. Aber ich habe ihn geghostet und damit garantiert seinen Stolz verletzt.«

»Männer, die sich nur von ihrem Stolz leiten lassen, sind Verlierer. Erfolgreiche Männer sind widerstandsfähig. Diejenigen, die sich auf neue Situationen einstellen können, sind Könige, und diejenigen, die verbittert werden, das Fußvolk.«

»O mein Gott, du hörst dich an wie ein reicher Wichser. *Fußvolk!* Hast du Cos den gleichen Vortrag gehalten, als er das Rennen in Austin in den Sand gesetzt und anschließend rumgeheult hat?«

»Ja.« Klaus' Lippen zucken.

Eine Weile verfallen wir in Schweigen.

Schließlich richte ich mich auf und recke meine Glieder. »Alles klar. Vielleicht sollte ich meine Karten auf den Tisch legen und schauen, was passiert.«

Klaus sieht mich eindringlich an. »Ich hoffe, du wirst genauso glücklich mit Cosmin werden, wie ich es als junger Mann mit Sofia war.«

Ich verziehe den Mund, als ich spüre, dass sich Tränen ankündigen, und versuche es, mit einer saloppen Bemerkung zu überspielen. »Und ich hoffe, dass du eines Tages glücklich mit Natalia wirst, damit ich dich nicht als Bodenschwelle benutzen muss. Ihr zwei würdet echt ein tolles Paar abgeben, wenn du nur endlich zur Vernunft kommen würdest.«

—

Mit stampfenden Schritten marschiere ich so eilig in Richtung Aufzug, dass die Zungen meiner ungeschnürten Converse flattern. Mir fällt eine Gruppe von vier perfekt gestylten jungen Leuten auf, die das Restaurant ansteuern.

Cosmins bester Freund Owen Byrne – ein talentierter, aber unbeständiger Fahrer von Easton – trägt einen knallblauen Anzug, der seine roten Haare zur Geltung bringt. Den Arm hat er um eine hochgewachsene Frau mit wilden blonden Locken und einzelnen bunt gefärbten Strähnen gelegt. Sie trägt eine weiße hautenge Jeans und ein schimmerndes Wickeloberteil, das den Blick auf den Ansatz ihrer perfekten Brüste freigibt, die anscheinend der Schwerkraft trotzen.

Cosmin hat den grünen Anzug an, wegen dem ich ihn in Melbourne aufgezogen habe, das blonde Haar mit den beneidenswerten Beachwaves hat er bis auf eine perfekte Strähne, die ihm in die Stirn fällt, elegant zur Seite gegelt.

Die vermutlich vom Pilates definierten Arme, die sich bei ihm eingehakt haben, gehören niemand anderem als dem geilen Emoji aus Austin – Peach.

Er hat sie mit nach Abu Dhabi genommen?

Ihr gelbes Kleid ist hauteng mit halbrunden Aussparungen an einer Seite, als wäre sie ein leckerer Maiskolben, an dem man geknabbert hat. Warum bringe ich diese Bitch immer wieder mit Obst und Gemüse in Verbindung?

Als sie mich entdecken, ändert Cosmin die Richtung und

kommt zusammen mit den anderen auf mich zu. Auf seinen Lippen liegt ein höfliches Lächeln, aber ich bemerke, dass seine Augen kalt sind.

Fieberhaft denke ich darüber nach, was ich sagen könnte – meine ursprünglichen Pläne sind mit einem Mal verworfen –, ohne mich verletzlich zu zeigen, denn ich rechne schon jetzt mit einer bissigen Bemerkung von dem Emoji.

Habe ich bereits erwähnt, dass mein Herz nebenbei bricht?

Denn offenbar ist Cosmin über mich hinweg.

Verdammte Scheiße! Ich ziehe zurück nach North Carolina, kaufe mir eine Wohnung und einen Hund und kann mir einmal im Jahr irgendeinen Tinder-Trottel mit großem Schwanz suchen, weil Liebe etwas für Schwachköpfe ist und ich meine Chance vertan habe, indem ich mich kurz vor der Zielgeraden geschlagen gegeben habe.

Cosmin Ardelean war bereit, für unsere Liebe zu kämpfen, und ich war so feige, nur wenige Tage, bevor mein Dad uns seinen Segen erteilt hat, aufzugeben.

Ich habe die Niederlage verdient, das wird mir in diesem Moment klar. Jetzt zu Cosmin zurückzulaufen und ihm *Ich bin bereit, dich zu lieben, weil der Geist meines Vaters mir grünes Licht gegeben hat* zu sagen, ist das schwächste Argument aller Zeiten. Eine Idiotin wie ich hat es verdient, allein zu sein.

Der Emoji und ich schauen uns mit einem so herausfordernden Blick an, dass wir genauso gut Laserschwerter in den Händen halten und uns in Angriffsstellung begeben könnten.

»O mein Gott, bist du ausgeraubt worden?«, fragt sie mit gespielter Sorge und lässt den Blick über mein Outfit wandern. »Haben sie dir alles geraubt, außer deiner Würde?«

Gerade will ich zurückschießen, indem ich frage, ob bei dem Haiangriff, dem ihr halbes Kleid zum Opfer gefallen ist, auch ihr Gehirn Schaden genommen hat, als die Frau an Owens Seite einen aufgeregten Quietschlaut von sich gibt und mir um den Hals fällt, als wären wir alte Freundinnen.

»Ich will dich schon seit Ewigkeiten kennenlernen. Du bist eine absolute Legende! Ich bin Brooklyn Katz, die Freundin von dem da.« Mit dem Daumen zeigt sie über ihre Schulter auf Owen.

Ich zwinge mich zu einem Lächeln. »Schön, dich kennenzulernen. Cosmin hat erwähnt, äh …« Ich nicke in seine Richtung, stelle aber mit einem Mal fest, wie nervös es mich macht, mich auch nur in irgendeiner Form auf ihn zu beziehen, also beginne ich noch einmal von vorn. »Ich habe schon einiges über dich gehört.«

»Alles Lügen!«, quietscht sie lachend. »Nee, wahrscheinlich stimmt alles.« Sie sieht Cosmin so voller Begeisterung an, dass ich mich frage, ob sie gekokst hat oder ob sie immer so drauf ist. »Du musst uns uuunbedingt zum Dinner begleiten.« Bei diesen Worten ergreift sie meine Hände und hält sie ganz fest.

Ehe ich Luft holen kann, um etwas zu erwidern, mischt sich der Emoji ein. »Brooklyn, in dem Laden gibt es wahrscheinlich einen Dresscode.«

»Na und?«, erwidert Brooklyn. »Sie kann kurz hochgehen und sich umziehen.«

Als ich einen Blick in Cosmins Richtung riskiere, stelle ich fest, dass sich seine Nasenflügel auf diese arrogante Art blähen, die mir so vertraut ist. Wir haben noch kein einziges Wort miteinander gewechselt, und Brooklyn scheint die Einzige zu sein, der das entgangen ist.

»Es ist total nett von dir, mich einzuladen«, entgegne ich. »Aber nach dem langen Flug kann ich mich kaum noch auf den Beinen halten.«

»Das erklärt natürlich alles«, wirft das Emoji ein. »Du schlafwandelst!«

Zufrieden beobachte ich, dass Cosmin ihr seinen Arm entzieht und sein Handy aus der Tasche holt, um einen Blick darauf zu werfen. Ich frage mich, ob er eine Nachricht erhalten hat oder ob er ihr durch die Blume zu verstehen geben will, dass sie die Klappe halten soll. Oder will er *mir* zu verstehen geben, dass ich sie aufhalte, indem er auf die Uhr schaut?

Ich deute zu den Aufzügen. »Tut mir leid, aber ich muss mich echt aufs Ohr hauen.«

Das Emoji versucht, sich wieder bei Cosmin einzuhaken, doch er weist sie ein zweites Mal ab, indem er sein Handy in die Tasche zurückschiebt und seine Ärmel zurechtzupft. Als sie beleidigt die Unterlippe vorschiebt, bedenkt er sie mit einem steifen Lächeln, nimmt ihre Hand und legt sie in seine Armbeuge. Ich weiß diese Körpersprache nicht recht zu deuten.

Aus irgendeinem Grund verletzt es mich besonders, weil ich nur wenige Stunden vor unserem grandiosen Sex im Lincoln schon einmal mit ihr aneinandergeraten bin. Dass sie nun mit ihm hier ist, weckt in mir den Eindruck, als sei der Nachmittag mit Cosmin keine Bestätigung unserer tiefen Verbundenheit gewesen, sondern nur eine kleine Unterbrechung in *ihrer* Geschichte.

Wie lange er hat er wohl gewartet, bis er sie angerufen hat? War es vielleicht noch am Tag, an dem ich nach North Carolina geflogen bin? Sie muss mit ihm in São Paulo gewesen sein. Ich habe weinend die Mail meines Vaters gelesen, während das Emoji im Hotel Emiliano auf Cosmin gewartet hat.

Mit vor der Brust verschränkten Armen entferne ich mich rückwärts von der Gruppe. »Brooklyn, hat mich gefreut, dich kennenzulernen. Und schön, dich zu sehen, Owen.«

Reumütig presse ich die Lippen zusammen, als ich Cosmin anschaue, nicht in der Lage zu verbergen, wie traurig ich bin.

Die Bitch kann ihren Sieg haben – diesmal zeige ich ihr nicht den Mittelfinger zum Abschied. Das Gemeinste, zu dem ich gerade imstande bin, ist, sie zu ignorieren, was ziemlich schwach ist.

Die einzige Person, die ich in diesem Moment noch mehr hasse als sie, bin ich selbst.

»Awww!«, jammert Brooklyn und zieht mich eilig in eine weitere Umarmung. »Dann ein andermal, ja?«

»Natürlich.« Ich tätschele ihr modisch ausgemergeltes Schulterblatt und löse mich von ihr, ehe ich noch einmal Cosmin anschaue.

Hach, er ist so schön! Einen Augenblick gestatte ich mir, unverhohlen sein perfektes Gesicht anzustarren – die gemeißelte Knochenstruktur, die vollen Lippen, die ich überall gespürt habe, die Augen, in die geblickt habe, als ich kam, das gewellte Haar, in dem ich mich festgekrallt habe, wenn sein Kopf zwischen meinen Beinen war.

»Viel Erfolg am Sonntag!«, sage ich zu ihm.

»Wirst du da sein?«

»Ich habe mich noch nicht entschieden.«

Er reicht mir eine Hand. Ich glaube, es gibt keinen größeren Diss als einen Händedruck zum Abschied von dem Typen, in den man verliebt ist. Dennoch ergreife ich seine Hand und verberge das Zittern, das mich angesichts seiner Wärme durchfährt.

»Du bist immer noch die beste Renningenieurin«, sagt er mit einem traurigen Lächeln. »Lars ist gut, aber du bist die Beste.«

»*War* die Beste«, korrigiere ich ihn. Ich entziehe ihm meine Hand und lege sie hinter meinen Rücken. »Hol dir den Sieg dieses Wochenende für Mo, Legs.«

Ich wirbele zu den Fahrstühlen herum, denn ich werde auf keinen Fall zulassen, dass der Emoji meine Tränen sieht.

Als ich mich entferne, ruft mir Cosmin »Noapte bună, dragă!« hinterher.

In diesem Augenblick wünschte ich, dass ich niemals damit begonnen hätte, Rumänisch zu lernen, denn so wird selbst ein simples »Gute Nacht« zu einem wunderschönen Fluch, der mich dazu verdammt, ihn für immer zu lieben.

29

ABU DHABI

Phaedra

Zum Glück bin ich durch den quietschenden Schrei vorgewarnt, ehe in der nächsten Sekunde der Aufprall folgt, sonst wäre ich vermutlich von einem Angriff ausgegangen und hätte Brooklyn einen Fausthieb versetzt, um mich zu verteidigen.

Nun dreht sie mich an den Schultern herum, woraufhin uns der Typ vor uns in der Schlange verdrießlich ansieht. Manchmal hasse ich Abu Dhabi wegen der empörten Blicke von Männern, wenn Frauen »sich nicht anständig benehmen« – sprich, in welcher Form auch immer auf sich aufmerksam machen.

Dies kommt Brooklyn zugute, denn mein normaler Impuls wäre, auf ihre Überschwänglichkeit mit einem trockenen Spruch zu reagieren, aber um dem Idioten vor uns eins auszuwischen, falle ich ihr um den Hals und rufe laut: »Soooo schön, dich zu sehen!«

Übertrieben herzliches Getue in Situationen wie diesen ist so untypisch für mich, dass ich mir Sorgen mache, ich könnte sarkastisch wirken, doch sie stößt ein glückliches Ächzen aus und drückt mich an sich.

Der Arsch vor uns rückt in der Schlange weiter nach vorn und nimmt sich seinen Kaffee vom Tresen, aber als ich gerade mein Getränk bestellen will, hält Brooklyn mich zurück.

»Hol dir nicht diesen beschissenen Kaffee hier. Wir könnten mit dem Taxi zu einem Café fahren, das du unbedingt austesten musst. Dort können wir uns auch gegenseitig auf den neuesten Stand bringen!«

Streng genommen impliziert »auf den neuesten Stand bringen«, dass wir schon in der Vergangenheit miteinander zu tun hatten, doch ich mache mir nicht die Mühe, dies anzumerken.

Beleidigt von Brooklyns Bemerkung über den Kaffee, räuspert sich der Angestellte hinter der Theke.

»Bitte hasse mich nicht«, fleht sie ihn an und gräbt in ihrer Tasche herum. Schließlich holt sie einen Zwanzig-Euro-Schein hervor, schiebt ihn in die Trinkgelddose und packt mich am Arm, um mich fortzuziehen.

So forsch, wie sie mich zum Taxi führt, könnten Außenstehende glatt meinen, sie würde mich entführen. Nachdem sie mich spielerisch mit ihrer Hüfte angestoßen hat, rutscht sie neben mich auf die Rückbank und erklärt dem Fahrer den Weg.

»Und, hast du dich mittlerweile entschieden? Wirst du zum Rennen gehen? Ich mache mich nach dem Lunch auf den Weg ins Fahrerlager.«

»Hm. Momentan ist alles etwas merkwürdig – ich würde mich fehl am Platz fühlen. Ich weiß nicht, wie ich es ohne Mo schaffen soll.«

»Hmmm, verstehe.« Sie holt eine Dose Pastillen aus ihrer Tasche. »Und es hilft nicht gerade, dass du mit Cos auf Kriegsfuß stehst. Oder tut ihr nur so, als wärt ihr wütend aufeinander, um anschließend heißen Versöhnungssex zu haben?«

Ich lache grimmig auf. »Ha, ganz bestimmt nicht.«

»O Gott, Peach war supernervig am Freitag, als wir dir begegnet sind.«

Ich tue so, als würde ich das Gebäude betrachten, an dem wir vorbeifahren. »Ist mir gar nicht aufgefallen.«

»Ich hätte Owen ja gesagt, er soll sie übers Knie legen, aber das hätten sie beide zu sehr genossen. Keine gute Strafe also.«

Ich stoße ein unverbindliches Lachen aus, das sowohl passend wäre, wenn sie es ernst meint, als auch wenn sie einen Witz gemacht hat.

»In letzter Zeit ist sie einfach so ungezogen«, fügt Brooklyn seufzend hinzu.

Grandios. Ich wette, sie ist genauso ungezogen im Bett. Eine jüngere, aufregendere Version von mir – bissige Kommentare, jedoch ohne den nervtötenden Intellekt und die Tiefe.

»Unter uns gesagt: Es liegt *daran*«, fährt Brooklyn fort und streckt ihre linke Hand aus, um mir einen Verlobungsring mit einem rosa Diamanten zu zeigen, der gewiss so viel wie ein McLaren 720S gekostet hat, sollte er echt sein. »Owen hat mir in Brasilien einen Heiratsantrag gemacht, und ich habe ihm gesagt, er soll Peach auch etwas kaufen, damit sie nicht beleidigt ist, also hat er ihr riesige Perlen-Diamant-Ohrringe von Tiffany gekauft.«

»Schlauer Junge. Tiffany löst viele Probleme.«

»Aber dann meinte sie plötzlich: ›Sollen wir nicht alle drei zumindest symbolisch heiraten?‹ Und ich so: ›*Wie bitte?*‹ So ein Hippie-Scheiß. Ich liebe das Mädel, ehrlich, aber wir werden bestimmt nicht als Throuple heiraten.« Brooklyn nimmt sich eine Pastille aus der Dose. »Kannst du dir die Schlagzeilen vorstellen, wenn Owen zwei Frauen heiraten würde?« Nun schiebt sie sich die Pastille in den Mund. »Das wäre ja wie in den Realityshows von meinem Dad. Peach und ich kennen uns schon seit unserer gemeinsamen Zeit im Internat, deshalb vergisst sie manchmal, dass Owen und ich das Paar und sie die Dritte im Bunde ist. Sie ist der Zusatz, sozusagen der Querstrich im Buchstaben A, könnte man sagen. Manchmal sogar wortwörtlich. Es gibt da diese Stellung, die sich Eiffelturm nennt, die wir …« Sie bricht ab, wahrscheinlich, weil ihr meine Miene auffällt, die hoffentlich verwirrt und nicht verurteilend wirkt.

Der Emoji datet Brooklyn und Owen, nicht Cosmin?

Aha.

»Too much information?«, fragt sie und verzieht das Gesicht, als ich nichts erwidere. »Oder warte – weißt du einfach nicht, wovon ich rede? Ich meinte eine Sexstellung, nicht das Wahrzeichen in Paris.«

»*So* alt bin ich nun auch wieder nicht. Ich weiß, dass du eine Sexstellung meintest«, antworte ich und schenke ihr ein freundliches Lächeln. »Als ich den Eiffelturm zum ersten Mal gesehen habe, war ich übrigens enttäuscht, weil er viel kleiner war, als ich erwartet hatte. Ob es mir zu sehr auf die Größe ankommt? Ich war vollkommen unbeeindruckt.«

Sie bricht in Gelächter aus und legt einen Arm um mich. »Du könntest die Social-Media-Welt im Sturm erobern – ganz im Ernst, Mädel.«

In diesem Augenblick bremst der Fahrer scharf und murrt irgendetwas in die Richtung eines anderen Taxis, sodass wir beide nach vorn fallen.

Brooklyn sagt etwas zu ihm in einer Sprache, die ich nicht einordnen kann, woraufhin er sich über die Schulter umsieht und in derselben Sprache etwas erwidert.

»Hindi«, erklärt sie, als sie meine hochgezogenen Augenbrauen sieht.

»Ach du Scheiße, Mädel! Wie viele Sprachen verstecken sich unter diesem bunten Haarschopf?«

Sie schiebt das Bonbon in ihrem Mund herum und richtet den Blick nachdenklich zur Decke. »Richtig gut spreche ich nur zwei. Hebräisch und Schwedisch wegen meiner Eltern. Aber in unserem Haus in Beverly Hills sind ständig Fernsehleute aus aller Welt ein und aus gegangen, also habe ich hier und da was aufgeschnappt. Hauptsächlich von Leuten, mit denen ich im Bett gelandet bin.«

»Hast du auch ein bisschen Rumänisch aufgeschnappt?« Ich kann mir die Frage nicht verkneifen.

Mit einem Lachen zerbeißt sie geräuschvoll die Pastille und beginnt zu kauen. »Mit Cos hatte ich nie etwas.« Sie nimmt eine weitere Pastille aus der Dose. »Und Peach hatte übrigens auch nichts mit ihm – ich weiß, dass das deine Sorge ist.« Sie schiebt sich das zweite Bonbon zwischen die Lippen. »Nicht dass sie es nicht bei ihm versucht hätte. Aber er ist in dich verliebt.« Sie zuckt mit den Schultern.

Mein erster Impuls ist es, »Nein« zu erwidern, aber in diesem Moment piept ihr Handy, sodass ich zum Fenster hinausblicke und über ihre Worte nachdenke, während Brooklyn mit jemandem hin und her schreibt.

Schließlich hält das Taxi vor einem Café mit großen Fenstern an. Brooklyn bezahlt digital und drückt dem Fahrer dann trotz seiner Proteste einen Fünfzig-Euro-Schein in die Hand.

Diese Frau ist in meinen Augen ein absoluter Star, denn sie hat Stil und ist genau die Art von ausgeglichenem Rich Kid, wie man sie nur selten trifft. Sie ist großzügig, ohne zu protzen, selbstbewusst, ohne arrogant zu sein, und strahlt eine Lebensfreude aus, die zeigt, dass sie sich ihres Privilegs bewusst und aufrichtig dankbar dafür ist.

Nun folge ich ihr ins Café und zum Tresen.

»Sie haben total ausgefallene Kaffee-Mixgetränke«, erklärt sie mir. »Kann ich mich kurz wie ein Macker aufführen und einfach für dich bestellen?« Dann sagt sie dem Angestellten auf Arabisch (zumindest glaube ich das), was wir gern hätten. Auf einmal will ich nicht mehr nur Sage Sikora sein, wenn ich groß bin, sondern eine Mischung aus Sage und Brooklyn.

Sie schiebt mich zum Ende der Theke und drückt mir ein

Slush-Getränk in die Hand. »Probier schon«, drängt sie und greift nach einem Strohhalm.

Ich nehme einen vorsichtigen Schluck. »Wow, das ist lecker.«

»Ja, oder?« Sie nimmt sich eine weiße Tüte mit Gebäck und bedeutet mir mit einer Kopfbewegung, ihr zu folgen. Dann beginnt sie, sich einen Weg zwischen den Tischen entlangzubahnen.

»Was ist drin?«, frage ich.

»Datteln und Honig. Das rundet den Kaffee super ab.« Sie zieht mir einen Hocker am Fenster zurecht, ehe sie selbst Platz nimmt. »Ich hoffe, du findest mich nicht aufdringlich, aber lass uns doch shoppen gehen und zusammen brunchen, bevor wir wieder zurückfahren. Hast du Lust?«

»Äh …« Ich trinke einen Schluck und entferne mit der Zunge ein Stück Dattel aus meinem Backenzahn. »Natürlich fühle ich mich geschmeichelt, dass du mich offenbar magst, aber ich will ehrlich sein – ich bin nicht gut mit Freundinnenkram. Ich rede zu wenig, bin starrsinnig und in vielen Fällen einfach nur merkwürdig«, sage ich und rühre mit dem Strohhalm mein Getränk um. »Meine Schlagfertigkeit auf Social Media ist irreführend.«

»Bring mich nicht dazu, dich noch mehr zu vergöttern, als ich es ohnehin schon tue. Ich steh auf Leute, die etwas ruhiger sind, denn sie ergänzen mich gut. Owen und ich sind allerdings beide extrovertiert, weshalb wir auch gut zusammenpassen.«

Sie öffnet die Tüte und holt ein Stück Baklava heraus, von dem sie ein wenig Blätterteig abzupft und ihn sich auf die Zunge legt. Dann deutet sie mit hochgezogenen Augenbrauen auf den Rest, um mir zu verstehen zu geben, dass ich mich bedienen soll.

Ich greife ebenfalls nach einem Stück und nehme einen Bissen.

»Du wirst es mir nicht glauben«, sagt sie mit einem verschlagenen Grinsen, »aber Peach ist mega unsicher.«

Ich bedecke die Lippen, als ich lachen muss, nachdem ich

gerade einen Schluck von dem Kaffee-Slush getrunken habe. »Das glaube ich dir tatsächlich nicht.«

»Es stimmt aber, wirklich. Wir haben uns im Internat angefreundet – damals war ihr Leben eine totale Katastrophe.« Sie zupft eine Schicht Blätterteig von ihrem Baklava und knabbert daran. »Ihr Dad sitzt im Gefängnis, weil er versucht hat, ihre Mom ermorden zu lassen. Und ihre Mom ist süchtig nach Schönheits-OPs. Peach ist erstaunlich zerbrechlich.« Sie beobachtet mich kauend. »Das sage ich dir nicht, damit du Mitleid mit ihr hast, aber die Leute haben oft eine vorgefertigte Meinung von ihr.«

»Hm, das kann ich mir gut vorstellen.«

Auch wenn ich weiß, dass Brooklyn nicht will, dass ich mich schlecht fühle, tue ich es trotzdem.

»Am Freitagabend war sie schlecht drauf, weil Cosmin sie nicht mit auf sein Zimmer nehmen wollte. Sie hat geweint und meinte: ›Wenn ich doch nur so ein Genie und eine Businessfrau wäre wie die Eigentümerin von Emerald. Dann würden auch alle Typen auf mich abfahren und ich hätte freie Wahl, so wie sie.‹«

»Wow! Ich kann dir versichern, dass ich mich auf gar keinen Fall so fühle, als hätte ich die freie Wahl.« Stirnrunzelnd trinke ich einen weiteren Schluck von meinem Kaffee. »Ich bin auch in ihn verliebt, aber erzähl ihm das bitte nicht. Ich kann einfach nicht …« Ich spiele mit meinem Strohhalm herum.

»Ja?«, fragt Brooklyn. »Du kannst *was* nicht?«

Ich esse ein Stück Baklava und denke darüber nach, wie viel ich preisgeben soll. »Kurz gesagt«, antworte ich schließlich und lecke mir klebrige Walnusspaste von den Zähnen, »ist er ohne mich besser dran.«

Sie lacht. »So was sagen die Leute andauernd, wenn sie eine Ausrede brauchen. Ist der Sex schlecht? Es wäre eine Schande, wenn dieses gute Aussehen an einen Typen verschwendet wäre, der im Bett nichts draufhat.«

»O nein – er ist eine Granate. Aber, äh …« Ich werfe ihr einen vorsichtigen Blick zu. »Ich will dich nicht allzu sehr mit meinen Problemen belästigen, aber um es zusammenzufassen: Ich habe alles falsch gemacht. Du weißt ja, dass Cos und ich was miteinander angefangen haben und das Team dagegen war, als es rausgekommen ist. Wir haben uns gefügt und die Sache tatsächlich beendet. Abgesehen von einem kleinen Ausrutscher in Texas, als …«

»Im Wagen, als es gewittert hat.« Sie nickt mit ernster Miene.

Meine Augen werden groß. Ich bin nicht böse auf Cos, weil er es ihr erzählt hat, denn ich bin mir sicher, dass er sich nicht damit brüsten, sondern ihren Rat wollte. Dennoch ist es mir ein bisschen unangenehm.

»Oh. Äh …«

»Scheiße! Vielleicht hätte ich das nicht erwähnen sollen.« Sie trinkt einen Schluck. »Allerdings hat er erzählt, es sei der leidenschaftlichste Sex seines Lebens gewesen, und er hofft, dass du es genauso genossen hast. Aber er war so verliebt, dass er sich viel mehr an die emotionale Intensität als an den körperlichen Akt erinnert hat.«

Ihre Worte treffen mich wie ein Schlag in die Magengrube und lassen all meinen Kummer der letzten Wochen wieder aufflammen. Du lieber Himmel!

Was wohl geworden wäre, wenn ich in Austin geblieben wäre? Wenn wir uns am nächsten Morgen in einer unserer Suiten getroffen und Liebe gemacht hätten (Gott, diese Bezeichnung … Was ist nur aus mir geworden?). Vielleicht wären wir offiziell und ungeachtet der Konsequenzen ein Paar geworden – Bonnie und Clyde, nur ohne die Straftaten.

»Alles klar, aber das heißt nichts«, beharre ich. »*Ich habe aufgegeben.* Erst als ich eine Mail von meinem verstorbenen Vater entdeckt habe, in der er mir seinen Segen gegeben hat, habe ich es mir anders überlegt.« Ich bedecke mein Gesicht mit den Händen. »Das macht mich wohl nicht gerade zu einer guten Kandidatin für all die Umstände, die eine Beziehung mit einer berühmten Person wie Cosmin Ardelean mit sich bringt. Dafür bin ich nicht gemacht!«

Auf der einen Seite fühlt es sich merkwürdig an, einer fast Fremden mein Herz auszuschütten, doch die Tatsache, dass ich Brooklyn nicht gut kenne, macht es mir leichter, ihr mein Herz auszuschütten. Nat und ich sind immer noch dabei, nach unserem Streit wieder ein Vertrauensverhältnis aufzubauen, daher wollte ich ihr bisher nicht viel erzählen. Seit Mos Tod hatten wir viele Gespräche über Familie und Trauer, aber über Beziehungen haben wir uns bewusst nur wenig unterhalten.

Brooklyn verzieht den Mund. »Das ist doch Blödsinn.«

»Hast du mir zugehört?« Meine Stimme klingt nun panisch. »Ich brauchte erst die Erlaubnis von meinem Dad, Brooklyn – von einem toten Mann! Ich bin keine gute Geschäftsführerin, bin schlecht in Liebesangelegenheiten, und die meiste Zeit habe ich keinen Plan, was ich überhaupt tue, obwohl ich ein Formel-1-Team leite.«

Und schon wieder weine ich in der Öffentlichkeit. Bei meinem Glück drückt sich garantiert irgendwo ein Klatschreporter rum und schießt Fotos, die schon bald zu einem Meme auf Social Media werden.

Brooklyn zieht mich in ihre Arme, und überraschenderweise will ich sie nicht wegstoßen, sondern lasse mich an sie sinken.

»Auch auf die Gefahr hin, dass du mir nun sagst, ich soll mich um meinen eigenen Kram kümmern, muss ich es einfach sagen.« Sie tätschelt mir den Rücken. »Da ich eine neugierige, bossy Bitch bin, posaune ich ständig Dinge heraus, die die Leute nicht hören wollen.«

»Okay«, erwidere ich schniefend.

Sie löst sich von mir. »Das klingt jetzt bestimmt wie in einem schnulzigen Film, aber … liebst du ihn?«

»Ja«, krächze ich.

»Und als Renningenieurin hast du doch bestimmt gelernt, wie man Fehler analysiert und sie behebt, ohne sich darüber zu ärgern?«

»Natürlich.«

So ein Mist! Als mir mit einem Mal klar wird, worauf sie hinauswill, habe ich das Bedürfnis, sie aufzuhalten, denn verdammt, sie will, dass ich ein Risiko für die Liebe eingehe. Dabei ist es viel weniger angsteinflößend, mir einzureden, dass ohnehin schon alles verloren ist. Verlust scheint in meinem Leben das Motto des Jahres zu sein, also habe ich mich daran gewöhnt. Aber mich vor Cos verletzlich zu zeigen und zu riskieren, dass er mich vielleicht abweist, könnte mich niederschmettern.

Mit ernstem Blick nimmt Brooklyn meine Hände in ihre, und der Zynikerin in mir ist das zuwider, während die liebeskranke Romantikerin in mir an ihren Lippen hängt.

»Wenn die Leute behaupten, Liebe sei das Einzige, was zählt, hört sich das immer viel zu einfach an«, fährt sie sachlich fort. »Sofort will man diese Theorie mit logischen Argumenten widerlegen und als verklärte Wunschvorstellung abtun. In der Realität werden einem Steine in den Weg gelegt, man wird sich mit Problemen auseinandersetzen müssen. Aber weißt du was?« Mit erbitterter Miene hebt sie einen Zeigefinger. »Probleme wird es so oder so geben, durch Liebe werden sie allerdings erträglich. Wir sollten nicht auf Liebe verzichten, weil schlimme Dinge passieren könnten oder weil man vielleicht nicht ewig zusammenbleibt. Wir sollten das Risiko eingehen, weil sich der Kampf lohnt, *wenn* es funktioniert. Das ist der Grund, warum man morgens aufwacht und jeden Tag meistert.« Sie schenkt mir ein fast großmütterliches Lächeln, das ich von einer Frau, die in

Hollywood aufgewachsen ist, in einer polyamoren Beziehung lebt und ihre Haare in den Tönen von Froot Loops färbt, nicht erwartet hätte. »Und jetzt lass uns ein hübsches Outfit für dich aussuchen und nach Yas fahren, bevor das Rennen beginnt, damit du Cos sagen kannst, dass du ihn willst!«

30

ABU DHABI

Cosmin

Am Samstagabend, als ich ein Klopfen höre, beginnt mein Herz schneller zu schlagen, wird jedoch schwer, als ich die Tür meiner Suite öffne.

»Wow, ich freu mich auch, dich zu sehen.« Brooklyn verdreht die Augen. Gelassen geht sie in ihrem goldfarbenen Morgenmantel, der sich um ihre Beine schmiegt, an mir vorbei ins Zimmer, lässt sich in einen weißen Sessel an dem riesigen Fenster plumpsen und legt ihre Füße – an denen sie Slipper mit nach oben gedrehten Spitzen wie bei einem Flaschengeist trägt – auf den Tisch.

»Ich will nicht unhöflich sein«, sage ich zu ihr, während ich die Tür hinter ihr schließe und ihr folge, »aber am Abend vor einem Rennen habe ich immer eine ganz bestimmte Routine und …«

»Jepp, kapiert. Owen ist genauso. Aber seine Routine ist wahrscheinlich spannender als deine.« Sie hält ihr Handy hoch. »Nett wie ich bin, habe ich dir eine Playlist gemacht, obwohl du ein Arsch bist.«

Seufzend nehme ich auf dem Sofa gegenüber von ihr Platz. »Ist die neue Playlist eine so dringliche Angelegenheit, dass du mich dafür persönlich aufsuchen musst?«

»Du bist ein grandioser Gastgeber.« Sie schlägt die Beine übereinander. »Wo sind meine Horsd'œuvres?«

»Brooklyn«, ich bemühe mich um einen strengen Tonfall, klinge aber nur müde, »mir fehlt heute Abend die Kraft für Gespräche.«

Ohne auf meine Einwände einzugehen, macht sie sich an ihrem Handy zu schaffen, und im nächsten Moment leuchtet meines auf. »Schau dir doch die Playlist mal an.« Sie lehnt sich zurück und wartet darauf, dass ich beginne zu scrollen.

»*Go Your Own Way* von Fleetwood Mac, *Love Will Tear Us Apart* von Joy Division, *The Bed's Too Big Without You* von The Police, *Skinny Love* von Bon Iver, *Nothing Compares 2 U* von Sinéad O'Connor …«

»Und gleich kommt das Beste.«

»*Coast to Coast* von Elliott Smith, *Back to Black* von Amy Winehouse.« Ich schaue auf. »Das ist alles ziemlich deprimierend.«

»Scroll weiter«, erwidert sie neckisch.

Schließlich entdecke ich den Song, auf den sie sich vermutlich bezieht, und breche in Gelächter aus.

»Du hast mich gerickrollt?«

»Ein bisschen Spaß muss sein. Außerdem passt der Songtext von *Never Gonna Give You Up* ziemlich gut zu deiner Situation.« Sie überschlägt die Beine andersherum, wobei der Morgenmantel ein wenig auseinanderfällt, ehe sie ihn wieder zurechtrückt.

Ich weiß, dass sie über Phaedra reden will. Nach so einem Gespräch sehne ich mich einerseits, fürchte mich andererseits aber davor. Um Zeit zu schinden, lehne ich mich mit einem Zwinkern zurück und mache einen zweideutigen Witz. »Versuchst du etwa, mir mit diesen hübschen Beinen etwas mitzuteilen, iubi?«

Sie schnaubt. »Vergiss es, Alter. Deine Flirtversuche kannst du dir bei mir sparen. Ich bin immun gegen deinen Charme. Außerdem bist du so besessen von Phaedra Morgan, dass du nicht mal darauf reagieren würdest, wenn ich nackt vor dir stehen würde.«

Ich erheb mich und gehe zum dunklen Fenster, um zum glitzernden Yachthafen hinunterzuschauen. »Wenn du weißt, was ich für sie empfinde«, frage ich leise, »warum streust du dann mit der Playlist noch Salz in die Wunde?«

»Sei keine Drama-Queen.« Sie legt sich die Hände hinter den Kopf und lehnt sich mit einem entspannten Seufzen zurück. »Ich kenne dich, Cos. Traurige Musik ist genau das, was du jetzt brauchst.«

»Ach ja?«

»Jepp. Denn es wird Zeit, dass du dich entscheidest: Entweder hörst du dir die Musik an und lässt dich runterziehen – Frauen finden melancholische Typen unwiderstehlich, also wäre das keine schlechte Strategie – und versuchst, sie zurückzugewinnen. Oder …«

»Ich glaube nicht, dass sie noch in Abu Dhabi ist. Sie war heute in keinem der Meetings.«

Brooklyn zieht die Augenbrauen hoch. »Hast du irgendwen *gefragt*, wo sie ist? Darauf musst du nicht antworten, denn ich weiß ohnehin, dass du es nicht getan hast. Männer fragen schließlich auch nie nach dem Weg.«

»Manche Männer brauchen eben keine Anweisungen«, kontere ich.

Sie erhebt sich und beginnt, sich zu dehnen. »Klar. Aber nun zur anderen Option: Du hörst dir die Lieder an, gehst durch die Hölle und kommst über sie hinweg.«

Ich wende mich angewidert ab – unsicher, ob sich diese Gefühlsregung auf mich selbst oder Brooklyn bezieht – und betrachte die Lichter draußen.

»Aber weißt du was?«, fährt sie fort. »Du musst dich entscheiden. Ich persönlich fände es nicht schlecht, wenn du es noch mal mit ihr versuchen würdest. Es sei denn, sie steht nicht auf dich. Dann würde ich dir raten, dich nicht lächerlich zu machen.«

Ich reibe mir mit einer Hand das Gesicht. »Im Moment habe ich einfach keinen Kopf, um darüber nachzudenken.«

»Alles klar, verstanden. Dann will ich dich nicht länger bei deiner *Abend vor einem Rennen*-Routine stören. Glückwunsch zu P2 im Qualifying übrigens.« Sie vollführt einen spöttischen Knicks und steuert die Tür an, während ich die Augenbrauen zusammenziehe.

Zwar habe ich behauptet, nicht darüber reden zu wollen, doch in Wahrheit wünsche ich mir nichts mehr, als Phaedras Namen auszusprechen. Fast kommt es mir so vor, als wollte Brooklyn mich ärgern, indem sie einfach geht, ohne mich weiter zu bedrängen.

»Danke, dass du wieder alte Wunden bei mir aufgerissen hast«, versetze ich.

»Draaamaaa«, ruft sie in einem Singsang.

Genervt folge ich Brooklyn zur Tür und öffne sie. »Willst du mir vielleicht erklären, warum es nötig war, persönlich hier aufzukreuzen, statt mir den Link zur Playlist zu senden?«

Sie bleibt an der Türschwelle stehen und wirft mir über die Schulter einen selbstzufriedenen Blick zu. »Vielleicht, um dich daran zu erinnern, wie sehr du dir gewünscht hast, es sei Phaedra, als ich geklopft habe.«

—

Der Jetlag gehört in diesem Sport zum Job dazu, und in Richtung Osten zu fliegen ist besonders schwer für den Körper. Als Faustregel gilt, dass man einen Tag braucht, um sich an eine Stunde Zeitverschiebung zu gewöhnen. In Abu Dhabi ist es sieben Stunden später als in São Paulo, und ich bin vor neun Tagen angekommen, nachdem ich einen kurzen Zwischenstopp eingelegt hatte, um Vlasia House zu besuchen. Diesmal war es allerdings besonders schwer, mit der Zeitverschiebung fertigzuwerden.

Am Morgen des Grand Prix wache ich um halb fünf auf und gehe ins Fitnessstudio aufs Laufband. Guillaume wird um sechs Uhr für eine kurze Trainingseinheit eintreffen, danach habe ich vor dem Frühstück eine Massage und dann die Strategiebesprechung.

Während ich auf dem Laufband sprinte, höre ich Brooklyns Playlist und frage mich, ob Phaedra immer noch in Abu Dhabi ist. Schläft sie gerade in ihrer Suite in diesem Hotel?

Während ich die nächsten zwölf Lieder abspiele, entscheide ich mich immer wieder um.

Ja, ich muss es ein letztes Mal bei ihr versuchen.

Nein, mein Job ist auch schon anspruchsvoll genug, ohne dass ich in meinem Privatleben so oft zwischen Euphorie und Verzweiflung schwanke, dass mir fast schwindelig wird.

Aber wenn wir gemeinsam beschließen, dass …

Nein!

Wir sind uns zu ähnlich. Bestimmt wären wir schon nach ein paar Monaten unglücklich.

Aber ich kann sie nicht für mich gewinnen, wenn ich kein Risiko eingehe. Sie muss es wissen! Ich werde ihr gestehen …

Hör auf, du Spinner! Du hast es ihr doch längst gesagt, und sie hat sich trotzdem aus dem Staub gemacht.

Als Guillaume eintrifft, habe ich auf dem Laufband die höchste Steigung eingestellt und ächze, weil meine Oberschenkelmuskeln mittlerweile brennen.

»Putain de bordel de merde!«, ruft er und ändert die Einstellungen zu einer geringeren Steigung und niedrigeren Geschwindigkeit. Dann wirft er mir mit vorwurfsvoller Miene ein kleines weißes Handtuch zu. »Imbécile. Würdest du ein Auto derart an seine Grenzen bringen? Wohl kaum, denn es würde den Geist aufgeben.«

Langsam komme ich auf dem Laufband zum Stehen, öffne

meine Flasche, um mehrere Schlucke Wasser zu trinken, und wische mir Gesicht und Hals ab. Als ich im Spiegel sehe, wie leer meine Augen wirken, frage ich mich, ob *ich* nicht schon längst den Geist aufgegeben habe.

»Du machst dich total kaputt!«, wirft mir Guillame vor. »Ich will dir einen Ratschlag geben, mec. Sag ›Je m'en fous‹, schlag sie dir aus dem Kopf und blicke nach vorn!« Er verändert das Gewicht an einem der Geräte und winkt mich herüber, damit ich auf der Bank Platz nehme. »Du könntest jede haben. Mit wie vielen Frauen hast du was angefangen, als du letztes Jahr für Greitis gefahren bist? Du hattest jede Woche eine neue Flamme.« Er versetzt mir mit dem Handrücken einen Schlag auf den Bauch. »Assez de ces conneries – erinnere dich daran, wer du bist, und such dir eine andere!«

—

Phaedra nimmt nicht am morgendlichen Meeting teil.

Kurz überlege ich, ob ich Klaus fragen soll, wo Phaedra ist, aber wie würde es aussehen, wenn ich wenige Stunden vor dem wichtigsten Rennen des Jahres nur sie im Kopf habe?

Wenn ich einen der ersten drei Plätze erreiche und Jakob als Sechster oder noch besser abschneidet, wird Emerald Dritter in der Konstrukteurswertung und damit offiziell zu den besten Rennställen gehören. Ich muss mich auf unser Ziel fokussieren. Jede Art von Ablenkung könnte im wahrsten Sinne des Wortes tödlich sein.

Draaamaaa, erklingt Brooklyns Stimme in meinem Kopf.

Fuck!

Eigentlich muss ich aufhören, mich ständig im Kreis zu drehen, aber stattdessen rasen meine Gedanken ununterbrochen.

Ich kann Phaedras Miene nicht vergessen, als sie mich Freitag in der Hotellobby hat stehen lassen. Was hat sie in meinem Gesicht gelesen? Ob sie erkannt hat, wie unglücklich ich bin?

Anschließend habe ich ein Vier-Gänge-Menü neben einer lächerlichen Frau ertragen, die nicht mit ihrem sinnfreien Geschwalle aufhören wollte. Den ganzen Abend habe ich mich nach den tiefgründigen Gesprächen mit Phaedra gesehnt. Egal ob wir uns über Musik, Bücher, Geschichte oder irgendetwas Albernes unterhalten, sie schafft es stets, mich zu fesseln.

Ich muss aufhören, darüber nachzudenken.

Sie ist fort. Alles, was ich tun kann, ist, für sie zu siegen.

Nun mache ich ein paar letzte Übungen mit Guillaume: Atmen, Augenmuskeltraining, Reaktionstraining. Anschließend lege ich mich für zehn Minuten in einem dunklen Büro hin, um mich zu entspannen und mich mental auf das Rennen vorzubereiten, ehe ich in die Werkstatt gehe.

Als ich im Cockpit sitze, wird die Boxengasse geöffnet, damit die Installationsrunde beginnen kann. Der Wagen ist reaktionsschnell, die Streckenkonditionen sind fast perfekt, das Wetter ist gut – objektiv betrachtet ist alles optimal.

In mir jedoch herrscht Chaos.

Ich muss mir eingestehen, dass ich am Boden zerstört darüber bin, dass sie nicht hier ist – und dass mein Verhalten möglicherweise dazu geführt hat, dass sie nicht mehr in Abu Dhabi ist, obwohl sie angereist ist, um die Erinnerung an ihren Vater zu ehren.

Ich habe zugelassen, dass sie glaubt, ich wäre mit einer anderen Frau zusammen. Und das hat sie verschreckt. Ende vom Lied.

Wir versammeln uns im Startaufstellungsbereich, wo die Mechaniker von Emerald warten. Kaum dass ich aussteige, folgt mir jemand mit einem Schirm, um mich vor der Sonne zu schützen, und versucht, Schritt mit mir zu halten, doch ich scheuche ihn davon, um nachdenken zu können.

Als ich mich den Reporterinnen und Reportern nähere,

entdecke ich Natalia Evans und Alexander Laskaris vom *Auto Racing Journal*. Natalia ist in ein Gespräch mit Drew Powell vertieft, sodass Alexander seine Chance bei mir wittert.

»Hey, Kumpel!«, ruft er.

»Alexander«, erwidere ich mit einem höflichen Lächeln. Ich mochte den Typen noch nie.

Obwohl er als Sohn wohlhabender griechischer Eltern in England geboren wurde, repräsentiert er ein halbes Dutzend amerikanische Klischees – von hartgesottenem Detektiv bis hin zu Verbindungsbruder – in der Hoffnung, davon abzulenken, dass er ein reicher, verwöhnter Junge ist.

Nun stellt er die Diktierfunktion auf seinem Handy ein. »Heute ist dein großer Tag, was? Nur *ganz knapp* an der Pole Position vorbei. Es ist leider wahnsinnig heiß heute, aber natürlich bist du darauf vorbereitet. Bist du bereit, dir heute den Sieg für Emerald zu sichern, nachdem du mehrere Male *so kurz* davor warst? Wahnsinn, wie oft du dir den ersten Platz knapp hast durch die Lappen gehen lassen!« Ein hämisches Grinsen macht sich auf seinem Gesicht breit. »Aber du glaubst sicherlich nicht, es könnte an einer gewissen Frau liegen, die …«

Seine Stimme verliert sich, als ich ihm das Smartphone aus der Hand nehme und ihn mit einem kalten Blick fixiere, während ich die Aufnahme stoppe.

»Miss Morgan hat dich richtig eingeschätzt«, sage ich. »Du spielst gern Spielchen.«

Er nimmt mir das Telefon aus der Hand. »Inwiefern?«

»›*Ganz knapp*‹, betonst du. Reibst mir unter die Nase, wie heiß es ist, und erinnerst mich daran, wie oft ich schon gescheitert bin.«

Lachend schüttelt er den Kopf. »Bist du abergläubisch oder einfach bloß sensibel?«

»Hmmm, und offenbar hast du immer noch nicht genug von den Spielchen.«

»Verdammt, du bist echt empfindlich!« Mit theatralischer Miene schaut er in die Ferne und beschreibt in der Luft eine Linie mit der Hand, die eine Schlagzeile darstellen soll. *»Ist der Pin-up-Boy der Formel 1 wirklich so selbstbewusst, wie es scheint?* Das wäre doch mal ein spannender Artikel …«

Ich zwinge mich zu einer gleichgültigen Miene für den Fall, dass jemand Fotos macht. »Hast du auch irgendwelche journalistischen Fragen oder willst du mich nur nerven? Ich weiß, dass du bloß hier bist, weil deine Eltern es dir möglich gemacht haben, und du die schicken maßgeschneiderten Anzüge trägst, die dir deine Mommy rausgelegt hat, aber vielleicht kann dir deine Kollegin Miss Evans ja ein paar Tipps geben, wie man sich als Journalist professionell verhält.«

Er versucht sich an einem abfälligen Grinsen, doch ich kann sehen, dass ihn meine Bemerkung getroffen hat. Während er verzweifelt nach einem Gegenschlag sucht, zieht er die Augenbrauen hoch.

»Deine Leistung leidet definitiv wegen Phaedra. Gerüchten zufolge ist sie der Grund dafür, dass du deinen Fokus verloren hast. Es hat dich ganz schön erwischt.«

»Laskaris«, sage ich mit warnender Stimme.

Er sieht mich unschuldig an. »Hm?«

Ich denke an die vielen Wochen, in denen ich mich nach Phaedra verzehrt habe, und wünsche mir in diesem Moment nichts sehnlicher, als Alexander eine reinzuhauen.

Mit einem boshaften Lächeln beuge ich mich zu ihm vor. »Kurz vor dem Rennen möchte ich nicht riskieren, meine Hand zu verletzen«, flüstere ich, »aber wenn du weiterhin so respektlos bist, werde ich dir bei unserer nächsten Begegnung ein paar Manieren einbläuen.«

Kurz huscht Angst über seine Züge, und auch ich bin erschrocken, dass mir diese Worte über die Lippen gekommen sind, die ich so oft von meinem Onkel gehört habe.

Mein Gott. Ich lächele sogar so grausam wie er.

Alexander lässt das Smartphone in seine hintere Hosentasche gleiten und hebt resigniert die Hände. »Ich lasse mich einfach manchmal dazu verleiten, es zu übertreiben. Wir Jungs kommen doch damit klar, wenn wir uns gegenseitig ein bisschen aufziehen.«

»Und manche bleiben leider für immer *Jungs*, während andere zu Männern werden. Wenn du mich jetzt entschuldigen würdest.«

»Warte-warte-warte«, sagt er und legt fast sogar eine Hand an meinen Arm. »Tut mir leid, dass ich nicht widerstehen kann, dich ein bisschen zu ärgern, nur um ein spannenderes Zitat aus dir herauszubekommen als, äh …« Ich sehe, dass sein Blick zu Natalia huscht. »Als jeder andere«, beendet er schließlich seinen Satz.

Vermutlich herrscht ein noch größerer Konkurrenzkampf zwischen den beiden, seitdem das Magazin Natalia eine eigene You-Tube-Sendung gegeben hat, die auch noch sehr erfolgreich ist.

»Wenn du hinter einem anderen Wagen bist«, sage ich gelassen und zupfe einen Ärmel meines Rennanzugs zurecht, »wird dir Verbitterung nicht beim Überholen helfen.«

Er verzieht ironisch das Gesicht. »Nun, manche Umstände machen einen Sieg unmöglich.«

»Wenn das der Fall ist, musst du um den Platz kämpfen, den du erreichen *kannst*, ihn ohne Missmut akzeptieren und daraus lernen.«

»Manchmal ist aber gar kein Platz drin, sondern man schafft es nicht mal, das Rennen zu beenden.« Er reicht mir seine Hand. »Sollen wir die Sache einfach vergessen?«

Ich betrachte seine Hand und schüttele sie schließlich widerwillig. Ich mag den Typen nicht, aber mir Feinde bei der Presse zu machen ist unklug. »Na schön.«

»Wunderbar. Falls du übrigens meinen Ratschlag hören willst: Wenn du das Mädel zurückgewinnen willst, solltest du ihr Angst einjagen. Lass dich von Paparazzi mit einer anderen Frau ablichten. Jemanden eifersüchtig zu machen, ist eine wirkungsvolle Taktik.«

Er ist so lächerlich, dass ich in diesem Fall nicht einmal wütend sein kann. »Weißt du was? Du warst *so kurz* davor, erträglich zu sein.« Ich halte Daumen und Zeigefinger einen Zentimeter auseinander. »Aber du hast mir auch einen Denkanstoß gegeben. Also danke.«

Im Weggehen nehme ich einen tiefen Atemzug, als würde ich frische Bergluft genießen, denn in Bezug auf Phaedra ist mir eines klar geworden: Alle – selbst Laskaris – scheinen eine bestimmte Strategie im Kopf zu haben, wie ich die Sache angehen sollte.

Hör traurige Songs und gesteh ihr deine Liebe.

Vergiss sie.

Such dir eine andere, im Hotel gibt es schließlich genug Frauen.

Mach sie eifersüchtig.

Doch bei Phaedra möchte ich keine Strategie zum Einsatz bringen, denn schließlich ist sie kein Wagen, keine Rennstrecke und auch kein Rätsel, das ich lösen muss. Bei ihr bin ich vielleicht nicht ans Ziel gekommen, aber man kann kein Rennen mit dem Wagen fahren, den man sich wünscht, jedoch nicht hat.

Gib dein Bestes mit dem, was du hast, und – wie ich Alexander geraten habe – akzeptiere das Ergebnis ohne Missmut.

Bisher war ich fest entschlossen, mir meine Position zu sichern, wollte nichts anderes akzeptieren als die Tatsache, dass Phaedra und ich die Richtigen füreinander sind. Ich habe es mit Worten, mit Willenskraft und meinem Körper versucht.

Das Gaspedal die ganze Zeit durchgetreten.

Es ist an der Zeit hinzunehmen, dass sie ihre eigene Entscheidung treffen wird, auch wenn sie sich für eine Zukunft ohne mich entscheiden sollte.

Nun kommt Natalia auf mich zu. »Hast du kurz Zeit, Cosmin?«

»Aber klar doch.«

Sie schaut an mir vorbei und beginnt mit einem Mal, begeistert zu winken, wobei sie sich auf die Zehenspitzen stellt, um über die Menge hinwegzusehen. »Phae – o mein Gott, du bist doch gekommen!«

Als ich mich umdrehe, sehe ich nichts anderes mehr als Phaedras Lächeln. Ich kann kaum noch meine Füße spüren.

Ihre Augen sind groß und glänzend.

Ich hebe erst meine Arme, lasse sie dann jedoch unsicher wieder sinken. »Du … bist *hier*«, sage ich schließlich nur.

Sie trägt keine Arbeitskleidung, sondern von Kopf bis Fuß Weiß: einen kurzen Blazer im Smokingstil, darunter ein hauchdünnes Shirt, das bis zum Bund ihrer weißen Hose reicht. Ich lasse meinen Blick weiter nach unten wandern und sehe ihre schwarzen Converse.

»Ein bisschen von meinem Stil muss ja noch übrig bleiben«, scherzt sie und zeigt auf ihre Schuhe.

Wir sind noch immer zwei Schritte voneinander entfernt, doch ich bin mir sicher, dass nach den vielen Gerüchten, die seit Monaten über uns kursieren, alle Blicke auf uns gerichtet sind. Da ich nicht weiß, was sie empfindet – obwohl ich soeben wieder neue Hoffnung geschöpft habe –, traue ich mich nicht, näher an sie heranzutreten. In diesem Moment fällt mir auf, dass sie sehnsüchtig meine Lippen anstarrt. Diesen Blick kenne ich noch von Santorin. Der tosende Lärm der Menge erinnert mich an das rauschende Ägäische Meer an jenem Abend. Unsere Worte, die vorsichtig fielen wie kleine Kieselsteine, die man in einen Brunnen wirft, um die Tiefe zu testen:

Hast du Angst, dass du die Ohrringe an Natalia verlierst?
Ich habe Angst, dass ich mehr verlieren könnte als das.

Schließlich mache ich einen Schritt auf sie zu, denn ich kann meine Emotionen angesichts der Erinnerung nicht mehr zurückhalten. »Was auch immer heute passieren wird – dich hier zu sehen … wird das Beste an diesem Tag sein, dragă.« Ich verziehe das Gesicht, als mir auffällt, dass mir ihr Spitzname herausgerutscht ist. »Falls ich dich so nennen darf.«

Nun macht sie einen Schritt, sodass sie ganz dicht vor mir steht. »»Draga *mea*‹ wäre mir lieber, weil …« Auf ihren Lippen macht sich ein Lächeln breit, das ungewöhnlich schüchtern und doch erwartungsvoll wirkt. Dann hakt sie einen Finger im Schlitz meines Rennanzugs ein und zieht mich zu sich. »Ich gehöre dir.«

Ihre Worte setzen mein gebrochenes Herz wieder zusammen und bringen es zum Rasen. Ich umfasse ihre Taille und hebe sie hoch, woraufhin ihr ein glücklicher Laut entfährt, der fast gequält klingt. Im nächsten Moment liegt mein Mund auf ihrem.

Die sechzigtausend Zuschauer an der Rennstrecke verschwinden, die grimmigen Stimmen in meinem Kopf schweigen, und wir sind die einzigen beiden Menschen auf der Welt, während wir uns küssen, als würde unser Leben davon abhängen.

Irgendwo im Hintergrund höre ich das Klicken von Kameras, aber ich kann nicht aufhören. Beinahe habe ich Angst, dass sie es sich anders überlegt, wenn ich mich von ihr löse. Ich versuche, all die Emotionen unserer gemeinsamen Momente in unseren Kuss zu legen, und spüre, dass sie dasselbe tut. Einen Arm um ihre Taille geschlungen, drücke ich sie an mich, die andere Hand vergrabe ich in ihrem Haar.

Das Signal ertönt und verrät uns, dass in zehn Minuten Rennstart ist. Also sollen sich jetzt alle Gäste, Reporterinnen und

Reporter sowie Teammitglieder, die für nichts Technisches verantwortlich sind, aus dem Startaufstellungsbereich entfernen.

Mit einem letzten Kuss und einem zufriedenen Seufzen setze ich Phaedra ab, kann jedoch meinen Blick nicht von ihr lösen. Ich umfasse ihr Gesicht und streichele ihre Wangen mit den Daumen.

Mir ist bewusst, dass ich längst zum Systemcheck im Wagen sitzen sollte, und das weiß auch Phae.

Sie legt mir eine Hand an den Bauch und schiebt mich weg. »Ab ins Cockpit mit dir! Wofür bezahle ich dich eigentlich?«

»Wirst du immer noch hier sein, wenn ich die Ziellinie überquere?«

Sie legt ihre Arme um meine Hüften und schaut mich mit halb neckischer, halb ernster Miene an. »Ich hoffe, ich werde sogar noch bei dir sein, wenn wir *beide* mit ungefähr hundert die allerletzte Ziellinie überqueren.«

Um meine Emotionen zu verbergen, die ihre Worte in mir hervorrufen, zwinkere ich ihr zu und mache einen Witz. »Wenn du hundert bist, bin ich erst fünfundneunzig.«

»Wenn du so weitermachst, habe ich dich bis dahin schon längst im Garten verbuddelt.« Sie tritt nach hinten und hebt die Hand zu einem verhaltenen Winken.

In der Nähe meines Wagens steht der leitende Mechaniker und ruft mich, sodass ich in seine Richtung jogge.

Als ich meinen Helm aufgesetzt habe und ins Cockpit geklettert bin, schnallen wir mich an und legen die HANS-Vorrichtung an. Zwar kann ich den Sicherheitsgurt öffnen, aber nicht selbst schließen. Diese Aufgabe muss ein Mechaniker übernehmen, und er muss perfekt sitzen, denn im Anschluss gibt es keine Möglichkeit mehr, ihn anzupassen. Während eines Boxenstopps will man sich nicht mit dem Gurt beschäftigen, schließlich dauert ein Stopp im Idealfall nur zweieinhalb Sekunden. Die Boxenstopp-Crew von Emerald ist die beste und war in dieser Saison sogar schneller als die beiden führenden Rennställe.

Beim Signal, dass es in einer Minute losgeht, werden die Motoren gestartet, und die Reifenabdeckungen entfernt. Die Mechaniker verlassen den Startaufstellungsbereich und nehmen ihre Ausrüstung mit, denn beim Fünfzehn-Sekunden-Signal muss jegliches Equipment entfernt sein.

Nun beginnt die Testrunde, in der mein Fokus wie eine vibrierende Stromleitung ist, die sich auf die Frequenz jedes Details eingestellt hat – die Bewegungen der anderen Wagen, der Winkel, in dem Licht und Schatten fallen, die Geräusche und die Reaktionen meines Boliden, mein Körper, der sich anfühlt, als würde er eins mit dem Wagen werden.

Ich fahre ganz leichte Schlangenlinien, um die Reifen aufzuwärmen, wobei ich den Anweisungen von Lars lausche, dessen monotone Stimme deutlich über das Teamradio zu hören ist. Nachdem ich dem Team ein paar neue Updates über die Streckenkonditionen gegeben habe, nehmen wir ein paar letzte Anpassungen vor.

Danach kehren wir zur Startaufstellung zurück. Als ich meinen Blick auf die fünf roten Lichter der Ampel richte, kommt mir ein Gedanke: Wenn mein Fokus wie eine vibrierende Stromleitung ist, war meine Begegnung mit Phaedra vor wenigen Minuten die Isolierung, die diese Stromleitung umgibt.

Es ist beruhigend, dass sie hier ist, mit den anderen Ingenieuren von der Werkstatt aus zusieht, vor den Bildschirmen mit den Daten, Graphen, unterschiedlichen Übertragungswinkeln und Streckenkarten steht.

Jetzt gehen die Lichter nacheinander an und werden dunkel, woraufhin alle losfahren.

Drew Powell hat die Pole Position, und wir beide haben einen reibungslosen Start hingelegt. Keiner weiß vom jeweils anderen, ob das Team einen oder zwei Boxenstopps eingeplant hat. Es gibt unzählige Variablen, die für und gegen diese beiden Optionen sprechen könnten.

Auf die Strategie der anderen Teams zu reagieren – ebenso wie auf den sich stetig verändernden Streckenzustand, das Wetter, die vielen technischen Details, nicht nur des eigenen Wagens, sondern auch der Boliden der anderen Fahrer – ist wie eine Partie Schach, die bei zweihundert Kilometern pro Stunde gespielt wird. Das Spiel könnte jederzeit innerhalb einer Tausendstelsekunde vollkommen auf den Kopf gestellt werden.

Nach acht Runden führen Powell und ich das Rennen an. Ich versuche zu überholen, falle jedoch zurück, als er meinen Versuch blockt.

»Pe dracu«, murmele ich frustriert.

Schockiert stelle ich fest, dass Phaedra über das Teamradio mit mir spricht.

»Ai grijă ce vorbeşti«, tadelt sie mich mit einem Lächeln in der Stimme für meine Ausdrucksweise. »Was, wenn die Kinder von Vlasia House zusehen?«

»Schön, dich hier zu treffen, draga mea«, erwidere ich. Die nächsten paar Kurven nehme ich schweigend. »Wo ist Lars?«

»Neben mir. Klaus ist in der Werkstatt. Lass uns zusammenarbeiten, Legs.«

»Wunderschön!« Ich kann mich nicht beherrschen, sie zu ärgern, weil es sie einst genervt hat, wenn ich dieses Wort anstatt »Ja« benutzt habe.

Ihr Lachen, das nun erklingt, harmoniert mit dem Heulen des Motors und erzeugt die Musik, die ich schon seit Juli schmerzlich vermisse.

Unsere Kommunikation ist leicht und direkt, so natürlich wie Schwerkraft. Phaedra ist ein Teil von mir, präsent in jeder Bewegung, jedem Blick, jedem Atemzug.

Unser Plan A war *ein* Boxenstopp mit einem Wechsel zu harten Reifen, ungefähr in der zwanzigsten von insgesamt achtundfünfzig Runden. Doch es gibt Faktoren, zum Beispiel wenn das Safety-Car zum Einsatz kommt, die uns dazu bewegen könnten, unsere Pläne umzuwerfen.

Wir sind uns fast sicher, dass Allonby, Powells Team, ebenfalls einen Boxenstopp einplant, als er in der 20. Runde an der Boxengasse vorbeirast und den letzten Rest aus den abgenutzten weichen Reifen herauszuholen versucht. Jedes Team behält die anderen Crews im Auge und achtet auf Hinweise darauf, dass bald ein Boxenstopp folgen wird. Powell ist bekannt dafür, eine gute Strategie für seine Reifen zu haben, und ich spüre mittlerweile, dass meine abgenutzt sind.

»Die Reifen machen sich gut«, sage ich zu Phaedra und hoffe, dass sie zwischen den Zeilen lesen kann.

»Verstanden.«

Als Powell in der 21. Runde einen Boxenstopp einlegt, rase ich an ihm vorbei und genieße die frische Luft, nachdem ich so lange dicht hinter ihm gefahren bin.

Sekunden später meldet sich Phaedra zu Wort. »Vier-eins«, verkündet sie im Plauderton.

Das Gute an unserem Kommunikationsstil ist, dass ich instinktiv die kleinsten Veränderungen in ihrem Tonfall bemerke, der mir genauso viel verrät wie ihre Worte selbst.

»Verstanden«, erwidere ich.

Powell hatte mit 4,1 Sekunden einen etwas längeren Boxenstopp, was ein Segen für Emerald ist, wenn wir unsere überdurchschnittlich gute Zeit halten können, die wir die meiste Zeit während dieser Saison erzielt haben.

»Boxenstopp in dieser Runde, Cos«, weist sie mich an.

Nach reibungslosen 2,3 Sekunden habe ich die tunnelartige Boxengasse von Yas wieder verlassen und begebe mich innerlich lächelnd wieder auf die Strecke, obwohl meine Miene neutral bleibt und ich meinen Fokus nicht verliere.

Meine Reifen sind eine Runde neuer als Powells – ein, wenn überhaupt, unbedeutender Vorteil –, und ich suche nach einer Möglichkeit zu überholen. Keiner von uns beiden macht eine falsche Bewegung, während unsere Wagen einen Tanz miteinander vollführen.

Ich rede mir ein, dass ich einen leichten psychologischen Vorteil habe, da Powell den Titel bereits in der Tasche hat, während ich unbedingt mein erstes Rennen gewinnen will und euphorisch über Phaedras Rückkehr und unser müheloses Teamwork bin.

In der 36. Runde macht Powell kurz vor Kurve acht ein wenig mehr Vorsprung, aber ich habe die Möglichkeit, den beweglichen Heckflügel einzusetzen, um zu beschleunigen, als wir in die Zone zwischen acht und neun gelangen.

Es genügt jedoch nicht.

Als wir in den Hafenbereich gelangen, meldet sich Phaedra zu Wort. »Plan C, Plan C.«

Mich überkommt ein weiterer Adrenalinschub. Wir wechseln zu einer Strategie mit zwei Boxenstopps, was ein großes Risiko birgt, aber wenn alles gut läuft, könnte es uns den Sieg ermöglichen.

Zum einen muss der Boxenstopp absolut reibungslos verlaufen. Das Ergebnis liegt zum Teil in den Händen der Crew – die kleinste Verzögerung könnte zu einem Desaster führen. In diesem Sport macht eine Sekunde oft den entscheidenden Unterschied. Zum anderen muss ich für den Rest des Rennens pro Runde mindestens eine zusätzliche Sekunde gewinnen.

In jeder. Einzelnen. Runde.

Auf diesem Kurs beträgt die Zeit, die man vom Einfahren bis zum Verlassen der Boxengasse benötigt, knapp zweiundzwanzig Sekunden. Ich habe noch zweiundzwanzig Runden vor mir und muss Powell wieder einholen.

Wenn ich auf mittelharte Reifen umsteige, könnte es für ihn zu spät sein, das Gleiche zu tun. Wenn er sich entscheidet, in der nächsten Runde einen Boxenstopp einzulegen, wird er wahrscheinlich zurückfallen und nicht versuchen, mich zu überholen, da er nicht damit rechnet, dass ich eine Sekunde pro Runde raushole.

Ich fahre in die Boxengasse ein, und o Doamne, es ist mit 2,1 Sekunden der beste Stopp, den ich in dieser Saison hatte! Dann fahre ich durch die Boxengasse wieder auf die Strecke, wobei ich die exakte Geschwindigkeitsbegrenzung ausreize.

Nun höre ich wieder ihre Stimme.

»Du solltest vor den anderen an P6 auskommen, Cos. Vor dir ist alles frei«, sagt sie ruhig.

»Verstanden.«

Als ich wieder auf die Strecke fahre, sind die Reifen noch etwas kühl, aber die nächste Runde ist phänomenal. Ich überhole Akio Ono in der fünften Kurve und bringe den beweglichen Heckflügel zum Einsatz, sodass ich jetzt auch vor Mateo Ortiz bin.

Owen in seinem Easton-Wagen und Anders Olsson sind zwischen mir und dem zweiten Platz. Als ich sie überholt habe, muss ich mich nur noch darauf konzentrieren, die wertvollen Sekunden zu gewinnen, eine nach der anderen.

Nachdem ich die Hälfte der 37. Runde geschafft habe, spüre ich, wie wunderbar schnell mein Wagen ist, und wäre nicht überrascht, wenn Phaedra mir gleich verkünden würde, dass ich drei Sekunden rausgeholt habe.

Als hätte sie meine Gedanken gelesen, spricht sie nun mit ruhiger, sachlicher Stimme. »Weiter so. Das Tempo ist super.«

Gegen Ende der 38. Runde höre ich die Worte, auf die ich so sehnsüchtig gewartet habe. »Cosmin, du bist der schnellste Mann in diesem Rennen.«

Ihre sanfte Stimme vibriert durch mich hindurch und ruft in

mir sowohl ein Gefühl von Ruhe als auch Euphorie wach. Dieser Moment zwischen uns ist so intensiv wie Sex. Es fühlt sich richtig an, und echt.

Verdammt, ich habe die schnellste Runde des Rennens hingelegt!

»Die schnellste *Person* in diesem Rennen, meine ich«, korrigiert sie sich lachend. Es ist das erste Mal, dass sie an der Boxenmauer sitzt, seitdem Sage für Harrier fährt, wodurch nicht mehr ausschließlich Männer die Rennstrecke beherrschen.

In der 48. Runde bringt mich Owen ganz schön ins Schwitzen, ehe ich ihn an Kurve neun überholen kann. In der 51. Runde gerät Olsson ein wenig ins Straucheln, denn sein Wagen wird plötzlich langsamer, sodass ich an ihm vorbeirasen kann. Ich bete, dass das Safety-Car nicht für ihn ausrücken muss. Ein paar Momente später verkündet Phaedra, er hätte es ohne Zwischenfälle in die Boxengasse geschafft.

Nur noch ein paar Runden, dann ist das Ziel in Sicht.

Powells Reifen sind fast vollkommen abgenutzt, aber sein ART09 ist grundsätzlich das schnellere Auto. Allonby ist dieses Jahr ein aerodynamisches Risiko eingegangen, und das hat sich ausgezahlt.

Mein E-19 ist gut, unsere Strategie ist stark, und meine heutige Leistung ist solide. Doch wenn ich in der letzten Runde bis Kurve acht nicht bis auf eine Sekunde an Powell herankomme, gibt es nur wenig Hoffnung. Ich muss das DRS erneut zum Einsatz bringen, um den nötigen Boost zu bekommen.

Selbst wenn alle Umstände stimmen, werde ich vermutlich nur diese eine Chance haben.

Genau zwischen Kurve sechs und sieben rücken wir zusammen. Sobald die Strecke wieder gerade wird, greife ich an.

Er blockiert mich einmal, aber ein zweites Mal würde es ihm nicht gelingen, ohne mich so aggressiv abzudrängen, dass er eine

Strafe erhalten würde. Als ich ihn endlich überhole und die freie Fahrbahn vor mir sehe, höre ich wieder die Stimmen in meinem Kopf. Diesmal jubeln sie mir jedoch zu.

»Foarte bine«, haucht Phaedra in mein Ohr. »Wunderschön, wunderschön.«

Ich fahre durch Kurve neun und betrachte durch die Rückspiegel Powell, aber aufgrund des Zustands seiner Reifen hat er keine Chance, wenn mir jetzt kein Fehler mehr unterläuft. Nun bahne ich mir meinen Weg am Hafenbereich entlang, wobei ich mich fühle, als würde ich fliegen. Nur noch ein paar Windungen, dann werde ich die karierte Flagge sehen.

Durch die letzte Kurve zu fahren fühlt sich unwirklich an und ist zeitgleich so real wie nichts anderes, was ich je zuvor erlebt habe. Die schwarz-weiße Fahne, die gewedelt wird, als ich – Powell bloß wenige Meter hinter mir – ins Ziel fahre, löst in mir eine Welle aus Emotionen aus, die mir ein tränenloses Schluchzen entlockt.

Wie ein Wahnsinniger beginne ich zu schreien, und durch den Funk höre ich auch mein Team jubeln. Als ich in der tobenden Menge der Zuschauerränge eine rumänische Flagge entdecke – Blau/Gelb/Rot –, beginne ich gleichzeitig zu lachen und zu weinen.

Während der Cool-Down-Runde sehe ich einen Streckenposten, der sich mit einer rumänischen Flagge in der Hand auf die Fahrbahn lehnt und mir zu verstehen gibt, dass ich sie an mich nehmen soll. Ich weiß, dass es ein Risiko birgt anzuhalten, aber ich kann nicht widerstehen.

Als ich rechts ranfahre, eilt der junge dunkelhaarige Mann zum Wagen und ruft: »Ce zi glorioasă« – *was für ein glorreicher Tag!* –, und mit einem Mal fühle ich mich wie ein Held.

Für den Rest der Runde halte ich die Flagge in meiner behandschuhten Hand und halte auf den Parc fermé in der Nähe des Podiums zu. Nachdem ich angehalten habe, nehme ich mir einen

Moment Zeit, um zur Ruhe zu kommen, indem ich tief durchatme, ehe ich das Lenkrad entferne und mich aus dem Cockpit zwänge. Dann klettere ich auf den Wagen, umfasse mit beiden Händen die Flagge und schwenke sie. Als ich sie ein letztes Mal in die Höhe halte, jubelt die Menge lauter denn je. Schließlich springe ich runter und werfe mich in die Gruppe aus wartenden Teammitgliedern.

Als mir jemand die Flagge abnimmt, ziehe ich mir den Helm vom Kopf und fahre mir hechelnd vor Aufregung und Erschöpfung durch das Haar. Mein Grinsen schmerzt fast, nachdem mein Gesicht eineinhalb Stunden lang in dem engen Helm eingepfercht war.

Hinter dem Zaun sehe ich Kameras, winkende Hände und höre Fragen und Glückwünsche, die mir zugerufen werden. Und in all dem Trubel … entdecke ich sie.

Ihre zuvor tadellose weiße Kleidung ist ein wenig zerknittert, ihr rotbraunes Haar zerzaust, und ihre Wangen sind gerötet. Im Vorbeigehen berühre ich die nach mir ausgestreckten Hände, aber das Einzige, was ich sehe, ist Phaedra.

Als wir voreinander stehen bleiben und uns ansehen, entsteht eine erwartungsvolle Pause.

»Tolle Leistung, Legs!«

Ich ziehe meine Handschuhe aus und ziehe sie in meine Arme, obwohl sie noch immer auf der anderen Seite des Zaunes steht. »Das war nicht allein mein Verdienst.« Ich küsse sie zweimal, dreimal, treffe kaum ihre Lippen, weil wir so euphorisch sind, dass unsere Bewegungen unkoordiniert sind.

»Ich muss mich jetzt wiegen lassen«, sage ich reumütig und nicke in die Richtung, in der die Waage steht. »Aber ich will nicht weg von dir.«

Sie küsst mich noch einmal. »Hau schon ab. Wir sehen uns nach deiner Champagnerdusche.«

Auf einmal ist Klaus in der Menge. »Glückwunsch!«, sagt er zu mir, wobei Stolz in seinen dunklen Augen aufblitzt. »Das war eine tolle Leistung für Emerald. Danke.« Er schüttelt mir die Hand und klopft mir beherzt auf die Schulter. »Edward wäre unglaublich stolz.«

Meine Kehle verengt sich, und Phaedras Blick verrät mir, dass sie weiß, was ich fühle. Es war genau die Art von Anerkennung, die ich mir von meinem Onkel gewünscht hätte, wäre er ein guter Mensch gewesen.

Klaus schaut Phaedra an. »Ihr zwei seid ein gutes Team. Ich bin froh, dass du dich heute bereit erklärt hast, als Renningenieurin einzuspringen, als ich dich darum gebeten habe.«

Sie lacht. »Ich freu mich, dass ich helfen konnte. Und hätte ich überhaupt eine Wahl gehabt? Ich trage sozusagen die weiße Fahne als Zeichen der Kapitulation am Körper.« Nun grinst sie mich an. »Das war vermutlich genau das, was dieser Kerl schon die ganze Saison im Sinn hatte.«

»Kapitulation habe ich mir nie gewünscht«, erwidere ich. »Dich kann man ohnehin nicht leicht umstimmen, wenn du dir etwas in den Kopf gesetzt hast, Phaedra. Du bist eine gleichberechtigte Partnerin, keine Eroberung.«

»Nun, auf der Rennstrecke signalisiert eine weiße Flagge, dass ein langsames Fahrzeug die Fahrbahn blockiert«, merkt sie im neckischen Tonfall an. »Aber es ist dennoch passend, schließlich war ich auch ein bisschen langsam. Immerhin habe ich ziemlich lange gebraucht, um mir selbst einzugestehen und vor dir zuzugeben, dass ich ohne dich nicht leben kann.«

»Ich finde es toll, dass du mich dazu gebracht hast, mir einen Platz in deinem Herzen zu erkämpfen.« Ich nehme ihre Hände in meine. »Hast du wirklich keine Ahnung, warum ich nach dem ersten Rennen wollte, dass du Weiß trägst?«

Sie zieht die Brauen zusammen und schenkt mir ein verwirrtes

Lächeln. Ein paar Sekunden später werden ihre Augen groß. »Warte, meinst du etwa ...« Sie beißt sich auf die Unterlippe. »Meinst du das, was ich denke?«

»Ja.«

»Das ist verrückt. Geht das nicht ein bisschen schnell?«

»Ich habe nichts gegen eine lange Verlobungsphase, solange du nur Ja sagst.« Ich küsse sie erneut. »Bleib wie du bist und bring mich dazu, mir jeden Moment mit dir zu verdienen.« Mit einem hilflosen Lächeln schüttele ich den Kopf. »Ich weiß, ich mache das mit dem Heiratsantrag nicht ganz richtig. Nicht mal einen Ring habe ich.«

Sie wirft mir ihre Arme um den Hals. »Streng genommen stehen wir doch neben einem Ring, auch wenn er nicht ganz rund ist.«

»Einundzwanzig Ringe pro Jahr, draga mea. Und du bist der Diamant in jedem einzelnen davon.«

DANKSAGUNG

Als Mathe- und Naturwissenschafts-Nerd liebe ich Regeln und Systeme, zumindest solange sie entweder in einem weiteren Versuch, organisiert zu werden, von mir selbst erstellt wurden, oder durch die Gesetze der Physik vorgegeben sind. (Okay, seit ich mittleren Alters bin, stehe ich zugegebenermaßen mit der Schwerkraft ein wenig auf Kriegsfuß, aber gegen die anderen Gesetze der Physik habe ich nichts.) Die Frage, in welcher Reihenfolge ich mich bei Menschen bedanken soll, hat mir ernsthafte Sorgen bereitet, bis ich beschlossen habe, auch hierbei einem System zu folgen, und mich schließlich für eine chronologische Reihenfolge entschieden habe. Immerhin sind wir alle im unaufhaltsamen, linearen System der Zeit gefangen. (Klingt ziemlich neurotisch, oder? Nun, ich war in den Achtzigern ein Goth-Girl, also kann ich nichts dafür.)

Als Erstes möchte ich meinen Eltern dafür danken, dass sie mir eine Kindheit voller Bücher geschenkt haben, wodurch ich eine Leidenschaft für Geschichten entwickelt habe, und dass sie mich stets dazu ermutigt haben zu schreiben. Mum, du warst meine erste und gnadenlos ehrlichste Lektorin, die sich nicht davor gefürchtet hat, mit rotem Stift »Igitt, ich muss würgen« an den Rand zu schreiben. Dad, du hast mir immer gesagt, ich könnte alles erreichen, und es mir ermöglicht, meinen ersten Job bei der Zeitung anzunehmen, indem du im ersten Jahr die Hälfte meiner Miete gezahlt hast, damit ich mir trotz des geringen Einstiegsgehalts eine Karriere aufbauen konnte. Dank euch beiden bin ich Autorin geworden.

Danke an meine Grandma Josephine dafür, dass du mir Lesen beigebracht, über meine schlechten Witze gelacht und in den Geschichten, die du mir vorgelesen hast, alle Stimmen imitiert hast. Die Handpuppenspiele, die du ohne Handpuppen aufgeführt hast, haben mir gezeigt, dass man nichts als eine lebhafte Fantasie braucht, um Geschichten zu erzählen. Ich vermisse dich. Ich wünschte, du hättest dies noch miterleben können ... obwohl ich weiß, dass du gesagt hättest: »Was haben denn all die Schimpfwörter und Sexszenen in diesem schönen Buch zu suchen, Schatz?«

An meine engste Freundin seit Kindertagen, Amanda Nicolich North: Danke, dass du als Prinzessin Leia das Gegenstück zu meinem fliegenden Einhorn bist, danke für die langen Briefe und die Kassetten während der Jahre, in denen wir weit entfernt voneinander gelebt haben, und dass du im »Place of the Trees« eine Welt voller unterschiedlicher Charaktere mit mir erschaffen hast.

An SWQ, der mein guter Freund und mein erster Schwarm war: Danke für deine Poesie, die leisen Gespräche in dunklen Klassenzimmern nach Unterrichtsschluss, die langen Spaziergänge und dass du mir beigebracht hast, wie man flirtet. Ein kleiner Teil von dir steckt in jedem Helden meiner Geschichten. Ich hoffe, du hast Frieden gefunden, mein schöner Junge. »Bereue nichts und habe keine Angst«, wie du mir einst gesagt hast.

An den Autoren Julian Barnes, der mir gezeigt hat, was Liebe ist, und dass sie nicht nur essenziell, sondern auch in Worte zu fassen ist. Dein Schreibstil hat meine Seele zum Leben erweckt.

Das Juwel meines Glücks, Sean. Wo soll ich anfangen? Du bedeutest mir unendlich viel, bist mein »Happily ever after«, mein größter Unterstützer, mein Partner, meine Inspiration. Wir zwei werden uns noch im Sterbebett Zitate aus *Four Lions* zurufen, wenn wir hundert sind, und uns dabei schlapplachen. Verdammt, ich liebe dich so sehr!

An meine wundervollen Schwiegereltern Linda und Baeu: Danke für eure Liebe und Unterstützung. Ich kann mich glücklich schätzen, euch zu haben. Und danke, John, dass du Sean dazu gebracht hast, Formel 1, Ingenieurwesen und Autos zu lieben, damit er *mir* alles beibringen konnte.

An meine grandiosen schreibenden Freund*innen, die meine Manuskripte durchgesehen haben, mit mir über Geschäftliches und über Blödsinn geredet haben und generell einfach jeden Tag dieses Unterfangens unterhaltsam gemacht haben, selbst wenn ich meinen Laptop wie eine Frisbeescheibe in einen Vulkan schleudern wollte. In alphabetischer Reihenfolge (ihr wisst ja noch – *Regeln und Systeme!*): Kate Cole, Elin Corva, Lisa Larkins, Heather McPeake und Carman Webb – ihr seid einfach unglaublich toll!

Danke an meine unvergleichliche Agentin Melissa Edwards dafür, dass du immer an dieses Buch und an mich geglaubt hast. Deine Ratschläge, Expertise und unumstößliche Ruhe sind unersetzlich. Die Hälfte aller Sätze, die du je zu mir gesagt hast, sind es wert, sie in kunstvoller Kalligrafie auf Pergament zu schreiben und in Gold zu rahmen. Ich will dir einen Hubschrauber und zwei weiße Tiger kaufen.

Vielen Dank an meine geschätzte Lektorin Leah Hultenschmidt. Dein Scharfsinn, dein Adlerblick, deine Warmherzigkeit, dein Sinn für Humor und deine Ermutigungen haben den entscheidenden Unterschied gemacht. Du hast mich immer wieder beruhigt, wenn mich dieses Manuskript in den Wahnsinn getrieben hat, und gibst mir stets das Gefühl, dass meine Fragen wertvoll sind und ich es auch bin.

An Caroline Green und Dana Cuadrado für den Enthusiasmus in Sachen Marketing, an Sam Brody, Mari Okuda und alle anderen aus dem Forever-Team, die *Front Runners* möglich gemacht haben. Vielen Dank für alles.

An Sarah Maxwell, die Phaedra und Cosmin für das Original-Cover zum Leben erweckt hat. Ich kann nicht aufhören, davon zu schwärmen – du hast es einfach drauf!

Damit sind wir in der Gegenwart angekommen und bei dir angelangt, liebe*r Leser*in. Ich bin so dankbar, dass du meine Charaktere auf ihrer Reise begleitet hast. Hoffentlich kann ich meine Wertschätzung zum Ausdruck bringen, indem ich dir noch viele weitere Geschichten liefere. Du bist der Grund dafür, dass ich Romane schreibe.

TRIGGERWARNUNG

(Achtung Spoiler)
Dieses Buch enthält einige Ereignisse oder Anspielungen,
die für manche Leser schmerzhaft sein könnten:
die Krankheit und der Tod eines Familienmitglieds
einer Hauptfigur (innerhalb der Geschichte) und nicht näher
beschriebener Kindesmissbrauch in der Vergangenheit.